Dirk Ayelt Kooiman *Montyn*

Dirk Ayelt Kooiman

Montyn

Dokumentarroman

Aus dem Niederländischen
übersetzt von Stefan Häring

Mit einem Nachwort
von Carel ter Haar

RECLAM
LEIPZIG

Dieses Buch basiert auf Interviews, die der Autor zwischen November 1979 und Juni 1982 mit Jan Montyn geführt hat. Namen noch lebender Personen wurden, wo nötig, geändert, ihre Erkennbarkeit in der Beschreibung vermieden.

Die Übersetzung wurde vom Nederlands Literair Produktie- en Vertalingenfonds, Amsterdam, gefördert.

1. Auflage, 2006

Erstdruck: Amsterdam 1982. Unter dem Titel
A Lamb to Slaughter erschien 1984 die englische Ausgabe
bei Souvenir Press Ltd., London
Umschlaggestaltung: Stefan Schmid, Stuttgart,
unter Verwendung von zwei Fotos: Emmanuelle Purdon,
getty images (Windmühle), und dpa Picture-Alliance (Luftkrieg)
Gesetzt aus FF Quadraat™
Typografie und Satz: Barbara Gomon, Leipzig
Druck und Bindung: Ebner & Spiegel, Ulm
Printed in Germany
ISBN-13: 978-3-379-00840-2
ISBN-10: 3-379-00840-0

www.reclam.de

I

Eine Reise durch die Zeit

Es wurde still. Ich nahm einen Schluck, ließ meine Zunge vom Whisky umspülen und starrte zur Hügelsilhouette auf der anderen Seite. Die Hügel Thailands, bleiern in der Hitze, blaugrün verschwommen im Wasserdampf, der aus dem Fluss aufstieg.

»Aber das ist nicht die ganze Geschichte«, hat er gesagt. Ich muss darauf nicht antworten, ich muss nicht einmal nicken. Da ist mehr, das wissen wir beide. Er wusste es in dem Augenblick, in dem sich unsere Blicke begegneten. Ich schlenderte durch die Straßen von Vientiane, er kaufte gerade ein, umringt von Straßenhändlern: ein hoch gewachsener, breitschultriger Mann um die fünfzig in einer Jeans mit breitem Ledergürtel und einem offenen kakifarbenen Hemd, der braungebrannte Schädel umkränzt von grauem, millimeterkurzem Haar. Wir sahen einander und der Blick, den wir austauschten, war ein Blick des Erkennens.

»Alles okay?«

»Ja, und bei dir?«

Er hieß Ted und war natürlich Amerikaner. Wir gingen zusammen zu dem Straßenrestaurant, das er betrieb. Schon seit fast einem Jahr, wie er meinte. Wir saßen auf einem Bretterboden, ein schmales Dach aus Bambus und Palmenblättern schützte uns vor der Sonne. Durch die Ritzen glitzerte das Wasser. Wir schauten über den breiten, träge dahinströmenden Mekong. Wir tranken Tee, danach Bier, schließlich Whisky.

»Was führt dich hierher?«

Ich erzählte ihm, dass ich schon seit Jahren zwischen Europa und Südostasien pendelte: Thailand, Kambodscha, Laos, Vietnam. Einerseits aus persönlichen Gründen, weil mir nur das Reisen innere Ruhe verschaffte, andererseits wegen meiner Arbeit: »Ich bin Maler. Mache Radierungen. Mein Atelier ist in Frankreich, aber mein Thema liegt hier.«

Ich erzählte von den Kindertransporten, seit 1969. Anfangs ein paar Mal im Jahr, weil ich kein Geld hatte und sie mir ein kostenloses Ticket einbrachten.

»Aber je schlimmer es hier wurde, desto mehr Flüge gab es.«

Schließlich drei, vier Mal im Monat. Einmal begleitete ich sechs Kinder, dann wieder hatte ich die Leitung eines Transports mit sechzig Kindern. Hin und zurück. Manchmal zweiundvierzig Stunden ununterbrochen auf den Beinen, vor Erschöpfung nicht mehr ich selbst, durch die Zeitunterschiede drehte sich mir alles im Kopf. Zwischenstopps in Tokio und Anchorage. Und zurück, von Korea nach Stockholm, von Bangladesh nach Paris, von Saigon nach New York. Gesunde Kinder auf dem Weg zu Adoptiveltern im Westen. Kranke und verstümmelte Kinder auf dem Weg in Spezialkliniken. Kinder mit Napalmverbrennungen. *Boua van Sac, Mari-Li Dinah, Nokh van Book, My Sari, Vanida Ah Deng, Sang van Sorn*. Tausende Namen. Tausende Augenpaare.

Weinende Kinder. Kinder, die schreien. Kinder, die blind um sich schlagen. Kinder, die apathisch in einer Ecke sitzen. Kinder, die nicht schlafen wollen. Kinder, die nicht wachzukriegen sind. Kinder, die träumen. Kinder, die im Schlaf nach ihrer Mutter rufen. Kinder, die nicht essen wollen. Kinder, denen es schlecht wird. Kinder, die sich übergeben. Kinder mit Durchfall. Kinder, die sterben.

Kisten voller Pässe und medizinischer Unterlagen. Arzneimittel, Spritzen, Diätbestimmungen, Flugpläne. Stunde um Stunde.

Und dann plötzlich ein Mädchen, nicht älter als acht. Sie weicht mir nicht von der Seite. Sie hilft, die Kleinen zu waschen, sie füttert sie, tröstet sie in einer Sprache, die ich nicht spreche, singt für sie mit heller Stimme. Schließlich lehnt sie sich an mich und schläft. Drei ganze Tage lang. Wir werden uns nicht wieder sehen. Denn dann kommt der Abschied. Das Weinen. Das Festklammern. Sie schauen einem hinterher, bis man außer Sicht ist.

Und dann die Leere. Zu müde zum Schlafen. In einer Stille, in der noch immer das Weinen nachklingt.

Das war es, was ich erzählte.

»Aber das ist nicht alles«, hat er gesagt. So ist es. Da ist mehr.

Ted ist ehemaliger Oberst der amerikanischen Luftwaffe. Er war Geschwaderführer, flog Bombenangriffe, wie viele, könnte er nicht einmal sagen. Er wurde über Vietnam abgeschossen, der Schleudersitz hat ihn gerettet. Ein paar Wochen war er in Kriegsgefangenschaft, konnte aber fliehen. Zurück nach Saigon wollte er nicht mehr, er hatte zu viel gesehen. Er hat sich davongemacht. Nie wieder auf den Knopf drücken. Nie mehr zurück. Weit weg in den *States* wohnen seine Frau und seine drei Kinder: ein weißes Haus mit zwei Autos, davor auf dem Rasen ein Baseballschläger. Hier lebt er mit zwei Jungs zusammen. Sie helfen ihm in dem Straßenrestaurant, mit dem er sein Geld verdient: eine Hand voll Reis, etwas Fisch, etwas Gemüse, gerade so viel, wie man zum Leben braucht. Einst war er Oberst, jetzt trägt er eine Schürze und schwingt den Kochlöffel unter einem Vordach aus Palmenblättern. Und offensichtlich ist das für ihn kein Rückschritt. Die Vergangenheit hat er hinter sich gelassen. Die Zukunft kommt später. Er lebt von Tag zu Tag.

Das alles las ich in seinem Blick, als ich ihn dort sah, auf diesem Platz aus gelber, festgestampfter Erde, einen Kopf größer als die Straßenverkäufer, die ihn umringten. Aber ich sah noch mehr.

Es gibt Leute, die begegnen sich in den entlegensten Winkeln der Erde. Das kann auf einem kleinen Markt in der Hauptstadt von Laos sein, aber auch in einer Kneipe im Hafenviertel von Hamburg, in der Lobby eines Hotels in Mexico City oder in einer stillen Gasse in einem Pariser Außenbezirk. Sie erkennen sich, ohne einander jemals begegnet zu sein. Manchmal sprechen sie den Anderen an und ein paar Worte reichen aus. Oft gehen sie sich aus dem Weg. Aber immer ist da der Blick des Erkennens.

Manche von ihnen leben ganz unauffällig, sind verheiratet, haben Kinder und wohnen in einem Reihenhaus, Andere konnten nirgendwo Ruhe finden, ziehen herum, fliegen die Maschinen zwielichtiger Minifluggesellschaften oder bohren nach Öl. Manche von ihnen führen ein unauffälliges oder sogar ehrenwertes Dasein, Andere leiden und leben am Rande der Gesellschaft. Manche von ihnen sind Gesundheitsfanatiker, Andere hoffnungslos dem Alkohol oder anderen Drogen verfallen.

Trotzdem haben sie ausnahmslos eines gemeinsam.

Es gibt welche unter ihnen, die ganz plötzlich nach vielen Jahren nächtelang von stets wiederkehrenden Angstträumen gequält oder von Zeit zu Zeit von Schlaflosigkeit geplagt werden. Manche können nur mit Schuhen schlafen. Sie sind immer auf der Hut, erschrecken bei jedem unbekannten Geräusch. Ganz gleich, wohin sie gehen, sie werden sich immer mit einem Blick der Situation vergewissern, in der sie sich gerade befinden. Sie können es nicht ertragen, wenn sich Menschen hinter ihrem Rücken befinden. Manche werden sich nie im rückwärtigen Teil eines geschlossenen Raumes aufhalten. Andere werden auf offenem Feld unablässig um sich spähen. Es gibt jene, die die Einsamkeit nicht ertragen können, und Andere, denen jede Gesellschaft zu viel ist.

Sie mögen sich auf tausendfache Art unterscheiden, eines jedoch ist ihnen gemein: der Blick in ihren Augen, wachsam und scheu. Augen, hinter denen sich eine Vergangenheit verbirgt, Augen, die mehr gesehen haben, als der menschliche Blick zu ertragen vermag.

Sie erkennen einander. Einst haben sie über den Rand des Daseins geschaut. Und sie haben überlebt.

Ich erkannte ihn, diesen deutschen Industriellen, den man mir bei einer Ausstellungseröffnung in Paris vorgestellt hatte. Sein Name sagte mir nichts. Ich hatte ihn vermutlich noch nie gesehen. Aber ich sah seine Augen, und ich sagte:

»Zwölfte U-Jagdflottille. Danzig 1944 ...«

Woraufhin seine Hand in der meinen feucht wurde, sein Rücken sich für Momente krümmte und seine viel jüngere Frau ihn kurz darauf besorgt fragte, was denn los sei.

Und jener französische Werkstattbesitzer, irgendwo in der Provence. Ich hatte eine Panne. Ein schwedisches Auto in Frankreich. Im Dorf hatten sie mich zu ihm geschickt, ein ganzes Stück weiter, in die Wildnis:

»Der kann alles. Wenn er will ...«

Ich erkannte seine Werkstatt schon von weitem: ein organisiertes Chaos hinter der Front. Hier wird nichts weggeworfen. Außer ihm findet hier niemand etwas. Und als ich aus dem Auto stieg, war er es, der *mich* erkannte. Er baute sich vor mir auf. Ein Hüne mit der schiefen Nase eines Boxers, eine Baskenmütze auf der Glatze. Ein brauner Zigarettenstummel hing in seinem Mundwinkel, während er sagte:

»Du warst bei der Legion …«

Wir tranken Wein. Wir warfen uns Stichwörter zu. Sidi-Bel-Abbès, Dien Bien Phu, Saigon. Mehr war nicht nötig. Wir nickten. Wir nahmen einen Schluck. Und danach reparierte er den Auspuff meines Autos, kostenlos.

Und jener Mann in der hintersten Ecke einer Bar in Bangkok. Auch ihn erkannte ich. Obgleich es noch früh am Abend war, hatte er seine zweite Flasche Mekong-Whisky vor sich stehen. Er saß direkt unter dem kreisenden Ventilator an der Decke, aber der Schweiß rann ihm in Strömen den Nacken hinunter. Violett vom Alkohol. Ich erkannte ihn, obwohl er in Korea gewesen war, nachdem man mich schon längst verwundet abtransportiert hatte. 1952 hatte er als Pilot ausgedient. Seitdem trank er, zwei, drei Flaschen Whisky pro Tag. Doch auch diese Unmengen von Alkohol hatten den Blick in seinen Augen nicht auslöschen können. Nur hinter dem Steuerknüppel seiner hinfälligen Dakota war er nüchtern, ungeachtet des Promillepegels in seinem Blut. In jedem anderen Moment zitterten seine Hände. Wir flogen haarscharf über den Bäumen. Eine Stunde hin, eine Stunde zurück. Mit der Karte auf den Knien. Sandwege, Dörfer, nur die Bäche dienten als Anhaltspunkte. Und zwischen der einen und der anderen Stunde: eine Landepiste inmitten der Bäume, so kurz, dass er seine Kiste wie einen Backstein fallen lassen musste. Dann Ausladen bei laufenden Motoren. Bleischwere, graue Kästen und Kisten ohne Aufschrift. Danach ein dicker Packen Dollars.

Und dann schaffte er es auch noch, das Ding wieder in die Luft zu kriegen, trotz der ausgefransten Räder. Schließlich ein erleichtertes Seufzen, und, wenn wir sicher waren, die Grenze überflogen zu haben, die erste Dose Bier.

»Was war nun in den Kisten?«

»Alles Mögliche. Keine Ahnung.«

Er wusste es nicht und wollte es auch nicht wissen. Und wenn die Propeller nach einigem Nachhusten schwiegen, hieß es:

»So. Das war das letzte Mal ...«

Immer war es das letzte Mal. Doch eine Woche später hieß es:

»Noch ein Mal, und dann nie wieder in dieses verfluchte Scheißding ...«

Und er flog erneut. So lange, bis der Augenblick kommen würde, dass es für ihn tatsächlich das letzte Mal war, ein Augenblick so kurz, dass er nicht einmal Zeit haben würde, sein selbst gewähltes Schicksal zu bedauern.

Und ich? Einen Monat hier, zwei Monate dort. Die Kindertransporte. Geld und Medikamente für die Befreiungsfront. Hin und her zwischen Krieg und Frieden, zwischen Leben und Tod, zwischen Verzweiflung und Glück.

»Aber das ist nicht alles«, hat er gesagt: Ted, ein breitschultriger Amerikaner um die fünfzig, der einem bestimmt den Vogel gezeigt hätte, wenn man ihm noch im Jahr zuvor prophezeit hätte, er würde es nicht mehr mit Frauen tun, sondern mit Jungs, und seine Oberstuniform gegen eine Schürze tauschen.

Und er hatte Recht. Da war mehr.

Ich lag auf dem Bauch in gefährlich scharfkantigem Schutt und rang nach Atem. Die Luft war voller Staub, mein Hemd zerrissen, an meinen Ellenbogen und Knien brannten Schürfwunden. Meine Muskeln waren gespannt, als müsste ich jeden Augenblick aufspringen und fliehen können: laufen, in die Freiheit rennen, Sauerstoff tief in die Lungen. Aber ich konnte mich nicht rühren, ich lag in eine steinerne Zwangsjacke eingekeilt. Ich konnte weder vor noch zurück. Vor mir, im Dunkel der Erde, fühlte ich ein paar Ho-Chi-Minh-Sandalen aus Plastik, zu meinen Füßen Schultern und einen Kopf. Brechreiz, das Verlangen, mich aufzurichten, doch in diesem nur wenige Zentimeter hohen, schmalen Maulwurfsgang war nicht daran zu denken. Nur mit Mühe gelang es mir, meine Schultertasche, die sich in Höhe meiner Hüften befand, seitwärts hochzuschieben. Ich drückte meine schweißnasse Stirn an den im Lauf der Jahre von Wind und Wetter gegerbten derben Stoff. Die Tasche war mein Talisman. Die Nähe des vertrauten Stücks, das mich in all der Zeit begleitet hat, half mir, so schäbig es auch sein mochte, nicht zum ersten Mal, die Panik zu besiegen.

Die Luft ist glühend heiß. Phosphor. Napalm. Bei jedem Einschlag wird Sauerstoff entzogen. Durch Felsgestein und Erde dringen die Explosionen dumpf an mein Ohr. Gewitter. Unwillkürlich zähle ich, so wie ich es als Kind bei jedem Blitz getan hatte. Jede Sekunde ein Kilometer. Ich zähle, auch wenn es vollkommen unsinnig ist. Denn das hier ist kein Gewitter. Ich zähle, um die Zeit zu besiegen. Sechs Minuten ist ein Tag, ein Tag ist die Ewigkeit.

Und wenn ich mich verzählt habe, fange ich wieder von vorne an. Die Erde bebt. Der Hügel erzittert in seinen Grundfesten. Wenn der Tunnel einstürzt, muss man kein Grab für uns ausheben. Niemand wird es jemals erfahren. Ich werde für immer verschollen sein.

Ich saß auf dem Abhang eben dieses Hügels. Unberührter, wogender Dschungel erstreckte sich vor mir, so weit das Auge reichte. Unter mir lag ein Kampong, halb verdeckt vom Blätterdach. Vom Ufer des kleinen Flusses wehten Kinderstimmen herüber. Frauen wuschen sich, ein Fischernetz wurde eingeholt. Ein hölzernes Schöpfrad quietschte. Ein kleines Feuer rauchte. Gegacker von Hühnern. Das Grunzen eines Schweins.

An diesem Ort war der Sündenfall vorbeigegangen. Ich hatte mein Skizzenbuch hervorgeholt, das Fläschchen mit ostindischer Tinte aufgeschraubt und schnitzte einen Stift aus Bambus. Neben mir lag der Brief, den ich gerade zum x-ten Mal gelesen hatte.

Doch plötzlich, noch ehe ich das schwache Surren von Hügel zu Hügel höre, fahre ich auf. Kondensstreifen am Horizont. Ich stehe. Und als der Wachtposten auf unserem Hügel Alarm schlägt, Metall auf Metall, ein Eisen stab auf ein hohles Rohr, habe ich bereits meine Tasche, mein Skizzenbuch und den Brief vom Boden gerafft. Im nächsten Augenblick bin ich, halb rutschend, halb fallend, unten.

Noch ist es still, denn hier nähert sich der Tod schneller als der Schall. Rufende Stimmen. Kinder werden auf Arme und Rücken genommen. Wie Besessene kriechen wir durch den Laufgraben, tauchen unter Baumstämme und Erde in den Gang, zuerst noch gebückt, dann auf Händen und Füßen, und schließlich, als er nur noch schulterbreit ist und weniger als einen halben Meter hoch, schieben wir uns auf dem Bauch liegend mit Ellenbogen weiter. Ins Innere der Erde, so schnell es geht. Noch schneller. Jeder Meter, den man gewinnt, schafft Raum für einen Anderen.

Dann hören wir die ersten Einschläge und wir verharren, keuchend, schweißüberströmt, mit tränenden Augen in völliger Finsternis. Draußen kocht es. Das Paradies wird zur Hölle bombardiert.

Ich presse mein Gesicht in den Stoff meiner Tasche. Darin steckt ein Brief. Der einzige Beweis meiner Existenz. Ich stopfe mir die Finger in die Ohren. Und ich zähle …

Um mich ist es schwarz geworden. Ich schwebe. Ich schwebe, zählend, in einem endlosen Tunnel der Dunkelheit. Ein eiskalter Wind jagt an mir vorbei.

Doch es dämmert, ich sehe Licht, erst in weiter Ferne, unsicher flackernd wie ein Stern. Dann ganz nah. Das Licht kommt auf mich zu. Oder schwebe ich darauf zu? Der Schein wird immer heller. Ein Lichtermeer. Leuchtend. Blendend.

Ich liege in hoch wogendem Gras, übersät von Pfingstblumen. Ich blinzle im Sonnenschein. Die Luft ist durchsichtig blau. Strahlend weiße Wolken treiben vorbei. Das Schilf am Graben rauscht im Frühlingswind. Frösche quaken. Bienen summen. Es ist der erste warme Tag.

Neben mir steht eine Schubkarre voll Stroh. Und darauf ein Schilfkorb mit Gras. Das Stroh habe ich beim Bauern geholt, das Gras im Polder geschnitten, an der Wasserseite. Gleich werde ich die Tiere versorgen. Zuerst die Kaninchen und die Tauben. Denn die gehören mir. Dann die Hühner und das Schwein – die gehören meinem Vater.

Noch aber liege ich auf dem Bauch, die Sonne auf dem Rücken, die Nase im Gras. Halme, noch kleinere Halme, Wurzeln, hauchdünn und fein, Krümel von trockener Erde …

Ich habe keine Eile. Es ist Samstagmittag, viele Stunden Freiheit liegen vor mir.

Mein Kinn auf der Faust. Oudewater verbirgt sich hinter einem tropischen Regenwald aus Halmen. Nur die Kirchtürme überragen sie. Der stumpfe Turm der Großen Kirche, der spitze der katholischen. Alles ist matt und schwer. In der Ferne rattert ein Wagen über die IJsselbrücke. Die Uhr schlägt zwei. So früh noch! Ich strecke mich und seufze.

II

Hexenwaage und Storchennest

Oudewater, mein Geburtsort, ist ein steinaltes Städtchen. Der Einwohnerzahl nach war es damals nicht größer als ein Dorf, gelegen in einem Landstrich, den man als ›das grüne Herz Hollands‹ bezeichnet: ein Gebiet mit Wasser, Mühlen und Käsebauern. Auf der einen Seite war Woerden am Horizont zu sehen, auf der anderen Gouda – dort endete die Welt, oder, aus einer anderen Perspektive: Dort begann sie. Denn in Oudewater war die Zeit stehen geblieben. Hier gab es Grachten mit jahrhundertealten Giebeln, schmale Straßen und Gassen, einen Käsemarkt, eine Zugbrücke über die IJssel, ein sich schlängelndes Bächlein mit den Anwandlungen eines stattlichen Kanals, aber auch, plötzlich, inmitten der Häuser, einen Hof samt Heuschober.

Es gab in Oudewater zwei Dinge, deren man sich rühmen konnte: Ein kolossales Bauwerk am Marktplatz beherbergte die berühmte Hexenwaage, die bis ins vergangene Jahrhundert noch gute Dienste geleistet hatte, und auf dem Dach des Rathauses befand sich ein nicht weniger berühmtes Storchennest, zu dem, als einem der letzten in unserem Land, jedes Jahr ein Storchenpaar treu zurückkehrte. Ansonsten lernten wir in der Schule, dass unser Städtchen 1575 von den Spaniern niedergemetzelt und dem Erdboden gleichgemacht worden war – in den Augen eines zehnjährigen Jungen nicht gerade eine Heldentat, auf die man stolz sein konnte. Mehr gab es nicht.

Mein Vater, der ein gewisses Ansehen genoss, weil etliche Bürgermeister von Oudewater unseren Namen getragen hatten, war Haus- und Fuhrwerkanstreicher von Beruf, wie es auch schon sein Vater gewesen war. Wir wohnten am Rand des Städtchens in einem großen Haus über der Werkstatt, an einem Platz voller Wagen und Kutschen, da sich gegenüber von uns ein Gartenlokal und neben uns ein Hufschmied und Fuhrwerkbauer befanden. Auf der Rückseite schauten wir auf Gemüsegärten und dahinter auf ein Mosaik aus Weideland mit Kanälen, das sich bis an den Horizont erstreckte. Dort lag auch ein Stück Land, das von jeher im Besitz unserer Familie gewesen war und von uns bestellt wurde.

Wir waren also neben dem Handwerksbetrieb richtige Landleute, was allerdings nicht hieß, dass wir ungeschliffen waren – siehe Bürgermeister.

Unser Städtchen zählte kaum zweitausend Einwohner. Doch so klein es war, so reich war es nach guter holländischer Sitte an Religionsgemeinschaften. Was – und vor allem wie – man glaubte, schien geistiges Eigentum zu sein, das von Generation zu Generation übertragen wurde. Da waren die Reformierten, die sich in der Großen Kirche versammelten, dann Katholiken, Altkatholiken, Remonstranten, es gab eine jüdische Synagoge, Lutheraner, Mennoniten – zu viele, dass man sie alle aufzählen könnte. Und dann war da noch eine kleine, abseits stehende Gemeinde, die offiziell orthodox-reformierte Gemeinde hieß, aber gemeinhin aus offensichtlichen Gründen ›Kirche der Schwarzstrümpfler‹ genannt wurde, oder aber auch die ›Schweren‹, denn ihre Anhänger trugen nicht nur schwer am Leben, sondern auch am Glauben.

Dieser Kirchengemeinschaft war mein Vater nach einem Fingerzeig Gottes im Alter von etwa zwanzig Jahren beigetreten und er hat es sogar bis zum Ältesten gebracht. Unter der Woche trug er auf dem kahlen Kopf eine Schiffermütze, aber sonntags schmückte er sich mit einem Garibaldi, einem steifen Hut, auf den er besonders stolz war. Er leitete den Gottesdienst, denn die Gemeinde war für einen eigenen Pfarrer zu klein.

So hatte jede Familie nicht nur ihr eigenes Gebetshaus, sondern auch ihren eigenen Gott, ihren Himmel und ihre Hölle. Religion trennte und vereinte. Es war gang und gäbe, dass jemand aus orthodox-reformiertem Hause unter der Woche normale Kontakte zu seinem katholischen Nachbarn pflegte, während man sonntags füreinander Luft war und grußlos seiner Wege ging. Und oh weh, wenn der Sohn des einen ein Techtelmechtel mit der Tochter des Anderen hatte. Das sprach sich schon innerhalb vierundzwanzig Stunden herum, auch ohne den ehrwürdigen Stadtausrufer. »Zwei Glaubensweisen auf einem Kissen, da schläft der Teufel dazwischen«, hieß es.

Religion spielte ohnehin schon eine wichtige Rolle, bei uns zu Hause jedoch drehte sich alles darum, von der Morgenandacht bis zum Abendgebet. In der Furcht Gottes zu leben hieß das Gebot, alles Andere war ›des Teufels‹. Zeitungen waren zum Beispiel ›des Teufels‹. Und das Radio. Oder Sport. Oder ein Ausflug mit der Schule. Von Kirmes oder Kino ganz zu schweigen. Man durfte sich nicht gegen Feuer und Einbruch versichern, denn dann spottete man der Vorsehung. Aus demselben Grund war es Sünde, sich gegen eine Krankheit wie Polio impfen zu lassen. Denn Gott lenkt. Am Sonntag Rad fahren war auch nicht erlaubt, außer wenn man damit zur Kirche fuhr. Und zur Kirche *musste* man.

Zwei- oder drei Mal jeden Sonntag. Und man musste noch viel mehr. Eigentlich war nichts erlaubt, und was erlaubt war, war gleich Pflicht ...

Über meinem Bett hing das übliche Wandbild vom breiten und vom schmalen Weg. Der schmale Weg, gesäumt von langweiligen Beschäftigungen, die vor allem dem ›bete und arbeite‹ verpflichtet waren, führte zur Himmelspforte, während der breite Weg, auf dem sich scharenweise Leute tummelten, *linea recta* in die Hölle mündete. Dort ging man in Kneipen, drosch Karten und würfelte, dass es eine wahre Lust war, und die Menschen, die im Gegensatz zu dem Häufchen Wanderer auf dem schmalen Weg in keiner Weise bekümmert aussahen, gaben sich allerlei geheimnisvollen Genüssen hin. Diese Hölle flößte mir tiefe Ehrfurcht ein, dennoch konnte ich meinen Blick kaum von diesem breiten Weg abwenden ...

Gebetet wurde bei uns zu Hause viel, und gearbeitet auch. Die Werktage standen ganz im Zeichen des Erwerbs, denn der Mensch war nicht zum Vergnügen auf der Welt. Je nach Jahreszeit mussten wir morgens um fünf Uhr aufstehen. Auf dem Feld helfen, von klein an. Kartoffeln ernten, Unkraut jäten, düngen, ernten. Und wehe, wenn man sich dabei kein Bein ausriss, denn mein Vater war ein aufbrausender Mensch und hatte immer eine passende Bibelstelle parat – oder saugte sie sich zur Not aus den Fingern. Schläge gab es keine und geflucht wurde auch nicht. »Sapperlot« war der stärkste Kraftausdruck, den mein Vater über die Lippen brachte, selbst wenn er sich mit dem Hammer auf die Finger geschlagen hatte. Aber auch ohne Prügel und Schimpftiraden flößte er Respekt ein. Stand er denn nicht sonntags auf der Kanzel, predigte er nicht den Zorn Gottes?

Er war nicht groß von Wuchs und recht beleibt – aber Autorität besaß er.

Endivie, Zwiebeln, Rüben, Kohl, Kartoffeln, Bohnen. Aber auch Äpfel, Birnen, Pflaumen. Im November war der Keller unter der Werkstatt mit den Früchten des Landes gefüllt. Und das war gut so, denn wir hatten eine Wirtschaftskrise und das Anstreicherhandwerk florierte nur mäßig. Dann erschien auch der Schlachter mit seinem Betäubungsgerät und den Messern. Mein Vater konnte es nicht mit ansehen, er stand hinter dem Stall und weinte leise: Monatelang hatte er dieses Schwein gehätschelt, jeden Samstag hatte er es gründlich sauber geschrubbt …

Wir Jungs aber erlebten es aus nächster Nähe, wir halfen, das dampfende Blut in Eimern aufzufangen, und schauten atemlos zu, wie das Tier auf einer Leiter gekreuzigt und nach allen Regeln der Kunst ausgenommen wurde. Im Haus hatte Mutter schon große Töpfe auf dem Feuer stehen und in wenigen Tagen würden im Keller die Kölner Krüge wieder voller fetter Koteletts sein. Nichts ging verloren. Seitenspeck und Schinken wurden im Kamin geräuchert, Gedärme gereinigt und zu Wursthäuten verarbeitet.

Um acht Uhr war die Arbeit auf dem Feld getan. Es gab Frühstück, und dann ab in die Schule. Zur staatlichen natürlich, und nicht zur so genannten christlichen, denn was dort an Religion gelehrt wurde, ging nicht an. Irrlehren. Dort sang man »Der Herr ist mein Hirte« – als könne man dessen so gewiss sein. Vielleicht war man ja verdammt!

Nein, mit dieser Form freidenkerischen Christentums hatten die Schweren nichts zu schaffen. Dann lieber überhaupt keinen Religionsunterricht in der Schule, den holte man zu Hause nach. Und so war ich dort bis auf Piet Koot, dem einzigen Glaubensgenossen, von lauter Heiden umgeben. Und unter diesen Heiden rekrutierte ich meine Freunde. Zu Hause sah man das nicht gern, aber verbieten wollte es mein Vater dann doch nicht. Schließlich gehörten zu seinem Bekanntenkreis auch Katholiken und sogar ein Liberaler, der überhaupt *nichts*, oh unverständlicher Gedanke, zu glauben schien.

Nach der Schule musste ich meine anderen Aufgaben erledigen. Erst den Fäkalieneimer zum Misthaufen bringen. Toiletten mit Wasserspülung waren eine Erfindung des Teufels, die nur der Verschwendung dienten. Im Winter landete die Produktion eines ganzen Jahres mit Stroh vermischt im Garten.

»Es geht nichts über eigenen Mist«, lautete ein beliebter Ausspruch meines Vaters, denn auch Kunstdünger kostete Geld.

Wenn ich fertig war, ohne etwas verschüttet zu haben – eine wacklige Treppenstiege konnte ein Debakel auslösen –, fand man mich meistens unten in der Werkstatt. Dort verströmten Leinöl und Terpentin angenehme Düfte, da gab es dunkle Winkel und geheimnisvolle Schränke. Oft standen dort ein oder zwei Fuhrwerke, pechschwarz und glänzend wie Spiegel. Niemand konnte mit so sicherer Hand goldene Zierstreifen ziehen wie mein Vater. Er war ein Fachmann alter Schule. Er stellte seine Farben selbst her, mit einem jahrhundertealten Verfahren. Stundenlang war ich mit dem Zerreiben der Pigmente beschäftigt, alles von Hand. Es dauerte endlos, aber das Ergebnis war überwältigend: die klassischen Mineralfarben. Es gab verschiedene Sorten Umbra, Ocker, Siena, es gab Preußischblau und Kupfergrün. Ein Teelöffel des natürlichen Pigments reichte aus, um einer ganzen Büchse Weiß eine intensive Farbe zu verleihen. Wir hatten sogar ein Glas voller getrockneter äthiopischer Läuse.

Daraus stellte man den roten, transparenten Krapplack her. Zuerst wurden sie in einem Mörser zerstampft, dann in der Mühle gemahlen, bestimmt zwanzig, dreißig Mal, bis das Ganze so fein wie der feinste Puderzucker war. Erst dann erhielt man die vollkommene Farbkraft.

Ab meinem siebten, achten Lebensjahr musste ich an freien Nachmittagen regelmäßig helfen, denn oft hatten wir zu wenig Arbeit, um uns einen Knecht leisten zu können. Farbe rühren, mit Bimsstein scheuern, grundieren. Fertigkeiten wie Spachteln und Lackieren würde ich lernen, wenn ich groß war. Denn als ältestem Sohn war es mir vorbestimmt, das Geschäft vom Vater zu übernehmen. So war es auch ihm ergangen. Das lag in der Ordnung der Dinge beschlossen. Etwas Anderes kam nicht in Frage. Außerhalb dieser Ordnung der Dinge existierte nämlich nichts.

Mittags aßen wir warm und um sechs Uhr noch einmal. Dann wurde aus der Bibel vorgelesen, die ganze Schrift in einem Jahr und dann wieder von vorne, und nach dem Abwasch saß die ganze Familie am großen Tisch im Wohnzimmer. Mutter mit dem Stopfkorb, Vater mit seiner erbaulichen Lektüre, die Schwestern mit ihrem ewigen Strickzeug. Dann spielten wir auch mal Halma, eine Partie Dame oder machten das Gänsespiel, während das Kaminfeuer knisterte oder die Pendeluhr auf dem Sims tickte. Holländischer geht es nicht.

Bis Vater gähnte und sich streckte:

»Mutter, was meinst du?«

»Ja, es wird Zeit.«

Und dann kniete sich die ganze Familie zum Abendgebet im Wohnzimmer hin.

Aber es gab auch lange Sommerabende. Dann saßen wir im Garten, wie wir den Acker hinter unserem Haus nannten, bei der Laube, die in meiner Erinnerung immer wie frisch gestrichen aussieht. Alles piekfein. Die Gemüsebeete ordentlich und kerzengerade, das Schwein, rosa wie ein Baby, hat seine wöchentliche Waschung hinter sich. Mein Vater, Pfeife zwischen den Zähnen, Daumen hinter den Hosenträgern, macht seine Abendrunde, langsam und genussvoll. In den Kaninchenställen raschelt frisches Stroh. Die Tauben gurren. Der Hund zu meinen Füßen schnappt träge nach Schwärmen von Unwetterfliegen. Hinter mir sind gedämpft die Stimmen meiner Schwestern zu hören. Ansonsten ist es still.

Und dann, während sich am westlichen Himmel ein letzter violetter Streifen blau auflöst, während ein Hauch von Bodennebel über das Weideland zieht und sich mein Vater murmelnd zu einem eigensinnigen Halm hinunterbeugt, der seiner Harke entkommen ist, höre ich das vertraute Knacken eines Korbstuhls. Meine Mutter. Ich sehe sie vor mir ohne sie anschauen zu müssen. Wie sie sich etwas schwerfällig erhebt, ihre Strickarbeit unter den Arm klemmt. Und ich weiß, was sie jetzt sagen wird, und was dann folgt.

»Es wird *frisch* ...«

Da steht mein Vater, seine dunkle Silhouette zeichnet sich deutlich gegen das verbliebene Licht ab, die Hände in die Seiten gestützt, Bauch raus, Rauchwolken aus seiner Pfeife – in stillem Protest. Er steht regungslos da, wie angewurzelt.

Tassen klirren auf einem Tablett. Stühle schrammen über den Holzboden der Laube.

»Also, wir *gehen* ...«

Das Tor quietscht zum Abschied, und ihre Stimmen ersterben auf dem kleinen Weg. Wir sind allein.

Da steht mein Vater, hier stehe ich. Geräuschlos habe ich mich von meinem Hocker erhoben. Bin auf Zehenspitzen zu den Kaninchenställen geschlichen, habe eine Tür geöffnet und ein Kaninchen auf den Arm genommen. Es ist fahlgrau, mit einem weißen Tupfen auf der Nase. Es ist klein, obwohl es ausgewachsen ist. Vielleicht ist es deshalb mein Lieblingskaninchen. Ich streichle über seine Löffel, der warme Körper zittert ... – Das ist ein Moment des Glücks. *So soll es bleiben!* Aber im Leben der Erwachsenen hat alles seine Zeit, ist alles bemessen: Ein einziger Keks ist genug, auch wenn die Keksbüchse bis zum Rand gefüllt ist ...

Mein Vater hat die Pfeife an der Seite seines Holzschuhs ausgeklopft:

»Komm, Junge. Ins Bett.«

»Frau Montyn, darf Jan zum Spielen rauskommen?« – Das war Piets Stimme. Wie ich trug er sonntags schwarze Strümpfe. Ich war unten, bevor Einspruch erhoben werden konnte. Um die Ecke warteten Pim und Chiel, wie immer. Wir vier waren unzertrennlich, doch Piet war mein bester Freund.

Pims Vater war Anwalt. Seine Familie wohnte in einem vornehmen Landhaus, umgeben von einem echten Park, etwas außerhalb der Stadt. Sie waren Katholiken und galten als ungemein weltlich. Seine Mutter rauchte sogar Zigaretten. Und Chiel, Sohn des Antiquitätenhändlers van den Berg. Sie waren zu Hause jüdisch-orthodox und wohnten unterhalb der Synagoge. Freitagabends machte ich bei ihnen Gas und Licht an, denn jeder hatte so seine eigenen Verbote aufgrund eigener religiöser Gründe. Außer bei Pim zu Hause. Seine Familie machte sonntags sogar Ausflüge mit dem Auto!

»Was machen wir?«

Bei schönem Wetter zogen wir durch den Polder: über Gräben springen, rudern, fischen, Frösche fangen. Die bliesen wir mit einem Strohhalm auf und erschreckten damit die Mädchen auf dem Schulhof, denn wir waren die berüchtigten Vier. Wer hatte es gewagt, Pflaumen aus Bauer Keijzers Obstgarten zu stehlen, dessen Wut weit und breit gefürchtet war? Das waren wir.

Wer hatte beim Gerichtsvollzieher Kolk, der für seine Angst vor allem, was bellte und biss, bekannt war, einen großen Hund an die Türklinke gebunden und daraufhin geklingelt? Wir. Wer war Weltmeister darin, hängend an der hinteren Plattform die Pferdetram entgleisen zu lassen, so dass man ganze sechs Mann brauchte, um sie wieder auf die Schienen zu heben?

Wer hatte einst, oh unvergessliche Heldentat, mit dem Deckel einer Milchkanne Feldwächter Venekater das Fahrrad unter dem schwergewichtigen Leib weggeschossen?

Man nehme eine alte Milchkanne, bohre ein kleines Loch hinein, und dank Karbid und Streichholz verfügt man über eine Waffe von hoher Feuerkraft. Der Deckel schießt davon. Nun war es so, dass wir immer genug Karbid hatten, da mein Vater es verkaufte und auch für seine Radlampe verwendete. Nur hatten wir diesmal etwas viel Sprengstoff in die Kanne getan. Der Knall war schrecklich – hätten wir nicht so gut gezielt, wäre bestimmt ein Unglück geschehen. So beschränkte sich der Schaden auf ein Hinterrad, glatt weggeschossen aus dem Rahmen, und einen abgetrennten Lenker, mit dem der fassungslose Venekater uns noch durch mehrere Straßen verfolgte.

»Was machen wir?«

»Wer als Erster an der Ecke ist!«, ruft Piet. – Und der Erste war er.

Häufig war ich jedoch auch allein. Dann saß ich in meinem Zimmer auf dem Dachboden. Das war eine Festung, in die sich niemand wagte, mein Vater nicht und schon gar nicht meine Schwestern, und nur ab und zu meine Mutter zum Saubermachen, wenn ich in der Schule war. Dort lieferten sich meine Zinnsoldaten ganze Feldschlachten, dort bewahrte ich meine Sammlung mit Fotos und Schnipseln über militärische Operationen auf, die aus alten Illustrierten stammten und die ich auf den Dachboden schmuggelte oder die mir Piet brachte, wenn ich krank war, denn im Gegensatz zu Pim und Chiel hatte Piet freien Zugang zu meiner Domäne. Und krank war ich oft und lange.

»Jan wird wohl mal keine grauen Haare kämmen müssen ...«, hatte ich einmal unseren Hausarzt, den alten Doktor van Praag, der alle Kinder zu Hause half zur Welt zu bringen, auf dem Flur zu meinem Vater sagen hören. ›Schwach auf der Brust‹, hieß das, oder auch: tuberkulös. Ich musste des Öfteren monatelang, einmal sogar über ein halbes Jahr unten in dem leeren, unbehaglichen Gästezimmer schlafen, damit meine Mutter nicht ständig die Treppen rauf und runter musste:

»Jan muss sich erholen ...«

In diesem Gästezimmer lag ich irgendwann als Zwölfjähriger mit einer schweren Lungenentzündung. Tage- und nächtelang kämpfte ich mit dem Fieber, tage- und nächtelang wurde an meinem Bett gewacht. Und als das Fieber endlich gewichen war, kamen eines Morgens mein Vater und Kees, Pims älterer Bruder, ins Zimmer. Ihre Mienen waren ernst. Kees wich meinem Blick aus, mein Vater suchte nach Worten.

»Wir müssen dir etwas Schlimmes sagen, Jan. Der Herr hat Piet zu sich gerufen ...«

Sie hatten es mir wegen meines Zustands nicht früher sagen wollen – auch nicht, dass er krank war. Piet hatte Polio, gegen die er, wie ich, nicht geimpft gewesen war. Denn das war gegen Gottes Gebot. Es hatte weniger als eine Woche gedauert …

Piet tot. Er, der nie krank war. *Ich* war krank. Es war so unbegreiflich, dass ich nicht einmal weinen konnte. Ich war wie versteinert. Mein Herz stand still.

»Wann wird er begraben?«

»Er ist schon begraben worden, letzte Woche.«

»Hier, Jan. Das ist für dich.«

Unbeholfen überreicht mir Kees ein winziges Foto. Das Wasserglas auf dem Nachttisch fällt zu Boden. Kees und mein Vater bücken sich gleichzeitig danach. Ihre Köpfe stoßen zusammen.

»Verdammt«, sagt Kees, der sich mit rotem Kopf erhebt.

»Hier wird nicht geflucht, Kees.« – Mein Vater.

Wieder allein, betrachte ich das Foto. Piet, wie er lacht. Blonder Haarschopf. Kurze Hose, runtergerollte Strümpfe, Holzschuhe. Und plötzlich, ich weiß nicht warum, muss ich an die *Härchen auf seinem Arm* denken. Und dann kommen auch die Tränen. Unaufhaltsam.

Als ich eine Woche später ab und zu nach draußen darf, gehe ich, stark abgemagert und mit zittrigen Beinen, zu Piets Haus. Dort sitze ich eine Stunde lang regungslos in seinem Zimmer, wo man alles unberührt gelassen hat. Nur sein Bett ist abgezogen. Dort stehen seine Bücher, seine Sonntagsschuhe, Schulhefte voller Wissen, das jetzt zu nichts mehr nütze ist. Dort hängt ›der schmale und der breite Weg‹.

Mittlerweile ist es dunkel geworden. Langsam gehe ich nach Hause. Die Pflastersteine glänzen im sanftweißen Licht der Gaslaternen. Ihr schwaches Surren. Die vertrauten Geräusche, die allzu bekannten Bilder, die Gerüche, die man schon lange nicht mehr riecht. Das Läuten einer Ladenglocke. Die Rassel des Müllmanns. Das Zungenschnalzen von Fuhrmann Hendriks:

»So, Jan. Wieder auf den Beinen?«

»Ja, Hendriks.«

»Willst du mitfahren?«

»Nein, ich laufe lieber. Das tut mir gut.«

Ich will, dass jetzt alles ganz langsam vorübergleitet. Ich höre alles, rieche alles, sehe alles. Nie waren meine Sinne schärfer. Das Klacken von Holzschuhen. In der Ferne ein kurzer Abendgruß. Das Stampfen der Kühe im Stall von van der Lee. Das Entzünden eines Streichholzes in Putmans Tabaksladen. Das trockene Klacken der Billardkugeln in Kraans Lokal. Das Ansetzen eines Messers im Rasiersalon. Dort sitzt mein Vater, das Kinn voller Schaum. Es ist Samstag. Die Glocke der Großen Kirche schlägt sechs. Aus der Schmiede ertönen harte Hammerschläge. Der Geruch von glühendem Eisen. Das Zischen von Wasser. Der Gestank versengter Hufe. Alles um mich ist ganz klar. Ich rieche, höre, sehe.

Im Schatten eines Türeingangs steht die Verrückte Lena.

»Ich weiß es nicht. Frag mich nicht. Ich weiß es nicht, ich weiß es nicht …« Sie brabbelt laut vor sich hin, wie immer.

Sie fährt sich über ihre tränenüberströmten Wangen, wie immer. Sie ist einfältig, sagen die Leute. Wie der Schiefe Bertus. Den haben sie vor einiger Zeit aus der IJssel gefischt. Wir schauten zu, Piet und ich. Er war ganz blau und aufgedunsen. Wir hatten noch nie einen Toten gesehen. Der hat sich das Leben genommen, sagten die Leute, und der Schiefe Bertus werde in ungeweihter Erde begraben. Der schmort bis in alle Ewigkeit in der Hölle, sagen sie.

Mich fröstelt.

Bleiche Gesichter in schwarzen Gewändern

Standen die Werktage im Zeichen der Arbeit, so stand der Sonntag, der langweiligste aller Tage, vollkommen im Zeichen des HErrn.

Dennoch begann der Tag viel versprechend. Wir durften etwas länger schlafen und Vater und Mutter weckten uns mit einem in einer Tasse aufgeschlagenen rohen Ei: Was für eine Delikatesse! Dann war es mit dem Spaß vorbei.

Der Morgengottesdienst begann um zehn, aber mein Vater ging immer eine halbe Stunde früher, um sich geistig darauf vorzubereiten. Als ich klein war, begleitete ich ihn meistens. Ich vergnügte mich solange an der Orgel oder suchte zwischen den Kirchenbänken auf Händen und Füßen nach heruntergefallenem Kollektengeld. Dann kamen die ersten Kirchgänger und der Raum füllte sich allmählich mit dem faden Geruch von Eau de Cologne. Da tauchten auch meine Schwestern auf, in Schwarz, wie alle, mit einem Hut auf dem Kopf. Ich musste mich dann beeilen, rechtzeitig auf meinen Platz zu kommen, zuerst vorne in der Kirche, der Tradition nach der Platz für die Familie des Ältesten – später auf der Galerie, bei den anderen Jungs.

Die Predigt las mein Vater aus den dafür bestimmten Büchern vor, denn selbstständiges Predigen war den befugten

Predigern vorbehalten. Alles ging nach der alten niederländischen Staatenübersetzung, in der Sprache Kanaans, von der ich keine Silbe verstand.

»Das geknickte Rohr zerbricht er nicht und den glimmenden Docht löscht er nicht aus ...«

Hörte ich überhaupt zu? Nein, kein Wort drang zu mir durch. Ich interessierte mich lediglich für das Umblättern der Seiten, denn vor dem Gottesdienst hatte ich gespickt, wie viele Seiten die Predigt an diesem Sonntag zählte. Bei jedem Umblättern stieß ich innerlich einen Seufzer der Erleichterung aus. Nur noch acht, nur noch sieben, sechs Seiten ... Wenn man einmal die Hälfte hatte ...

Das Gebet, das über eine Viertelstunde dauern konnte, bot meinem Vater endlich die Gelegenheit, sich auszuleben. Da stand er: klein, kahlhäuptig, mit geschlossenen Augen und demütig gefalteten Händen. Aber mit schallender Stimme. Der Geist hatte ihn ergriffen. In allen Einzelheiten erörterte er die Sünden der Welt, schilderte den kommenden Untergang in grellen Farben:

»Donner und Blitz vom Sinai kommen auf ihre Häupter nieder ...«

Danach wurde noch jeder einzeln bedacht. Die Kranken, die Alten, die Kinder, die Seefahrer, die Soldaten und natürlich unser geliebtes Königshaus. Wenn jemand aus der Gemeinde Gottes Gebot übertreten hatte, wurde er für seine Sünde unverblümt an den Pranger gestellt – bei einer Zwangshochzeit musste sogar ein öffentliches Schuldbekenntnis abgelegt werden. Und es war ganz bestimmt kein Honigschlecken, was den Sündern in Aussicht gestellt wurde:

»Ihr werdet im Feuer brennen und mit den Zähnen knirschen. Eure Zungen werden herausgerissen. Das Feuer wird sein bis in alle Ewigkeit ...«

Dann wurde gesungen. Die alten Psalmen. Doch das ging meistens schief, denn es bestand Uneinigkeit über die Frage, ob rhythmisches Singen erlaubt war oder nicht. Also sang man gegeneinander. Wenn die eine Partei fertig war, hatte die andere noch zwei Zeilen. Und wenn diese verklungen waren, hallte noch die Stimme von Krämer Bertels nach, denn er war ein ganz entschiedener Gegner des rhythmischen Singens und verfügte über eine außerordentliche Stimmkraft.

Nach dem Gottesdienst zog ein ganzer Tross Kirchgänger mit uns nach Hause. Dann besprach man die Predigt, beglückwünschte meinen Vater, weil er wieder ›aus dem Herzen‹ gebetet hatte. Und dann fing es an. Dann kamen die Bekehrungsgeschichten, die erbaulichen Erzählungen.

»Brüder und Schwestern, ihr wisst, dass ich einst einen schrecklichen Unfall hatte. Dank der Liebe Gottes bin ich dem Tod entronnen ...«

Dass ein solcher Vorfall womöglich zehn Jahre zurücklag, tat nichts zur Sache. Dass er vielleicht schon hundert Mal aufgetischt worden war, auch nicht:

»Erzähle doch, Bruder Kromhout, wie ging das zu?«

»Ich zog mit dem Fuhrwerk voller Milchkannen auf den Acker, da geriet das Rad in den Graben, der Wagen kippte um ...«

Bruder Kromhout war im Wasser gelandet und der Karren hatte ihn unter sich begraben. Und alle lauschten atemlos.

»Und ich sah den Tod nahen, ich sah Gott in seinem Angesicht. Und der Herr sprach zu mir, Brüder und Schwestern. Der Herr sprach zu mir und sagte: ›Leendert‹, sagte er, dessen Name ewiglich gepriesen ist, ›Leendert, richte dich auf und du wirst bewahrt bleiben ....‹«

Und so war es geschehen. Leendert hatte sich aufgerichtet, war mit heiler Haut unter dem Karren hervorgekrochen und hatte sich an einem Grasbüschel an Land gezogen. Der Herr war ihm sehr gnädig gewesen, er musste bei ihm in hohem Ansehen stehen. Und so ging es unter ehrfürchtigem Nicken im Kreis herum. Mein Vater zum Beispiel hatte einst in einem schweren Unwetter die Stimme Gottes vernommen, als er an einem abgelegenen Ort am Werk war. Ihm sollte, so hieß es, trotz der Bedrängnis kein Unglück widerfahren, wenn er nur an die Stimme Gottes glaubte. Und siehe: Er wurde nicht vom Feuer getroffen. Da wusste er, dass er berufen war.

Aber nicht jeder war berufen. Nur ein erlesener Kreis war zur Seligkeit bestimmt. Und so konnte sich nicht jeder einer solchen Bekehrungsgeschichte rühmen. Der Drogist van der Weijden zum Beispiel nicht. Der hörte zu, den langen Vogelhals gereckt, das Gesicht von einem Nerventick entstellt, und nickte tapfer mit, aber machte den Mund nicht auf. Auch meine Mutter nicht. Mit wie immer zu einem Dutt zusammengesteckten Haaren saß sie kerzengerade und etwas bleich auf ihrem Stuhl. Denn immer wieder fragte man:

»Und Sie, Frau Montyn?«

Darauf sie:

»Dessen bin ich nicht teilhaftig.«

»Man bekommt es nicht einfach so, Schwester«, hieß es dann.

Und ich, ich saß dabei und verstand von all dem nichts. Wie war es denn möglich, dass dieser dicke Leendert Kromhout mit seinen schlecht rasierten, ziegelroten Wangen und seinen kleinen Schweinsaugen auserwählt war, während meine Mutter zu hören bekam, sie sei verdammt? War es, weil sie ab und zu einen Witz machte, ab und zu herzhaft lachte und ab und zu sogar ein Lied sang?

»Schwester, deine Glieder werden im Feuer schmoren …«

Und eines verstand ich dann am allerwenigsten: dass mein Vater dazu schwieg.

Sonntags war das Mittagessen üppiger als sonst. Mutter hatte den ganzen Samstag in der Küche gestanden, denn am Tag des Herrn sollst du nicht kochen. Danach legten sich meine Eltern hin. Wir Kinder lasen ein wenig oder spielten im Haus, denn draußen spielen war unerhört, schönes Wetter hin oder her. Um sieben gingen wir dann wieder zur Kirche. Wenn ein richtiger Pfarrer predigte, mussten wir sogar drei Mal hin, auch noch nachmittags um zwei. Diese Gottesdienste dauerten viel länger oder sie kamen mir nur länger vor, weil ich mich nicht an der Seitenzahl der Predigt orientieren konnte. Immer wenn ich meinte, am salbungsvollen Tonfall erkennen zu können, dass das Ende in Sicht war, fing es wieder an.

Diese Prediger übernachteten bei uns zu Hause, im besten Zimmer. Sie kamen samstags und gingen erst am Montag wieder, denn sonntags durfte man nicht reisen. Milchbleich wie sie waren und in ihren langen schwarzen Mänteln sahen sie aus wie Pinguine. Fast waren sie der liebe Gott selbst. Alles, was sie sagten, war in die Sprache der Bibel gegossen. Dass sie einfach am Tisch mit aßen, wenn auch mit Messer und Gabel, war an sich schon unglaublich; dass sie aber aufs Klo mussten wie gewöhnliche Menschen auch … Als Kinder drückten wir uns an die Tür, um etwas von dem Mysterium zu erhaschen, das dort vor sich ging.

Der Höchste von allen war ein Pfarrer namens Kersten. Er war der Leiter der Gemeinde und zudem Parlamentsmitglied der von ihm gegründeten ›Staatkundig Gereformeerde Partij‹ (SGP). Wenn er predigte, erzitterte die Gemeinde der Gläubigen vor Ehrfurcht und Angst.

Denn im Anfang war die Angst, und die Angst herrschte über allem. Gerade dann, wenn es auf dem Speicher finster war und die Dachziegel im Wind klapperten. Dann sah ich in jeder Bewegung der Gardinen, in jedem Schatten den grinsenden Teufel. »Jene, die auserwählt sind, haben die Erkenntnis, jene, die keine Erkenntnis haben, sind nicht auserwählt.« Vater war auserwählt, Mutter nicht. Und wie war das mit Piet? Meines Wissens hatte Gott niemals voller Kraft zu seinem Herzen gesprochen. Brannte er nun in der Hölle? Und ich? – Die Angst schnürte mir die Kehle zu. Oh, wenn es doch nur wieder Tag werden würde!

Angst vor der Verdammnis, Angst vor dem Tod. Wie oft hatte Vater mich mitgenommen, hinten auf dem Fahrrad? Dann gingen wir in Nachbardörfer, klapperten die Friedhöfe ab. Vater las die Namen und Inschriften vor, ich blickte voller Entsetzen auf die Steine, unter denen die Gebeine lagen.

Aber die schlimmste Angst flößten uns Unwetter ein. Mitten in der Nacht rief man uns nach unten. Zitternd vor Kälte und Elend standen wir in der finsteren Werkstatt. Dann wurde laut darum gebetet, dass wir verschont blieben, während die Kleinen weinten. Denn ein Gewitter war die donnernde Stimme des rächenden Gottes. – Oh, wenn es doch nur wieder Tag werden würde!

Die Angst regierte in der Nacht, mit dem Tageslicht aber kam der Zweifel. Gott schuf die Welt in sechs Tagen und am siebten Tage ruhte er. Das lehrte die Bibel. Wie aber war das mit der Evolutionstheorie, von der der Lehrer in der Schule sprach? Und die donnernde Stimme Gottes ... Vielleicht war es ja doch so, dass Donner und Blitz etwas mit elektrischen Entladungen zu tun hatten – ganz gleich, wie wenig ich davon verstand? Und Polio. Impfen war nicht erlaubt. Aber warum hatte dann Gott, der doch alles geschaffen hatte, dafür gesorgt, dass es einen Impfstoff gab?

»Warum dürfen wir am Sonntag nicht Fahrrad fahren?«

»Fahrrad fahren ist weltlich, Jan.«

»Man darf am Sonntag nicht arbeiten, aber die Bauern dürfen am Sonntag die Kühe melken.«

»Das muss man eben machen.«

»Am Sonntag darf man nicht reisen. Aber die Emigranten, die nach Amerika gehen, reisen auch am Sonntag. Die Überfahrt dauert acht Tage, da liegt also auch ein Sonntag dazwischen. Da sind sogar Pfarrer dabei. Warum ist das dann erlaubt?«

»Ja, das weiß ich auch nicht. Das musst du deinen Vater fragen.«

»Und Piet? Brennt der jetzt in der Hölle?«

Meine Mutter schweigt. Sie wendet sich plötzlich von mir ab. Sie wischt mit ihrer Schürze über die beschlagene Küchenfensterscheibe. Weint sie?

Zweifel regte sich. Wer konnte mir eine befriedigende Antwort geben? An meinen Vater brauchte ich mich erst gar nicht zu wenden, in seinen Augen war Zweifel das Gleiche wie Kleingläubigkeit. Und Pim? Der lachte mich aus, wenn ich davon anfing.

Und Chiel konnte sich offensichtlich vortrefflich in die Regeln fügen, die ihm der jüdische Glauben auferlegte.

»Ich will nichts, ich kann nichts, ich habe nichts, ich tauge nichts und ich weiß nichts.« Das waren die *fünf goldenen Neins*, ein geflügeltes Wort, das bei passender und unpassender Gelegenheit zitiert wurde. Dass ich nichts hatte und auch nichts taugte, meinetwegen. Aber dass ich nichts wusste, nichts konnte und vor allem nichts wollte, das sah ich doch anders.

Im Grunde verstanden sich mein Vater und ich nur auf zwei Gebieten: dem des Militärischen und dem der Zeichenkunst.

Zu Hause stand das Militär in hohem Ansehen. ›Für Königin und Vaterland‹ war das Motto. Mein Vater war während des Ersten Weltkriegs Freiwilliger gewesen, was natürlich nicht viel hermachte, weil die Niederlande neutral geblieben waren, aber er erzählte trotzdem gern davon. Dann erschien in seinen Augen ein Glanz, der normalerweise fehlte. Außerdem war er Mitglied des Freiwilligen Landsturms und nahm manchmal an Manöverübungen teil. Paraden mit militärischer Marschmusik lösten bei ihm ungekannte Begeisterung aus.

Meine Lieblingslektüre bestand aus Kriegsbüchern, ob sie nun vom Achtzigjährigen Krieg oder vom Bauernkrieg handelten. Ich wusste alles über Ränge und Stände, über Kavallerie und Infanterie, Medaillen und Abzeichen. Je höher der Rang, desto größer in meinen Augen der Held. Atemlos konnte ich den Geschichten eines Onkels lauschen, der in jungen Jahren Maschinist bei der Königlichen Marine gewesen war. Montevideo, Rio de Janeiro, Kap der Guten Hoffnung, Batavia – das waren Zauberworte. Ein anderer Onkel war in Indien Offizier bei der Militärpolizei gewesen. Das war ein richtiger Haudegen. Er hatte – für Königin und Vaterland – Atjeher über die Klinge springen lassen und dabei einen Daumen verloren.

Die leere Stelle zeigte er gern.

Und das Zeichnen. Mein Vater hatte einst den stillen Wunsch gehegt, Kunstmaler zu werden. Bilder von grasenden Kühen an den Wänden unseres Wohnzimmers zeugten noch davon. Aber seine Verpflichtungen gegenüber Familie und Betrieb sowie seine religiöse Berufung hatten dem einen Riegel vorgeschoben.

Bei uns zu Hause verkehrten regelmäßig Maler. Wirkliche Künstler mit Bärten, in weite Umhänge gehüllt und mit Schlapphüten. Sie kamen aus Den Haag oder Rotterdam, um in unserer Gegend zu malen. Landschaften, holländischen Himmel, Frühlingsblüten, und manchmal einen Bauernhof als Auftragsarbeit. Und wehe, wenn sie sich dabei Freiheiten herausnahmen! Die Holzstreben an den Fenstern, die Troddeln an den Gardinen – die Bäuerin zählte sie alle sorgfältig bei Lieferung. Und wenn auch nur ein einziges Detail fehlte, wurde natürlich nicht der gesamte Betrag gezahlt.

Mittags aßen diese Maler bei uns, und ich begleitete sie oft, um mit meiner bevorzugten Holzkohle Skizzen anzufertigen.

»Jan kann doch so gut zeichnen«, so mein Vater eines Tages zu Herrn Zielman, Reisender in Farbwaren, Glas und verwandten Artikeln, und – wie es hieß – Liebhaber von Gemälden. »Jan, zeig Herrn Zielman mal diese Zeichnung von den Bäumen ...« – Ich hatte kurz zuvor eine Holzkohlezeichnung von einigen Bäumen im Wind angefertigt:

»Man *fühlt* den Wind geradezu ...« Herr Zielman nickte zustimmend.

»Herr Bremmer in Den Haag müsste Jans Zeichnungen einmal sehen. Das ist ein Freund von mir – ein großer Kunstkenner. Ich wüsste gern, was er dazu meint.«

Man vereinbarte, dass mich Herr Zielman beim nächsten Mal, wenn er auf seiner Runde vorbeikäme, nach Den Haag mitnehmen sollte. Und zwei Monate später war es soweit. Wirklich bis nach Den Haag! Mit dem Auto! Vor lauter Aufregung konnte ich fast nichts essen. Wir tuckerten an der IJssel entlang nach Gouda, ließen Waddinxveen links liegen, fuhren Richtung Boskoop und dann weiter, bis wir an der Lange Voorhout in Den Haag vor einem imposanten Haus anhielten. Ein Mädchen mit weißer Schürze öffnete. Ich staunte nicht schlecht.

Zimmer, die Sälen glichen, ausgelegt mit dicken Teppichen. Spiegel. Bronzestatuen auf Sockeln. Schwere gefirnisste Gemälde in breiten, vergoldeten Rahmen. Schränke voller Porzellan. Ein Flügel. Sofas. Und auf diesen Sofas junge Frauen in tief ausgeschnittenen exotischen Gewändern, Gewändern, die durchsichtig zu sein schienen ...

»So, du bist also Jan Montyn.«

Dort, in einem großen Ledersessel saß ein Herr. Er war in einen seidenen Morgenrock gehüllt, mit einem langen Mundstück rauchte er eine scharf würzige Zigarette. Ohne aufzustehen reichte er mir die Hand:

»Dein Vater ist ein Freund von Herrn Zielman hier. Herr Zielman ist ein Freund von mir. Also sind wir auch Freunde, Jan.«

Ich durfte mich auf einen niedrigen Puff setzen, und als diese jungen Frauen um mich schwirrten, wusste ich gar nicht mehr, wohin ich schauen sollte. Sie tranken Wein aus Kristallgläsern, ich bekam Limonade.

»Ich bin sehr gespannt auf deine Arbeiten, Jan. Lass dein Skizzenbuch mal sehen, dann schauen wir es uns in aller Ruhe an.«

Und das machte er, Seite für Seite. Auf der Zeichnung mit den Bäumen im Wind blieb sein Blick länger ruhen.

»Hast du die gemacht?«

Ich nickte atemlos.

Herr Bremmer schaute zu Herrn Zielman auf, der über seine Schulter mitschaute.

»So muss eine Zeichnung komponiert sein, Hans.«

Woraufhin Herr Zielman bemerkte: »Man *fühlt* den Wind geradezu.«

Und danach mussten wir uns wieder dringend auf den Weg machen, denn Herr Zielman fuhr nicht gern im Dunkeln.

»Mach weiter so, Jan. Viel üben, hart arbeiten«, so Herr Bremmer beim Abschied. Und das waren die Worte, die ich zu Hause wiederholte. Ich hatte ausführlich Bericht erstattet. Prachtvolles Haus. Prachtvolle Gemälde. Prachtvolle Plastiken.

Aber die jungen Frauen hatte ich verschwiegen. Die waren mein Geheimnis.

Ich zeichnete tatsächlich weiter, denn es machte mir Spaß. Aber wenn jemand fragte, was ich später werden wollte, dann antwortete ich:

»Seemann, wie mein Onkel. Oder Pilot.«

Womit ich meinte: Weg. Weg von zu Hause. Weg aus der Schwere, weg von all dem Schwarzen um mich herum.

Zu meinem Geburtstag hatte ich ein Fahrrad bekommen. Zwar ein ausrangiertes von meinem Onkel in Apeldoorn, aber immerhin. Ein echtes *Raleigh*, ein Herrenrad mit Zugbremse. Keiner der anderen Jungs hatte so eines. Stundenlang scheuerte ich es, bis kein Farbtupfer mehr auf dem blanken Metall war, und danach lackierte ich es, Schicht für Schicht, bis es tiefschwarz glänzte, wie neu – und ich zog in den Polder, allein. Hinter dem Horizont lockte das Unbekannte. *Freiheit* hieß es.

Es begann damit, dass ich eines Sonntags nach dem Mittagessen, während meine Eltern ruhten, dem Haus entfloh. Dann ging ich in den Garten, angeblich um nach den Tieren zu schauen. Das war zwar nicht erlaubt, doch ich tat es trotzdem, ohne zu fragen. Schließlich war nichts erlaubt. Was für einen Sinn hatte es, um Erlaubnis zu fragen, wenn man von vornherein wusste, dass man sie doch nicht bekommen würde? »Du bist ein Nagel zu meinem Sarg. Gott sprach: Wer seine Eltern mit Füßen tritt, wird selbst mit Füßen getreten werden. Geh mir aus den Augen!« – Woraufhin ich zur Strafe in meinem Zimmer eingesperrt wurde und durch das Zimmerfenster nach draußen stieg.

Der nächste Schritt war, dass ich bei schönem Wetter einfach das Rad nahm und aufs Geratewohl losfuhr, in den Polder. So etwas hatte es noch nie gegeben. Mit dem Fahrrad! Am Sonntag! Und dann auch noch der Sohn des Ältesten! Man schrie und drohte, man flennte und knirschte mit den Zähnen, aber es half nichts.

Und es endete damit, dass ich mich rundheraus weigerte, noch weiter zur Kirche zu gehen. Ich hielt es zwischen diesen Mauern nicht aus. Diese Traurigkeit, diese bleichen Gesichter über dem Schwarz. Und diese Sintflut von Worten, die mir absolut nichts mehr sagten. – Dann eben zur Hölle.

Ich war zwölf, es war ein halbes Jahr nach Piets Tod. Es war Sonntagmorgen. Herrliches Wetter. Ich hatte tags zuvor mit Pim ausgemacht, auf dem Weiher segeln zu gehen. Ich war fest entschlossen. Wir hatten das sonntäglich geschlagene Ei im Bett bekommen, wie immer. Ich hatte mich angezogen, träumend, abwesend. Meine Werktagsknickerbocker, graue Strümpfe. Und nicht die schwarzen, die Mutter auf den Stuhl gelegt hatte. Die Treppe runter.

»Warum hast du deine Strümpfe nicht angezogen?«

»Weil ich keine Lust hatte.«

Während des Frühstücks wurde weiter kein Wort gesprochen.

Und dann der Moment. Der Moment, in dem die Welt für Augenblicke stillstand.

Die Schwestern sind damit beschäftigt, den Tisch abzuräumen, Mutter hält die Teekanne in der Hand, Vater sitzt in seinem Stuhl, das Predigtenbuch auf dem Schoß. Ich räuspere mich. Mir ist, als komme meine Stimme von weither. Meine Ohren sind verstopft.

»Ich gehe nicht zur Kirche. Ich gehe gleich mit Pim segeln ...«

Stille. Alles und alle, Mutter, die Schwestern, die Spatzen in der Dachtraufe bis hin zur Pendeluhr auf dem Kaminsims halten den Atem an. Aber dann plötzlich ein schriller Schrei und ein Nacheinander wilder Bewegungen, in einem solch rasenden Tempo, dass es scheint, als wolle die Zeit, die eben noch stillstand, den Schaden wieder wettmachen. Mein Vater ist mit hervorquellenden Augen aus seinem Stuhl aufgesprungen. Seine Weste ist grau von der Asche. Und er zertritt etwas, einfach so auf dem Teppich. Mein Vater hat seine köstliche Sonntagszigarre verkehrt herum in den Mund genommen ... Und er hat geflucht! *Mein Vater hat geflucht!* – Ein Fluch, so schrecklich, dass ihn niemand jemals zu wiederholen wagen wird. Er sticht mit dem Finger in die Luft, mit hochrotem Kopf, und schnappt nach Luft:

»*Du! Du!* Der Teufel, der in dich gefahren ist, hat mit meiner Zunge gesprochen! *Das kommt über dein Haupt!*« – Woraufhin er in die Küche stürmt, gefolgt von meiner Mutter, die sich unter lautstarkem Klagen dem Abwasch widmet.

An jenem Morgen sollte ein anderer Ältester den Gottesdienst leiten. Aber ich war nicht dabei. Ich war segeln.

Ich hatte zum letzten Mal einen Schritt über die Schwelle der Kirchentür gesetzt. Still sitzen in einer Kirchenbank, still sitzen in der Schule – eines war so langweilig wie das Andere. Als ich kurz darauf vor die Wahl gestellt wurde, weiter zur Schule zu gehen oder Vater im Geschäft zu helfen, entschied ich mich für Letzteres. Von Zeit zu Zeit ging es gut. Dann wieder packte mich die Unruhe. Ich nahm das Rad und machte mich für den Rest des Tages davon. Nach Utrecht. Geschäfte anschauen, Fotos bei einem Kino betrachten. Oder ich ging nach Soesterberg, zum Militärflughafen. Dort standen auch einige Fokker D 21. Die waren nach Finnland verkauft worden. Denn in Finnland passierte etwas.

»Dank dem Herrn Hitler gibt es in Deutschland jetzt keine Arbeitslosigkeit mehr«, meinte Herr Veenstra, ein kugelrundes Männchen mit Knopfaugen, das in regelmäßigen Abständen bei uns auftauchte, in der einen Hand einen Koffer mit erbaulicher Literatur, in der anderen Korsetts – denn die, die in den Geschäften verkauft wurden, taugten aus geheimnisvollen Gründen nichts.

Mein Vater kaute, schluckte, die Augen starr auf seinen Teller geheftet. »Die Kartoffeln sehen dieses Jahr gut aus, aber im Salat sind die Läuse.«

Denn Politik zu Tisch war tabu, ob es nun um Colijn oder Mussert ging. Man wählte die SGP von Pfarrer Kersten, man las *De Banier*, die Zeitschrift von Pfarrer Kersten. Und das reichte. Wer waren Colijn und Mussert? Hohe Herren im fernen Den Haag. Mehr brauchte man nicht zu wissen.

In Spanien hatte ein Bürgerkrieg gewütet. Zwischen Bolschewisten und Katholiken. So etwas wie Teufel gegen Satan also. Die Bolschewisten verleugneten Gott und der Papst war der Antichrist des Vatikans.

Drei Jahre später überfielen die Russen Finnland. Und in Finnland wohnten *Christen*. Eigentlich handelte es sich also um einen Kampf zwischen Gläubigen und Ungläubigen, wie damals im Bauernkrieg: die tapferen Bauern, fest in der Lehre, Söhne von Hollands Stimme, gegen eine große Übermacht weibischer, feiger Engländer. Die eine Partei war ›gut‹, die andere ›schlecht‹. Glaube gegen Unglaube. Auserwählt oder verdammt. Held oder Schurke.

Das Weltgeschehen spielte sich auf einer Bühne ab, die unermesslich weit weg war, weiter als Utrecht, weiter als Amsterdam. Von dieser Welt trennte uns ein unvorstellbarer Graben, eine tagelange Reise. Dadurch wurde die Angst vor Krieg zu etwas Unwirklichem, denn dafür musste man den ganzen Weg nach Finnland, oder nach Polen.

Aber eines herrlichen Frühlingsmorgens wurde deutlich, dass auch das Umgekehrte möglich war: Das Weltgeschehen unternahm jene unvorstellbare Reise. Um fünf Uhr morgens weckte uns das Dröhnen von Flugzeugen. Es war der zehnte Mai des Jahres 1940.

Die Ordnung des Besatzers

Die ersten Kriegstage waren spannend und verwirrend. Niemand schien zu arbeiten. Die Menschen trieben sich auf der Straße herum, kamen einfach so vorbei. Zu Mutters großem Entsetzen wurde zu Hause sogar das heiligste Gebot, die festen Mahlzeiten, mit Füßen getreten: Wir gingen ein und aus, aßen etwas in der Küche. Die unwirkliche Atmosphäre wurde noch durch das schöne Wetter verstärkt, die ersten strahlenden Frühlingstage nach einem langen, düsteren Winter.

Wir Jungs, Pim, Chiel und ich – wir waren fünfzehn –, zogen den ganzen Tag mit dem Fahrrad los, trotz des Verbots unserer Eltern. Nichts und niemand konnte uns abhalten. Hier passierte etwas, was wir nur aus Geschichtsbüchern kannten, und wir wollten es auf keinen Fall verpassen. Auch wenn es gefährlich war. Enorme Formationen deutscher Flugzeuge zogen mit monotonem Donnern über uns hinweg.

»Die fliegen mit Fallschirmjägern nach Den Haag«, so Pim, dessen Familie zu Hause ein Radio hatte.

Es kam zu Luftgefechten. Trockenes Knattern von Bordgeschütz ins Nichts. Weiße Wolken fächerten sich in der sanften blauen Luft. Schwindel erregende Wendungen, grazile Loopings …

Aber das hier war Ernst, und wenn ein deutsches Flugzeug abstürzte, brennend wie eine Fackel, und einen schmutzigen Rauchschwanz hinter sich ließ, erklang Jubel. Das passierte allerdings erschreckend selten.

Wir riefen einander die Namen der unterschiedlichen Flugzeugtypen zu. Es gab die niederländische Fokker D21, dann eine G1 mit Doppelleitwerk. Dort kamen die deutschen Heinkels und, in großer Zahl, die Junkers, erkennbar an dem Wellblech, mit dem sie beplankt waren. Wir hatten uns neben unseren Rädern ins Gras gedrückt und schauten aus der Deckung eines Deiches zu, wie Sturzkampfflugzeuge ein Viadukt dem Erdboden gleichmachten, nicht mehr als hundert Meter von uns entfernt. Die Explosionen dröhnten über unseren Köpfen, Zementbrocken und Gestein prasselten in nächster Nähe nieder. Ich musste nach Luft schnappen. Das passierte *wirklich*. Alles Vertraute wurde in Stücke zerrissen, nichts mehr war vorhersagbar, alles war möglich. Auf dem Rückweg enthielten wir uns des sonst üblichen, erregten Kommentars.

Wie die Sache genau stand, wussten wir nicht. Das wusste niemand. Wir hielten es allerdings für ziemlich logisch, dass die Flugzeuge Richtung Den Haag flogen. Das war schließlich unsere Residenzstadt, der Sitz unserer Regierung. Krieg war etwas, das sich auf hoher Ebene zwischen zwei Staaten abspielte, wie in früheren Zeiten zwischen Königen. Wenn der eine das Regierungszentrum des Anderen besetzt hatte, war der Streit beigelegt. Aber dass so etwas auch in diesem Fall geschehen könnte ... Zur Not konnte sich unsere Armee noch immer hinter der holländischen Wasserlinie verschanzen. Diese würden die Deutschen im Leben nicht überwinden können! Im Übrigen war das hier ein ›gemeiner Überfall‹. Und auf so etwas konnte niemals Segen ruhen. Auch nur wenige Tapfere würden niemals gegen eine Übermacht Gewissenloser den Kürzeren ziehen. Hatte man jemals ein Buch gelesen, in dem das Recht *nicht* den Sieg davongetragen hatte? – Wir nicht.

Unterdessen machten Gerüchte die Runde. Unsere Armee hielt tapfer die Stellung am Abschlussdeich und am Rhein beim Grebbeberg. Ein schlagkräftiges französisches Heer stieß von Zeeland vor. Und unsere Marinesoldaten, die berühmten ›schwarzen Teufel‹, machten bei Rotterdam Hackfleisch aus den deutschen Luftlandetruppen. Trotzdem sei höchste Wachsamkeit geboten. Denn es hieß, die holländischen Faschisten, die NSB, hätten eine ›Fünfte Kolonne‹ formiert, um unseren Leuten in den Rücken zu fallen. Ihre Mitglieder wurden scharenweise anhand von schwarzen Listen aufgegriffen. Auch in Oudewater, wo man sie in einem

Schulgebäude arretiert hatte. Unter ihnen waren Leute, von denen niemand gewusst hatte, dass sie Mitglieder der NSB waren. Der Verrat lauerte an allen Ecken.

Es passierten, wenn man es glauben durfte, die seltsamsten Dinge. Das Trinkwasser sollte verunreinigt sein, man hatte vergiftete Pralinen hineingeworfen, und auch bestimmte Füllfederhalter waren alles andere als vertrauenswürdig: Sie explodierten, wenn man sie aufschraubte ... Des Weiteren sollten deutsche Fallschirmjäger gelandet sein, verkleidet als Dienstmädchen, Mönche und Priester. Katholischen Geistlichen begegnete man daher mit dem größten Misstrauen, auch meinem Vater, der als freiwilliger Landsturmmann bei der Bewachung der IJsselbrücke eingesetzt wurde. Dort stand er hinter einem Stacheldraht, bewaffnet mit einem echten Gewehr, das er zu Hause endlos reinigte und ölte. Mit ihm war nicht zu spaßen.

Wenn ich ihm winkte, grüßte er nicht zurück. Mit einer unwirschen Kopfbewegung gab er mir zu verstehen, dass ich mich wie die anderen Jungs davonmachen sollte. Sohn Jan hin oder her.

Drei Tage später war es vorbei. Am Morgen vernahmen wir, dass die Königsfamilie nach England geflohen war. Bei dem Bericht brach meine Mutter in Schluchzen aus. Es schien, als würde es erst jetzt zu ihr durchdringen, dass dies alles wirklich passierte. Mein Vater meinte mit versteinertem Gesicht: »Dann ist alles verloren. Gott hat es prophezeit. Die Niederlande werden bestraft.«

Am selben Tag erhob sich um die Mittagsstunde am Horizont eine enorme schwarze Rauchwolke: Rotterdam war bombardiert worden. Die ›offene Stadt‹, hieß es, ein Verbrechen gegen die Kriegsgesetze. Und noch am selben Abend wurde die Kapitulation bekannt gegeben.

Ich stand neben Chiel an die Fassade des Hotel de Roos gelehnt. Durch das offene Fenster war ein Radio zu hören. »General Winkelman spricht«, doch von dem, was er sagte, konnten wir nur Wortfetzen verstehen. Unser Heer hatte den Kampf eingestellt, so viel war deutlich – und es war, als würde damit etwas in mir zerbrechen. Es war unwiderruflich, und ich musste plötzlich an Piets Tod denken. Nichts würde mehr so sein wie früher.

Dann erklang plötzlich mit kräftiger und deutlich zu vernehmender Stimme, als sei alles nur ein Missverständnis, als könne doch ein Sieg gefeiert werden:

»Es lebe ihre Majestät, die Königin! Es lebe das Vaterland!« – Und darauf erschallte das Wilhelmuslied, unsere Nationalhymne, schrill und metallisch, wie ich sie noch nie zuvor gehört hatte. Im Innern des Hauses schlug jemand ein Bierglas in Scherben. Den Passanten liefen Tränen übers Gesicht. Chiel und ich gingen nach Hause, still und am Boden zerstört.

In jener Nacht schlief ich mit der Vorstellung ein, ich würde am nächsten Morgen in einer vollkommen anderen, einer besetzten Welt aufwachen.

Die Wirklichkeit war anders, denn an den darauf folgenden Tagen passierte nichts Besonderes: Die Leute gingen wieder zur Arbeit, auch Vater und ich, und der Alltag nahm erneut seinen Lauf. Bis ich wieder zum Zeichenunterricht ging, den ich seit einem Jahr abends besuchte. Gleich als ich reinkam, spürte ich die Feindseligkeit von Schülern und Lehrern.

»Deinen Vater, den kriegen wir noch, und dich gleich dazu ...«, raunte man mir zu, als ich mich setzte. Ich drehte mich um, fassungslos:

»Aber was ist denn ...?«

»Halt's Maul, Moffenfreund!«

Was ich nicht wusste, schien jeder zu wissen: Auf jener berüchtigten schwarzen Liste möglicher Landesverräter hatte auch der Name meines Vaters gestanden. Nach der Schule passten sie mich auf dunkler Straße ab. Fünf, sechs gegen einen.

Ich musste machen, dass ich fortkam, wollte ich unversehrt nach Hause kommen. Nichts verstand ich von all dem. Wie konnte mein Vater, der doch, auch wenn in unserer Gegend nicht gekämpft worden war, unbeirrt die IJsselbrücke gegen die Deutschen verteidigt hatte, nun plötzlich als Landesverräter gelten? Chiel war es, der mich am nächsten Tag aufklärte, denn ich hatte nicht gewagt, meinen Vater direkt zu fragen. Vielleicht wusste er es selbst nicht einmal. Oder schämte ich mich?

Chiel hatte zu Hause gehört, dass mein Vater am Sonntag zuvor in der Kirche gepredigt hatte, man müsse der Obrigkeit zu allen Zeiten gehorchen, egal, ob es sich um die Besatzungsmacht handelte oder nicht.

»Die Deutschen sind eine Geißel in Gottes Hand ...«, imitierte er meinen Vater salbungsvoll.

Ob ich diese Meinung teilte, tat nichts zur Sache. An den folgenden Tagen wurde ich weiter bedroht, Jungs lauerten mir mit Holzschuhen in den Händen in Gassen auf, einst vertraut, jetzt Höhlen voller Gefahr. »He, gemeiner Landesverräter! Komm her, wenn du dich traust!«

Vorläufig hielt ich mich wohl besser von der Straße fern. Dann eben keinen Zeichenunterricht. Wenn es nur einer gewesen wäre, aber sie waren nie allein. Am meisten erstaunte mich, dass man Jungs aus faschistischen Familien in Ruhe ließ. Ihre Väter hatte man an jenem zehnten Mai aufgegriffen. Im schlimmsten Fall grüßte man sie nicht. Doch dabei blieb es.

Dann kamen die Deutschen. Zuerst motorisierte Einheiten: Panzer, Panzerwagen, Motorräder mit Seitenwagen. Sie rasten über den IJsseldeich, hielten an, verlangten Benzin und verschwanden in Richtung Gouda. Das war der Feind. Und doch staunten wir nicht schlecht. Diese Deutschen sahen um einiges kriegerischer aus als die Niederländer in ihren schlotternden Uniformen und diesen albernen Wickelgamaschen. Danach kam eine Kavallerieabteilung, berittene Soldaten, die in Oudewater blieben. Die Pferde wurden in Kraans Gartenlokal gegenüber von unserem Haus eingestallt, und bei uns quartierte man Soldaten ein. Und plötzlich, aus der Nähe, waren diese deutschen Soldaten gar nicht die wüsten Rabauken, die ich mir vorgestellt hatte. Sie plünderten nicht, sie brandschatzten nicht und meine Schwestern blieben unbehelligt. Sie waren eigentlich ganz normale Bauernjungs, irgendwo aus Norddeutschland, die sich, abgesehen von der seltsamen Sprache, die unserem Friesisch ähnelte, nur wenig von unseren Bauernjungs unterschieden. Ganz offensichtlich stimmte nicht, was man uns immer wieder vorgehalten hatte, dass nämlich der Feind ein brutaler Unmensch sei.

Und so gab es noch mehr.

Der Maurer van der Woude und Knier, einer der Bauunternehmer, waren schon jahrelang Mitglieder der NSB gewesen. Wir hatten oft mit ihnen zusammengearbeitet, Umbauten, Restaurierungen, und ich war oft bei ihnen zu Hause gewesen. Und diese Leute, die man schon seit Jahr und Tag kannte und die einem nie etwas zuleide getan hatten, taugten plötzlich nichts mehr: Die NSB hatte das Land verraten – auch wenn man in Oudewater davon kaum etwas gemerkt hatte. Van der Woude und Knier waren plötzlich ›falsch‹.

Ich wusste nicht so recht, was ich mit diesem Wort anfangen sollte. Waren sie plötzlich im Gegensatz zu den Leuten, die sie schief anschauten, nicht mehr ›nett‹? Waren die Anderen etwa ›gut‹? Das stimmte meiner Meinung nach schon gar nicht, denn diese Leute buckelten vor den Deutschen, wenn sie mit ihnen Geschäfte machen konnten, und ausgerechnet die Söhne dieser Leute waren es, die mir auf der Straße das Leben zur Hölle machten.

»Sag deinem Vater, dass ich auf seine Dienste verzichten werde.«

Zaliger, ein Großbauer, sagte das. Er war immer ein guter Kunde gewesen. Ich war an diesem Morgen seit jenen chaotischen Novembertagen zum ersten Mal wieder bei ihm erschienen, um den Auftrag zu erledigen, mit dem wir schon einige Wochen beschäftigt waren. Ich holte tief Luft.

»Wer liefert hier denn den Moffen Käse?«

»Verschwinde! Runter von meinem Hof!«

Abgesehen von solchen Zwischenfällen nahm das Leben anfangs seinen normalen Lauf: Arbeit auf dem Land, Aufträge mit Vater oder allein. Aber nach einiger Zeit wurde die Beschaffung unseres Arbeitsmaterials immer schwieriger. Hinzu kam, dass die Auftragslage äußerst schlecht war. Es war einfach nicht die Zeit, in der man sein Haus ordentlich herrichten ließ.

Wir mussten also eine andere Einkommensquelle finden. Es gab zu wenig Seife, und die stellten wir nun her, aus kaustischem Soda und Leinöl. Davon hatten wir einen großen Vorrat. Und als er aufgebraucht war, soßierten wir mit einem Tabakextrakt Papierblätter. Die ganze Werkstatt hing voll. Waren sie getrocknet, lieferten wir sie an eine Fabrik, wo sie zu Deckblättern verarbeitet wurden – nicht gerade die abwechslungsreichste Arbeit, die man sich vorstellen kann.

Meine ehemaligen Freunde sah ich nur noch selten. Pim war auf der höheren Schule, Chiel arbeitete im Antiquitätenladen seines Vaters. Und im zweiten Kriegsjahr zogen sie um, Pim, dessen Vater mittlerweile der NSB beigetreten war, nach Bergen op Zoom und Chiel nach Amsterdam. Andere Freunde traten nicht an ihre Stelle, und wenn ich bei schönem Wetter rausging, war ich allein.

Oft stieß ich dabei in den Feldern auf kleine Gruppen des Jugendsturms, einer pfadfinderartigen Jugendorganisation der NSB. Ihre Aktivitäten zogen mich sehr an. In den hellblauen Hemden und dunkelblauen Hosen sahen die Jungs sportlich aus. Ausgerüstet mit einem langen Stock und Kompass wanderten sie durch die Polderlandschaft, sangen geheimnisvolle Lieder, trieben Sport, zelteten. Sie machten wenigstens etwas, strahlten Unternehmungslust aus – ganz im Gegensatz zu meiner alltäglichen Umgebung, wo jeder ständig beschäftigt war, doch keinen Schritt weiterkam. Außerdem herrschte bei den Jungs ein Klima jovialer Kameradschaft, auf die ich, allmählich zum Einzelgänger geworden, überaus neidisch war.

Ich schaute aus der Entfernung zu. Ein etwas älterer Junge hatte ein Seil in der Hand, demonstrierte einen Knoten: »Das ist ein Reffknoten. Den braucht man zum Binden von Reffbändsel.« – Er sah mich, stockte, gab einem der Jungs, die im Halbkreis zu seinen Füßen saßen, ein Zeichen. Dieser stand auf und kam auf mich zu. Ich kannte ihn vom Sehen.

»Was machst du denn hier?«

»Ich schaue ein bisschen zu.«

»Du kannst dich ruhig zu uns setzen.«

Samstagnachmittags war ich immer häufiger bei ihnen. Dieser Kreis wurde zu meinem Zufluchtsort. Dort wurde ich akzeptiert, obwohl ich nicht zur Organisation gehörte.

Und da war noch etwas. Es drängte mich, unter Jungs zu sein. Aber dass dieser Drang vielleicht weiter reichen konnte, als man für normal hielt – dessen war ich mir nicht bewusst. Obwohl ...

»He, schöner Junge.«

Das hatte Schneider Krul vor nicht allzu langer Zeit zu mir gesagt, während seine Hand auf meinem Nacken ruhte. Krul war verheiratet und hatte Kinder, doch man tuschelte über ihn. Mit hochrotem Kopf hatte ich mich losgerissen, aber an jenem Abend hatte ich mich lange im Spiegel angestarrt. Ich? Schön? – Ich hatte mir über mein Kinn gestrichen, wo noch kein einziges Barthaar spross. Und ich war ins Bett gekrochen, verwirrt, erhitzt.

Zum Jahreswechsel 1942/43 wurde der allgemeine Arbeitsdienst eingeführt, in gewisser Hinsicht als Ersatz für den Wehrdienst. Ich war gerade achtzehn geworden und gehörte zur allerersten Gruppe der Einberufenen. Man konnte eine Freistellung erlangen, wenn die Arbeit, die man tat, im Interesse der Kriegsführung stand, doch das traf in meinem Fall nicht zu. Und außerdem wollte ich gern zum Arbeitseinsatz. Endlich etwas anderes. Gleich nach Neujahr brach ich auf, den Koffer in der Hand. Auf nach Leusden, in die Wälder bei Amersfoort. Zum ersten Mal weg von zu Hause, dem großen Abenteuer entgegen ...

Zusammen mit einigen Hundert anderen Jungs war ich dann da, untergebracht in Baracken. Wir erhielten kackgrüne Uniformen und eine Grundausbildung. Exerzieren mit einem Spaten über der Schulter. Links, rechts, stillgestanden. Das Ganze wurde von Unteroffizieren der ehemaligen niederländischen Armee geleitet. Wir machten lange Tagesmärsche, trieben viel Sport. Arbeitssoldaten nannte man uns.

Ich war erleichtert, aus Oudewater weg zu sein, dennoch verspürte ich zum ersten Mal so etwas wie Heimweh nach der Geborgenheit des Elternhauses, sosehr ich mich in den letzten Jahren auch dagegen gewehrt hatte. Trotzdem blieb ich, als wir nach einiger Zeit am Wochenende nach Hause durften, lieber im Lager. Ich hatte mein Fahrrad mitgenommen, und wann immer ich konnte, zog ich durch die Wälder: In meinen Augen war alles zugleich spannend und glänzend.

Auf Leusden folgte Weert in Limburg, wo wir bei der Kultivierung der Heidefelder eingesetzt wurden. Wieder eine neue Umgebung, die es zu entdecken galt. Dabei nahm ich gern in Kauf, dass ich bei meinen Streifzügen wegen meines komischen Aufzugs ausgelacht wurde.

»He! Koenraad vom Arbeitsdienst!« – Das war eine Figur, die in Anzeigen auftrat: ein Musterknabe, der alten Frauen über die Straße half und ihnen in der Straßenbahn seinen Platz anbot.

»Wenn du einen Furz lässt, liest er ihn für dich auf!« – Und dieser ›er‹ war ich.

Das alles dauerte ein halbes Jahr. Dann musste ich mich entscheiden: Wenn ich mich weiter verpflichtete, käme ich womöglich für eine Kaderausbildung in Betracht, wenn nicht, musste ich wieder nach Hause. Dann eben Letzteres – vom Arbeitsdienst hatte ich die Nase mittlerweile gestrichen voll.

So war ich also wieder in Oudewater. Zum ersten Mal war ich weg gewesen. Jetzt fing der alte Trott von neuem an. In der Werkstatt Deckblätter soßieren, rechtzeitig zu Tisch. Endlos scheinende Abende. Und dann ins Bett. Und am nächsten Tag wieder das Gleiche. – Es ging nicht mehr, ich fühlte mich wie ein Vogel im Käfig. Von Tag zu Tag wurde ich ruheloser, die Spannungen zu Hause nahmen zu. Außerdem war während meiner Abwesenheit der Arbeitseinsatz in der Kriegsindustrie eingeführt worden. Der drohte auch mir, denn auf eine Freistellung brauchte ich erst gar nicht zu hoffen – wie sehr ich es auch versuchen sollte. Fabrikarbeit war für mich gleichbedeutend mit Erniedrigung und Sklaverei. Unweit von Oudewater war eine Seilfabrik, und von klein an hatte ich voller Abscheu verfolgt, wie die Arbeiter der Nachtschicht jeden Morgen ehrerbietig am Straßenrand stehen blieben, wenn Herr Direktor van der Steen auf dem Fahrrad vorüberfuhr. Er auf der einen Seite, im Anzug mit Weste und Filzhut, sie auf der anderen, mit gesenktem Haupt, die Mütze in der Hand.

›Haltung annehmen‹, nannte das mein Vater mit einem militärischen Ausdruck. »Beuge dich niemals vor einem Menschen, Jan.« Doch vor van der Steen zog auch er den Hut, während dieser nur kurz daran tippte: Er war eben ein großer Kunde. – Und jetzt sollte ich in eine Fabrik? Bei dem Gedanken wurde mir heiß und kalt.

Einige Wochen später war es soweit. Ich musste in eine Maschinenfabrik, in Waddinxveen, nicht weit von uns. Dort hatte ich in ohrenbetäubendem Lärm Bolzen anzudrehen, von acht bis sechs. Ich geriet völlig in Panik. Das Dröhnen der Maschinen, das Gefühl, eingesperrt zu sein, angeschnauzt zu werden, weil ich wieder einmal etwas falsch gemacht hatte, alles in mir sträubte sich dagegen. Nach zwei

Tagen lief ich davon, einfach so, mitten am Tag, fest entschlossen, nie wieder einen Fuß in eine Fabrik zu setzen.

Aber das ging natürlich nicht. Das war Arbeitsverweigerung, eine Straftat. Ich musste wieder auf der Meldestelle antanzen und dort traf ich zufällig einen Jungen, den ich vom Jugendsturm her kannte. Wenn ich nun offiziell Mitglied würde, könnte er über ein Parteimitglied eine vorläufige Freistellung für mich erwirken. Und darauf ließ ich mich ein, allen Protesten meiner Eltern zum Trotz. Das Schreckensbild der Fabrik war damit vorläufig aus der Welt.

So war ich in diesem Sommer Samstagnachmittags im Vereinshaus von Woerden zu finden oder, bei schönem Wetter, im Freien: Spurensuchen, Kompasslesen, Feuer machen, in Gruppen durch die Polderlandschaft marschieren. Ich meldete mich auch zu einer Zelttour an, die in Arnhem beginnen sollte. Mit dem Zug nach Utrecht, dann umsteigen und weiter.

Und dort auf dem Bahnsteig in Utrecht lief ich einem Jungen in die Arme, der, ohne dass ich es genau in Worte fassen konnte, etwas in mir auslöste, von dem Augenblick an, in dem ich ihn sah: ein Gefühl, das ich bis dahin weder einem Mädchen noch einem Jungen gegenüber erlebt hatte. Ein Gefühl der Spannung und Entspannung zugleich. Ein Gefühl der Stärke, während im selben Augenblick alle Kräfte aus mir zu fließen schienen. *Bittersüß* war ein Wort, dessen Bedeutung ich bisher nicht verstanden hatte. Nun, das hier war also bittersüß.

Ohne ein Wort zu wechseln stiegen wir in denselben für den Jugendsturm reservierten Waggon, in dasselbe Abteil. Wir saßen uns gegenüber. Er schaute mich an und ich erwiderte seinen Blick. Wir lachten.

»Und was machst du so?«

Das Ungewöhnliche dieser Frage verbarg sich, was mich betraf, nicht so sehr in ihrem Inhalt, sondern eher darin, wie sie gestellt wurde: männlich, so, wie Erwachsene miteinander sprechen.

»Ich arbeite bei meinem Vater im Geschäft. Haus- und Dekorationsmaler. Und du?«

»Ich werde zur See gehen. Steuermann, große Fahrt.«

Er sagte es mit der Selbstverständlichkeit eines Menschen, der es gewohnt ist, eigene Entscheidungen zu treffen. Zur See. Das nahm man sich vor und das tat man dann einfach! – Aber so einfach lagen die Dinge natürlich nicht. Er hatte zwar die höhere Schule beendet, aber es war Krieg und im Krieg fuhr man überhaupt nicht zur See. Er hieß Hein, kam aus Limburg. Sein Vater war Deutscher und bei der Wehrmacht, seine Mutter war Niederländerin. Er war etwas älter als ich und einen halben Kopf größer: ein schlanker, gelenkiger Bursche mit dunklen Locken, wie ich, und braunen, etwas schräg stehenden Augen. Und jetzt erst realisierte ich, was mir, halb bewusst, schon auf dem übervollen Bahnsteig aufgefallen war: Wie ich trug er keine Jugendsturmuniform. Über dem blauen Hemd hatte er eine helle Windjacke an. Keine kurze blaue Hose, sondern dunkle Knickerbocker. Schwarze Sportschuhe mit Gummisohlen. – Solche musste ich mir auch unbedingt noch besorgen.

»Lass uns versuchen, zur gleichen Gruppe eingeteilt zu werden«, schlug Hein vor, während der Zug in den Bahnhof von Arnhem einfuhr. Und so waren wir, kaum eine Stunde, nachdem wir einander begegnet waren, zu zweit in den Wäldern unterwegs. Wir hatten eine Route und einige Aufträge mitbekommen: ein dreitägiger Fußmarsch kreuz und quer durch die Veluwe, auf befestigten Wegen, aber auch über

Wiesen und Felder. Da gingen wir also, ausgestattet mit etwas Wegzehrung, Karten und einem Kompass. Vor uns lagen drei strahlende Tage.

Unterwegs erzählten Hein und ich von zu Hause. Wir hatten viele Gemeinsamkeiten. Beide stammten wir aus engen Gemeinschaften, in denen der Glaube eine wichtige Rolle spielte. Auch er kam aus dem Handwerkermilieu. Beide hatten wir schwierige Zeiten hinter uns: Probleme daheim, Konflikte mit einem Umfeld, das uns nicht akzeptierte, in meinem Fall wegen der Religion, in seinem aufgrund seiner deutschen Herkunft. In Bezug auf Abenteuerlust stand keiner dem Anderen nach, beide waren wir schnell und geschickt, er vielleicht etwas stärker, ich zäher und ausdauernder. Was seine Fantasie betraf, war er mir jedoch weit überlegen.

Die Jugendsturmlager mieden wir, wir schliefen im Heu. Und dann, dicht neben mir, erklang seine Stimme. Er konnte stundenlang erzählen. Er war Kurier des Zaren gewesen. Er hatte Büffel gejagt. Er hatte auf Nova Zembla überwintert. Er war den Amazonas hinuntergefahren …

Übrigens würde er bald wirklich eine lange Reise unternehmen. Für drei Monate nach Österreich, in ein Wehrsportlager. Dort lernte man Bergsteigen, Ski fahren, mit Büchsen schießen. Was immer man wollte. Und es kostete nichts.

»Komm mit, Jan. Dann bist du auch den Arbeitseinsatz los!«

Ich brauchte nicht eine Sekunde darüber nachzudenken. Ich kniff ihn in den Arm.

»Mache ich. Was dachtest *du* denn?«

Drei Tage später waren wir Freunde fürs Leben. Wir verabschiedeten uns dort, wo wir einander begegnet waren, auf dem Bahnhof von Utrecht, und versprachen, einander schnell zu schreiben. Nach zwei Tagen kam sein erster Brief. Und der hatte sich mit meinem gekreuzt. In den darauf folgenden Wochen sahen wir uns fast jedes Wochenende. Wir trafen uns in Utrecht, er kam mit dem Zug, ich mit dem Fahrrad. Zogen umher, gingen ins Kino – ich zum ersten Mal in meinem Leben. Wir übernachteten beieinander, ich in Venray, er in Oudewater.

Und dass wir dabei in einem Bett schliefen, war für uns selbstverständlich.

Anfang September war es endlich soweit. Es musste gesagt werden:

»Ich gehe morgen weg. Nach Österreich. Ich gehe in ein Wehrsportlager, zusammen mit Hein.«

Der Teufel war los. Mutter in Tränen, Vater zitternd vor Wut. Diese Lager wurden von der Hitlerjugend organisiert. Das wussten sie aus der Werbung. Man flehte, man drohte.

Aber ich sagte, dass mir keine andere Wahl bliebe. Ich hatte mich angemeldet. Ich hatte meine Zugkarte schon in der Tasche.

So stieg ich am nächsten Morgen in einen Zug voller Jungs. Trotz allem ließ mich der Abschied für eine so lange Reise nicht unberührt und ich war ziemlich nervös wegen des leeren Platzes mir gegenüber, den ich mit meinem Rucksack besetzt hielt. Doch das änderte sich, als wir in den Bahnhof von Nimwegen einfuhren. Denn dort stand Hein.

Feuertaufe

Die Reise dauerte vier Tage und Nächte. Manchmal fuhren wir lange Zeit nur im Schritttempo, dann wieder standen wir stundenlang auf Rangiergleisen oder einfach auf offener Strecke. Der Zug wurde immer länger. Zuerst wurden Waggons aus Belgien angekoppelt, später aus Dänemark und Frankreich. Schließlich waren wir etwa sechshundert Mann, alle um die achtzehn Jahre alt.

Die Aufregung war groß. Kaum einer von uns war schon einmal im Ausland, manche sogar noch nie von zu Hause weg gewesen. Wir staunten nicht schlecht. Deutschland. Sogar die Bäume schienen anders auszusehen. Dort wand sich glitzernd der Rhein, dem wir anfangs treu folgten, in der Ferne lag die Eifel, dort das Taunusgebirge – alles, was in den Erdkundebüchern stand, existierte tatsächlich. Doch was wir da sahen, waren lediglich Hügel und – konnten wir jenen glauben, die diese Reise schon früher unternommen hatten – nichts im Vergleich zu dem, was uns am Ziel unserer Reise erwarten sollte: die Alpen. Doch wir sahen mehr.

Wir fuhren an bombardierten Städten vorbei, ausgebrannten Fabriken, Trümmern. Zum ersten Mal machten wir im großen Stil Bekanntschaft mit den Folgen der Kriegsgewalt. Das galt für mich, das galt für die meisten von uns. Wir befanden uns plötzlich inmitten eines Krieges, der ziemlich unbemerkt an den Dörfern und Provinzstädtchen vorbeigeschlichen war, aus denen wir kamen. Manche betrachteten die Szenerie still und beklommen, Andere taten, als sei das die normalste Sache der Welt.

Während eines Halts standen wir an einem Bahnsteig, an dem ein Transport voller Verletzter stand, direkt von der Front.

»Die reinste Fleischerei«, meinte einer.

»Krieg ist Krieg«, meinte ein Zweiter.

Und ein Dritter wandte seinen Blick ab, bleich um die Nase.

Hein und ich nutzten die Gelegenheit, stundenlang im Flüsterton miteinander zu sprechen. Ich erzählte von der Kirche. Von Piets Tod. Von meinem Vater. Ich hatte noch nie zuvor darüber reden können. Es war, als lägen erst jetzt meine Kinderjahre hinter mir, in zeitlicher und räumlicher Ferne.

»Die Zunge wird dir ausgerissen, deine Glieder werden im Feuer schmoren, du wirst ewig brennen ...«

Ich erzählte von den Ängsten, die ich nachts in meinem Bett ausgestanden hatte. Hein hörte aufmerksam zu. Und auf meine Frage, ob er das nicht alles kindisch finde, schüttelte er den Kopf:

»Was für Idioten. Wenn die in den Himmel kommen, dann will ich lieber in die Hölle ...«

Ab und zu hielt der Zug an einem kleinen Bahnhof und dann durften wir uns eine Stunde die Beine vertreten. Ansonsten konnten wir den Zug nicht verlassen. Wir aßen in ihm, wir schliefen dort auf schmalen Pritschen, die tagsüber hochgeklappt wurden. Dann liefen wir ein wenig herum, von der einen Gruppe zur nächsten. Was für eine wunderliche Mischung der Sprachen! Große Aufregung, wenn der Andere kein Wort von dem verstand, was man sagte. Viel Zeichensprache.

Natürlich waren die Kriegschancen das alles bestimmende Gesprächsthema. Stalingrad war gefallen, in Nordafrika hatte Rommel ins Gras gebissen. ›Deutschland siegt an allen Fronten‹, hatte ich in Utrecht auf einem Plakat gelesen. Nun, das stimmte also doch nicht. Trotzdem schien niemand am letztendlichen Sieg Deutschlands zu zweifeln. Ich wusste es nicht. Es herrschte nun schon seit drei Jahren Krieg. Anfangs hatte ich noch geglaubt, Krieg sei etwas, das von selbst vorüberginge, wie die Jahreszeiten, nun konnte ich mir nur schwer vorstellen, dass er überhaupt jemals zu Ende sein würde.

Politische Ansichten tauschte man auch eifrig aus – doch in meinen Ohren beteten die Kerle nur nach, was sie zu Hause gehört hatten. Es gab zwei Gruppen, die völlig entgegengesetzte Meinungen vertraten. Die eine, zu der viele Flamen und Dänen gehörten, war noch deutschgesinnter als die Deutschen selbst. Sie fanden, ihr Land müsse in einem großen germanischen Reich aufgehen. Die Anderen meinten, die jeweiligen Länder sollten ihre Unabhängigkeit wiedererhalten. Aber alle schienen es zu begrüßen, dass Deutschland in ihr Land eingefallen war. War das denn nicht ein ›heimtückischer Überfall‹ gewesen? – Ich hielt besser den Mund.

»Mein Bruder ist an der Ostfront. Wenn ich aus dem Lager zurückkomme, gehe ich auch. Wir werden es diesen Bolschewiken schon zeigen! Und du?«

»Meine Eltern erlauben es nicht ...«

»Seine Eltern erlauben es nicht«, höhnte es verächtlich. »Für eine gute Sache brauchst du keine Erlaubnis deiner Eltern!«

»Der ist verrückt«, sagte Hein. – Sie hatten zu Hause schon lange nichts mehr vom Vater gehört. Er war einberufen worden – und alles andere als begeistert gewesen.

In einer dieser Nächte wachte ich auf. Am Abend hatten wir München hinter uns gelassen. Der Zug stand und außer den regelmäßigen Atemzügen von Hein und den anderen Jungs im Abteil war nichts zu hören. Ich drehte mich auf die Seite, schob den Rollvorhang ein Stück hoch und spähte hinaus.

Die Nacht war hell und windstill. Dem Stand des Monds und der Sterne nach zu urteilen, musste es etwa vier Uhr sein. Wir hatten am tiefsten Punkt eines Tals angehalten, das von niedrigen Hügeln umsäumt war. Baumgruppen, Sträucher, ein düsteres Gehöft, Telefonmasten, eine umzäunte Weide mit einem reglosen Pferd – alles war in ein überirdisches, bläuliches Licht gehüllt, in dem sich die Konturen scharf abzeichneten, während alles, was im Schatten lag, im tiefen Schwarz verborgen blieb.

Unvorstellbarer Gedanke, dass im selben Moment irgendwo weit weg ein Haus stand, still und düster. Auf den Zehenspitzen die Treppe hinauf... Alles ist ruhig, vorsichtig mit der Türe. Und dann: mein Zimmer. Das Bett ist abgezogen. Gegenstände, reglos, tot, als gehörten sie niemandem. Hinter dem Fenster: der Garten. Der silberne Mondschein. Derselbe Mond wie dieser...

Ich schaute mit angehaltenem Atem. Es war, als könne mir der Anblick dieser Landschaft ein Geheimnis enträtseln: das Mysterium dieses unermesslichen Sternenhimmels, dieser unergründlich riesigen Erdkugel, auf der ich mich an einer Stelle befand, und zwar in einem Zug voller Jungs, der irgendwo im Nichts inmitten bayrischer Hügel stand. Ich ließ meinen Blick zur Spitze der gegenüberliegenden Anhöhe wandern. Und ich versuchte mir vorzustellen, ich stünde dort, in der feuchten Septembernacht. Ich stand reglos, ganz oben mit gespitzten Ohren, in einer Stille, die nicht einmal ein Nachtvogel brach. Ich schaute. Unten im Tal stand zu meinen Füßen ein Zug. An beiden Enden krümmten sich die Schienen in einer Kurve, kühl glänzend im Mondlicht. Links die Vergangenheit, rechts eine Zukunft, eingleisig. Und in meiner Vorstellung schaute ich von Fenster zu Fenster, alle mit heruntergelassenen Rollvorhängen. Doch es musste zumindest ein Fenster geben, das einen schmalen dunklen Schlitz aufwies. Und derjenige, der dahinter lag, war ich selbst ... So lag ich da und schaute. Und genau in dem Augenblick, in dem ich fröstelnd vom Gefühl der Leere, in die ich mich aufgelöst hatte, den Vorhang wieder herunterlassen wollte, setzte sich der Zug in Bewegung, nahezu ohne ein Rütteln. Die Waggons begannen zu quietschen und zu schwanken. Ich beugte mich weiter zum Fenster vor. Da gab es etwas, das mir nicht entgehen durfte. Langsam, im Schritttempo, Meter für Meter, verschwand das Tal hinter einer Biegung – und mit diesem Tal noch etwas, etwas, das ich nicht in Worte fassen konnte. Aber während ich mich auf den Rücken drehte, löste es ein nie gekanntes Gefühl der Einsamkeit in mir aus.

Am nächsten Morgen weckte mich großer Tumult. Alle drängten sich an die Fenster. Wir fuhren durch eine sonnenüberflutete Berglandschaft. Rotbunte Kühe mit Glocken um den Hals, riesige Holzbauernhöfe, Dörfer mit weißen Kirchtürmen und zwiebelförmigen Spitzen. Genau wie auf den Bildern, die wir kannten. Alles blitzte und blinkte, als sei alles geharkt, gebohnert und geschrubbt worden.

Und über all dem erhoben sich in der Ferne die Alpen, mit schmutzig-weißen Gipfeln, glänzend im Sonnenlicht.

Um die Mittagsstunde tauschten wir den Zug gegen offene Lastwagen. Und weiter ging es mit dröhnenden Motoren. Einer der Begleiter zeigte auf etwas. Dort oben, auf sechshundert Meter, lag unser Ziel.

Das Lager befand sich auf einer Hochebene mit freier Sicht auf einen See. Es umfasste vier lange, weiß getünchte

Baracken, Dienstgebäude, Sportfelder und einen Exerzierplatz. Einen Zaun gab es nicht, doch am Eingang stand ein Wachhäuschen.

Das Lager gehörte zwar der Hitlerjugend, doch nur wenige Jungs gehörten ihr an. Der größte Teil kam von ausländischen Schwesterorganisationen. Wir wurden anhand von Listen in Gruppen unterschiedlicher Nationalität eingeteilt.

»Dürfen Montyn und ich in eine Gruppe?«, fragte Hein, der dank seines Vaters fließend deutsch sprach. Ein Kopfnicken. Wir bekamen graublaue Arbeitsanzüge, Sportschuhe, breite Schirmmützen. Das Leben konnte beginnen.

Zwölf waren in jeder Gruppe und standen unter der Leitung eines Ausbilders, eines verwundeten oder verkrüppelten Wehrmachtssoldaten, der vom aktiven Dienst befreit war. Dem einen fehlte ein Bein, dem Anderen eine Hand; es gab sogar einen ehemaligen Piloten, der nahezu blind war. Unserem Ausbilder fehlte der rechte Arm. Er trug das schwarze Barett der Panzertruppe, war Leutnant, hatte in Russland gekämpft. Obwohl er nur ein paar Jahre älter war als wir, schauten wir voller Ehrfurcht zu ihm auf, wie zu allen Ausbildern.

Diese Männer hatten etwas erlebt, das spürte man an ihrer Art zu sprechen, dem Blick in ihren Augen, ja sogar an ihrem Gang. Sie waren an der Front gewesen. Sich selbst gegenüber waren sie hart, beklagten sich nie über ihr Gebrechen. War der Arm ab, dann musste man eben dafür sorgen, dass der andere zweimal so stark wurde wie früher. Im Krieg passierten solche Sachen nun einmal. Der eine fiel, der Andere wurde verstümmelt. Das war auf der einen Seite der Front so, und so war es auch auf der anderen. Risiko war ein selbstverständlicher Teil jenes Naturgeschehens, das Krieg hieß. Denn Krieg war so alt wie die Menschheit.

Morgens um fünf wurden wir aus den Betten getrommelt. Raus, ganz gleich bei welchem Wetter. Konditionstraining mit nichts als einer kurzen Sporthose und Sportschuhen. Danach unter die kalte Dusche. Dann Frühstück im Speisesaal. Morgens gab es verschiedene Übungen: Scheibenschießen mit leichten Karabinern, Feldmanöver, Exerzieren. Nach dem Mittagessen war eine Stunde Ruhe verordnet. Danach folgte theoretischer Unterricht. Kriegsstrategie anhand der Kriegsgeschichte, aber auch Erziehung in ›Politischer Weltanschauung‹, die auf Deutsch erfolgte und von der ich kein Wort verstand. Dann gab es unterschiedliche Dienste und das Wacheschieben. Schließlich, nach dem Abendessen, hatte man eine Stunde für sich: Manche spielten Karten, Andere schrieben Briefe nach Hause. Ich nicht. Weg ist weg. Um zehn gingen die Lichter aus.

Aber auch dann war es oft noch nicht vorbei.

Regelmäßig wurden wir mitten in der Nacht aus dem Bett getrommelt. In fünf Minuten bereit zum Nachtmarsch: fünf, sechs Stunden marschieren in diesem oder jenem Marschschritt, quer über die Berge. Und am nächsten Morgen, wenn wir endlich zurück waren, fing das Ganze wieder von vorne an. Ob man nun vierzig Kilometer hinter sich hatte und zum Umfallen müde war oder nicht. Stahlhart würde man werden. Wenn nicht, dann musste man eben wieder zurück an Mutters Rockzipfel.

Kein Wunder, dass viele aufgaben. Jede Woche gingen Dutzende nach Hause, manche unter Tränen. Schließlich war von den ursprünglichen sechshundert nur noch die Hälfte übrig. Die Verletzten nicht mitgerechnet.

Es fing damit an, dass eine Zeitung ausgebreitet wurde. Stell dich drauf, spring runter. Die Höhe beträgt nur einen

Millimeter. Macht nichts. Es geht darum, bewusst fallen zu lernen. Das kann einem einmal das Leben retten.

Und dann von einer Kiste, und immer höher. Zwei Meter, drei, vier ... Schließlich standen wir am Rand eines Abgrunds, zwanzig Meter tief. Runter, einer nach dem Anderen. Ein Seil war da gespannt, von oben nach unten, bestimmt sechzig Grad steil. Um das Seil zog man dann eine Schlaufe, daran sauste man in die Tiefe. Die Fallgeschwindigkeit entspreche der eines Fallschirmspringers, hieß es. Augen auf! – Wer sich nicht traute, konnte seinen Koffer packen, wer es falsch machte, brach sich Knöchel oder Beine ...

Eines Abends erhielten wir die Order, nicht schlafen zu gehen, sondern uns bereitzuhalten. Gegen elf wurden wir in geschlossene Laster verladen. Während der mehrstündigen Fahrt bekamen wir zu hören, was uns erwartete. Wir sollten einzeln in den Bergen abgesetzt werden und aus eigener Kraft zum Lager zurückkehren und uns am nächsten Tag vor sechs Uhr abends melden. Wie wir das bewerkstelligten, war unsere Sache. Zu Fuß, per Anhalter, alle Mittel waren erlaubt, nur Geld nicht – und natürlich Nötigung und Gewalt. Das Ganze hieß Feuertaufe.

Ich hörte angestrengt auf das heulende Röhren des Motors im ersten Gang. Oder war es der zweite? – Dumm, dass ich nicht gleich von Anfang an besser aufgepasst hatte. Aber da hatte ich noch nicht gewusst, welchen Auftrag wir bekommen würden. Zuerst waren wir ein ganzes Stück hinuntergefahren, dann hatten wir, wenn ich mich nicht täuschte, eine scharfe Kurve nach links gemacht. Aber danach ... Ich wusste es nicht mehr. Nun ging es steil hinauf, schon seit einiger Zeit – das wusste ich sicher.

»Hast du 'ne Idee, wie schnell wir fahren?«

Aber ehe Hein antworten konnte:

»Hey, ihr da, keine Privatgespräche!«

Und wieder war es still, abgesehen von den Protesten des Motors und den knirschenden Steinen unter den Rädern. Wir nahmen eine Kurve nach rechts. Oder bildete ich mir das nur ein? Wie schnell? Fünfzehn Kilometer pro Stunde, die Geschwindigkeit eines Fahrrads auf ebener Strecke? Vier Stunden unterwegs. Das wären dann sechzig Kilometer. Stimmte das? Konnte der Laster denn überhaupt so schnell fahren? Vielleicht fuhr er im Schritttempo, fünf Kilometer. Wirklich? Warum nicht dreißig? – Und warten, eng aneinander gedrängt, die Ellbogen auf den Knien, die Augen rot geädert.

»Warten, warten und noch mal warten. Krieg bedeutet warten. Warten und auf der Hut sein.« Das hatte unser Ausbilder Wagner gesagt. Und danach hatte er erzählt, wie seine Einheit beim allerletzten Panzergefecht voll unter der Geschützkuppel getroffen worden war. Patsch! Dann war alles aus. Er war als Einziger lebend rausgekommen. Wie, wusste er nicht. Und der Arm, war der abgeschossen worden? Nein, glatt durchgetrennt – darauf hatte *er* dann eineinhalb Jahre warten müssen.

Endlich hielten wir an. Ein gellender Pfiff ertönte. Niels, ein dänischer Junge aus unserer Gruppe, musste als Erster aussteigen. Mit einem kurzen Gruß kroch er aus dem Wagen. Und weiter ging es. Hein war als Vierter an der Reihe. Immer im Abstand von zwanzig, fünfundzwanzig Minuten. Ich hatte mich schon gefragt, wie das wohl mit dem Letzten war. Hatte er nicht am wenigsten Zeit? War er nicht am weitesten vom Lager entfernt? – Ersteres ganz bestimmt.

»Mach's gut, Hein.«

»Bis morgen.«

Kurz darauf gab mir Wagner mit einem Kopfnicken zu verstehen, dass ich an der Reihe war. – Was wäre, wenn ich es einfach nicht machte? Doch ich stand schon draußen in der eisigen Oktobernacht. Das Getriebe knirschte, die Rücklichter verschwanden hinter einer Biegung, und es dauerte nicht lange, und das Knattern des Motors, dessen Echo plötzlich von allen Seiten zu kommen schien, war verhallt. Es war still. Es war dunkel. Ich war allein. Ich wartete darauf, dass sich meine Augen an die Dunkelheit gewöhnen würden, und dachte nach. Folgte ich dem Weg, entweder zurück oder in die Richtung, in die der Lastwagen verschwunden war, käme ich am nächsten Tag bestimmt zu spät. Daran hatten sie zweifellos gedacht. Ich musste den Weg abkürzen, ich musste an Höhe gewinnen. Oder musste ich tiefer? – Wenn ich nun einfach wartete, bis es hell werden würde? Nein, das wäre verrückt, dann schaffte ich es natürlich nie.

Meine Augen hatten sich mittlerweile an die Finsternis gewöhnt, doch das änderte wenig. Die Nacht war feucht und neblig. Bedeckter Himmel. In meiner direkten Umgebung konnte ich einige kümmerliche Sträucher erkennen. Nirgendwo ein Baum. War ich etwa an der Baumgrenze? Wie hoch lag sie noch mal, verdammt … Sie hatten es gesagt, aber ich konnte mich nicht mehr erinnern.

Ich hockte mich mit meinem Kompass hin. Der Zeiger zitterte unsicher. Ein Kompass ist in den Bergen unzuverlässig, hatten sie gesagt. Kommt durch das Erz im Gestein. – Und was hatte ich überhaupt von den Himmelsrichtungen, wenn ich nicht wusste, wo sich das Lager befand? Wenn sie nach Süden gefahren waren, musste ich nach Norden. Und umgekehrt. Oder woandershin.

Ich horchte eine Zeit lang mit angehaltenem Atem, drehte langsam den Kopf, die Hände hinter den Ohren. Nichts. Absolut nichts. Nicht einmal das Plätschern eines Baches. Nichts zu hören, nichts zu sehen. Die Bergkämme verbargen sich hinter Nebeln, nirgendwo war ein Licht. Zu meinen Füßen gähnende Leere. War dort ein Tal? – Aber wenn es ein Tal war, dann vielleicht eines, durch das man nicht weiterkam. Über mir zeichneten sich vor dem etwas helleren Schwarz des Himmels Felsen ab. Suche zur Orientierung einen hohen Punkt, hatten sie gesagt. Nach oben also.

Ich begann zu klettern, mit Händen und Füßen, von Strauch zu Strauch, von Vorsprung zu Vorsprung. Trotz der Kälte lief mir schon bald der Schweiß über die Stirn. Ab und zu verschnaufte ich, horchte, starrte. Nichts. Und wieder, immer höher. Irgendwo musste doch ein Plateau sein. Mir wurde schwarz vor Augen. Und durch dieses Schwarz dämmerte eine immer wiederkehrende Vision. Dass ich mich aufrichtete, meinen Rücken wohltuend streckte, dass ich über einen Rand schaute, und dort, in Reichweite, die Lichter des Lagers leuchteten …

Aber von Aufrichten konnte keine Rede sein. Der Hang wurde zunehmend steiler. Meine krallenden Finger fanden kaum mehr Halt. Meine Nägel waren eingerissen, die Knie zerschrammt. – Dann stieß ich auf eine Felswand, die sich nahezu senkrecht über mir erhob. Zurück. Dann eben zurück. Aber ich konnte nicht zurück. Schwindel lähmte mich, der Magen drehte sich mir um. Unter meinen Füßen konnte ich keinen Halt erkennen. Mit den Händen konnte ich tasten, mit den Füßen nicht.

Ich stand auf einem schmalen Vorsprung oberhalb einer Schlucht, deren Tiefe ich nicht ermessen konnte. Ich rief um Hilfe. Ich schrie so laut ich konnte. Die einzige Antwort war das schrille Echo meiner Stimme. Ich stand dort für alle Ewigkeit.

Stunden gab es nicht, Minuten gab es nicht, nur der Augenblick existierte. Der Augenblick, in dem ich mit der Anziehungskraft der Tiefe kämpfte. Loslassen, schlappmachen. Nur für einen Moment. Und dann für immer von dieser Angst erlöst sein.

Aber ich rührte mich nicht. Ich presste mich eng an die Felswand, meine Finger krallten sich an irgendeinen unbedeutenden Vorsprung. Ich biss die Zähne aufeinander. Der eine Moment, der nächste, Minuten, Stunden ...

In dieser Ewigkeit würde es nie wieder hell werden – aber es wurde wieder hell. In der Höhe begannen sich die Berggipfel gegen den Himmel abzuzeichnen. Alles bekam langsam, aber stetig Konturen. Die Abgründe, die Baumwipfel im Tal, der Steinschlagweg hundert Meter unter mir, die kahlen Sträucher zu meinen Füßen. Verschwommen. Die Sonne ging auf.

Dann erst hatte ich genug Vertrauen zum Licht.

Ich war noch nie so steif gewesen, aber es war erstaunlich, wie mühelos ich hinunterkommen konnte.

Nicht auf Händen und Füßen, sondern aufrecht, mich mit nur einer Hand stützend. Dort hatte ich gestanden. Bei Tageslicht sah es ganz ungefährlich aus.

Durchgefroren bis ins Mark begann ich meinen Marsch. Vogelstimmen, blauer Himmel, Sonne – ich hörte, sah alles zum ersten Mal. Ich brauchte eine Stunde, um den Berg zu umrunden, und da, ich konnte meinen Augen kaum trauen: eine Rauchwolke, ein Hof. Wenig später saß ich an einem Holztisch. So herrliches Brot mit Käse hatte ich im ganzen Leben noch nicht gegessen. Ich hatte Glück, denn der Bauer wollte gerade mit dem Wagen zum Markt in einem nahe gelegenen Dorf. Von dort würde ich sicherlich per Anhalter weiterkommen.

Gegen vier erreichte ich das Lager, noch vor Hein. Wagner, dem ich Bericht erstatten musste, verschwieg ich mein nächtliches Erlebnis. Und Hein gegenüber fand ich nicht die richtigen Worte.

»Ich bin beinahe aus der Welt gefallen.«

Im Wehrsportlager gab es zwei Auszeichnungen: eine für Scheibenschießen und eine für Sport: hundert Meter, vierhundert, bis zu 10 000 Metern und dem Marathon, alles innerhalb einer vorgeschriebenen Zeit. Und die beiden Auszeichnungen hatten Hein und ich in der Tasche, als wir drei Monate später nach Hause zurückkehrten. Nach Hause, aber nicht für lange. Der Gegensatz war zu groß. Drinnen sitzen, rechtzeitig zu Tisch, rechtzeitig ins Bett. Im Lager hatte ich Disziplin gelernt – aber das hier war Trott, zum Davonlaufen. Und das galt nicht nur für mich. Nach zwei Wochen, Weihnachten und Neujahr hatten wir gerade hinter uns, stand Hein schon wieder in Oudewater an der Tür, den Koffer in der Hand:

»Ich werde zu Hause verrückt ...«

Zwei Tage später saßen wir schon wieder im Zug zum Fortsetzungslager, wieder in Österreich, jedoch in einer anderen Gegend, nicht weit von der ungarischen Grenze entfernt.

Vorläufig in Sicherheit, diesmal für zwei Monate. Wie wir während unserer Rückkehr hatten feststellen können, hatte sich die Kriegssituation gewandelt. Häufiger Luftalarm, mehr Bombenangriffe. Strecken, die auf der Hinreise noch intakt gewesen waren, wiesen drei Monate später starke Verwüstungen auf. Was uns also betraf: nichts wie weg! Je weiter, desto besser.

Der Brief vom Arbeitsamt, den ich in Oudewater auf der Türmatte vorgefunden hatte, war ungeöffnet geblieben. Offiziell war ich nicht zu Hause gewesen.

Fatale Frauen

Das zweite Lager war härter als das erste. Es herrschten Spannungen und die Stimmung war grimmig. Aus geringsten Anlässen kam es zu Schlägereien. Hein und ich mussten uns ziemlich zur Wehr setzen. Unter lauter blonden, blauäugigen Jungs waren wir nahezu die einzigen mit dunklen Haaren und galten, weil wir ständig zusammensteckten, als Außenseiter. Uns beiden war die Gruppe im Grunde gleichgültig.

Vor allem ein gewisser Hans, ein Bauernsohn aus der niederländischen Provinz mit millimeterkurzem Haar und grobem Gesicht, das mir von Anfang an unsympathisch gewesen war, hatte es auf uns abgesehen. Er hatte zunächst versucht, bei uns Anschluss zu finden, doch als ihm klar wurde, dass wir das nicht wollten, änderte er seine Haltung uns gegenüber. Plötzlich bezeichnete er uns als *Schwuchteln*. Mit meiner Bemerkung, er sei nichts als ein Bauernkaffer, handelte ich mir eine kräftige Abreibung ein.

Die Zahl derjenigen, die nicht durchhielten oder verletzt wurden, war hier noch größer als im ersten Lager, was angesichts der Schwere der Übungen nicht verwunderlich war. Gleich in der ersten Woche wurden wir mit Sack und Pack auf Lastwagen verladen. Rein ins Hochgebirge, mit vierzehn Mann zu einem zehntägigen Fußmarsch, abgeschnitten von der bewohnten Welt.

Manche Übungen stammten geradewegs aus der Kommandoausbildung. Die reinsten Gemetzel waren das. Wir lernten zum Beispiel von fahrenden Autos zu springen. Erst im Schritttempo, dann schneller, bis zu einer Geschwindigkeit von vierzig, fünfzig Stundenkilometern. Lebensgefährlich, aber wenn man die Technik beherrschte, war es zu schaffen. Dass sich ein gewisser Hans dabei eine Gehirnerschütterung zuzog, bedauerte ich nicht. Ich hätte gern auch etwas nachgeholfen, aber das war nicht mehr nötig. Man sollte eben lieber nicht springen, wenn gerade ein Baum an der Böschung auftauchte.

Die schwierigste Übung bestand darin, Schluchten zu überqueren. Dabei musste man mit einem kleinen Mörser ein Seil mit einem Haken auf die andere Seite schießen. Und dann hoffen, während man an Händen und Füßen über dem gähnenden Abgrund baumelte, dass die Verankerung hielt. Wenn nicht, stürzte man samt Seil in die Tiefe. Es fing damit an, dass man selbst schoss, die Verankerung prüfte und sich als Erster auf das Seil wagte. Schaurig war das, aber wenn man in die Tiefe stürzte, war es wenigstens die eigene Schuld. Ganz und gar schrecklich war der nächste Schritt. Dann schoss ein Anderer und man selbst war das Versuchskaninchen.

Ich hatte geschossen, das Seil festgezogen und mit dem Feldstecher gesehen, dass der Haken an einem dicken Baumstamm hing. Aber wir hatten Winter und der Baum trug keine Blätter. War noch Saft in ihm? War er morsch?

»Traust du der Sache, Jan?«, fragte der Ausbilder. Ich nickte. Aber als Hein sich als Erster hinüberhangeln sollte, wagte ich es nicht, hinzusehen.

Diese Übungen stählten das Verantwortungsgefühl, hieß es. Und wenn man bei Frost auf dem Bauch durch einen Bach gejagt wurde, dann war es die Gesundheit, die gestählt wurde …

Wenn wir frei hatten, zogen wir durch die umliegenden Dörfer. Die Gegend war ländlich und abgeschieden. Dass sich Europa im Krieg befand, merkte man eigentlich nur an dem gewaltigen Frauenüberschuss in den Ortschaften. Fast alle Männer zwischen achtzehn und fünfundvierzig waren an der Front, und so bestand das Volk, das wir in den Kneipen antrafen, vor allem aus Frauen. Die wollten schon, diese Frauen. Die paar Groschen, die wir bei uns hatten, waren meistens noch unangetastet, wenn wir unsicheren Schritts ins Lager zurückkehrten: Es kostete mehr Überzeugungskraft, das Bier auszuschlagen als es angeboten zu bekommen. Und ich vertrug keinen Alkohol.

Kolossale Frauen waren das, das blonde Haar in zwei geflochtenen Zöpfen über den Ohren, die Brüste unter tief ausgeschnittenen Jäckchen eingeschnürt. Rote Wangen, breite Hüften. Sie tanzten miteinander zu den blechernen Tönen einer Blaskapelle.

Samstagabend, Ausgehabend. Sie lachen mit weißen Zähnen, werfen den Kopf in den Nacken, stemmen mit weiten, wirbelnden Röcken herausfordernd die Hände in die Seiten. Sie kommen erhitzt und verschwitzt auf uns zu. Sie feixen, gestikulieren, beschauen uns wie auf dem Markt – uns Jungs, die wir da auf der niedrigen Holzbank gegen die Wand gelehnt sitzen. Der Kamin wackelt. Braune Wände, Rauch, Lärm. Es wogt, es wiegt. Alles schunkelt – Schweinsköpfe, Wagenräder, Geweihe, Kuckucksuhren. Sie ziehen einen auf den Schoß. Sie haben große Tonkrüge mit Bier. Das Bier ist lau. Noch so ein Schluck. Es läuft über das Kinn. Sie schlingen die Arme um einen. Eine Zunge im Ohr, eine Zunge im Nacken. Von dem Flüstern in ihrem seltsamen Kauderwelsch, die Stimmen dunkel und rauchig, verstehe ich kein Wort.

Samstagabend! Sag einfach ja! Dann kriegst du Bier oder Schnaps. Sag einfach ja! Dann wird man mitgezogen, durch den Gang, zur Hintertür hinaus, raus in die Winterkälte, und wird im Dunkel gegen die Mauer eines Stalls gestoßen, den Kopf zwischen zwei gewaltigen Brüsten, und schnappt nach Luft. Ein wilder Kampf mit vielen Schichten von Röcken. Im Schraubstock nackter Arme, die es gewohnt sind, mit jeder Hand zehn Maßkrüge Bier zu stemmen. Eingeklemmt zwischen Schenkeln. Ein rhythmisches Schnauben bis zum Stöhnen, tief aus dem Rachen …

Das war meine erste Lektion in Sachen Liebe.

Aber es gab auch junge Mädchen, rank und schlank in der Taille. Anna war so eines. Anna war achtzehn. Wir waren zu zweit spazieren gegangen, Hand in Hand. Ich hatte, gewärmt von der Wintersonne, mit ihr hinter einem Wäldchen im Gras gelegen, meine Lippen steif auf die ihren gedrückt.

Sie war es gewesen, die mich zum vierzigsten Hochzeitstag ihrer Großeltern eingeladen hatte. Ein großes Fest sollte es werden, von mittags bis tief in die Nacht. Ein Fest für die ganze Umgebung.

Der Hof stand voller Wagen. Hunderte waren, in Trachten gekleidet, von nah und fern gekommen. Auch dort gab es eine Blaskapelle. Lange Tische mit Speisen. Kartoffelsalat, Schinken, Weißwürste. Wir tranken Zwetschgenschnaps und tanzten. Jan aus Oudewater tanzte! Mit Anna. Mit ihrer jüngeren Schwester Karin. Mit Hanna, ihrer Freundin. Anna war es, die mich auf dem Höhepunkt des Festes, kurz nach Mitternacht, ohne, dass es jemand bemerkte, nach draußen lotste. Zwischen den Wagen über den Hof, die Finger auf den Lippen. In die Scheune. Das Tor wurde mit einem Balken verriegelt, und sie ging im Dunkeln voraus, ihre Hand drückte vertraulich die meine. Eine Leiter hoch, wir krochen durch das Heu, immer tiefer, bis in den hinteren Teil der Scheune. Dort war eine Höhle, dort hing eine Öllampe, aber dort, *mein Himmel*, war auch Karin. Und Hanna. Und noch ein Mädchen, nicht älter als dreizehn, das ich auf dem Fest nicht einmal bemerkt hatte.

Kein Wort fiel. Alles schien ausgemacht. Es waren Karin und Hanna, die mich im aufstiebenden Heu rücklings auf den Boden drückten und mir eine Hand auf den Mund pressten. Es war Anna, die mir die Hose runterzog. Anna war es, die sich auf mich hockte. Und danach Hanna. Und dann Karin. Und dann wieder Anna. Und so ging es weiter, während ich, wehrlos auf dem Rücken liegend, keinen Finger rühren konnte. Drei Augenpaare über mir, drei Münder. Tastende Hände. Brüste über weißen Spitzenleibchen. Mädchenbeine unter gerafften bunten Röcken. Von wem war was? Wer war wer? – Während das junge Mädchen regungslos mit großen Augen zuschaute. Ihre erste Lektion in der Liebe war das. Und für mich die zweite.

Am nächsten Tag konnte ich kaum stehen, geschweige denn gehen. Das hielt Hein, dem ich alles ausführlich erzählt hatte – vergewaltigt von drei Mädchen, wirklich vergewaltigt –, nicht davon ab zu seufzen:

»Ausgerechnet, wenn ich Wache schieben muss!«

Aber auch er sollte noch auf seine Kosten kommen.

Eines Morgens erzählte er aufgeregt, er habe abends zuvor eine wirklich fantastische Frau kennen gelernt – nun ja, kennen gelernt ... Gesprochen hatte er mit ihr nicht, aber sie hatte ihn einige Male lang und durchdringend angeschaut, mit Augen, die schöner waren als alles, was er jemals gesehen hatte:

»Braune Augen, Jan, mit langen Wimpern ...«

Und als er das Lokal verlassen musste, um rechtzeitig im Lager zu sein, hatte sie ihn mit ihrem Blick verfolgt. Da war er sich ganz sicher. Und sie hatte ihm zum Abschied sogar noch zugenickt, als er sich an der Tür umschaute.

Wie immer ging seine Fantasie sofort mit ihm durch: »Sie war sehr elegant, trug prachtvolle Kleider, Schuhe mit hohen Absätzen und sprach mit niemandem im Lokal. Sie ist bestimmt eine Adlige, Jan. Sie wohnt in einem Schloss, mit Pferden und Windhunden. Ich gehe mit ihr auf Reisen … Na ja, wir gehen zu dritt. Du gehst natürlich mit, das ist doch klar.«

Sobald wir wieder Ausgang hatten, begleitete ich ihn zu dem bewussten Lokal, weniger gewiss als er, dass sie auch da sein würde. Aber sie war tatsächlich da, und ihrem Blick war zu entnehmen, dass sich Hein nichts eingebildet hatte. Sie lächelte.

Es ließ sich nicht bestreiten, dass sie überaus schön war: schlank, mit weichem, kastanienbraunem Haar, dunklen Augen, hohen Wangen. Das war schon etwas anderes als diese blonden, plumpen Frauen der Umgebung. Und elegant sah sie auch aus. Anmutig hielt sie eine Zigarette zwischen den Fingern und hatte trotz der Wärme im Lokal ihren Pelzmantel anbehalten. Doch sie schien mir ziemlich alt zu sein, bestimmt schon dreißig …

Gestärkt durch meine Anwesenheit und zwei Gläser Bier wagte Hein es schließlich, sie anzusprechen. Ich hielt den Atem an, während er sich zu ihr beugte und sie etwas fragte. Sie nickte, stand auf, zog ihren Mantel aus und legte ihn auf den Stuhl neben meinen. Hein stellte mich vor:

»Das ist mein Freund Jan.«

Sie nahm meine Hand und schaute mich mit strahlenden Augen an:

»Ich heiße Monika.«

Sie tanzten. Voller Bewunderung folgte ich Hein mit meinem Blick. Er war wirklich ein Mann von Welt, wie er sich da vor ihr verbeugt, sie nach allen Regeln der Kunst zum Tanz aufgefordert und mich ihr vorgestellt hatte. Und tanzen konnte er. Nicht dieses Bauerngehopse, das ich hin und wieder zum Besten gab. – Ich war stolz: Er war *mein* Freund!

Nachdem sie zu Ende getanzt hatten, saßen wir noch lange zu dritt an einem kleinen Tisch. Monika und Hein Hand in Hand. Er übersetzte, denn um mein Deutsch war es noch immer schlecht bestellt. Woher wir kamen, wollte sie wissen. Oh, Holland kannte sie. Scheveningen, Amsterdam. Dort waren nicht einmal wir gewesen. Ob wir Soldaten seien. Nein, wir seien im Sportlager, schon im zweiten.

»Aber wir müssen vielleicht doch noch dran glauben«, sagte Hein gewichtig.

Sie sei Witwe, erzählte sie. Ihr Mann sei bereits im ersten Kriegsjahr gefallen. Er sei Arzt gewesen. Das fanden wir seltsam, dass auch Ärzte fallen konnten.

Kam sie aus dieser Gegend? Nein, sie kam von sehr weit her, den weiten Weg aus Serbien. Ihr Ehemann sei von hier gewesen.

Von diesem Ehemann wollte Hein lieber nicht zu viel hören … Woraufhin das Gespräch zwischen den beiden im Flüsterton fortgesetzt wurde.

»Gott, Jan, was für eine Frau«, seufzte Hein auf dem Weg zurück ins Lager. Wir hatten ausgemacht, am folgenden Samstag zu ihr zum Essen zu kommen. Und dann hatte sie Hein auf beide Wangen geküsst. Und danach mich.

In einem Schloss wohnte sie nicht gerade, aber in einem großen, abgelegenen Landhaus, umgeben von einem üppigen Garten, etwa eine Stunde zu Fuß vom Dorf entfernt. Wie schön war sie doch in ihrem eng anliegenden Kleid, wie strahlend ihr Lächeln, als wir unsere Mäntel abgelegt hatten und eingetreten waren!

Das Haus war vornehm eingerichtet, voller Teppiche und Antiquitäten und trug dank der vielen rosa und violetten Farbtöne eine weibliche Note. Der Tisch war mit weißem Damast, Porzellan und Kristall gedeckt. Wir bekamen kleine, feine Häppchen, wie wir sie noch niemals zuvor gegessen hatten. Ganz etwas anderes als Grünkohl mit Wurst – obwohl das immer mein Lieblingsgericht gewesen war. Und es gab Weißwein. Er schmeckte schön frisch, wenn auch ein wenig säuerlich. Wir bekamen Kaffee. Und danach spielte Monika auf dem Klavier Stücke von Chopin, einem polnischen Komponisten, wie ich erfuhr.

Später saßen wir im Wohnzimmer, das sie als Salon bezeichnete und das genauso aussah, wie das Wort klang. Wir tranken Kognak. Und dann sagte Monika neben Hein, der die Augen nicht von ihr abwenden konnte:

»Ich muss mit euch sprechen.«

Es ging um den *Krieg*. So viel konnte ich verstehen, denn das deutsche Wort war mir mittlerweile vertraut.

»Was sagt sie, Hein?«

»Sie sagt, dass der Krieg schrecklich ist, weil unschuldige Menschen getötet werden. Wir müssen ihr versprechen, uns da rauszuhalten.«

Dieser Krieg tauge nichts. In keinerlei Hinsicht. Deutschland sei schuld und Hitler sei ein Schurke. Wir sollten unser Ehrenwort geben, dass wir da nicht mitmachen würden, sonst würden wir auch getötet werden.

Solche Töne hatten wir noch nie zuvor gehört. Politik hatte uns kalt gelassen, und der Krieg war für uns ein Naturphänomen, etwas, das alle Jahre wiederkehrte wie Unwetter. Nach einer Zeit des Friedens kam Krieg, so wie nach einer Periode der Trockenheit Regen kam, und im Krieg gab es nun mal Opfer.

Aber mit diesem Versprechen hatten wir keine Mühe, und wir wurden mit einer Umarmung belohnt. Wir blieben über Nacht. Ich unten auf dem Sofa. Hein oben. Und es dauerte lange, ehe es dort still wurde.

An den darauf folgenden Tagen sprach Hein ständig von seiner Freundin. Eines war sicher: Wenn wir in drei Wochen das Lager hinter uns hatten, würden wir bei ihr einziehen. Denn sie würden heiraten, Monika und er.

Aber bei ihrem nächsten Treffen, mitten in der Woche und ohne mich, musste sich ihr Verhältnis irgendwie verändert haben. Hein war angespannt und schweigsam. Über das Geschehene ließ er nichts verlauten. Wir sollten am Samstag darauf versuchen, früh aus dem Lager wegzukommen. Monika erwarte uns. Mehr wollte er nicht sagen.

Der Samstag verstrich und Hein wurde immer nervöser. So hatte ich ihn noch nie erlebt. Um fünf Uhr konnten wir weg. Wir gingen in Richtung des Dorfes.

»Sag, Hein, sie kriegt doch kein Kind von dir, oder?«

Zu diesem Schluss war ich nach endlosem Vermuten und Verwerfen gekommen.

»Jesus, Jan, das kann man nach einer Woche nicht wissen.«

Oh nein, natürlich nicht. Aber was dann? Liebte Monika ihn nicht mehr? Aber was machten wir dann dort? Ich kapierte überhaupt nichts, während Hein heftig schwitzend und bleich neben mir weiter trottete, als wollte er den Fußmarsch so lang wie möglich ausdehnen. Plötzlich blieb er stehen. Er räusperte sich.

»Du lässt mich doch nicht im Stich?«

»Natürlich nicht. Aber was ist denn los?«

»Monika will uns um etwas Bestimmtes bitten. Auch dich. Aber sie will es dir selbst sagen.«

Daraus wurde ich auch nicht schlauer, und es sollte noch quälend lange dauern, bevor das Geheimnis gelüftet wurde.

Wir kamen an. Hein und Monika sagten nicht viel. Das Essen war so üppig wie beim letzten Mal, doch es schien die beiden nicht zu interessieren. Und diesmal tranken wir keinen Wein. Monika redete. Hein übersetzte.

Sie und Hein seien völlig verrückt nach einander. Es sei Liebe auf den ersten Blick gewesen. Hein würde bei ihr bleiben. Später, wenn der Krieg vorbei sei, würden sie heiraten. Das stünde schon fest. Aber zuerst müsse er ihr eine Bitte erfüllen. Hein müsse Monika einen Beweis für seine Liebe erbringen. Und ich sollte dabei helfen.

Es war keine geringe Bitte.

Etwa zehn Kilometer vom Dorf entfernt verlief eine Bahnlinie. Einmal pro Woche kam dort ein Güterzug aus Deutschland vorbei, der Richtung Osten fuhr und mit Waffen, Material und Munition beladen war. Mit meiner Hilfe sollte Hein den Transport sabotieren. Damit könne der Krieg verkürzt werden und unendlich viele Menschenleben blieben verschont …

Ich schaute Hein an. Seine Augen waren feucht, seine Lippen zitterten. Monika hatte den Arm auf seine Schultern gelegt. Sie schaute mich unverwandt an.

»Und wann soll das passieren?«

»Heute Nacht. Der Zug kommt morgen früh vorbei, noch bei Dunkelheit.«

Ich dachte nach. Oder besser: Ich tat, als würde ich nachdenken. Ich hatte schon einen Beschluss gefasst. Was Hein betraf, war ich mir nicht so sicher.

»Was tun wir, Jan?«

»Wie machen wir es?«

Auf dem Tisch wurde eine Karte ausgebreitet. Dort verlief die Bahnlinie. Dort stand ein Pfeil. Eine Biegung, gleich hinter einem Tunnel. An der Außenseite der Kurve eine tiefe Schlucht.

Wir folgten Monika in den Keller. Dort lag ein schwerer englischer Schlüssel. Sie öffnete eine Kiste. Zwei Päckchen mit Dynamitstäben.

Wir überlegten. Mit Dynamit konnten wir nicht umgehen, Monika auch nicht.

»Es muss wie ein Unfall aussehen.«

Ich dachte plötzlich an die Pferdetram, früher, in Oudewater. Wie wir an der hinteren Plattform gehangen und die schweren Wagen zum Entgleisen gebracht hatten.

»Wenn wir es schaffen, die Vorderräder der Lokomotive aus den Schienen zu heben, wird der Zug durch die Geschwindigkeit und das Gewicht der Waggons von ganz allein in die Schlucht geschoben ...«

Ich machte eine kleine Skizze. Monika nickte. Hein schwieg.

Karte und Skizze landeten im Kamin. Wir warteten, bis es ganz dunkel war, und machten uns auf den Weg. Zehn Kilometer querfeldein. Zu dritt, trotz meiner Einwände. Aber Monika hatte zu unserer Überraschung keine Mühe, mit unserem Tempo Schritt zu halten. Sie trug den Schraubenschlüssel unter dem Mantel, ich das Blatt einer Kohlenschaufel, Hein den Stiel.

Problemlos fanden wir die markierte Stelle und stiegen hinunter. Monika sollte oben Ausschau halten. Wenn wir fertig waren, würden wir ihr ein Zeichen geben. Sie sollte dann nach Hause gehen, wir direkt ins Lager. Aus Sicherheitsgründen war es besser, einander drei Tage lang nicht zu treffen.

Wir machten uns an die Arbeit. Nach einer Stunde hatten wir schon zahlreiche Bolzen aus den Schwellen geschraubt. Wir schwitzten wie die Affen, denn sie saßen völlig fest. Nach einer weiteren Stunde hatten wir einen bleischweren, platten Basaltbrocken herangeschleppt und eingegraben. Die Vorderräder der Lokomotive würden dadurch entgleisen – das musste reichen. Hein konnte das verabredete Zeichen geben.

Wir gingen langsam und schweigend zurück. Wir hatten alle Zeit der Welt. Erst am Morgen konnten wir uns unauffällig unter die Anderen mischen. Um zwölf Uhr begann unser Dienst: Lagerpatrouille, den ganzen Tag lang.

Im Laufe des Mittags erreichte uns die Nachricht. Ein Güterzug war entgleist. Trümmer blockierten die Bahnlinie. Das Wort Sabotage wurde mit keiner Silbe erwähnt.

Wir warteten die vereinbarten drei Tage. Dann gingen wir zum Landhaus. Es sah verlassen aus. Die Fensterläden waren verriegelt, die Vordertür fest verschlossen und unser Hämmern blieb ohne Antwort.

Wir fragten in der Gegend nach. Nein, eine Monika kannten sie nicht. Dieses abgelegene Haus? Wir mussten uns täuschen. Es war im Winter unbewohnt, das Ferienhaus eines Wiener Anwalts.

Monika weg. Ein Zug entgleist.

Erst später sollten wir langsam begreifen, welche Risiken sie auf sich genommen hatte, indem sie zwei wildfremde Jungs vor ihren Karren spannte, und welche Folgen unsere Tat für uns und Andere hätte haben können.

Was wussten wir? Dass Krieg war. Aber was Krieg war, wussten wir noch nicht.

III

Mannheim 1944

Drei Wochen später. Zurück in Holland. Das Elend beginnt wieder. Deckblattsurrogate für Zigarren am laufenden Meter in der Werkstatt. Schwarze Kleidung. Klagen über die Entbehrungen. Armut, Hunger. – Und dieser braune Dienstumschlag, der in meiner Brusttasche brennt, auf dem Rad unterwegs nach Gouda, zum Arbeitsamt.

Diesmal gab es kein Entrinnen. Ich musste nach Deutschland, nach Hannover. In die Fabrik.

Nachts wachte ich schweißgebadet auf. Stampfende Maschinen in einer endlosen Fabrikhalle. Ein Arbeiterheer in schmierigen Overalls. Blinzelndes Augenweiß in schmutzigen, verlebten Gesichtern. Feuer, dröhnende Vorschlaghämmer, zischende Pressluft. Und dann plötzlich heulende Sirenen. Luftalarm. Rennen. Von Tür zu Tür. Aber keine ist offen.

Ich hatte alles versucht. Ich war in kurzen Hosen erschienen, hatte vorgegeben, sechzehn zu sein – denn dafür konnte man mich noch immer halten. Ausgeschlossen, dem Melderegister nach war ich neunzehn, mit oder ohne Bartwuchs. Beim nächsten Mal gab ich vor, krank zu sein. Ein Lungenleiden. Das hatte ich als Kind schon gehabt. Aber der Arzt konnte natürlich nichts finden. Dann auf einen erneuten Aufruf gewartet. Nicht erschienen. Auf den wiederholten Aufruf gewartet, voller Angst, die Polizei könnte an die Tür kommen, um mich zu holen.

Doch die amtlichen Mühlen mahlten langsam, aber stetig, ohne Ansehen der Person. Die in Reichweite liegenden Antragsformulare auf Aufschub oder Einstellung blieben unberührt. Nüchtern und sachlich klang es, als ginge es um etwas ganz anderes als einen Urteilsspruch:

»Nächste Woche Mittwoch ...«

»Dann bin ich weg. In einem dritten Wehrsportlager.«

»Wo ist dein Anmeldeformular?«

»Habe ich zu Hause liegen lassen.«

Und das nächste Mal:

»Ich melde mich zur Marine. Ich habe eine Woche Bedenkzeit.«

Ganz aus der Luft gegriffen war das nicht.

Kurz zuvor war ich mit Hein in Utrecht auf der Meldestelle gewesen. Dort hatten wir mit Anwerbern der Kriegsmarine gesprochen. Ehemalige Schiffsleute waren das, die ihr ganzes Leben lang zur See gefahren waren und die fantastischsten Geschichten erzählten. Montevideo, Rio de Janeiro, Kap der Guten Hoffnung – da waren sie wieder, die Zauberworte. Sie zeigten Fotos von Jungs in langen Ruderbooten mit senkrecht erhobenen Paddeln, Bilder von schnellen, schmalen Schiffen, die, ein Fjord im Hintergrund, das Wasser durchfurchten, Bilder von Offizieren mit schräg aufgesetzter Mütze, die Hände lässig in den Hosentaschen. Echte Vagabunden, Weltenbummler. In erster Linie Seeleute und erst dann Soldaten ...

»Ich mach's, Jan. Mir ist alles egal.«

Hein war völlig geknickt. Nach Monikas Verschwinden hatte er tagelang keinen Bissen hinunterbekommen. Mal war er untröstlich, weil sie ihn verlassen hatte, dann wieder wütend, weil er sich verraten fühlte. Und dazu kam noch, dass er nach seiner Rückkehr erfahren hatte, dass sein Vater in Russland gefallen war.

»Geh du nur in die Fabrik. Ich fahre zur See!«

Ich war unschlüssig. Dann gäbe es kein Zurück mehr. In den Krieg. Gegen die Russen kämpfen – denn man konnte wählen, wo man hinwollte, in den Osten oder in den Westen. Zu Hause galten die Bolschewisten bestimmt nicht umsonst als ›die rote Gefahr‹. Aber wenn man mich in eine Fabrik in Hannover steckte, wäre ich auch mitten im Krieg, eine direkte Zielscheibe der Luftangriffe. Und was das hieß, hatte ich auf dem Weg nach Österreich gesehen. Beim Arbeitseinsatz bliebe mir nichts als geduldiges Abwarten, meldete ich mich dagegen zur Marine, hätte ich es selbst in der Hand. Untätig sein oder handeln. Außerdem: Die Ausbildung zum Matrosen dauerte drei volle Monate. Vielleicht war der Krieg dann schon vorbei.

»Dann heuern wir eben bei der Handelsschifffahrt an, Jan. Das Leben auf See. Mich sehen sie hier jedenfalls nicht mehr wieder.«

Morgens meldeten wir uns zur medizinischen Untersuchung – und wurden für tauglich befunden. Mittags zogen wir ziellos durch Utrecht. Offiziell nach Venray und Oudewater, um uns zu Hause die Unterschriften geben zu lassen.

Bei einem Teller wässrigen Rotkohls ahmte ich in einer Gaststätte auf dem Anmeldeformular die Unterschrift meines Vaters nach: J. J. Montyn, genau wie auf dem Beleg, den ich zu diesem Zweck hatte mitgehen lassen. Hein tat dasselbe. Wir standen auf. Zurück zum Büro. Unsere Schritte verlangsamten sich.

»Wenn wir sie zerreißen …«, schlug Hein vor.

»Zwecklos, sie haben unsere Namen.«

»Und wenn sie merken, dass wir die Unterschriften gefälscht haben?«

»Pech gehabt.«

Wir gingen hinein, legten die Formulare auf den Schalter. Zwei Verträge voller Ungewissheit. Zwei Unterschriften, auf die niemand achtete.

Unser Ziel war Mannheim, eine Industriestadt an den Ufern von Rhein und Neckar. Zum fünften Mal innerhalb eines halben Jahres verbrachten wir die Tage und Nächte in einem Zug. Zum fünften Mal fuhren wir an Köln vorbei. Nur der Dom stand noch. Deutschland hatte den totalen Krieg erklärt, aber es sah eher so aus, als habe es die totale Vernichtung auf sich gezogen.

»Dieser Krieg ist verloren.«

Das waren Unternehmer Kniers Worte gewesen, als er hörte, dass ich bei der Kriegsmarine angeheuert hatte. Und der war Mitglied der NSB. Wäre ich sein Sohn, würde er mir beide Beine brechen, um mich davon abzuhalten, hatte er noch gesagt. Davon erzählte ich Hein besser nichts.

Die Reaktionen waren sehr unterschiedlich gewesen.

»Ich habe mich zur Marine gemeldet. Ich fahre zur See ...«

Vater bleich vor Wut, Mutter in Tränen.

»Auf keinen Fall!«

»Ich habe unterschrieben. Wenn ich nicht gehe, holen sie mich.«

Meinetwegen konnten sie auch einen anderen Nachfolger für den Anstreicherbetrieb suchen. Ich jedenfalls würde nie wieder zurückkommen, da war ich mir sicher. Ich würde Seemann werden. In den Tagen vor meiner Abreise wurde zu Hause nur wenig gesprochen.

Es kam allerdings auch vor, dass mir Altersgenossen auf der Straße zunickten.

»Das ist der Jan; er wird gegen die Russen kämpfen«, hieß es hinter meinem Rücken. Und es fiel das Wort ›Marine‹. Es hatte also nicht nur für uns einen magischen Klang.

Vorläufig jedoch konnte von Gefechten keine Rede sein, es sei denn, man meinte damit den Kampf, den Kopf über Wasser zu halten. Wir wurden in einer alten Luftwaffenkaserne am Neckar einquartiert, zusammen mit zwölfhundert anderen jungen Männern unterschiedlicher Nationalität. Sie alle hatten sich freiwillig gemeldet. Dort wurden wir auf klassische Weise zu Leichtmatrosen gedrillt: endloses Exerzieren, Schwimmen, Rudern mit dreißig Mann in einem großen Boot. Wir lernten Segeln. Wir lernten alle Seemannsknoten. Wir lernten Boote aussetzen, Trosse auswerfen und festzurren und alles andere, was man als Matrose beherrschen musste. Hierzu lagen einige ausrangierte Torpedoboote am Flussufer, die endlos geschrubbt werden mussten, vom Maschinenraum bis zum Mast, denn – so sollten wir glauben – die größten Feinde des Seemanns waren Schmutz und Schmiere.

Im Vergleich zur strengen Disziplin, die wir in den Wehrsportlagern kennen gelernt hatten, ließ sich die Atmosphäre hier durchaus als entspannt bezeichnen. Offensichtlich hielt man es für wichtiger, dass ein Matrose geschickt und geschwind war, als dass er sein Haar ordentlich scheitelte. Und wenn man zu spät ›an Bord‹ kam, wie die Kaserne hier genannt wurde, wurde so manches Mal ein Auge zugedrückt. Der Abendausgang in die Stadt hieß ›an Land gehen‹, auch wenn die meisten von uns wie ich noch nie die See zu Gesicht bekommen hatten. Dann musste man viel Bier trinken, sonst war man kein richtiger Matrose. Und in die Freudenhäuser gehen. Sich hinten anstellen. Und locker in den Knien wippend warten, bis man an die Reihe kam. – Sonst war man kein richtiger Matrose.

Auch hier herrschten politische Gegensätze wie schon in den Wehrsportlagern zuvor. Manche Jungs kamen aus einem fanatischen Nazimilieu, doch vom Kommandanten, Kapitän zur See von Hassel, bis zu unserem direkten Vorgesetzten, Bootsmann Heyne, gab es nur wenige Parteimitglieder. Mit dem Krieg wollte Bootsmann Heyne nichts zu schaffen haben. Er hatte die sieben Weltmeere befahren und saß nun bis zu seiner Pensionierung die Zeit ab. Hitler nannte er ›unseren sehr verehrten Korporal‹.

Doch ach, Vaterland war Vaterland. Dienst war Dienst. Und Pflicht war Pflicht.

Täglich wurde Luftalarm gegeben. Wie wir schon bald merkten, waren die Industriezentren Mannheim und Ludwigshafen auf der anderen Rheinseite beliebte Angriffsziele für englische und amerikanische Bombenwerfer, und auch unsere Kaserne, einige Kilometer außerhalb der Stadt, konnte kaum als ziviles Objekt gelten, von den Kriegsschiffen ganz zu schweigen, auch wenn sie bereits demontiert waren.

Nachdem ich einige Male mit dem Inneren von Luftschutzbunkern Bekanntschaft gemacht hatte, beschloss ich, dass sie absolut nichts für mich waren. Mit einigen hundert Mann, manchmal sogar mit mehreren tausend bei verschlossener Tür in einem unterirdischen Raum zu hocken und auf das Unvermeidliche zu warten – schon beim bloßen Gedanken daran brach mir der Schweiß aus. Das Einzige, womit man sich dort in meist völliger Dunkelheit beschäftigen konnte, war die eigene Todesangst, die durch die der Anderen noch geschürt wurde. Und die Atmosphäre war extrem angespannt: laut betende Menschen, heulende Kinder. Man saß dort mit gespitzten Ohren, registrierte jede Bewegung des Bodens in der ständigen Gewissheit, jeden Augenblick tot oder lebendig unter den Trümmern begraben zu werden. Außerdem schnürte mir das Gefühl, eingeschlossen und womöglich gerade die Zielscheibe eines solchen Luftangriffs zu sein, die Luft ab. Dort war ich ebenso wehrlos und zu keiner Bewegung fähig wie das Gebäude, das sich über mir befand. Untätig sein oder handeln. War es das?

Es war meist nicht schwierig, sich im Chaos, das den heulenden Sirenen folgte, unbemerkt davonzumachen. Irgendein Unterschlupf ließ sich immer finden. Wenn ich nur ausreichend Deckung hatte und mich nicht in meiner Bewegungsfreiheit eingeengt fühlte. Ich lag eben lieber hinter einer kleinen Mauer über der Erde als dem blanken Schicksal hoffnungslos ausgeliefert hinter einer hermetisch verriegelten Stahltür unter Tage.

Denn wenn man über Tage war, gab es noch einen anderen Faktor, nämlich man selbst. So klein der Spielraum manchmal auch sein mochte, man musste auf die eigene Beobachtungsgabe, Schnelligkeit und Intuition vertrauen. Man ließ sich auf den Boden fallen, tauchte weg, machte sich klein oder rannte geradewegs in eine Richtung, in der man sich sicherer wähnte.

Vor allem nachts konnte man relativ leicht vorhersagen, wie der Luftangriff verlaufen würde. Dann wurde das Zielgebiet von Aufklärungsflugzeugen mit Leuchtbomben markiert, und die Umgebung hüllte sich in bleichweißen Schein. Geschah das direkt über einem, bedeutete das: Sie kommen hierher. Bleib, wo du bist. Suchlichter tasten den Himmel ab. Noch ist es ruhig, noch schweigen die Sirenen. Dann ertönt ein Röhren. Das erste Geschwader ist im Anzug. Flaks dröhnen. Der erste Bombenteppich geht nieder. Lichtblitze. Ohrenbetäubende Explosionen. Ich höre nichts mehr. Zwei Fassaden stürzen ein. Eine Straße wird weggefegt. Eine einzige große Wolke aus Kalk und Rauch. Weg jetzt!

Ich springe auf, renne über den Platz, im Zickzack durch die Trümmer. Dorthin. Weg hier. Ich krieche in den Vorraum eines unterirdischen Aborts und halte den Atem an, die Hände auf den Ohren …

Aber es konnte auch sein, dass während eines solchen Luftalarms überhaupt nichts geschah. Dann flogen die Geschwader hoch oben vorüber, ins Hinterland, und ich prägte mir die Bilder tief ein. Tagsüber bedeckte ein bizarres Netz aus Kondensstreifen den blauen Himmel. Diese hielt ich später fest. In nahezu abstrakten Zeichnungen, für Fremde nicht zu entschlüsseln. – Ich hatte nämlich, nachdem ich es einige Jahre nicht angerührt hatte, vor meiner Abreise in Oudewater wieder mein altes Skizzenbuch hervorgekramt.

Es war eine klare Sommernacht, als Hein und ich mit einigen Anderen auf den Torpedobooten Wache schieben mussten. Luftalarm ertönte. Wir hörten ihn aus der Ferne herüberheulen und machten, dass wir an Land kamen. Hinter einer Böschung warteten wir ab. Von allen Seiten leuchteten hell die Lichtbahnen der Scheinwerfer auf. Wir hörten Luftabwehrfeuer. Deutsche Nachtjäger stürzten sich in den Kampf mit englischen ›Mosquitos‹, den Aufklärungsflugzeugen, die den Luftangriffen vorangingen. Während Leuchtbomben leise an ihren Fallschirmen niedersanken, vernahmen wir ein näher kommendes Donnern, das sich anhörte, als sei eine ganze Luftflotte im Anzug. Ein Bombenteppich nach dem anderen ging in der Ferne auf die Chemiefabriken der IG Farben nieder. Über unseren Köpfen machten die fliegenden Festungen, von ihrer Bombenlast befreit, mit erhöhter Motorendrehzahl kehrt und flogen zur Basis zurück. Wir lagen da und waren überwältigt, nicht nur wegen den enormen Ausmaßen, sondern auch wegen der reibungslosen Präzision, mit der alles vonstatten ging. Es schien, als bewege sich diese Maschinerie ohne Menschenhand. Ein Komplex nach dem anderen flog in die Luft, nichts wurde ausgelassen. Die Einschläge kamen so schnell hintereinander, dass wir sie nicht mehr einzeln zu unterscheiden vermochten, Luftmassen wurden so heftig verschoben, dass die Blätter an den Bäumen hinter uns rauschten und sich die Äste krümmten.

In den kurzen Zwischenpausen hörten wir über den explodierenden Tanks in der Ferne bereits neue Formationen herandonnern. Der Angriff dauerte insgesamt vielleicht eine Stunde, dann färbte sich der Himmel in den Farben des Regenbogens: von grellgelb bis zu einem gemeinen Grün und Blau. Monströse Feuerkugeln stiegen auf, trägen Luftblasen im Wasser gleich, und zerplatzten in der Höhe wie Sterne. Die Thermik verursachte zyklonartige Strudel, wodurch das Feuer an manchen Stellen nahezu erlosch, um sich im nächsten Augenblick wieder häuserhoch zu entfachen. In großer Höhe traten, wo glühendes Gas mit Sauerstoff in Kontakt kam, plötzlich Stichflammen auf. Manchmal war die Hitzeentwicklung trotz der Entfernung zum Feuerherd so stark, dass wir Deckung suchen mussten.

So wurden vor unseren Augen, durch den Widerschein des Flusswassers gespiegelt, Mannheim und Ludwigshafen in einem kochenden Feuermeer emporgehoben.

Die ganze Zeit über, in der wir da lagen – mal hinter der Böschung abgetaucht, dann wieder, die Gesichter mit dem Arm schützend, oben –, sprachen wir kein Wort. Hein und ich lagen dicht nebeneinander, mieden jedoch tunlichst den

Blick des Anderen. Denn auch der flüchtigste Blick des Einvernehmens hätte nur eines bedeuten können. Und dieses eine überstieg unsere Vorstellungskraft in solchem Maß, dass wir es aus unserer Gedankenwelt verbannten. Und dieses eine war, dass es *Städte* waren dort auf der anderen Seite des Flusses. Städte voller Menschen.

Als das Morgengrauen einige Stunden später die Feuerflammen ermatten ließ, brannten die chemischen Anlagen, bizarre Rauchpilze erbrechend, noch immer. Die gesamte Umgebung war von einer dicken Rußschicht überzogen, und ein unerträglicher Gestank erfüllte die Luft. Von den Gebäuden schien nicht mehr übrig zu sein als die versengten Silhouetten von Ruinen. Von der Kaserne ertönten gellende Pfiffe. Wie alle Anderen, die man im weiteren Umkreis mobilisieren konnte, wurden auch wir zusammengetrommelt, um bei den Aufräumarbeiten zu helfen. Wortlos und mit bleischweren Beinen näherten wir uns.

Rauch. Feuerprasseln. Gestank nach Schwefel und Trotyl. Das Grollen einstürzender Häuser. Hin und wieder noch eine Explosion. Und Menschen. Stimmen von Menschen. Menschen, die Befehle erteilen, die rufen, schreien, kreischen, heulen. Fußschritte. Fliehen. Scharren. Menschen, die entgeistert durch die Trümmer irren und nicht wissen, wonach sie suchen sollen – und wo. Die ersten Hilfstrupps lotsten bereits fieberhaft Feuerwehrautos und Krankenwagen in Straßen, die noch halbwegs zugänglich waren. Andere rannten auf der Suche nach Gaslecks und berstenden Wasserleitungen durch die Ruinen und kletterten über Schuttkegel. Explosionsgefahr. Die Keller würden voll laufen. Wer nicht verschüttet, wer nicht erstickt, wer nicht von der Hitze versengt war, konnte nun noch ertrinken.

Anhand von Karten versuchte man, die Luftschutzkeller zu lokalisieren. Dann Schutträumen, mit Schaufeln, mit bloßen Händen, ein nasses Tuch vor dem Gesicht, Augenbrauen und Wimpern versengten. Stein für Stein. Brocken um Brocken. Den Schutt beförderte eine lebende Kette aus Händen. Aufpassen! Vorsichtig! Jeden Augenblick kann der Boden unter der Schuttlast einstürzen, vorsichtig ...

Während überall noch Feuer loderten, während ab und zu, weit entfernt, nahebei, eine Explosion erdröhnte. Blindgänger mit Zeitmechanismus. Jeden Augenblick kann man darauf stoßen ...

Stunden waren wir zugange, Stein für Stein. Der Schutt lag meterhoch. Kalk, Zement, Stroh, Hausrat, Balken. Ab und zu stopften wir bei einem eilends errichteten Hilfsposten etwas Essen in uns hinein. Und weiter ging es. Verbissen, gedankenlos, empfindungslos. Die Augen tränten, aber wir merkten es nicht, unsere Hände waren aufgerissen und bluteten, aber wir fühlten es nicht.

Wir hörten Klopfzeichen. Wir hörten Stimmen aus den Tiefen der Erde. Und schneller ging es, Stein für Stein. Doch die Zeit verrann. Es wurde dunkel und man brachte Lampen. Wir schufteten Stunde um Stunde. Die Nacht verging. Die Klopfzeichen wurden schwächer. Wir erhöhten unser Tempo. Die Sonne ging auf. Stimmen waren nicht mehr zu hören. Und auch keine Klopfzeichen.

Gegen Mittag gelang es uns, den Zugang zum Keller zu öffnen. Aber wir fanden nichts als den Tod. Wir setzten uns, versengt und voller Ruß, niedergeschlagen und erschöpft. Und dann plötzlich ein Wunder. Es war Bootsmann Heyne. Wie ein Besessener rüttelte er an einem meterhohen Brocken. Seine Augen quollen hervor. Er wurde immer röter im Gesicht und die Adern an seinen Schläfen drohten zu platzen. Aber die Steinmauer wich und er musste zur Seite springen, um nicht von ihr erschlagen zu werden. Und eine Nische kam zum Vorschein, und in dieser Nische eine Binsentasche.

»Ich wusste es, verdammt, ich wusste es, verdammt, verdammt«, stammelte Bootsmann Heyne. – Und er nahm etwas auf die Arme. Etwas, das sehr klein war und sich bewegte. Etwas, das weinte.

Am Ende des Nachmittags, des Nachmittags des zweiten Tages, als die Fabrikanlagen am Stadtrand ausgebrannt und so weit abgekühlt waren, dass man sich ihnen nähern konnte, schickten sie uns dorthin. Das Schreckliche konnte noch schrecklicher werden. Die Grenzen des Grauens ließen sich offensichtlich überschreiten. Von den Fabrikhallen waren nur noch kahle Pfahlzäune übrig, geschmolzen und entstellt durch die Hitze. Man öffnete die Stahltüren der ausgedehnten Luftschutzbunker unter den Werkhallen. Dort gab es keine Lebenden mehr. Das überirdische Feuermeer hatte der Luft jeglichen Sauerstoff entzogen, und erst danach – so redeten wir uns ein – hatten sich die Keller in siedende Öfen verwandelt. In jener Nacht waren wir so erschöpft, dass sogar Angstträume unseren Schlaf nicht stören konnten.

Das Himmelfahrtskommando

»Antreten! Alle Mann an Deck!«

Wir mussten uns auf dem Innenhof versammeln. Es war am Ende unseres dritten Monats in Mannheim. Zu uns sprach Kapitän zur See von Hassel, unser Kommandant.

Zuerst stellte er in aller Offenheit die Kriegssituation dar, soweit sie ihm bekannt war. Vorsichtig ausgedrückt: Die Sache sah nicht gut aus. Im Westen war Paris gerade gefallen – oder befreit, je nachdem von welcher Seite man es betrachtete –, und auch im Osten war die Lage nicht gerade rosig. Faktisch befand sich Deutschland an allen Fronten in der Defensive. Dann ließ Kapitän zur See von Hassel die Katze aus dem Sack. Wir waren zwar zu Matrosen ausgebildet worden, doch die Chance, dass wir je die See zu Gesicht bekommen würden, war gleich null. Die deutsche Marine hatte so große Verluste erlitten, dass sie über gar keine Kriegsschiffe mehr verfügte, auf denen wir hätten untergebracht werden können. Deshalb hatte das Oberkommando beschlossen, uns an Land einzusetzen. Nach einer kurzen Ausbildung würden wir bei den Marinestoßtruppen landen, sei es an der Ostfront, sei es – wenn es uns einerlei war – anderswo in Europa. Aus der Wortwahl des Kommandanten war zu schließen, dass er nicht hinter der Entscheidung stand und sicherlich nicht dem ›Oberkommando‹ angehörte, das sie getroffen hatte. Er fügte hinzu, dass es sich nicht um einen Befehl handeln konnte, da wir uns ja zu einem normalen Dienst auf See und nicht als Marinesoldaten verpflichtet hatten, worauf die Aufgabe der Stoßtruppen im Grunde hinauslief. Wer wollte, konnte den Dienst quittieren, doch dann würde man in der Kriegsindustrie eingesetzt werden. Viel Zeit blieb uns nicht. Wir mussten uns an Ort und Stelle entscheiden.

Die Nachricht verursachte natürlich tiefe Bestürzung, doch unter den gegebenen Umständen konnten wir unserer Überraschung, Wut oder Angst nicht Luft machen. Einer schaute fragend den Anderen an. Was machen wir? Was machst du? Niemand rührte sich.

Letztendlich warfen nur drei der über tausend jungen Männer das Handtuch. Einer von ihnen war aus unserer Kompanie. Wir blieben. Was uns genau erwartete, wussten wir nicht. Die Vernichtung der IG Farben war uns jedoch noch frisch im Gedächtnis und hatte uns die Lust auf die deutsche Kriegsindustrie gründlich verdorben. Außerdem würden wir erst noch ausgebildet werden. Und jeder Tag bedeutete Aufschub. Hatte von Hassel nicht den Eindruck erweckt, dieser Krieg sei fast vorbei? Vielleicht rettete uns die Zeit. Noch am selben Tag wurden wir in einen Zug Richtung Pommern im Nordosten Deutschlands gesetzt.

»Hein, Jan, haltet die Ohren steif, schaut, dass ihr durchkommt ...« Die Worte von Bootsmann Heyne beim Abschied. Und dann wurden wir an einen harten Stoppelbart gedrückt.

Sofern überhaupt möglich, nahm uns die mehrtägige Reise unsere letzten Illusionen. Die Marinekaserne hatte uns trotz allem ein gewisses Geborgenheitsgefühl vermittelt, und unsere Zukunft als Seemänner hatte durchaus etwas Romantisches gehabt. Damit war es nun jäh zu Ende. Aus der Welt, wie wir sie vom Zug aus sahen, während wir quer durch Deutschland fuhren, gab es kein Entrinnen. Vernichtung und Tod blickten uns von allen Seiten entgegen. Unser einziges Ziel hieß: Überleben. Ganz gleich wie.

»Wir können es vergessen ...« – Das war Hein, der niedergeschlagen aus dem Zug starrte.

»Wir versuchen, uns davonzumachen, Hein. Pommern liegt an der Ostsee. Wir schnappen uns ein Segelboot. Sehen zu, dass wir nach Schweden kommen ...«

»Ach, hör doch auf!« Die alten Fantasien funktionierten nicht mehr. Um die Welt reisen, Freibeuterei, fremde Häfen, exotische Städte – das waren Träume aus der Vergangenheit.

Einer Vergangenheit, die ein Menschenleben hinter uns zu liegen schien. Dabei war es noch kein Jahr her, dass Hein und ich einander zum ersten Mal begegnet waren: ein Fußmarsch durch die Wälder der Veluwe unter der holländischen Augustsonne.

Das Wetter war umgeschlagen. Herbstregen prasselte in einem fort nieder und verwandelte das trostlose Bauernland Pommerns in einen Schlammpfuhl zähen Lehms. Dem Herbst würde der Winter folgen, und der Gedanke an Frühling war ebenso unwirklich geworden wie der Gedanke an Frieden, das waren Begriffe, die in die Vergangenheit gehörten. Es gab keine Zukunft, es gab nur das *Heute*: einen Tag, den man wieder versuchen musste, ungeschunden zu überstehen, von Augenblick zu Augenblick. Und das war erst das Vorgeplänkel.

Wir wurden in einigen heruntergekommenen Baracken untergebracht, mitten in Zuckerrübenfeldern unweit eines Dorfes, dessen Namen wir noch nie gehört hatten. Dort wurden Befehle gebellt. Zum ersten Mal machten wir Bekanntschaft mit dem deutschen Kadavergehorsam. ›Himmelfahrtskommandos‹ hießen die Einheiten, für die wir in mörderischem Tempo getrimmt wurden – eine Bezeichnung, die ein getreues Bild unserer Überlebenschancen widerspiegelte. Unsere Aufgabe war es, aus vorderster Front eine Bresche in die feindliche Abwehrlinie zu schlagen und den geschaffenen Vorposten so lange zu halten, bis motorisierte, schwerer ausgerüstete Einheiten kamen. Die Ausbildung unter der Leitung der Wehrmacht bereitete uns entsprechend darauf vor, denn auf einen Toten mehr oder weniger kam es nicht an.

Es begann damit, dass wir buchstäblich Tag und Nacht durch den Schlamm gejagt wurden. Wir mussten lernen,

Brückenköpfe zu errichten, wobei mangels Wasser Lieferwagen anstelle von Landungsfahrzeugen als Übungsmaterial dienten. Wir lieferten uns Scheingefechte, bei denen die Wirklichkeit so naturgetreu wie möglich nachgeahmt wurde. Es wurde geschossen – und nicht immer mit Platzpatronen. ›Ohne Rücksicht auf Verluste‹ nannte man das.

Wir mussten Absperrungen aus Stacheldraht anlegen, Sprengsätze anbringen, Kasematten in die Luft jagen. All das sollte man bei Nacht und Nebel tun können und die Ausbildung, die normalerweise drei Monate dauerte, wurde rasend schnell innerhalb weniger Wochen durchgezogen. Das galt auch für den gefährlichsten Teil unserer zukünftigen Aufgabe, das Legen und Räumen von Minenfeldern. Auch dabei ging man auf Kosten von vielen Verletzten und Toten davon aus, dass die Praxis der beste Lehrmeister war.

Zuerst erklärte man uns anhand von Querschnittzeichnungen und demontierten Blindgängern die Funktionsweise der unterschiedlichen Minentypen. Das war auch schon die ganze Theorie. Denn bei dieser Arbeit musste man nicht mit dem Kopf, sondern mit den Händen denken lernen, hieß es. Und das hatte man verdammt schnell zu beherrschen, denn das Material, das wir daraufhin in die Hände bekamen, war in der Regel scharf. Machte man einen Fehler, flog man hundertprozentig in die Luft, was offensichtlich in Kauf genommen wurde, auch wenn es natürlich ärgerlich war, dass die Ausbilder das gleiche Risiko liefen wie wir. Außerdem ging man davon aus, dass man – war man ungeschickt – doch irgendwann in die Luft fliegen würde, wenn nicht gleich, dann eben später. Diese Übungen fanden natürlich im Freien statt und aus naheliegenden Gründen befand man sich mit dem Ausbilder in gehörigem Abstand zum Rest der Truppe. Widerwillig gingen wir nach draußen, dieses erste Mal.

Da lag meine Mine, und ich hätte mich am liebsten aus dem Staub gemacht oder zumindest meine Augen mit den Händen bedeckt, aber das ging ja nicht. Man durfte nicht einmal die Augen zusammenkneifen, denn uns war gesagt worden, Minen seien wie Tiere: Zeigte man Unsicherheit, würden sie gefährlich werden. Der Ausbilder, der wohl nur drei Jahre älter war als ich, gab mir einen Schubs in Richtung des metallenen Monsters, das nach meiner festen Überzeugung ein leises Brummen von sich gab und auf diese Weise die Absicht kundtat, spontan explodieren zu wollen. Offensichtlich hatte der Ausbilder, wahrscheinlich ebenso nervös wie ich, meine Gedanken gelesen:

»Eine Mine explodiert nicht von selbst. Denn das hätte sie schon beim Legen und beim Anbringen des Zünders getan. Merk dir: Wenn etwas schief geht, ist es deine eigene Schuld. Und wenn du genau tust, was ich sage, geht nichts schief ...«

Also hockten wir uns hin, er mit der Zeichnung. Noch nie hatte ich so sehr das Gefühl, mein eigenes Schicksal buchstäblich in Händen zu halten. Ein einziger Druck auf den Knopf hätte genügt, um von allen Schreckgespenstern erlöst zu sein. Warum nicht dem etwas nachhelfen, was doch bald eintreten würde? Warum eigentlich nicht?

Nicht, weil ich einfach weiterleben wollte, nicht, weil ich mich dem Anderen gegenüber verantwortlich fühlte, sondern schlichtweg, weil meine Hände seine Anweisungen bereits so genau wie möglich ausführten. Ich zweifelte in diesem Moment an allem. An links und rechts. An der Richtung des Uhrzeigersinns. Und wer garantierte mir, dass die Zeichnung stimmte? Doch meine Hände zögerten nicht, und es war erstaunlich, wie schnell ich mit dem Zünder aufstand, während die Mine stumm zu meinen Füßen lag.

Dann aber kam die Ernüchterung. Denn es gab überhaupt keinen Grund zur Erleichterung, es konnte keine Rede davon sein, dass ich mit einem Schulterklopfen entlassen wurde. Nein, ich musste es noch einmal tun, und noch einmal. Dutzende Male. In gewisser Hinsicht wurde die Aufgabe immer gefährlicher, je besser man sie beherrschte. Man musste jedes Mal auf der Hut sein, so, als wäre es das erste Mal.

Und auch das war erst der Anfang. Denn in der Praxis konnte man beim Entschärfen der Minen natürlich kein Handbuch konsultieren. Man musste es also nach einigen Malen auswendig tun. Und dann mit verbundenen Augen. Denn in Wirklichkeit machte man das Ganze ja meist nachts.

Aber auch, wenn man endlos lange geübt hatte, war man noch nicht fertig. Minen lagen nämlich nicht offen da. Sie wurden getarnt, im Boden versteckt. Und so musste man sie ausgraben, mit verbundenen Augen, Körnchen für Körnchen. Man musste sie an der kleinsten Kleinigkeit erkennen, sie blindlings demontieren können, in Deckung oder auf dem Bauch liegend, und ständig daran denken, dass unter ihr eine kleinere Mine, ein Sprengkörper liegen konnte, der einem, wenn die eigentliche Mine nicht explodierte, auf alle Fälle eine abgerissene Hand oder einen zerfetzten Arm einbringen konnte.

So ließ jede neue Aufgabe die vorige als Kinderspiel erscheinen.

Und weiter ging es, Tag für Tag, zwölf bis vierzehn Stunden hintereinander – und jedes Nachlassen der Konzentration konnte einem zum Verhängnis werden. Abends krochen wir auf die Pritschen, durch die ständige Anspannung mit höllischen Gliederschmerzen, und hatten nur eine einzige Hoffnung: dass wir ein paar Stunden liegen bleiben durften und nicht auch noch für eine Nachtübung rausgetrommelt würden. Denn auch diese gingen unermüdlich weiter. Manchmal sahen wir unser Bett achtundvierzig Stunden lang nicht.

Wer es nicht schaffte, wurde abtransportiert. Wohin, wussten wir nicht. Vielleicht hatten sie es besser als wir, und dennoch versuchten alle, ratlos vor Erschöpfung, ihr Äußerstes zu geben. So war die Ausbildung in zumindest einer Hinsicht erfolgreich: Wir waren vollkommen mürbe gemacht für das, was uns erwarten sollte. Die wenigen freien Momente lagen wir völlig erschöpft auf unseren Pritschen, rauchten oder schwiegen.

Aber da näherten sich schon wieder schwarze Stiefel. Stubeninspektion. Und es gab immer irgendetwas, das nicht in Ordnung war.

»Nennst du das sauber, Soldat?« – Wenn man mit Ja antwortete, wurde man voll bepackt zwanzig Mal ums Lager gejagt, bis man sich vor Erschöpfung erbrach. Und das Gleiche geschah, wenn man verneinte.

Fast einen Monat lang waren wir in Pommern und bekamen nichts anderes zu Gesicht als Schlamm, Regen und nassen Schnee.

Dann schien es, als tauche für Augenblicke die Sonne auf, auch wenn die Wolkendecke grau und geschlossen blieb wie zuvor.

Beim Morgenappell hörten wir, dass vierzig Plätze für den Dienst auf See frei geworden waren. Vierzig würden ihre Sachen packen können, vierzig von tausend. Und das Wunder geschah. Hein und ich waren dabei.

Ein paar Stunden später saßen wir im Zug Richtung Danzig.

Der Übergang war für uns kaum zu fassen. Da gingen wir am nächsten Abend nahezu in Urlaubsstimmung durch die Gassen einer alten Hafenstadt an der Ostsee, im Matrosenanzug und mit der bebänderten Matrosenmütze auf dem Kopf sowie einer Monatsheuer in der Tasche. Wir hatten uns tags zuvor bei der Marinekaserne abgemeldet und endlich, von der Kriegssituation einmal abgesehen, wieder eine Nacht normal geschlafen. Nach der Abgeschiedenheit Pommerns sahen wir in Danzig, wie angespannt die Lage war. Die Russen konnten jederzeit durchbrechen, die Stadt wurde von Flüchtlingen überspült.

Morgens hatten wir mit dem Seesack auf den Schultern den ersten Schritt auf den Landungssteg des Schiffes gesetzt, auf dem wir eingeteilt waren, einem Minensucher: Hein, ein weiterer Holländer unserer Gruppe namens Frits und ich. Auch wenn ich es ungern zugegeben hätte, so hatte ich diesen ersten Schritt nicht ohne gewisse Feierlichkeit getan. Das war es doch, was wir gewollt hatten. Wir wurden von Bootsmann Heinrich eingewiesen, einem gemütlichen Kerl Ende fünfzig, der schon unter ›dem Kaiser‹ zur See gefahren war. Auf unseren Salut winkte er ab und gab uns einfach die Hand:

»Für Allotria haben wir auf See keine Zeit ...«

Unsere Sachen landeten in Schränken der Matrosenkajüte, einem winzigen Raum voller Rohre und Verschlusshähne fast in der Mitte des Schiffes neben dem Maschinenraum. An beiden Seiten hingen Hängematten, jeweils drei übereinander. Unsere Gewehre konnten wir auf ein Gestell legen, die brauchten wir auf See nicht. Dann mussten wir sofort an die Arbeit: Deck schrubben, Kajüte sauber machen, Kombüse putzen. Am Ende des Tages hatten wir die ganze Besatzung bis zum Kapitän kennen gelernt. Natürlich gab es unter den fünfzig Besatzungsmitgliedern eine strikte Hierarchie und strenge Disziplin, dennoch war der Umgang, zumindest solange wir im Hafen vor Anker lagen, ziemlich herzlich. Hackenschlagen war an Bord des kleinen Schiffes nicht drin. Hier hockte man sich zu dicht auf der Pelle und war zu sehr aufeinander angewiesen.

Und nun gingen wir an Land, in Begleitung einiger frisch gebackener Maaten, Altersgenossen, die das Hafenviertel und die Kneipen wie ihre Westentasche kannten und darauf erheblich stolz waren. Später würden wir uns zum ersten Mal auf einem Schiff in eine Hängematte legen. Nun lag der Abend noch vor uns. Die Anderen erzählten von ihren Abenteuern auf See. Hein berichtete von unserem Monat in Pommern. Spindeldürr war er geworden und hatte dunkle Ringe um die Augen, die nach einer Nacht Schlaf nicht weggewischt waren.

Große Kneipen waren das, voller Seeleute und Marinevolk. Die erkannten sich, wenn man es glauben durfte, auf der ganzen Welt mit einem einzigen Augenaufschlag. Sie zückten ihre Fäuste so schnell, wie sie Freundschaft schlossen. Und obwohl wir noch nie auf See gewesen waren, akzeptierte man uns hier allein aufgrund unseres Matrosenanzugs.

Einen einzigen Abend lang zwischen der einen harten Wirklichkeit und der nächsten schien es, als habe sich ein Traum teilweise erfüllt. Stimmen, die sich übertönten, Musik, die aus Lautsprechern schallte. Wir kannten die Lieder schon und summten mit: *Lili Marleen*, *Das ist die Liebe der Matrosen*.

Es war warm in den Kneipen. Es roch nach Essen. Und nach Parfum. Denn hier gab es auch Frauen. Manche zahnlos und alt, doch das schien keine Rolle zu spielen, Andere waren jung. Marika war jung, nicht älter als siebzehn. Sie hatte sich auf meinen Schoß gesetzt und mich nach meinem Namen gefragt. Sie hatte blondes Haar und graue Augen. Federleicht war sie gewesen, hatte den Arm um meinen Nacken geschlungen. Wir hatten getrunken und dann fragte sie, ob ich mit nach oben wolle, und ich hatte genickt. Eine schmale Treppe, ein düsterer Gang, überall Türen. Hinter diesen Türen Poltern und Lachen. Dann eine winzige Kammer, fensterlos und erleuchtet von einer hässlichen schirmlosen Birne. Auf dem fahlen Waschtisch standen ein verbeulter Emailleeimer mit schmutzigem Seifenwasser und eine Wasserkanne ohne Henkel. Ein Küchenstuhl. Eine Matratze auf dem Boden.

Und das war alles. Marika setzte sich auf die Matratze, ich auf den Stuhl. Ich hatte die mir angebotene Zigarette genommen, obwohl ich nur selten rauchte. Woher ich komme, wollte sie wissen. Aus Holland. Ob ich Geschwister habe. Sechs. Sie hatte einen kleinen Bruder, aber ob er noch lebte, wusste sie nicht. Sie war geflohen, aus Riga, ihre Eltern waren umgekommen. Sie war noch keinen Monat hier.

Und mir hatte etwas auf der Zunge gebrannt, eine Frage, nein, viele Fragen … Aber sofort hatte sie fast unmerklich mit den Achseln gezuckt, hatte sich mit offenen Augen hingelegt und geflüstert:

»Komm, Jan …«

Dunkle Straßen. Straßen, die wogten wie das Meer, Häuser, die sich neigten, Ecken, die nicht blieben, wo sie waren. Das Echo von Gelächter. Halte mich, Hein! Und dann ein bodenloses Nichts, eine fade Grube des Schlafs. Und gleich darauf, oh nein, das ist nicht möglich: grelle Pfiffe, gellende Befehle.

Schlaftrunken auf die Beine. Trockener Mund. Nie wieder trinke ich Bier …

In aller Herrgottsfrühe stachen wir in See: ein paar Minensuchboote, die von einem Torpedojäger mehr oder weniger vor russischen U-Boot- und Luftangriffen geschützt wurden. Wirkliche Flottillen, die normalerweise zahlenmäßig viel stärker waren, konnten aus Mangel an Kriegsschiffen nicht mehr formiert werden. Dass alles andere als eine Vergnügungsfahrt vor uns lag, hatten wir bereits den gehörten Geschichten entnehmen können. Die Gefahr lauerte überall, ganz abgesehen von dem Risiko der Arbeit mit den Minen. Die Russen hatten den Luftraum vollständig unter Kontrolle, und auch gegen ihre U-Boote konnten sich die Deutschen kaum verteidigen.

Hinzu kam, dass wir im Gegensatz zu unseren vermeintlichen Angreifern auf der Wasserlinie von Minen umgeben waren. Anscheinend war es ein Wunder, dass es überhaupt noch Schiffe gab. Unsere Aufgabe bestand darin, den Seeweg zwischen den baltischen Provinzen Estland und Lettland, die von der russischen Armee umzingelt waren, und den westlichen Häfen schiffbar zu halten. Der schmale Korridor zwischen den ausgedehnten Minenfeldern war von Minen verseucht, die die Russen aus Flugzeugen abwarfen. Die mussten geräumt werden, um Transportschiffkonvois und trägen, uralten Passagierbooten die Passage zu ermöglichen, die auf dem Hinweg mit Material und – soweit es sie noch gab – Verstärkungstruppen beladen waren und auf dem Rückweg vor Verwundeten und Flüchtlingen überquollen. Wenn so ein Schiff auf eine Mine lief, was nicht selten passierte, wurden Tausende rettungslos in die Tiefe gerissen.

In den ersten Stunden fuhren wir in Kiellinie durch die relativ ruhige Danziger Bucht. Das monotone Stampfen der

Maschinen klang mir bereits so vertraut in den Ohren, als hätte ich nie etwas anderes gehört. Wie schwarze Schemen einer geisterhaften Herde zeichneten sich vor und hinter uns die Schiffe auf dem dunklen Wasser ab. Schwach leuchtete die Gischt von Bug- und Heckwellen auf.

Der Tag brach an, ein grauer Tag mit endlosen Regenschauern. Ich beugte mich über die Reling. Bleigrau, mit weißen Schaumkronen. Zum ersten Mal in meinem Leben: die See.

Kriegsmarine

»Warten. Krieg heißt Warten.«

Das waren die Worte Wagners, des Ausbilders im Wehrsportlager gewesen. Und mit diesem Warten machte ich gleich am ersten Tag unserer viertägigen Reise Bekanntschaft. Und mit der Angst, die Stunden anhalten konnte.

Wir waren kaum auf See, als die Alarmglocke ertönte. Mit dem Echolot war ein U-Boot aufgespürt worden. Und jeder musste wie der Blitz auf seine Alarmposition. Meine war unter Deck, bei der schweren Tür der Matrosenkajüte, die zu einer wasserdichten Trennwand gehörte. Diese musste bei einem Volltreffer zugeschlagen und dann mit einem Schraubrad verriegelt werden. – Und dann nichts wie weg, ins Vorschiff, eine Leiter hoch, durch ein Mannloch nach draußen ... *Als ob das möglich wäre!* Als hätte man die Zeit dazu! Als würde man etwas anderes verriegeln als seinen eigenen Sarg!

Ich stand da, horchte angestrengt, wartete mit feuchten Händen an diesem Rad in einem stickigen Raum, in den kein

Tageslicht drang, die Luft schwer vom Gestank nach Dieselöl und Schmiere. Die Maschine stampfte. Volle Kraft voraus ging's, auf und nieder, hoch, runter, ab und zu quer auf den Wellen. Gegen U-Boote konnten wir nicht das Geringste ausrichten. Zickzackkurs, fahren so schnell wir konnten, und hoffen, dass wir nicht auf eine treibende Mine laufen würden – eine andere Chance hatten wir nicht. Andernfalls würde die Schiffswand von einem Torpedo zerfetzt werden, und dann eine Wand eiskalten Wassers ... – Nicht daran denken! Warten, horchen.

Man ist Teil des Schiffes. Ohren und Hände sind die Instrumente. Und Instrumente denken nicht. Der Kopf ist leer, *nicht denken* ist das Einzige, was einem bleibt. Das Denken ist die Angst. Und Angst ist Schweiß, mehr nicht. Die Angst perlt auf der Stirn. Die Angst rinnt in kribbelnden Bächen den Nacken, die Brust hinunter. Höre, warte.

Sieben volle Stunden dauerte es, ehe Entwarnung gegeben wurde, sieben volle Stunden stand ich auf meinem Posten. Dann kam Hein die Sprossen herunter, leichenblass, mit zitternden Händen. Ob ich nichts gehört hätte? Nein, nichts außer dem Stampfen der Maschine und dem Brechen der Wellen. Er erzählte stockend. Eines unserer Schwesterschiffe war torpediert worden, ein Volltreffer, genau in die Seite.

»Jesus, Jan, so schnell wie das ging, in wenigen Sekunden war alles vorbei ...«

Ein paar Männer hatten noch vom Boot kommen können. Hein hatte sie springen sehen, im Wasser treiben. Dann waren sie mit Schwimmweste und allem in die Tiefe gesogen worden. Nach Überlebenden zu suchen war sinnlos, ein Ölfleck war alles, was übrig blieb. Ich fragte, welches Schiff es gewesen sei. »Herrgott ...« Gustav und Erich – am Abend zuvor waren wir noch zusammen unterwegs gewesen. Wir hatten getrunken, geredet, gelacht. Sie und wir. Es war, als hätte Hein meinen Gedanken erraten:

»Es geht so schnell ...«

»Gustav und Erich. Verdammte Scheiße.«

Doch da gellten schon wieder die Pfiffe. Und die Befehle. An die Arbeit. Wir machten weiter. Putzen. Schrubben, Essen holen. – Und dann wieder die Alarmglocke. Und warten. Nicht denken. Horchen und warten.

Doch was ich an diesem ersten Tag am eigenen Leib erfuhr, war mehr als der Kampf gegen die Zeit. Es ging auf den Oktober zu, es war bitterkalt und die See war, zumindest in meinen Augen, bedrohlich rau. Das Schiff, das im Hafen noch ganz stattlich ausgesehen hatte, kam mir nun, gemessen an der Unendlichkeit ringsum, kleiner als eine Nussschale vor. Überall ächzte und krachte es, bei jeder Welle stob das Spritzwasser über Deck. Und das sei noch gar nichts, wurde mir versichert, das sei nur eine steife Brise. Auf See könne es ganz schön rundgehen.

Ob ich wollte oder nicht, eines wurde mir klar, nämlich dass in mir wohl kein Seemann steckte. Neben der ständigen Angst vor der Tiefe ergriff mich ein Gefühl der Beklemmung, das mich keinen Moment losließ, ganz gleich ob ich mich nun auf oder unter Deck befand. Ich fühlte mich auf diesem Schiff als Fremdkörper, als etwas, das nicht dahin gehörte und sich ständig festhalten musste, wenn es nicht über Bord gehen wollte. Hein war offensichtlich damit verwachsen. Ihm verliehen Luft und Horizont ein Gefühl von Freiheit, während ich gerade die kleinen Abmessungen des Schiffes sah. Es war zu klein. Ich wollte runter.

Viel Zeit für solche Überlegungen blieb mir indes nicht. Wir waren sogar zu beschäftigt, um seekrank zu werden. Tag und Nacht jagte uns der Bootsmann von vorn nach hinten. Wir konnten froh sein, wenn wir in vierundzwanzig Stunden ein paar Mal – und dann nie länger als zwei Stunden am Stück – in der Hängematte lagen.

Wir schrubbten und bohnerten, wir wurden in die Kombüse geschickt, um Essen oder Kaffee zu holen, wir mussten die Offizierskajüten sauber machen oder stundenlang auf dem Vorderdeck stehen und durch ein Fernglas spähen, ob irgendwo die Schaumspur eines Periskops auftauchte oder irgendwo etwas Rotes und Schwarzes in den Wellen auf und ab schaukelte.

Minen. Bei ruhigem Seegang wurden sie mit größter Vorsicht an Bord gehievt und entschärft. Fünfhundert Kilo Sprengstoff. Wenn der Wellengang den Einsatz des Minenräumgeräts unmöglich machte, ließ man ein Beiboot zu Wasser. Mit aller Macht musste man dann vermeiden, dass das Boot an die spitzen Bleikappen stieß, in denen sich Glasröhrchen mit einer aggressiven Säure befanden. Wenn sie zerbrachen, wurde die Zündung aktiviert – und dann konnte man alles vergessen. Man musste sie losschrauben, eine nach der Anderen, zitternd vor Kälte, mit steifen Fingern, während die Maaten mit zugekniffenen Augen zuschauten. Eine einzige falsche Bewegung und aus war's, doch wie sollte man eine solche von einem kleinen Boot, das auf den Wellen auf und nieder tanzte, vermeiden? Aber es war möglich – und wurde danach mit einem Glas Rum belohnt. Es war überraschend, wie schnell eine solche Aufgabe zur Routine werden konnte. Dasselbe galt für das Beschießen der Minen. Bei wirklich rauer See wurden sie zum Explodieren gebracht, natürlich aus großer Entfernung. Beim ersten Mal schien es, als ginge die Welt unter, so laut dröhnte die Explosion in der Leere, so heftig wurde das Schiff durch die Verschiebung der Luftmassen hin und her geworfen, aber nach einiger Zeit nahm man es kaum mehr wahr. Man wusste, was passieren würde. Und der U-Boot-Alarm ...

»Lass es nicht an dich ran!«, meinte Hein, als ich ihm von den tausend Todesängsten erzählte, die ich bei jenem ersten Mal auf meinem Alarmposten ausgestanden hatte. Nicht an sich ranlassen, so nannte er das. Die eingeholten Minen wurden unter Deck gelagert, so dass sie später von Minenlegern erneut gelegt werden konnten, aber dann an Stellen, die den Deutschen und nicht den Russen bekannt waren. Als nach drei Tagen der Lagerraum voll war, lebten wir in dem unguten Wissen, uns an Bord einer treibenden Bombe zu befinden. Doch selbst an diese Vorstellung gewöhnte man sich. Anfangs lag man noch mit offenen Augen in der Hängematte und horchte auf jedes ungewöhnliche Geräusch, jederzeit sprungbereit. Doch es dauerte nicht lange und die Müdigkeit übermannte die Angst.

Am vierten Tag – wir waren schon seit geraumer Zeit auf dem Rückweg – war ich mit Mopp und Eimer auf dem Vorderdeck zugange. Plötzlich bohrte sich ein russischer Jäger durch die tief hängende Wolkendecke. Ein Sturzflug in einer Tiefe, dass es ein Wunder war, dass er den Mast nicht rammte. Eine Salve – und nichts, hinter dem ich Deckung suchen konnte. Links und rechts schlugen die Maschinengewehrkugeln ins Deck. Und vorbei war der Spuk. Verschwunden in der Wolkendecke. Ich stand noch immer regungslos da. Nichts spürte ich. Ich schaute. Arme, Beine, Brust. Ich befühlte Rücken, Kopf, Nacken. – Neben mir stand der Eimer. Aus zwei Löchern schoss das Wasser heraus.

Erst dann begann ich zu zittern und zu beben.

Einige Stunden später: Land in Sicht. Voller Erleichterung begrüßte ich den dünnen Streifen am Horizont. Nun würde ich die Küste zur Not auch schwimmend erreichen können. Das war natürlich illusorisch, ebenso wie die Vorstellung, dass wir fast im Hafen waren. Bis dahin dauerte es noch fast einen halben Tag. Erst am späten Nachmittag gingen wir im Marinehafen von Danzig vor Anker. Offiziere und Vollmatrosen durften an Land. Sie machten sich in Gruppen auf, frisch gewaschen und rasiert, ganz deutlich in der Absicht, die überstandenen Strapazen und die Anspannung mit einem kräftigen Schluck hinunterzuspülen. Das war für uns Leichtmatrosen in den ersten Stunden noch nicht drin. Erst klar Schiff machen. Wir arbeiteten trotz Müdigkeit und Schlafmangels wie die Verrückten, denn jede Minute Zeitgewinn bedeutete, dass wir unsere Freiheit länger genießen konnten.

Schließlich fiel dem Wachoffizier wirklich keine Aufgabe mehr für uns ein und wir konnten noch ein paar Stunden an Land.

Da ging ich, noch immer mit weichen Knien. Auf zum Alkohol, auf zu einem jungen, warmen Körper, ganz gleich, wie knapp die Zeit bemessen war.

»Wie war es auf See?« Und jede Antwort auf diese Frage klang unsinnig, so unsinnig wie das, was mir kurz darauf herausrutschte:

»Marika, ich komme zurück. Wenn der Krieg vorbei ist …«

Denn der Krieg *war* nicht vorbei, der Krieg ging weiter, schon am nächsten Morgen um halb fünf. Und jeder Gedanke an die Zukunft, jedes Versprechen war absurd.

Wir stachen in See, wir kehrten zurück. Marika. Wir stachen in See und wurden von einem schweren Nordweststurm heimgesucht. Einen Abend und eine Nacht lang warteten wir zitternd unter Deck. Uns war hundeelend. Oben war unten, unten war oben, hinten war vorn. Aber wir gingen nicht unter. Es wurde wieder Tag, der Wind legte sich. Wir stachen in See, wir kehrten zurück. Marika. Wir räumten Minen, wir eskortierten ein Schiff mit Flüchtlingen, wir wurden beschossen, es gab U-Boot-Alarm, einen ganzen Tag lang. Aber wir kehrten zurück.

Nach vier Patrouillen hatten wir zwei Tage zum Verschnaufen. Danach wurden Hein, Frits und ich ohne Angabe von Gründen auf ein Torpedoboot versetzt, das einen Konvoi begleiten sollte. Wieder waren wir die einzigen Holländer unter einer hundertzwanzig Mann zählenden Besatzung. Das Schiff war relativ neu, schlank und schnell. Mit über dreißig Knoten zerschnitt es das Wasser und kreuzte im Zickzack vor den anderen Schiffen. Wir hatten nahezu dieselbe Aufgabe, aber die Atmosphäre an Bord war bedrohlicher. Wir hatten Wasserbomben an Bord, Torpedos, zwei Geschütze. Wir suchten den Feind, einen Feind, der sich irgendwo unter der Wasseroberfläche befand.

Am ersten Tag passierte nichts. Und am zweiten war es gleich ein Volltreffer. Der Einschlag war so stark, dass es schien, als würden wir vollständig aus dem Wasser gehoben. Ich wurde gegen die Reling geschleudert und konnte mich gerade noch festklammern. Das Heck verschwand hinter einer Fontäne aus Wasser: Wir waren torpediert worden, ohne dass zuvor Alarm ausgelöst worden war. Und gleich darauf, noch ehe die Wasserfontäne wieder gesunken war, gab es eine zweite Explosion, noch stärker als die erste. Das gesamte Wasserbombenarsenal im Achterdeck flog in die Luft.

Das ging so schnell und mit einer solchen Gewalt einher, dass meine Sinne die unterschiedlichen Ereignisse nicht mehr einzeln wahrnehmen konnten. Alles geschah in einem einzigen, gedehnten Augenblick. Ich wurde hin und her geworfen, nach links, nach rechts, hoch, runter, da war eine Stichflamme, eine Wasserhose – ich klammerte mich an die Verstrebungen der Reling, ohne zu wissen, ob das nun meinen Untergang oder meine Rettung bedeutete. Meine ganze Willenskraft konzentrierte sich nur auf eines: nicht loslassen, sonst gehe ich über Bord.

Als ich wieder zu mir kam, war alles vorbei. Es war still, eine Säule schmutzig-weißen Rauches verwehte im Wind. Die angeblich so solide Schiffswand war wie Seidenpapier zerrissen. Das Achterschiff war völlig abgebrochen und gesunken, Brücke und Bootsdeck lagen halb unter Wasser. Unmöglich, Rettungsboote auszubringen, wenn es überhaupt noch welche gab. Wir hatten schwere Schlagseite. Nach der Neigung des Decks zu urteilen, musste der Bug über der Wasseroberfläche schweben. Aber ich war nicht allein. Und unter den fünfzehn, die sich wie ich an dem Wrack festklammerten, entdeckte ich Hein. Sie mussten, als ich durch den Tumult betäubt gewesen war, in einem Reflex nach vorn gerannt sein. Alle Anderen, die sich auf dem hinteren Teil des Schiffs oder unter Deck befunden hatten, waren tot oder lebendig in die Tiefe gerissen worden.

So trieben wir dank einer Luftblase im Vorschiff sanft schaukelnd auf den Wellen, umgeben von Wrackteilen und Schaum. Aber lange konnte das nicht andauern. Die Luken mochten zwar wasserdicht sein, luftdicht waren sie sicherlich nicht. Jedes aufsteigende Luftbläschen verringerte unsere Treibfähigkeit. Und dieser Prozess würde sich mit zunehmendem Druck beschleunigen. Quälend langsam kroch der Wasserspiegel in die Höhe, Zentimeter für Zentimeter, von Niete zu Niete. Wir sanken. Wir waren fünfzehn.

Einer war schwer verletzt. Doch sein Jammern wurde allmählich leiser. Er war der Erste, den das Wasser aufnahm.

Es war still. Zeit existierte für uns nicht. Wir sprachen nicht, jeder blieb auf seinem Flecken, als stünde zu befürchten, dass selbst die geringste Bewegung das riskante Gleichgewicht stören konnte. Jeder lag da, gefangen von einer Angst, die man nicht teilen konnte, gerade weil das Urteil, das sich Schritt für Schritt an uns vollzog, über uns alle verhängt war. Wir befanden uns auf hoher See. Ich hatte keine Ahnung, wie unsere Position war und wo sich die Schiffe befanden, die wir vor den U-Booten hätten beschützen sollen. An Schwimmen brauchten wir erst gar nicht zu denken. Die Temperatur lag um den Gefrierpunkt, das Herz würde innerhalb weniger Sekunden aufhören zu schlagen.

Unsere einzige Hoffnung stützte sich auf die Tatsache, dass wir uns inmitten eines nicht mehr als zehn, fünfzehn Seemeilen breiten Korridors befanden. Aber wie viel Zeit würde uns noch bleiben? Es schien, als tickten zwei Uhren geräuschlos um die Wette. Auf der einen verstrich die Zeit, die zu unserer Rettung nötig war, die Andere zählte die Sekunden, die das Wrack noch treiben konnte. Wir konnten nur warten, durchnässt, zitternd, uns an irgendeinem sinnlosen Gegenstand festklammernd, der uns vielleicht zum Verhängnis werden würde, weil er uns, wenn der Augenblick da war, unerbittlich in die Tiefe zog. Es konnte eine Frage von Stunden sein, aber auch von Minuten. Ab und zu knallte etwas – abspringende Nieten. Sollte eine der Luken unter dem Druck nachgeben, wäre es eine Sache von Sekunden.

Wie lange es dauerte, wusste ich nicht. Fragen war unsinnig. Nur die Zeit jener zwei unsichtbaren Uhren zählte.

Aber plötzlich geschah etwas Seltsames. Etwas, das tagelang, vielleicht sogar eine Woche lang nicht passiert war. Eine breite, scharf gebündelte Lichtbahn bohrte sich durch die graue Wolkendecke. Die Sonne brach durch. Vielleicht gab es allen Grund, diese plötzliche Erscheinung als Abschied zu verstehen – die Sonne, zum letzten Mal –, doch auf mich hatte sie genau die gegenteilige Wirkung. Ich schöpfte plötzlich Mut, und der vertrieb schlagartig die taube Angst. Kein geduldiges Fügen ins Schicksal mehr! Was auch passierte, ich musste konzentriert bleiben. Sonst wäre ich von vornherein verloren. Ich richtete mich auf. »Es ist hell«, sagte ich mir. »Die See ist sogar ruhig.« Die Konturen zwischen Wasser und Luft waren schärfer geworden. Die See war plötzlich tiefgrün, die Schaumkronen leuchteten hell auf. Am Himmel erschienen blaue Flecken. Ich richtete mich weiter auf. Und ich sah, was wir alle sahen, alle vierzehn, im gleichen Moment.

»Ein Schiff!«, sagte ich laut.

Wir wagten wieder zu reden. Da wir kein Fernrohr hatten, wussten wir anfangs nicht, ob es sich um ein russisches oder um ein deutsches Schiff handelte, doch schon bald sahen wir, dass es ein deutscher Minensucher war, ein Schwesternschiff des Bootes, auf dem wir drei Wochen lang zugebracht hatten. Gleichzeitig hielt ich den Zustand des Wracks scharf im Auge. Beim ersten Anzeichen würde ich sofort springen und versuchen, mich so weit wie möglich zu entfernen, schwimmend, auf einem Stück Treibholz, was auch immer – nur nicht vom Strudel in die Tiefe gerissen werden. Hein würde dasselbe tun. Doch das Wrack blieb stabil.

Es wurde ein Beiboot ausgesetzt, aber wegen des Wellengangs war es zu gefährlich, ganz heranzukommen. Uns blieb nichts anderes übrig als zu springen – und zu schwimmen. Ein Graben von zehn Metern, doch unendlich tief. Die Rettung in Reichweite. Vielleicht war es deshalb so schlimm. Marika. Man lässt los, springt, überall Wasser, so kalt, dass es einem warm vorkommt. *Und unter einem ist nichts.* Unter einem ist nichts als eine Tiefe, die zieht und saugt. Die Kälte schnürt einem den Atem ab. Man gerät in Panik, Arme und Beine rudern durchs Wasser, doch man kommt nicht vorwärts. Dann kommt der Krampf.

Wir schauten einander an und schwiegen. Jeder wusste, was der Andere wusste. Und wir sprangen, einer nach dem Anderen. Zuerst ich, Hein! Ich will nicht sehen, wie du …

Ich sprang. Und das Wasser war so kalt, dass es mir zuerst warm vorkam. Unter mir war nichts mehr. Nur eine Tiefe, die an mir zog und saugte. Aber ich schwamm. Das Boot kam näher und ein paar Hände zogen mich an Bord. Da saß ich, am ganzen Körper zitternd, und wartete. Der Nächste, der über dem Bootsrand erschien, war Hein. Schließlich waren wir, nass und bebend, dreizehn. Der zweite Steuermann, der Höchste im Rang, war als Letzter gesprungen. Einer hatte es nicht geschafft. Wir waren so entsetzt, dass niemand wusste, wer es war.

An Bord wurden wir sofort in Decken gewickelt und mit Kognak abgefüllt. Erst dann drang zu uns durch, dass wir das Unglaubliche erlebt hatten. Wir hatten überlebt.

Aber es war noch nicht vorbei. Der Minensucher war erst den zweiten Tag einer viertägigen Patrouillenfahrt auf See. Und so war ich, der ich mir geschworen hatte, nie wieder, ungeachtet der Folgen, einen einzigen Schritt an Bord eines Schiffes zu setzen – lieber die Kugel als ein langsamer Tod durch Ertrinken –, gezwungen, noch zwei weitere volle Tage unter Deck zu verbringen. Vieles konnte noch geschehen.

Nicht nur im Schlaf verfolgten mich Schreckensvisionen. Doch es passierte nichts. Und schließlich konnten wir im Heimathafen des Minensuchers, in der Stadt Libau auf der lettischen Halbinsel Kurland, an Land. Nie wieder zur See.

Wir hatten es geschafft. Wir hatten festen Boden unter den Füßen. Aber Leningrad lag näher als Berlin – von Holland ganz zu schweigen. Nie waren wir so weit von zu Hause entfernt gewesen.

Zusammen mit etwa sechzig Überlebenden einiger anderer Schiffe wurden wir am Hafen in einem Lagerschuppen einquartiert. Kurland war von den Russen umzingelt, Libau voller Flüchtlinge. Es mussten Hunderttausende sein, Frauen, Kinder, Alte, die aus der nordöstlich gelegenen Stadt Riga und deren Umgebung kamen. Unter primitivsten Umständen warteten sie auf eine Möglichkeit, über den Seeweg nach Deutschland zu entkommen. Wir sahen sie flehen und auf dem Kai um einen Platz kämpfen.

Da es kaum noch Schiffe gab, konnte von einem Dienst auf See keine Rede mehr sein. Wir wurden verwaltungstechnisch bei den Landstreitkräften eingeteilt, den Panzergrenadieren. Was das genau hieß, wusste ich nicht. Grenadiere trugen hohe Bärenfellmützen. Und das Wort Panzer verstand ich …

Einige Tage später wurden wir mit Lastwagen abgeholt. Als wir die bewohnte Welt hinter uns gelassen hatten, wurde es im Laderaum immer stiller. Alles atmete Tod und Verderben. Die uns umgebende Landschaft war menschenleer. Die Bewohner hatten die paar Höfe, sofern sie nicht niedergebrannt oder kaputtgeschossen waren, verlassen. Hügel, Tannenwälder, schmale, morastige Wege, Bombenkrater links und rechts. Das war es. So weit das Auge reichte, war kein

Leben zu sehen. Und über allem ein trüber, grauer Himmel, aus dem ewiger Nieselregen auf uns niederging.

Offene Lastwagen mit Toten und Verletzten, einfach so gestapelt, kamen uns entgegen. Auf einem saß ein Lazarettsoldat mit baumelnden Beinen und einer Zigarette im Mundwinkel. Leere Augen. Sterbensmatter Blick. Kein Erkennen. Kein Gruß.

Wir schauten ihnen hinterher. Sie gingen, wir kamen. Wachablösung.

Die Laufgräben von Kurland

Wir wurden in einem Dorf ausgeladen, das nicht mehr als ein Dutzend Höfe zählte, deren Bewohner evakuiert worden waren. Es diente nun als Divisionshauptquartier, in dem Kuriere auf Motorrädern und Pferden an- und abfuhren. Ein hoher Offizier hielt bei unserer Ankunft eine kurze Rede. Die Heeresleitung sei sehr erfreut, denn man brauche dringend Verstärkung. Danach erläuterte er uns in groben Zügen anhand einer großen Landkarte an einer Schultafel die Lage.

Die Front sei über eine Länge von einigen hundert Kilometern zum Stellungskrieg erstarrt. Hier – er wies mit einem Stock – seien wir im Moment: die letzte Linie, wo sich die Hauptkommandoposten und, was ab und zu deutlich zu hören war, die schwere Artillerie befanden. Die eigentliche Frontlinie war ungefähr zehn Kilometer entfernt. Dazwischen, etwa auf halbem Wege, waren leichte Artillerie, Haubitzen und Panzer sowie die Nachschubposten, Feldküchen und Lazarettzelte. Dann kamen schwere Mörsergeschütze, und schließlich, tausend Meter weiter, die vorderste Linie: ein Netzwerk aus Laufgräben, durch einen Streifen Niemandsland vom Feind geschieden.

Das Niemandsland war an keiner Stelle breiter als einige hundert, an manchen Stellen sogar nur zwanzig Meter. Da es keine Infanteristenausbildung gab, sollte unsere Aufgabe hauptsächlich darin bestehen, Wache zu schieben, die Nachschublinien zu sichern, Sperren anzubringen oder auszubessern.

Wir mussten alles dransetzen, uns die Russen vom Hals zu halten: In Kurland waren Millionen Flüchtlinge zusammengetrieben worden, die nach Deutschland evakuiert werden mussten, eine Operation von Monaten, da dies ausschließlich auf dem Seeweg möglich war. Dass auch wir am Ende über See abtransportiert werden mussten, wollten wir nicht in Kriegsgefangenschaft geraten, mit anderen Worten, dass wir zwischen Russen und Ostsee eingeschlossen waren und in der Falle saßen wie die Ratten – das wurde nicht gesagt. Man wünschte uns viel Mut und alles Gute. Das war's.

Daraufhin teilte man uns ein und zum ersten Mal seit mehr als einem Jahr wurden Hein und ich voneinander getrennt. Wir waren in derselben Kompanie, aber in unterschiedlichen Pelotons. Da wir nicht wussten, was das genau hieß, nahmen wir kaum Abschied voneinander, als wir uns in Gruppen von zehn, zwölf Mann aufmachten:

»Mach's gut.«

»Du auch ...«

Wir gingen zu Fuß weiter, ich in meiner Gruppe, Hein in seiner. Zuerst über schlammige Wagenspuren, dann durch unwegsames Gelände. Gedeckt durch einen Tannenwald, in dem an manchen Stellen ein Brand gewütet hatte und entwurzelte Bäume lagen, überquerten wir den letzten Hügel, danach bewegten wir uns gebückt den Waldrand hinunter. Schließlich gingen wir in die Hocke. Wir mussten auf den Einbruch der Dunkelheit warten, denn auf dem letzten Stück offenen Gebiets, das uns von den Laufgräben trennte, würden uns russische Artillerieaufklärer wahrnehmen können. Auf die geringste Bewegung folgte eine Mörsersalve, denn sie wussten auf den Meter genau, welche Schleichwege wir benutzten.

Was wir sahen, war ein kilometerbreiter, bis auf den letzten Grashalm umgepflügter Streifen Erde, mit Kratern übersät und voller Stacheldrahtabsperrungen und Aufschüttungen, unter denen sich Kommandoposten und Kasematten befinden mussten. Nichts regte sich. Alles, was sich dort zu beiden Seiten der von unserer Position aus kaum erkennbaren Trennlinie abspielte, fand unterirdisch statt. Es war unvorstellbar, dass sich unter dem aufgewühlten Moraststreifen, der sich in der Ferne zwischen den Hügeln verlor, tausende Menschen befanden.

Man konnte sie nicht sehen, aber man konnte sie riechen. Über dem Gebiet hing ein penetranter, schaler Geruch, der bei dem leisesten Windhauch Ekel erzeugte. Es war der Geruch des Schlachtfelds, der Gestank von Leichen, Schmutz und Durchfall.

Die ganze Zeit über war es still geblieben, was unserem Begleiter zufolge wenig Gutes verhieß. Nur hin und wieder ertönte in einiger Entfernung ein hohes Pfeifen, gefolgt von einem Lichtblitz und einer Explosion. Schlamm schoss in die Höhe. Störfeuer, so lernten wir. »Damit wir nicht einschlafen.« Wenn es links neben uns einschlug, kam es aus einem russischen Geschütz, rechts aus einem deutschen. »Sie können aus einer Entfernung von einem Kilometer ein ausgebreitetes Taschentuch treffen …«

Als die Dunkelheit hereinbrach, regte sich auf dem offenen Feld zwischen uns und den ersten Laufgräben schemenhafter Verkehr. Wir sahen, wie Jungs in unserem Alter gebückt über das Feld rannten, mit einer großen Essgamelle auf dem Rücken. Junge Männer mit Kisten, mit großen Säcken aus derbem Stoff. Wir sahen den Unterschied zwischen normalem Rennen und Rennen um das Leben, Rennen in einem Zentrum der Angst. – Und wir sahen, wie sich uns ein Lazarettsoldat näherte.

Er schleifte eine aus einem ausgehöhlten Baumstamm angefertigte Tragbahre hinter sich her durch den Schlamm. In ihr lag eine dunkle, regungslose Gestalt. Als er vorüberging, sahen wir, wie sich in dem verdreckten, bärtigen Gesicht die Augen bewegten.

Und wir sahen, dass die Beine am Rumpf fehlten.

Dann waren wir an der Reihe, auf die andere Seite zu kommen. Rennend in einem Zentrum der Angst.

Ohne beschossen zu werden, erreichten wir atemlos und mit klopfendem Herzen den hintersten Verbindungslaufgraben. Dieser Laufgraben war so tief, dass man aufrecht darin gehen konnte, doch nicht mehr als einen halben Meter breit, wodurch man sich aneinander vorbeizwängen musste. Die Wände wurden mit halben Baumstämmen gestützt, auf dem Boden lagen Bretter. Wenn sie nicht gut ausgelegt waren, und das waren sie selten, sank man bis über die Knöchel in den Morast ein. Und weiter ging es mit durchweichten Schuhen von einem Laufgraben zum nächsten, einige hundert Meter weit. Ab und zu kamen wir an einem verlassenen Schützenloch oder einer Kasematte vorbei, eine unheimliche Leere im Halbdunkel.

Endlich erreichten wir den Kommandoposten der Kompanie. Ein schwerer Vorhang aus rauem Stoff wurde zur Seite geschoben. Ins Innere. Ein zweiter Vorhang öffnete sich, während der Vorhang hinter uns sorgfältig geschlossen wurde. Lichtschleuse hieß das.

Wir betraten einen unterirdischen Raum, der keine zwölf Quadratmeter maß, versehen mit einer meterdicken Decke aus Baumstämmen und Erde. Darin stand ein Tisch, bedeckt mit Stabskarten und Papierstapeln, darüber hing eine Ölfunzel. In einer Ecke stand ein kleiner Kanonenofen, daneben zwei Pritschen. Ein paar Männer, die Ellenbogen auf den Knien, wärmten sich. Mit gierigen Zügen rauchten sie eine Zigarette. Ihre Marineuniformen waren voller Schlamm. Das Weiß ihrer Augen, tief in den Höhlen der schmutzigen Gesichter, leuchtete im Schein der Lampe hell auf. Einer von ihnen schien mich zu mustern. Plötzlich hörte ich meinen Namen:

»Montyn?«

Er war unsicheren Schritts aufgestanden und stützte sich an der Bretterwand ab. Wir schauten einander an, als stünden wir Auge in Auge einer Geistererscheinung gegenüber. Aber wir täuschten uns nicht. Wir kamen beide aus Holland, wir kamen beide aus Oudewater. Er war auf der Grundschule zwei Klassen über mir gewesen.

»Was machst du denn hier?«

Wir fragten es beide gleichzeitig, und beide gleich idiotisch.

Er erzählte mit wenigen Worten, dass er als ehemaliger Matrose auf einem Handelsschiff bei der deutschen Marine gelandet war. Danach war er sechs Wochen eher auf dem gleichen Weg wie wir hierher ans Ende der Welt geraten. Er hatte rotumränderte Augen, sein linker Arm war bis zum Ellenbogen verbunden, rostbraun vom geronnenen Blut.

»Das ist die Hölle, Jan. Niemand kommt hier lebend wieder raus.«

In der Zwischenzeit hatten sich auch seine Kameraden erhoben. Offensichtlich war ihre Pause vorbei. Wir gaben einander die Hand. Er schaute mir in die Augen und sagte heiser:

»Wenn du es schaffst, Jan, dann geh bei meinen Eltern vorbei. Aber erzähle ihnen nicht, was du gesehen hast« – Woraufhin er sich umdrehte und mit den Anderen verschwand.

Ich starrte ihm hinterher, ich starrte auf den Vorhang aus dem schweren Stoff, der wieder zugefallen war. Jan van Putten. Jetzt erst konnte ich mich an seinen Namen erinnern. Der Sohn des Schuhmachers in der Breestraat. – Es tat mir Leid, dass es mir nicht früher eingefallen war. Jan van Putten ...

Als seien alle Teil dieser unfassbaren Begegnung, blieb es in diesem unterirdischen Raum für kurze Zeit still.

Dann ergriff unser neuer Kompaniechef das Wort, ein einarmiger Ex-Panzerkommandant, nicht älter als fünfundzwanzig Jahre. Mit der sandfarbenen Uniform des Afrikakorps, seiner schlaffen Mütze, die er lässig auf dem Hinterkopf trug, und dem Dreitagebart war er eine wunderliche Erscheinung. Er rauchte eine Zigarette nach der anderen und sprach sehr langsam, wie früher der Lehrer in der Schule, wenn er einen Text diktierte. Er hieß Carstens und erklärte seine Anwesenheit in fast entschuldigendem Ton dadurch, dass sein Vorgänger, ein Marineoffizier, kurz zuvor schwer verletzt abtransportiert worden war. Es gab keinen Marinestab mehr, also mussten wir uns mit ihm begnügen. Außerdem, so meinte er, waren Panzer die Schiffe zu Land, wir würden also durchaus mit ihm auskommen. – Es klang alles seltsam familiär. Für Formalitäten und übertriebene Dienstbeflissenheit war dies auch nicht der richtige Ort, verstanden wir, das konnte der wirkliche Frontsoldat nicht gebrauchen …

Auch er erläuterte die Kriegslage. Ganz offen. Wir hörten, dass es täglich enorme Verluste gab. Die kleinsten Einheiten, die normalerweise aus zehn bis zwölf Mann bestanden, konnten nun dank unseres Kommens auf vier bis sechs aufgestockt werden. Aber auch dann noch waren die Russen dreifach in der Überzahl – in Truppenstärke wohlgemerkt, denn in punkto Material waren sie uns haushoch überlegen, und von einer deutschen Deckung aus der Luft konnte überhaupt keine Rede mehr sein. Auf einer kleinen Landkarte zeigte er uns unsere Position. Die Laufgräben um uns waren mit dem bemannt, was von den diversen Truppen noch übrig war: Fallschirmjäger, Wehrmachtssoldaten, dezimierte Einheiten der Waffen-SS, Marineangehörige wie wir und Überreste der niederländischen Freiwilligenlegion. Unsere Kompanie besetzte die vorderste Linie auf einer Breite von ein paar hundert Metern. Die Russen lagen etwa vierzig Meter von uns entfernt. Wir konnten sie hören und sie uns. An manchen Stellen war es sogar möglich, ihnen ein Päckchen Zigaretten zuzuwerfen – aber auch eine Handgranate. Für sie galt dasselbe.

Schließlich wurden wir namentlich aufgerufen und man zeichnete die Anwesenheitsliste ab. Nun waren wir definitiv und unbestreitbar hier. Sowohl körperlich als auch verwaltungstechnisch.

Die Dämmerung dauerte in diesen nördlichen Gebieten lange und so wurde ich beim letzten Tageslicht zu meinem eigentlichen Posten gebracht. Erst durch einige Verbindungsgräben. Einer stand halb unter Wasser, so dass wir uns durch den kniehohen Schlamm kämpfen mussten. Schließlich zum vordersten, in stumpfer Zickzacklinie ausgehobenen Laufgraben. Auch dieser war nur schulterbreit. Alle paar Meter kamen wir an einem Schützenloch vorbei, manche davon besetzt: dunkle, bewegungslose Gestalten mit einem Gewehr im Anschlag.

Dann wird mir ein dunkles, aus der Wand ausgegrabenes Loch zugewiesen, vorn offen, einen Meter hoch, eineinhalb Meter breit und vielleicht zwei Meter tief, abgedeckt mit Brettern und Erde. Abscheulicher Gestank schlägt mir entgegen. Jemand liegt darin. Und daneben noch jemand. Der eine arbeitet sich halb heraus, stützt sich auf einen Ellenbogen. Er nickt mir zu:

»Ich heiße Franz …«

»Jan …«

Ich zögere, mittlerweile allein, einen Moment. *Ist das etwa …?* Das kann nicht wahr sein … – Dann ertönt ein hoher Pfeifton, ein Donnern, als rolle ein Zug über uns hinweg, und eine krachende Explosion hinter mir, hundert Meter entfernt. Und ich weiß nicht, wie schnell ich hineinkriechen soll … Dieser Pfeifton, dieses Donnern: hundert Meter vom Tod entfernt. Dieser erste Einschlag wird der Maßstab sein. Alle folgenden Einschläge wird man an ihm messen. Der Pfeifton höher, das Donnern lauter. Diese ist weiter entfernt … Diese näher … – Und in dieser Nacht sollten noch viele Einschläge folgen, denn jener erste Einschlag war der Auftakt zu einem einstündigen Trommelfeuer, eine Stunde außerhalb jeder Zeit. Fast zweieinhalb Monate lang. Mehr als neun Wochen.

Wie viele Stunden? Wie viele Minuten? Jede Zeiteinheit zerfällt in eine unendliche Zahl von Augenblicken der Angst und Spannung. Jeder Augenblick wird einer sein, den man überlebt hat. Außer dem letzten. Dann wird das Pfeifen und Donnern einen anderen Klang haben. Und den Einschlag wird man nicht mehr hören.

In jener Nacht sollte ich meine Feuertaufe noch in anderer Hinsicht bestehen. Ich musste Wache schieben. Rein ins Schützenloch, zum ersten Mal. Da stand ich dann mit angehaltenem Atem und mit einem Gewehr in den klammen Händen. Nicht denken … Lass es nicht an dich ran …

Anfangs geschah nichts. Ruhig hieß das hier.

Dunkel zeichneten sich die Hügel vor dem leicht bedeckten Himmel ab. Das Niemandsland im Tal war stockfinster. Es war weniger zu sehen als zu hören. Husten. Schlagen von Metall auf Metall, das ich mir nicht erklären konnte. Eine Stimme, die etwas brummte. Ein Stiefel, den jemand aus dem tiefen Morast zog. Das war die Stimme eines Russen, das ein russischer Stiefel … Ansonsten war es still. Ab und zu kam Störfeuer herüber, doch immer in einem weit entfernten Sektor. Der Mond brach durch die Wolken. Ich starrte angestrengt über das aufgewühlte Gebiet, das sich vor mir erstreckte – das Herz schlug mir bis zum Hals. Denn ich sah etwas, das sich *bewegte*.

Was wie ein unschuldiger, von aufgeworfener Erde halb bedeckter Baumstumpf ausgesehen hatte, erwies sich nun im schwachen Mondschein als behelmte Gestalt. Wenn ich sie ins Visier bekam, blieb sie regungslos liegen, aber sobald ich meinen Blick abwendete, sah ich aus den Augenwinkeln, wie sie sich Zentimeter um Zentimeter näher an mich heranpirschte. Der Rest ging zu schnell, als dass ich darüber hätte nachdenken können. Ich hatte angelegt, gezielt. Ich schoss.

Der Knall zerriss die Stille. Ich tauchte weg und begann am ganzen Körper zu beben.

Aber schon im selben Moment war hinter mir jemand. Ob ich verrückt geworden sei, zischte er mir zu. Nur im äußersten Notfall dürfe geschossen werden, wenn es wirklich keine andere Möglichkeit gebe, und nachts eigentlich auch dann nicht. Jeder Schuss könne einen Feuerregen auslösen, es sei ein Wunder, dass es auf der anderen Seite ruhig geblieben sei. Das hatte man mir nicht gesagt. Und schon war ich wieder allein.

Und da stand ich wieder. Zitternd vor Angst, zitternd vor Kälte. Der behelmte Heckenschütze hatte wieder die Form eines Baumstumpfs. Ich fragte mich nicht einmal, ob ich ihn getroffen hatte.

Nach zwei Stunden wurde ich abgelöst, ohne dass es meinem Nachfolger weitere Zwischenfälle zu melden gab. Zwei Stunden Wache, vier Stunden keine, das war der Takt. Und das den ganzen Tag. Die vier Stunden verbrachte ich unter dem irdenen Schutzdach, klamm und feucht, neben zwei Kameraden, einem Belgier namens Hugo in meinem Alter, der an schwerem Asthma litt, und Carl, einem etwas älteren Matrosen. Franz schob gerade Wache. Wir sprachen nicht viel, zitterten aber umso mehr, klapperten mit den Zähnen und stöhnten. Vier Stunden lang heftete ich meinen Blick unablässig auf ein winziges Stück Sternenhimmel und kämpfte gegen den Schlaf. Wie überstehe ich das, wie komme ich hier jemals wieder lebend raus? – Ich zermarterte mir das Hirn, als sei es tatsächlich möglich, eine Antwort zu finden. Eins und eins zusammenzählen, abziehen, multiplizieren … Aber es gab nichts zum Zählen. Es war eine Frage ohne Antwort, ein Problem ohne Lösung. Ich horchte auf das Schlagen meines Herzens, auf ein Rascheln, von dem ich noch nicht wusste, dass es von Ratten stammte, auf das pfeifende, asthmatische Atmen neben mir. Auch ich musste nach Luft ringen. In meinem Kopf hämmerte es. Ein einziger verlockender Gedanke. Aufstehen. Diesen Laufgraben verlassen. Schießt doch, macht's nur …

Als die vier Stunden um waren und man mich zum erneuten Wachdienst rief, war es noch immer finster. Da stand ich wieder, jede Faser meines Körpers gespannt, endlos denselben Vorsatz wiederholend: dass ich mich im Griff haben würde, dass meine Aufmerksamkeit keinen Moment nachlassen würde. Ich musste hier rauskommen. Und das war nur möglich, wenn ich keine Überlebenschance vorbeiziehen ließe. Der Rest war Schicksal.

Zwei Stunden Wache, vier Stunden keine. Tag und Nacht. Tag für Tag. Schlamm. Finsternis. Nebel. Fäulnis und Leichengestank. Störfeuer. Trommelfeuer. Sperrfeuer. Zwei Stunden Wache, vier Stunden keine. Warten. Es wird dunkel. Es wird Tag.

Und sonst nichts.

Wie sich zeigte, lag nicht nur ein einziger Feind auf der Lauer, es war eine ganze Horde. Der Trott des geisttötenden Wartens war einer davon. Denn man musste ständig auf der Hut bleiben. Vergaß man auch nur kurz seine Deckung, konnte es mit einem aus sein. Scharfschützen warteten nur auf ihre Chance. Hunger und Müdigkeit waren Feinde. Die Anfälle von Irrsinn, vor denen es kein Entrinnen gab: Frontkoller. Manchmal sah man, wie der Blick des Anderen erstarrte. Schockzustand. Rüttle ihn sofort heftig. Schlage ihm so hart, wie du kannst, mit der flachen Hand ins Gesicht. Er ist eine Gefahr für dich und Andere. Er kann zu schreien anfangen und Mörserfeuer provozieren. Er kann um sich schießen, auf alles, was sich bewegt. Er kann aus dem Laufgraben kriechen, durchs Feld rennen, dem sicheren Tod entgegen.

Aber Hugo, der Belgier unserer Truppe, hatte seine ganz eigene Art, die Spannungen abzureagieren: er suchte die Gefahr. Er schloss die seltsamsten Wetten ab. Für ein paar Zigaretten war er bereit, kurz aus der Deckung zu treten und der anderen Seite zuzuwinken. Und das machte er dann. Er lege manchmal, so behauptete er, eine Handgranate auf seinen Helm und entsichere sie. Das gehe ...

Ein Helm sei rund und wie ein Schirm, die Scherben würden in alle Richtungen fliegen, nur nicht nach unten. Ein Helm sei rund ... Als der Knall verhallt war und wir aus unserer Deckung hochgekrochen waren, stand er immer noch da, an die Wand des Laufgrabens gelehnt. Ohne Gesicht.

Erschöpfung, Schlafmangel, Hunger, Kälte – aber die gefährlichsten Gegner waren Abstumpfung und Gleichgültigkeit. Die einzigen Waffen dagegen seien, so wurde uns immer wieder eingeschärft, ein immer waches Bewusstsein, Konzentration. Und, das Wichtigste, Intuition. Man lag, stand zwischen Wachen und Schlafen. Aber nichts entging einem. Man bückte sich, ohne zu wissen, warum. Man ließ sich fallen, ohne zu wissen, warum. Eine Kugel schlug ein, eine Granate flog über einen hinweg. *Hinter die Dinge* musste man schauen. – Das war es, was ich in jenen ersten Tagen, in jenen ersten Wochen lernte. Und das waren gerade die Tage, in denen die meisten Neulinge fielen.

Gert war so ein Neuling. Er war sechzehn und trug die Uniform der Hitlerjugend. Ich sah in seinen Augen hinter runden Brillengläsern dasselbe Entsetzen, das mich ergriffen hatte, als ich hier eingewiesen wurde, in jenen ersten Tagen vor schon fast einem Monat. Seine Beine zitterten, seine

Augen blinzelten. Er hatte noch nie ein Gewehr in Händen gehabt. Und ich fühlte, dass er es nicht lange machen würde.

»Du musst bei allem, was du tust, nachdenken«, hämmerte ich ihm ein. »Nichts darf zur Gewohnheit werden. Auf der anderen Seite liegen Scharfschützen Tag und Nacht auf der Lauer. Wenn du ein Streichholz anzündest, ist's aus mit dir. Jede Regelmäßigkeit in deinem Verhalten werden sie bemerken. Musst du einen Laufgraben ausheben, dann wirf die Erde niemals zweimal an derselben Stelle über den Rand. Dann schießen sie sofort.« Gert nickte. Er würde daran denken. Keine zwei Stunden später hörte ich einen Schrei. Er war aus dem Laufgraben geklettert. Mit heruntergelassener Hose war er getroffen worden. Mit zehn Schritten war ich bei ihm, zog ihn an den Beinen herunter. *Du bist vielleicht ein Idiot!* Hätte ich das denn auch noch sagen müssen? – In seiner Leiste klaffte ein großes Loch. Ich zerrte eine Rolle Ersatzverband aus meiner Brusttasche. Das armselige Papier war nach ein paar Sekunden völlig durchtränkt. Ich drückte mit den Daumen auf die Wunde, betend und flehend, jemand möge kommen. Ich wagte nicht zu rufen: Das hätte Mörserfeuer auslösen können. Gert atmete schwer mit halb offenem Mund. Schmerzen hatte er offensichtlich nicht. Möge in Gottes Namen doch jemand kommen! Niemand kam. Das Blut, das durch meine Finger sickerte, vermischte sich mit Schlamm. Und Gert bewegte sich nicht mehr.

In jener Nacht sah ich, wenn ich die Augen schloss, den Garten bei Oudewater. Ich sah strahlendes Sonnenlicht, imposante Wolken am blauen Himmel. Ich sah die frisch gestrichene Laube. Meine Kaninchenställe. Einen Tümpel mit Fröschen. Eine Amsel in einem Baum. Die Tauben gurrten … – Ich biss die Zähne zusammen. Trugbilder, verschwindet! Verführt mich nicht! Es gibt nur eine Wirklichkeit, und diese Wirklichkeit ist diese.

Wirklichkeit war, dass der Tod allseits und allzeit anwesend war. Zwei Stunden Wache, vier Stunden keine. Scharfschützen, Trommelfeuer, Bombardements. Aber das war noch nicht alles. Bei Dunkelheit wurde der Streifen Niemandsland zur Bühne eines geisterhaften Schachspiels. Dann wurden Stacheldrahtzäune errichtet und abgebrochen. Dann wurden Minen gelegt oder entschärft. Dann zog man los, mit nichts als den bloßen Händen und einem dünnen Metallstab in der Länge einer Stricknadel. Dann kroch man, im Morast herumstochernd, auf dem Bauch, Zentimeter um Zentimeter, mit geschlossenen Augen, um besser hören zu können. Das leiseste Klacken von Metall auf Metall genügte. Dann begann man zu graben, Körnchen für Körnchen.

Wirklichkeit war, dass man losgeschickt wurde, um Artilleriefeuer zu provozieren. Man kriecht durch den Schlamm. Man sucht eine Deckung, die zumindest die Illusion vermittelt, man habe irgendwelche Überlebenschancen. Und man schießt, einfach so drauflos. Lichtkegel leuchten über einem auf. Es wird taghell. Eine Salve folgt.

Der Auftrag ist ausgeführt: Hinter einem konnten Artillerieaufklärer die Position russischer Mörser orten. Und man kriecht wieder zurück, wenn man noch kann …

Wirklichkeit war, dass unsere Nachschublinie zwei Tage lang unter Sperrfeuer genommen wurde. Und dass es zwei ganze Tage lang nichts zu essen gab. Wirklichkeit war, dass durch die zahlreichen Verluste der Abstand zwischen den bemannten Schützenlöchern immer größer wurde – und damit das Risiko, dass sich der Feind im Dunkeln an einen heranpirschen konnte. Wirklichkeit war, dass wir am frühen

Morgen Carl fanden. Seinen Rumpf, seine Glieder. Doch nicht seinen Kopf.

Wirklichkeit war, dass es nicht möglich war, die Ängste und das Grauen dieser Wirklichkeit an uns heranzulassen.

Der Garten bei Oudewater. Ich würde ihn nie wieder sehen. Das war die Wirklichkeit.

Vom Schlamm in den Schnee

Ende November wurde es kälter. Der Winter machte sich bemerkbar, das raue Klima des Landes. Zu den Entbehrungen kamen neue hinzu. Gleißende Schneestürme, schneidende Kälte, vor allem nachts, wenn das Thermometer bis auf dreißig Grad unter null sinken konnte. Schließlich lag der Schnee einen Meter hoch. In den Laufgräben war der Schlamm zu Eis gefroren. Wir hatten wattierte Tarnanzüge bekommen, Handschuhe, Fußlappen, Filzstiefel. Und da stand man dann mit einem Tuch vor dem Mund – und da lag man dann in dem ungeheizten Mannloch, in alles gewickelt, was man nur kriegen konnte.

Wie jeder Andere hatte ich die Ruhr: den Blutdurchfall mit hohem Fieber durch verschmutztes Trinkwasser. Man musste es loswerden, manchmal zwei-, dreimal die Stunde. In der eisigen Kälte. Und man musste versuchen, es zu verscharren, wegen des Gestanks, wegen der Ratten, die davon angezogen wurden. Aber alles war steinhart gefroren. Wie alle Anderen war ich spindeldürr und völlig verdreckt. Und dann war da noch die Heimsuchung durch die Läuse. Während all dieser Wochen hatten wir unsere Kleidung nicht gewechselt. Es gab kein Wasser, wir konnten uns nicht waschen. Nur das Gesicht, mit einer Hand voll Schnee – doch für wen eigentlich? Wie alle Anderen hatte ich Hunger. Etwas Kohlsuppe mit Grütze, einen Brocken Brot, meistens gefroren: Damit mussten wir einen ganzen Tag auskommen. Und der Schlaf.

Im Grunde schlief man nie. In den wenigen Stunden, in denen wir uns überhaupt hinlegen konnten, horchten wir, jederzeit sprungbereit. Ein Halbbewusstsein, das sich auch auf den Wachzustand erstreckte. Man schob Wache, man war so müde, dass man mit offenen Augen schlief. Das galt für mich, das galt für die Anderen, die ich dabei ertappte, wenn ich sie ablöste. Dennoch waren wir geistesgegenwärtig, uns entging nichts. Wir hatten einen Sinn entwickelt, der uns warnte, noch ehe Gefahr im Anzug war. Wegtauchen, in Deckung. Eine donnernde Explosion zerriss das Trommelfell, Granatsplitter flogen einem um die Ohren, schmolzen im Schnee. – Und man stand wieder auf ... Und doch: Diese Grenzlinie zwischen Schlafen und Wachen war gefährlich. Denn man konnte ganz wegdämmern, wenn auch nur für einen Moment. Auf Schlafen beim Wachdienst stand die Kugel. Schlafen beim Wachdienst bedeutete Tod durch Erfrieren. Und der lockte, er sog einen aus der Welt des Grauens wie eine wohltuende, tröpfelnde Narkose.

Über sechs Wochen schon hatte ich nichts als diesen einen Sektor gesehen, diesen einen winzigen Abschnitt des Laufgrabens. Zehn, zwanzig Meter links, das Gleiche noch einmal rechts. Und das verdreckte Loch, das unser Ruheplatz war. Von den dreien, die ich am ersten Tag dort angetroffen hatte, war keiner mehr am Leben. Franz, der es noch am längsten ausgehalten hatte, war vom Essenholen nicht mehr zurückgekommen. Die Namen der Anderen wusste ich schon nicht mehr: Zahlenmäßig musste die vorderste Linie alle paar Wochen neu aufgefüllt werden. In diesem Abschnitt des Laufgrabens kannte ich jeden Balken, jeden Vorsprung, jede noch so kleine Aushöhlung in Schnee und Erde. Ebenso im Vorderland, dem Streifen Niemandsland, wo das nächtliche Schachspiel unvermindert weiterging – jetzt in weißen Tarnanzügen. Das Hinterland aber, durch das die Nachschublinien liefen, kannte ich kaum. Es blieb unbekanntes Terrain, obwohl ich zweimal die Woche hindurchgejagt wurde. Es war die Route, über die wir an diesem Ort gelandet waren. Früher. Einst. Vor langer Zeit. Im Laufgraben musste alles zu Fuß an- und abtransportiert werden, abwechselnd, Peloton nach Peloton. Der letzte Verbindungslaufgraben. Dann warten. Dann hoffen. Jeden Augenblick konnte Sperrfeuer einsetzen, aus hundert Feuermündungen zugleich. *Jetzt!* – Und rennen ... Den Hügel hinauf. Am Waldrand entlang. Auf eine Lichtung. Dort war der Vorratsposten. Man bekam einen Sack mit ein paar Habseligkeiten. Die Gamelle auf dem Rücken wurde gefüllt. Eine Kiste mit Munition für die leichten Mörser.

»Aber das sind nur zwölf.«

»Wenn hier zwanzig steht, dann *sind* es zwanzig.« – Und dann zeichnete man ab.

Manchmal bekam man überhaupt nichts. Dann sah man im Zwielicht der Überreste ein zerschossenes Fuhrwerk. Davor zwei Pferde mit in die Höhe gestreckten Hufen. Dann blieb die Gamelle leer, und dann gab es die nächsten vierundzwanzig Stunden nichts zu essen.

Antransportiert wurde Essen, so karg es auch war. Antransportiert wurde Munition, doch nie genug. Antransportiert wurden Medikamente, aber nie die, die wir brauchten.

Und abtransportiert wurden die Schwerverletzten und die Leichen. Das konnte jemand sein, den man nicht kannte oder der vollkommen entstellt war. Es konnte ein Bekannter sein. Jan van Putten konnte es sein, der Sohn des Schuhmachers. Es war ein unfassbarer Zufall gewesen, dass ich ihn als Ersten hier gesehen hatte. Dass es sein Körper war, den ich hinter mir durch den Schnee zog, ebenso. – Doch das hier war ein Ort, an dem nichts als der Zufall regierte.

In einer Finsternis, die so tief ist wie diese hier, lässt einen der kleinste Lichtpunkt vergessen, dass man in der Hölle auf Erden ist.

Da waren die Gerüchte. Das Gerücht, dass wir in Kürze *Fronturlaub* bekommen würden. Dann, dass wir *morgen schon* Fronturlaub bekommen würden.

Wir bekamen keinen Fronturlaub, denn es gab keine Truppen, die uns hätten ablösen können. Und doch gaben wir uns der Illusion hin, auch wenn es nur für einen Augenblick war. Der Gedanke, dass es sein *könnte* …

Manchmal blieb es auf der anderen Seite ruhig. Eine Stunde, in der man sich entspannte. Zwei Stunden. Aber in der dritten Stunde wurde die Ruhe zur Unruhe. Und in der vierten Stunde kam die Angst. Und in der fünften Stunde der Stille drohten die Nerven zu zerreißen – und genau das war der Sinn der Stille.

Denn die siebte Stunde würde einen Kugelhagel bringen, der alle bisherigen in den Schatten stellte. Oder vielleicht die siebzehnte, oder die einundzwanzigste. Je länger die Stille, desto unvorbereiteter war man auf den Augenblick, in dem er kommen sollte. – Und er kam, unausweichlich.

Kohlsuppe. Mehr Wasser als Kohl. Aber dann, selten, gab es ganz plötzlich Bouillon. Und man glaubte nicht, was man schmeckte.

»Ich hatte vier Stückchen Fleisch!«

»Ich fünf.« – Und für ein paar Stunden meinte man, wirklich gegessen zu haben.

Holz gab es überall und man konnte stundenlang damit zubringen, mit dem Bajonett hauchdünne Späne zu hobeln. Ein Streichholz, und man hatte in der Tiefe des Mannlochs ein winziges rauchloses Feuer. Eine Tasse mit Schnee darüber. Wenn das Wasser kochte, eine Messerspitze löslichen Ersatzkaffee dazu. Es schmeckte nach nichts, aber man hatte etwas Warmes in der Hand, wenn auch nur für kurz. Und mit diesem *für kurz* konnte man wieder einen Tag überstehen.

Alle drei, vier Tage durfte man sich für eine Stunde im Kommandobunker am Kanonenofen wärmen. Eine Wohltat. Aber auch für die Läuse. Sie hatten sich in den Kleidernähten eingenistet und kamen jetzt hervorgekrochen. Unerträglicher Juckreiz. Läuse fangen, mit den Nägeln zerquetschen.

»Wie viele hast du?«

»Achtzig.«

»Ich schon mehr als hundert.«

Manchmal bekamen wir einen Schnaps – und Carstens hatte stets einen aufmunternden Spruch parat. Er war ein eigenartiger Kerl, der uns alle mit Vornamen kannte. Er war beliebt. Wenn eine zusätzliche Zigarettenration oder eine Ladung Fußwickel ankamen, dann war es in unseren Augen immer ihm zu verdanken. Und vielleicht stimmte das auch. Er kam aus Hamburg, war von Haus aus Jurist. Obwohl er schon seit Monaten an der Front war, hatte er seine Menschlichkeit nicht verloren – und das war etwas, was man nicht von allen Offizieren oder Unteroffizieren behaupten konnte.

Der Pelotonkommandant im Sektor neben uns war ein Finne. Er stammte aus Karelien, hatte 1939 noch gegen die

Russen gekämpft. Ein richtiger Draufgänger, der sich freiwillig zu jeder Kampfpatrouille meldete – Aktionen, für die wir Marineleute nicht in Frage kamen. Carstens hatte ihm den Befehl erteilt, zwei Russen, die nachts gefangen genommen worden waren, hinter die Linien zum Bataillonskommandoposten zu bringen. In der Dämmerung sahen wir, wie sich die drei in der Schneelandschaft entfernten.

Doch plötzlich passierte etwas Seltsames. Der Finne fing an zu schreien und ließ sich auf den Boden fallen, während sich die beiden Russen davonmachten. Unser erster Gedanke war, dass er die beiden laufen ließ, was uns sehr überrascht hätte, denn er galt als fanatischer Antikommunist. Aber im selben Augenblick ertönten fast gleichzeitig zwei Explosionen. Er hatte je eine Handgranate in ihre Rucksäcke gesteckt und ihnen in ihrer Sprache zugerufen, sie sollten machen, dass sie fortkämen. So gab es zwei Russen weniger …

Aber Carstens ließ den Finnen in einer leeren Kasematte einsperren. Er muss daraufhin über das Feldtelefon mit dem Bataillonskommandanten gesprochen haben, denn dieser erschien kurz darauf höchstpersönlich. Eine absolute Seltenheit. Der Finne wurde abgeführt.

Am folgenden Tag ging das Gerücht, er sei von einem Militärgericht verurteilt und standrechtlich erschossen worden.

Und das schien tatsächlich zu stimmen.

»Es war auch nicht in Ordnung, was er da gemacht hat«, meinte der eine.

»Haben wir noch einen Mann weniger«, meinte der Andere.

Doch bei den meisten stieg Carstens im Ansehen.

Trotz der eisigen Kälte hatte der Wetterumschlag auch einen Vorteil. Nach Wochen unverändert grauen Himmels, Tag für Tag, mit Nebel, Schauern, alles durchnässenden Herbststürmen, zeigte sich endlich die Sonne. Und an einem einzigen windstillen Tag stieg die Temperatur sogar bis auf den Gefrierpunkt. Ein Wunder.

Es war, als schauten wir einander zum ersten Mal an: verdreckt, mit schwarzen Rändern um die Augen, die meisten mit Bart, ausgezehrte Gestalten, die in ein absurdes Durcheinander aus Uniformresten und Lumpen gehüllt waren. Einen einzigen Tag konnten wir uns in der Sonne wärmen – Sonnenstrahlen, die sich nicht nur auf unsere Seite der Frontlinie ergossen: An jenem Tag fiel nicht ein einziger Schuss.

»Wie herrlich ist das ...«

Die Jacken ausgezogen, die Filzstiefel, Fußlappen, steif von Schmutz, Eiter und geronnenem Blut. Klumpfüße wurden sichtbar, grau von der Verrottung. Lehn dich zurück! Streck sie in die Höhe! Lass die Sonnenstrahlen auf ihnen tanzen! – Endlich konnten wir alles trocknen lassen, auch wenn es nicht lange vorhalten würde.

Denn zu den bereits existierenden Feinden war noch ein weiterer hinzugekommen. Und der hieß Feuchtigkeit. Die geringste Nachlässigkeit oder Gleichgültigkeit konnte einem zum Verhängnis werden. Bei diesen extremen Temperaturen mit nassen Füßen Wache schieben bedeutete unweigerlich abgefrorene Zehen. Wem das passierte, der konnte sich nur wünschen, während der Wache ganz zu erfrieren.

Das war zumindest noch ein sanfter Tod, der unbemerkt eintrat wie ein süßer Traum. – Deshalb war ich ständig mit Lappen und Lakenfetzen zugange, die ich in Stücke riss und, so gut es ging, über den winzigen Spanfeuern trocknete.

Und mit Waffenöl. Sich damit einzufetten war eine ungeheuerliche Schmiererei, aber es schützte. Links und rechts froren Glieder, Ohren, Finger, Zehen ab. Wurden sie nicht schnell amputiert, starben sie ab und verrotteten. Die Folge war Blutvergiftung. Und dann war es zu spät.

Alle paar Tage erschien im Kommandobunker ein Arzt oder Pfleger, aber mehr als ein paar Bandagen anlegen konnte auch er nicht. Es gab zu wenige Medikamente. Man war krank, man bebte und zitterte vor Fieber – aber das war nichts Besonderes, das war bei allen so. Nur die Schwerverletzten wurden ins Feldlazarett hinter der Front abtransportiert. Von dort wurden sie – soweit es überhaupt noch Sinn hatte – nach Deutschland gebracht. ›Einen Schuss nach Hause‹ nannte man das.

Schon bald hatten wir eingesehen, dass dies die einzige Möglichkeit war, dem schnellen oder langsamen Tod im Laufgraben zu entkommen. Wenn es jemandem passierte, machte es wie ein Lauffeuer die Runde. »Fritz hat einen Schuss nach Hause bekommen«, hieß es dann neidisch. – Ob der Kerl vielleicht für immer ein Bein weniger oder eine durchlöcherte Lunge hatte, tat nichts zur Sache. Ihm war es vergönnt, hier lebend rauszukommen, uns nicht. Es sei denn durch so eine Verletzung.

Einige versuchten, dem Schicksal nachzuhelfen. Sie machten sich nachts davon – manche sogar panisch bei Tageslicht. Da wir mittlerweile so wenige waren, wurde es meist nicht gleich bemerkt. Aber man konnte sich sicher sein, dass sie hinter der Front der Feldgendarmerie, der gefürchteten Militärpolizei, in die Arme liefen. Diese patrouillierte unablässig gleich hinter der Front. Fiel man ihr ohne Ausweis in die Hände, musste man eine sehr überzeugende Erklärung parat haben oder es war aus mit einem. Mildernde

Umstände kannte sie nicht. Sogar wenn man beim Essenholen vom Weg abkam – und in der verschneiten Landschaft war es oft schwierig, sich zu orientieren –, war es gefährlich. Es gab eine unsichtbare, nur der Feldgendarmerie bekannte Demarkationslinie, und wenn man sie überschritt, war man ein Deserteur. Nach dem Standrecht wurde man dann erschossen oder erhängt.

Selbstverstümmelung war eine andere Methode. Es kam vor. Jungs, die so verzweifelt waren, dass sie sich selbst in den Fuß oder Arm feuerten, manchmal sogar durch Schulter oder Brust. Aber es wurde fast immer erkannt, wenn nicht am Verhalten des Opfers, so doch an der Art der Verletzung. Auch in diesem Fall wurde man der Feldgendarmerie übergeben und dann brauchte die Wunde nicht mehr zu heilen. Auch Selbstverstümmelung galt als Fahnenflucht. – Und dann gab es schließlich noch die Möglichkeit überzulaufen.

Hierfür machten die Russen nächtelang Propaganda. Metallene Stimmen aus Lautsprechern, unterbrochen von Musik. Meistens natürlich auf Deutsch, aber manchmal auch auf Niederländisch. Sie wussten genau, wer sich auf der anderen Seite in den Laufgräben befand, vermutlich von Soldaten, die bereits übergelaufen waren. Manchmal wurde sogar jemand mit Vor- und Zunamen aufgefordert.

»... Leg die Waffen nieder. Die Alliierten stehen an Rhein und Oder. Widerstand ist zwecklos. Komm zu uns. Du wirst hier korrekt gemäß den Bestimmungen der Genfer Konvention behandelt. Du bekommst Essen, ein Bett, ein richtiges Dach über dem Kopf...«

Manchmal waren es auch liebliche Mädchenstimmen, die aus den Lautsprechern hallten, Stimmen, die nicht nur verheißungsvoll klangen, sondern auch versprachen, was und wie...

Bei einem war der Gedanke ans Desertieren zu einer fixen Idee geworden: Hein. Obwohl wir nur etwa zweihundert Meter Luftlinie voneinander entfernt waren, konnten wir einander nur sehr selten sehen. Es war verboten, seinen Posten zu verlassen. Außerdem war es lebensgefährlich, denn wer Wache schob, schoss normalerweise und schaute erst danach, wen er eigentlich getroffen hatte. Aber wenn die Sicht klar war und sich die Russen nicht rührten, konnte hin und wieder einer von uns über Carstens, der von unserer Freundschaft wusste, erreichen, dass von Posten zu Posten die Warnung übermittelt wurde, dass jemand von der eigenen Truppe ankam. – Dann konnten Hein und ich eine halbe Stunde im Flüsterton miteinander sprechen. Hein war fast nicht mehr zu erkennen: nur noch Haut und Knochen, mit erloschenen Augen. Er hatte sich zu allem Übel noch eine schwere Bronchitis zugezogen und einen schwer zu verbindenden Streifschuss am Wangenknochen, der nicht heilen wollte. Aber auch psychisch war er ein völliges Wrack. Er hatte in kurzer Zeit Dinge gesehen, mit denen ich eher Schritt für Schritt konfrontiert worden war. Gleich am ersten Tag nach unserer Ankunft war seine Truppe voll getroffen worden: eine schwere Granate, genau auf die Sandsackabdeckung des Mannlochs. Weil er in diesem Augenblick zufällig auf seinem Wachposten gewesen war, hatte er als Einziger überlebt. Und dann hatte er kurz darauf etwas mitgemacht, was auch für mich später das Schrecklichste sein sollte, was ich je erlebt hatte.

Eine Kampfpatrouille war nachts genau vor seinem Sektor von Russen beschossen worden. Ein paar Soldaten starben sofort, einige andere wurden verletzt, mitten im Niemandsland. Stundenlang hatten sie um Hilfe gefleht, die nicht kommen konnte.

Einer von ihnen hatte sogar einen ganzen Tag lang durchgehalten. – Dann beschloss man, ihn mit Mörserfeuer von seinem Leiden zu erlösen. Und seltsamerweise taten die Russen dasselbe. Er hatte geschwiegen, letzten Endes.

»Jan, komm mit. Wir laufen über. In einer Woche sind wir bei der russischen oder englischen Marine.«

Er wollte weg, ganz gleich wie, aber nicht allein. Ich musste mit.

»Wir kommen nie mit heiler Haut auf die andere Seite, Hein.«

»Doch, doch. Andere haben's doch auch geschafft.«

»Was sie da durch die Lautsprecher rufen, ist doch nichts als Propaganda.«

Grausame Geschichten machten die Runde über das, was geschah, wenn man in die Hände der Russen fiel. Sie schnitten einem den Schwanz ab und steckten ihn einem dann in den Mund, sie spießten einen auf einen spitzen Pfahl. Und wenn nicht, dann kam man doch mindestens in die Bleibergwerke Sibiriens ...

Warum sollten sie das nicht auch mit Deserteuren machen?

Aber da war noch etwas anderes. Für Hein war der Gedanke an Überlaufen ein letzter Strohhalm. Er war davon überzeugt, dass es seine einzige Möglichkeit war, hier lebend rauszukommen. Täglich gab es lebensbedrohliche Situationen, denen er mit knapper Not entkam. Das konnte eine Kugel sein, die dicht neben ihm vorbeijagte, ein Volltreffer im Sektor nebenan, eine aufleuchtende Lichtkugel, während er gerade unsichtbar im Schatten eines Bombentrichters lag. Hein schob das alles auf das Glück. Aber man konnte nicht unbegrenzt Glück haben. Irgendwann war das Glück aufgebraucht. Für ihn gab es keinen Zweifel, dass mit jedem Mal, dem er dem Schicksal entrann, die Chance auf ein nächstes Entrinnen kleiner wurde. Ich wusste es nicht.

»Wenn du eine Eins würfeln musst, hast du eine Wahrscheinlichkeit von eins zu sechs, dass es gelingt.«

»Genau. Aber wenn du zweimal hintereinander eine Eins würfeln musst, ist die Wahrscheinlichkeit eins zu zwölf, und so weiter.«

»Okay. Aber warum muss es beim zweiten Mal wieder eine Eins sein? Vielleicht brauchst du dann ja eine Drei oder eine Fünf.«

Glück nannte es Hein. Ich nannte es Intuition. Vielleicht meinten beide Worte das Gleiche. Vielleicht gab es so etwas wie eine Eingebung fürs Glück.

Zwei Stunden Wachdienst und vier Stunden keinen.

Das war zum unerreichbaren Ideal geworden. Die Truppen waren so dezimiert, dass das Umgekehrte galt: Vier Stunden Wachdienst, zwei Stunden keinen. Sechzehn Stunden am Tag Wache. Und acht Stunden keine. Daneben unvermindert das Essenholen und die Patrouillen, abwechselnd, und damit immer häufiger.

Denn irgendwo im für das russische Artilleriefeuer unerreichbaren Hinterland stand geschrieben, dass ein Trupp aus zwölf Männern bestand. Aber es waren keine zwölf. Es waren drei, oder zwei. Und manchmal nur einer. Nach Vorschrift musste alle fünf Meter ein Schützenloch bemannt sein. In Wirklichkeit war das alle zehn Meter der Fall. Alle fünfzehn Meter. Zwanzig Meter. Es war ein sich selbst beschleunigender Prozess, denn wer konnte schon ein Gebiet von vierzig Metern Finsternis überblicken? – Dass die Russen nicht durchbrachen, war ein Rätsel. Manchmal säuberten sie ein paar Sektoren und zogen sich dann wieder zurück. Es war zum Katz-und-Maus-Spiel geworden.

Inzwischen verstrich die Zeit. Sosehr wir der alltäglichen Wirklichkeit auch entfremdet sein mochten, auch an vorderster Front hatte jeder Tag ein Datum. Und da gab es offensichtlich noch jemanden, der dieses Datum im Auge behielt. Eines Tages tauchte im Kompaniebunker ein kleiner Weihnachtsbaum auf. Ein Weihnachtsbaum … – in Oudewater galt das als heidnischer Brauch. Oudewater. Unvorstellbar, dass die Welt weiter reichte als dieser durchwühlte Streifen aus Schnee und Eis, unvorstellbar, dass außerhalb noch etwas existierte. Zwei Welten, die nur das Datum teilten. Ein und dieselbe Uhr, die die Sekunden wegtickte.

Ich sitze an einem armseligen Kanonenofen, wärme meine Hände, starre auf einen ungeschmückten Christbaum. Vielleicht poltert *im selben Moment* zu Hause mein Vater in die Stube hinauf. Er zieht seine Holzschuhe aus. *Jetzt* hängt er seine Mütze an den Haken. *Jetzt* setzt er sich. Meine Mutter steht hinterm Herd, die Fenster sind beschlagen. Meine Schwestern decken den Tisch. Mutter kommt mit den Schüsseln. *Jetzt* wird die Bibel aufgeschlagen. Und dann kommt der unvermeidliche Augenblick. – Und das Heimweh schlägt in Sturheit um. Denn den Gedanken, dass während des Gebets mein Name fallen wird, kann ich nicht ertragen.

Ein paar Tage später wird die Weihnachtspost verteilt. Nichts für mich. Natürlich nicht. Ich hatte nie geschrieben, niemand wusste, wo ich war. Wie alle Andern bekam ich aber ein persönlich adressiertes Paket des Roten Kreuzes. Kuchen, Schokolade. Einen selbst gestrickten Schal. Ein Foto von einem Mädchen. Einen Brief an einen ihr unbekannten Frontsoldaten. Und es kam der Weihnachtswaffenstillstand.

Die Gefechtspause sollte von vier Uhr nachmittags bis zum nächsten Morgen um sechs Uhr dauern. Eine unwirkliche Stille trat ein. Vorsichtig krochen wir hervor. Wir auf unserer Seite, die Andern auf der ihren. Schritt für Schritt kamen wir aufeinander zu, fast schüchtern. Und die Feinde, die bis dahin nur aus vagen Bewegungen eines Helms oder eines Gewehrlaufes bestanden hatten, waren plötzlich Jungs wie wir. Auch sie waren in Lumpen gehüllt, auch sie waren ausgemergelt, krank, verdreckt. Mitten im Niemandsland begegneten wir einander. Wir schüttelten Hände, nannten Namen, tauschten Zigaretten. Sie versuchten ihre wenigen Worte Deutsch, wir Russisch. Wir lachten über die Aussprache. Frohe Weihnachten.

Wir machten große Lagerfeuer, verteilten die Weihnachtsrationen. Ein paar Stunden ohne Anspannung, ein paar Stunden ohne Gefahr. – War das nun so etwas wie Frieden? Ich wusste es nicht. Der Krieg dauerte nun schon länger als viereinhalb Jahre. Frieden war etwas aus längst vergangener Zeit, einer Zeit, als ich noch klein gewesen war. Kaninchen füttern, über Gräben springen, mit dem Rad auf dem Polder – das war Frieden. Sollte der Krieg jemals enden? Dieser Gedanke war ebenso unwirklich wie die Vorstellung, dass ich zurückkehren könnte in die Vergangenheit, in ein Leben, als ich fünfzehn gewesen war. Die Welt war eine Welt im Krieg. Ich kannte keine andere.

Als wir uns nach Mitternacht zurückzogen, jeder auf seine Seite, glühten im Niemandsland die Feuer noch nach. Die Stille hielt ein paar Stunden an. Dann kam das Trommelfeuer. War es stärker als tags zuvor? Nein. Aber es gab mehr Tote. Die Pause, so kurz sie auch gewesen sein mochte, hatte vielen die Widerstandskraft geraubt.

Nicht lange nach Weihnachten erschien ein Kurier. Ob ich zum Kompaniebunker kommen wolle. Ich ging in der Annahme, mir werde irgendeine Drecksarbeit aufgehalst. Es war seltsam, aber nach zwei Monaten Laufgraben galt ich als alter Hase. Ab und zu war ich sogar Artillerieaufklärer, obwohl das etwas für Spezialisten war, und dafür war ich nicht ausgebildet. So groß waren die Verluste. Aber es war etwas anderes. Es war Hein.

Er hatte einen Moment lang seine Deckung vernachlässigt und war von einer verirrten Kugel getroffen worden. Pech oder Glück: An diesem Ort waren es Begriffe, die sich überschnitten. An seiner Schulter klaffte eine offene Wunde, man konnte den zersplitterten Knochen sehen. Aber er war bei Bewusstsein und – während ein Lazarettsoldat dabei war, ihn provisorisch zu verbinden – trotz der Schmerzen fast in Hochstimmung:

»Hey Jan, ich bin draußen! Ich gehe nach Hause, Carstens hat es selbst gesagt.« Tatsächlich galt eine solche Verwundung an Schulter oder Hüfte als klassischer ›Schuss nach Hause‹, als Glückstreffer sogar, denn da war im Gegensatz zu einer Amputation direkt noch etwas zu machen.

»Wir sehen uns wieder, Jan. Du schaffst es auch.«

Wir mussten auf den Einbruch der Dunkelheit warten. Dann würde er in ein Feldlazarett hinter der Front gebracht werden, und von dort aus weiter. Ich erhielt von Carstens die Zustimmung, so lange bei ihm zu bleiben. Er bekam Wasser.

Ich einen Schnaps. Wir redeten. Er schon deutlich vom Wundfieber geschwächt.

»Erinnerst du dich noch, das erste Mal auf dem Bahnhof in Utrecht? Ich sah dich sofort. Erinnerst du dich noch? Erinnerst du dich noch an Monika, Jan? In Österreich. Jesus, was für eine Nacht war das ...« Und er sagte nochmals, dass ich auch bald dran sein würde. Wir dürften uns nie aus den Augen verlieren, was immer auch passierte. Alles würde gut werden.

Aber plötzlich erstarb seine Stimme. Das Blut wich aus seinem Gesicht, sein Atem stockte.

Carstens stand daneben. Der Lazarettsoldat. Der Junge aus Heins Sektor, der geholfen hatte, ihn zum Bunker zu tragen, ein Kamerad für Wochen. Alle waren still. Ich saß neben der Pritsche und konnte es nicht begreifen. Hein hatte einen Schuss nach Hause bekommen. Er sollte gleich abtransportiert werden. Ich sollte zurückbleiben. So war es.

»Doch ein Lungenschuss«, murmelte der Lazarettsoldat. »Was für ein Mist.«

»Er war ein guter Kerl«, sagte Carstens.

Ich sah, dass die Wangen des Jungen aus Heins Sektor von Tränen feucht waren. Und erst dann drang zu mir durch, dass es wirklich geschehen war.

»Wie dumm ...« – War ich das, der das sagte? War das meine Stimme?

»Gott, wie dumm ...«

Ich rannte so schnell ich konnte mit einer leeren Gamelle auf dem Rücken durch die Schneelandschaft, mit schweißnasser Stirn, obwohl mir die Kälte den Atem abschnürte. Wie oft hatte ich das jetzt schon getan, durch Schlamm, durch Schnee? Fast zweieinhalb Monate. Mehr als neun Wochen. Wie viele Stunden? Wie viele Minuten? – Jede Zeiteinheit zerfällt in eine unendliche Zahl von Augenblicken. Jeder Augenblick ist einer, den man überlebt hat. Außer dem letzten. Dann wird das Pfeifen und Donnern der Granate einen anderen Klang haben. Und den Einschlag wird man nicht mehr hören.

Wenn etwas passiert, ehe man es begreift, kann man nicht von *schnell* sprechen. Wenn man bewusstlos ist, gibt es keine *Zeit* mehr.

Ich erwachte in einem Lazarettzelt. Ich hörte Stöhnen und Schreien. Mal von weit weg, dann wieder ganz nah. Ich sah Licht. Mal verschwommen, dann wieder grell. Aber ständig roch ich Äther.

Eine unbekannte Ruhe hatte sich auf mich gelegt. Ich war befreit, endlich. Meine Hände und Füße waren nicht mehr da. Ich fühlte sie nicht und es war mir egal. In meiner Brust schwelte ein Feuer. Mein Kopf war so groß wie die Welt.

Ich würde sterben und es war mir egal.

Ich war draußen. Es war vorbei.

IV

Überfahrt

»Du wirst nicht sterben. Du kommst durch, ich sorge dafür, dass du hier wegkommst …«

In den seltenen Augenblicken, in denen mein Bewusstsein die Wirklichkeit erreichte, hatte mir eine Stimme in den Ohren geklungen, die diese Worte sprach. Und immer wieder meinen Namen:

»Montyn, Jan Montyn … Du wirst nicht sterben. Du wirst nicht sterben, ich werde dafür sorgen, dass du hier wegkommst. Wach auf, Montyn. Ich weiß, dass du mich hörst.«

Vier Tage muss ich im Koma gelegen haben. Im Marinelazarett von Libau kam ich wieder zu mir. Schneider war der Name des Mannes, zu dem diese Stimme gehörte, und er war Marinearzt.

Es grenzte an ein Wunder, dass sie mich an jenem Morgen im Schnee gefunden hatten. Ich hatte die ganze Nacht dort gelegen. Jetzt waren meine Hände und Füße unter dicken Lagen Ersatzverband verborgen. Erfrierungen zweiten Grades. Mein Kopf war in einen papiernen Turban gewickelt. Ein Granatsplitter hatte mich erwischt. Ich hatte eine Gehirnerschütterung samt Kopfwunde, irgendetwas war mit meiner Brust und in meinem Knie steckten weitere Splitter.

Warum sich Schneider ausgerechnet meiner angenommen hatte, war mir ein Rätsel. Von den Krankenschwestern hatte ich erfahren, dass er stundenlang an meinem Bett gesessen und immerzu versucht hatte, mich in die Wirklichkeit zurückzurufen. Von meinen Zimmergenossen musste ich mir zweideutige Bemerkungen gefallen lassen.

»Doktor Schneider kennt mich von früher«, erklärte ich schließlich. Sein Alter entsprach nicht gerade meiner Vorstellung von einem richtigen Arzt, in meinen Augen war er eher ein Altersgenosse. Doch ihn danach zu fragen schien mir unangebracht. Er seinerseits war überrascht gewesen, dass ich laut meiner Papiere schon zwanzig sein musste. Er habe mich auf sechzehn, siebzehn geschätzt, meinte er. Vielleicht, weil ich so abgemagert war, vielleicht, weil ich noch immer keinen Bartwuchs hatte. Einmal hatte ich ihn, als ich die Augen aufschlug, mit meinem Skizzenbuch auf dem Schoß ertappt, das er aus den Habseligkeiten neben meinem Bett hervorgekramt haben muss, die mir offensichtlich aus dem Laufgraben nachgeschickt worden waren. Ich hatte weitergezeichnet. Auch dort.

»Hey Montyn, da kommt dein Onkel.«

Neben mir lagen Jungs mit abgerissenen Beinen, mit Bauchschuss und Verletzungen am Rückgrat. Und zwischen diesen menschlichen Wracks bewegte sich Schneider mit ordentlich gescheiteltem Haar und einem stets makellosen Kittel. Er strahlte eine Eleganz aus, die ihm offensichtlich so sehr zur zweiten Natur geworden war, dass er sie auch hier nicht ablegen konnte. Ihm hatte ich zu verdanken, dass ich ein Attest bekam, das eigentlich nur jenen vorbehalten war, die in Libau weder operiert noch kuriert werden konnten. Ob das auf mich zutraf, war sehr fraglich, doch darüber brauchte ich mir nicht mehr den Kopf zu zerbrechen, denn eines Tages baumelte am Kopfende meines Bettes ein Zettel in einer Klarsichthülle. Darauf stand mein Name. Meine Soldatennummer. Und meine Bestimmung: Stettin, die norddeutsche Hafenstadt.

Die Tage, die mich vom Transport trennten, waren vom Fieber durchzogen. Mein Kopf hämmerte, tausend Nadeln stachen wie Schrot in meinen Körper. Ich öffnete die Augen. Sah das Schild am Kopfende. Erinnerte mich daran, wo ich war. Der Reflex aufzuspringen verließ mich. Meine Glieder waren schwer.

Ich liege, ich brauche nichts mehr zu tun. Mach nur. Dann sinke ich wieder in Träume. Vier Stunden – zwei Stunden, genau in diesem Takt. Angstbilder flammen in wahnsinniger Folge auf.

Alles ist noch da. Ich liege wieder im schneebedeckten Niemandsland, im blendenden Lichtschein der russischen Leuchtkugeln, regungslos hinter einer winzigen Erhebung. Kurz darauf merke ich, dass es der steif gefrorene, mit Schnee überzogene Körper eines Menschen ist. Kopfhaar. Ein Arm. Der derbe Stoff einer Uniformjacke. Ich springe auf, tauche in ein Schützenloch, die Kugeln pfeifen über mich hinweg. Links und rechts Explosionen. Volltreffer im Sektor nebenan. Von dem Jungen, der dort stand, finden wir nur noch den abgerissenen Helm. Ich höre wieder das Brüllen in der Nacht, ich stopfe mir die Ohren zu, aber es dringt durch Mark und Bein. Das geräuschlose Aufblitzen des Feuers am Horizont. Die Erde bebt. Dann wieder Heins Gesicht, aus dem das Blut weicht. Etwas rutscht mir aus den Fingern. Seine Augen sind ganz nah. Ich versuche zu schreien, aber meine Zunge ist schwer und meine Lippen sind steif von der Kälte. Immer wieder dieser eine Moment. Der heulende Pfeifton im Dämmerlicht, ein Dröhnen, wie ich es noch nie zuvor gehört hatte. Ein Schlag, gefolgt von Finsternis – und dann die zwei Stunden. Ich liege. Ich war noch nie so müde.

Einen Schmerz wie diesen habe ich noch nie gefühlt. Aber ich brauche *nichts* mehr zu tun. Kann mich ergeben. Und wenn ich die Augen aufschlage, prangt am Kopfende ein Zettel in einer Klarsichthülle. Ich hefte den Blick starr darauf, und tatsächlich: Der Schmerz weicht für Augenblicke.

Im Hafen von Libau trieben Eisschollen, alles, an dem das Wasser leckte, war von einer schmutziggelben Eisschicht überzogen. Wir lagen auf Pritschen in einer langen Reihe am Kai. Es war ein eisiger Tag, sonnig und klar. Hoch über uns erhob sich ein rostiges Fährschiff. Weiße Rauchfahnen vor einem strahlend blauen Himmel.

Ein endloser Flüchtlingsstrom bewegte sich auf die Schiffsräume zu. Frauen, Kinder, Alte. Mit Bündeln auf den Rücken, sich auf Stöcke stützend, schäbige Kinderwagen vor sich her schiebend, die sie, nachdem sie den Inhalt auf die Arme genommen hatten, unter lautem Protest am Kai stehen ließen. Man nahm Abschied von Zurückbleibenden, es wurde zur Eile gemahnt. Wer sich nicht beeilen konnte, hatte das Nachsehen.

Endlich waren wir an der Reihe. Auf Anweisung von Schneider und anderen Ärzten trug man uns über den Landungssteg auf das Schiff, wo wir auf dem Oberdeck dicht an dicht in einen halbrunden Raum gelegt wurden, den einstigen Rauchsalon, wie wir an den Vertäfelungen und Lampen mit Glasmalereien erkennen konnten. Wer noch nie an Bord eines Schiffs gewesen war, wurde überwältigt: bronzene Ornamente, ein Mosaik aus getöntem Holzfurnier, Wandmalereien.

Kurz darauf begann das Schiff zu vibrieren. Hebekräne, Lotsen, die Masten anderer Schiffe schoben sich hinter den kleinen Fenstern vorbei. Wir hatten abgelegt. Ich suchte

Schneider mit den Augen. Er schaute hinaus. Drehte sich um. Unsere Blicke begegneten sich und auf seinen Lippen zeigte sich ein triumphales Lächeln. Denn so war die Stimmung an Bord. Als seien wir bereits am Ziel, als machten wir eine Vergnügungsfahrt! Jemand fragte, wie lange es dauern würde. Das hätte ich ihm genau sagen können, aber ich schwieg. Etwa drei Tage, je nach Wind, denn mehr als zehn Knoten traute ich diesem altersschwachen Kahn nicht zu. Wenn wir Glück hatten. Wenn wir es überhaupt schafften. Denn mir brauchte man nichts von Minen und Torpedos zu erzählen. Es war inzwischen über zwei Monate her, dass ich der See auf Nimmerwiedersehen gesagt hatte, aber die Lage war vermutlich nicht besser geworden – und diesmal war ich mit meinen bandagierten Händen und Füßen völlig machtlos. Ich hörte mein rasendes Herz in den Ohren klopfen. Ich würde mich nicht von der Stelle rühren können.

Und wir schafften es nicht.

Eine Explosion unter der Wasserlinie braucht man nur ein einziges Mal gehört zu haben, um sie bis ans Ende aller Zeiten wieder zu erkennen. Wir wurden torpediert, nur wenige Meilen außerhalb des Hafens. Ein Knall. Alles fliegt in die Luft und stürzt wieder herunter. Für einen Moment verdunkelt das herunterströmende Wasser die Fenster. Pritschen fallen um, alles schreit und kreischt. Die Maschine schweigt.

Und dann etwas, das kein Überlebender jemals vergessen sollte. Ein Schreien, so schrecklich und Angst einjagend, dass es keine Worte dafür gibt. Es ist ein Aufschrei, hervorgebracht von Tausenden Kehlen, dessen Echo tausendfach vom Schiffsraum widerhallt. Wir kentern. Alles rutscht auf eine Seite, Menschen und Pritschen. Ich versuche, mich aufzurichten, federe aber vor Schmerz wieder zurück. –

Dann kommt durch einen Schleier aus Blut ein Schatten auf mich zu. Zwei Arme heben mich wie ein Kind empor. Ich nehme den Schimmer eines Gesichts wahr, eines bekannten Gesichts, das durch die Anspannung zur Grimasse verzogen ist – und werde bewusstlos. Alles Weitere geschieht in weiter Entfernung. Ich bin da und nicht da. Ab und zu Licht, dann Finsternis, hin und wieder Geräusche, dann tiefe Stille.

Schweres Atmen an meinem Ohr. Straucheln. Wir fallen. Aber wir fallen nicht. Eine Stahltür schlägt zu. Sonnenlicht. Mein Kopf schlägt gegen eine Gangbordwand. Dann sofort Dunkelheit.

Wir treiben auf einem Rettungsfloß, auf und ab in den Wellen. Weiße Gischt, Spritzwasser, glitzernd im Sonnenlicht.

»Schneller, verdammt. Eins, zwei. Eins, zwei! Schneller, sonst ersaufen wir …«

Ich werfe einen kurzen Blick auf das Schiff hinter uns. Es hat schwere Schlagseite, sinkt langsam, plump und steif wie ein Kadaver, inmitten strudelnden, sich kräuselnden Schaums. Irrsinniges Möwenkreischen. Und Finsternis. – Aber dann wieder Licht, als reiße ein Häutchen. Wir prallen gegen eine grau gestrichene Schiffswand. Das Grau kenne ich. *Marine* bedeutet das Grau. Wieder werde ich hochgehoben, nun von vielen Händen, und weitergereicht.

Ich liege auf dem überfüllten Vorderdeck eines kleinen Boots der Küstenwache, zitternd in einer Decke, die im Nu steif gefroren ist. Der Mann, der sich über mich beugt, heißt Schneider. – Aber er wendet seinen Blick von mir ab und starrt wie alle Anderen auf eine bestimmte Stelle. Es muss eine Stelle sein, wo der Meeresspiegel noch immer in wilden Strudeln wütet und das Wasser ruckartig meterhoch durch den Schub aus der Tiefe emporspritzt. Ich liege. Ich kann die Stelle nicht sehen. Und dennoch sehe ich sie. Ich sehe sie im Entsetzen der Augen aller.

»Man kann nicht unbegrenzt Glück haben. Irgendwann ist das Glück aufgebraucht ...« Das waren Heins Worte gewesen.

An der Anlegestelle von Libau herrschte völliges Chaos. Niemand hatte erwartet, dass sich die russischen U-Boote so nah an die Küste heranwagen würden. Man wusste nicht einmal annähernd, wie viele Menschen in die Tiefe gerissen worden waren.

Zu einigen Dutzend lagen wir lediglich in Decken gehüllt auf dem Kopfsteinpflaster. Und von hier wurden wir Zeuge eines Vorfalls, der jeden, der auch nur einen einzigen Tag mit den Verhältnissen innerhalb der deutschen Wehrmacht Bekanntschaft gemacht hatte, zutiefst überraschen musste. Schneider verweigerte den Befehl! Er hatte einen Wortwechsel mit einem hohen Offizier, der einen Kopf größer war als er und eine tadellose Uniform mit Adlern und Kreuzen auf der Brust sowie eine steife Mütze auf dem Kopf trug. Durch den Lärm konnten wir von der Auseinandersetzung kein Wort verstehen, aber wir sahen, wie Schneider das Kinn erhob. Noch nie hatte ich einen so arrogant wirkenden Menschen wie ihn gesehen. Und er zeigte mit dem Finger. Verschwinde! Woraufhin sich die glänzend geputzten Stiefel davonmachten, die Absätze auf dem Pflaster klackten und sich Schneiders Gesichtszüge augenblicklich entspannten. Ruhig erteilte er den Lazarettsoldaten Anweisungen, die in einiger Entfernung etwas betreten der Dinge geharrt hatten, unsicher, welchen Befehl sie ausführen sollten. Und sie machten, was er sagte. – Den Verletzten wurde es auf dem Pflaster für einen Moment warm, trotz der eisigen Kälte.

Wir wurden sofort wieder eingeschifft, diesmal auf einem klapprigen Frachter und diesmal nicht auf dem Oberdeck, sondern in den Tiefen des Schiffsrumpfs. Dort lagen wir auf endlosen Pritschenreihen eng nebeneinander gestapelt, halb lebend, halb tot, in einem nur spärlich erleuchteten, durch Luken hermetisch abgeschlossenen Raum.

Erneut begann eine Maschine zu stampfen, erneut vibrierte ein Schiff, wieder drehte sich eine Schraube im Wasser. Wir lagen mit weit aufgerissenen Augen da. Alle wussten, wie unsere letzte Überfahrt geendet hatte. Wenn nun etwas passierte, würde es für keinen von uns Rettung geben. Das Schiff fuhr. Erst noch im ruhigen Wasser der Hafenmündung, dann auf den sanften Wellen der offenen See. Und es passierte nichts.

Wir waren schon viele Stunden unterwegs. Viele Stunden rhythmischen Stampfens. Jede Drehung der Schraube brachte uns unserer Rettung näher. Ich kämpfte gegen den Schlaf. Aber warum eigentlich?

Mich weckten Schmerzen. Obwohl Lippe, Zunge und Gaumen staubtrocken waren, gelang es mir irgendwie, Laute hervorzustoßen: »Wie spät ist es?«

Der Junge neben mir, die Augen matt vom Fieber, machte mit einer kaum wahrnehmbaren Kopfbewegung deutlich, dass auch er keine Ahnung hatte.

»Tag oder Nacht?« – Auch das wusste er nicht.

Ich lag und die Schmerzen nahmen zu. Die Luft war stickig, es stank nach Öl. Schwärten deshalb meine Wunden? Der Verband an Händen und Füßen, Kopf und Knie war vom Salzwasser durchnässt gewesen und nun zu einem dicken, harten Klumpen erstarrt. Über meine Verletzungen scheuerte Schmirgelpapier. War das der Grund?

Die Schmerzen wurden schlimmer, bis ich meinte, dass sie nicht mehr schlimmer werden konnten, aber sie wurden noch schlimmer. Doch es gibt eine Schmerzgrenze. Dann tritt Bewusstlosigkeit ein. Und es gibt eine Grenze der Verzweiflung. Dann kommt der Irrsinn. Hätte ich mich bewegen können, hätte ich mir den Kopf an der Schiffswand eingeschlagen, wäre ich im Besitz einer Pistole gewesen, hätte ich sie mir an die Schläfe gesetzt, eine Handgranate – ich hätte sie entsichert an die Brust gedrückt. Ich wollte sterben. Schmerz. Irrsinn. Todesverlangen.

Und doch schien es eine Kraft zu geben, die stärker war als all das: die Angst.

Denn plötzlich ging ein Zittern durch das Schiff. Ich wurde auf meiner Pritsche hin- und hergeworfen. Und ich erkannte es. Volle Kraft zurück. Die Schiffsschraube drehte sich in die andere Richtung. Dann fielen die Maschinen aus. Und es war still. Ich wende den Kopf – so etwas geht plötzlich. Die Abmessungen des Raumes sind im Halbdunkel unendlich. Pritschen, so weit das Auge reicht. Niemand bewegt sich, niemand atmet mehr. Krankenschwestern in gebückter Erstarrung. Ich sehe Schneider. Ein Handgelenk liegt steif in seiner Hand. Er rührt sich nicht, schaut mit halb geöffnetem Mund in die Höhe. – Alles ist in trübes Glas gegossen.

Dann das Rauschen von Wasser hoch über uns, von allen Seiten. Und im selben Augenblick kommt in den Tiefen des Schiffsraums alles in Bewegung. Die Raserei bricht los. Alles, was Beine hat, springt auf, alles, was Arme hat, schaufelt wie besessen um sich.

Nur Schneider ist noch immer regungslos und horcht mit erhobenem Kopf inmitten des wogenden Kampfes von Rümpfen, Gliedern, Krücken, Binden, Decken.

Wasser klatscht gegen die Schiffswand hoch über uns. Wir treiben auf offener See. Die Flucht ohne Fluchtweg ist im Schmerz erstickt, stolpernd oder kriechend kehren alle wieder zu ihrem Platz zurück. Wir warten. Schneider kommt vorbei. Er gibt mir aus dem Deckel seines Flachmanns einen Schluck Kognak. Er hat sich erkundigt. Wir sind vom Kurs abgekommen und in einem Minenfeld gelandet. Nun müssen wir auf Minenräumer warten.

»Wie spät ist es?«, frage ich.

»Fast halb drei.«

»Tag?«

»Nein, Nacht. Aber wir schaffen es. Ich habe dich nicht umsonst durch alles geschleppt.«

Dann bin ich wieder allein. Allein, obgleich ich zwischen Schicksalsgenossen eingekeilt liege. Jeder ist hier allein. Ich spitze die Ohren. Ich nehme alle Kraft zusammen, die noch in mir ist. *Ich muss etwas tun.* – Und das Einzige, was ich tun kann, ist, mich zu konzentrieren.

Vor mir sehe ich eine Mine, schwarz und rund, die auf dem Wasser treibt. Ich sehe Fühlhörner. Bleikappen. Darin ein kleines Röhrchen aus hauchzartem Glas. Darin eine aggressive Säure …

»Diese Kontaktminen sind empfindliche Burschen«, sagt eine Stimme aus der Vergangenheit. »Bereits die Strömung oder der Wind kann ausreichen …« – Und zugleich sehe ich die Schiffswand. Spanten. Nieten. Verrostetes Eisenblech, noch nicht einmal fingerdick. Diese Mine. Diese dünne Wand. Ich muss die beiden auseinander halten … Mit aller Kraft, die in mir ist.

Ich hefte meinen Blick auf eine kleine Lampe aus Eisendraht über mir. Und ich zähle. Ich zähle bis drei.

Langsam, aber auch nicht zu langsam. Und ich warte einen Augenblick. Nichts. Kein trockenes Ticken. Kein Knall. Das Eisen gibt nicht nach. Keine Wasserwand, die uns begraben wird. Dann zähle ich bis vier. Und warte einen Augenblick. Das Eisenblech hält stand. Ich zähle bis fünf, immer wieder von vorn, bis sechs, bis sieben, acht. Und warte einen Augenblick. Nichts außer dem Schlagen des Wassers auf der Höhe der Wasserlinie. Ich zähle weiter. Einundzwanzig, zweiundzwanzig. Achtunddreißig. Neununddreißig. Vierzig. Und ich warte und horche.

Drei Stunden. Acht Stunden. Dreizehn Stunden. – Aber für mich gab es keine Stunden. Für mich galt nur der Augenblick. Und der nächste Augenblick. Augenblicke, die ich zählte.

All die Stunden, die ich da lag, schweißgebadet und mit glühenden Augen, starrte ich auf den Lichtkranz, den der schwache Glühdraht dieser hässlichen Lampe hoch über mir auf das verrostete Eisen warf, und kämpfte gegen die Erschöpfung. Denn solange ich schaute, würde ich das Schicksal abwenden können. Wenn meine Aufmerksamkeit nicht nachließ, würden wir bewahrt bleiben. Ich war es, der einen Augenblick an den nächsten reihte, Augenblicke, in denen nichts passiert war – keine Explosion, keine Wasserwand. Solange ich zählte, horchte, feststellte, dass nichts passiert war – und von neuem begann. Von eins bis neunzig. Von eins bis einundneunzig. Zweiundneunzig … So zählte ich. Und so zerfloss ich zählend in der Zeit. Meine Augen wurden schwer. Das Licht verblasste. Das Dunkel schloss sich.

Um mich war es schwarz geworden. Ich schwebte. Ich schwebte, zählend, in einem unendlichen Tunnel der Finsternis. Ein eiskalter Wind fegte an mir vorbei. Doch es dämmerte, erst in weiter Ferne, unsicher flackernd wie ein Stern. Dann ganz nah. Licht drang zu mir durch. Oder schwebte ich darauf zu? Der Schein wurde immer heller. Ein Lichtermeer. Leuchtend. Blendend.

Ich liege in hoch wogendem Gras, übersät von Pfingstblumen. Ich blinzle im Sonnenschein. Die Luft ist durchsichtig blau. Strahlend weiße Wolken treiben vorbei. Das Schilf am Graben rauscht im Frühlingswind. Frösche quaken. Bienen summen. Es ist der erste warme Tag.

Neben mir steht eine Schubkarre voll Stroh. Und darauf ein Schilfkorb mit Gras. Das Stroh habe ich beim Bauern geholt, das Gras im Polder geschnitten, an der Wasserseite. Gleich werde ich die Tiere versorgen. Zuerst die Kaninchen und die Tauben. Denn die gehören mir. Dann die Hühner und das Schwein – die gehören meinem Vater.

Noch aber liege ich auf dem Bauch, die Sonne auf dem Rücken, die Nase im Gras. Halme, noch kleinere Halme, Wurzeln, hauchdünn und fein, Krümel von trockener Erde ... Ich habe keine Eile. Es ist Samstagmittag, viele Stunden Freiheit liegen vor mir.

Am Zaun steht mein Rad. Das Chrom glitzert im Sonnenlicht. Keiner der anderen Jungs hat so ein Rad. Ich habe es von meinem Onkel zum Geburtstag bekommen. Ein englisches Fahrrad mit Zugbremse. Ein echtes *Raleigh*. Als ich morgens wach wurde und die Sonne durch die Ritzen des Vorhangs spielte, wusste ich: Mittags fahre ich Rad. Ich schloss die Augen und sah mich losbrausen, mit dem Wind, geräuschlos – nur das Rauschen der Räder. In den Polder. Mühlen, Gräben, Höfe, Dörfer am Horizont, alles zog an mir vorbei ...

Mein Kinn ruht auf der Faust. Oudewater verbirgt sich hinter einem tropischen Regenwald aus Halmen. Nur die Kirchtürme ragen hervor. Der stumpfe Turm der Großen Kirche, der spitze der katholischen. Alles ist matt und schwer. In der Ferne rattert ein Wagen über die IJsselbrücke. Die Uhr schlägt zwei. So früh noch! Ich strecke mich und seufze. Das ist die Glückseligkeit. So soll es bleiben ... Aber dann höre ich eine Stimme. Meinen Namen. Weit entfernt und zugleich ganz nah. Seltsam ...

»Montyn! Jan Montyn!« – Ich kenne diese Stimme ... Es ist die Stimme von Doktor Schneider. Er steht hinter dem Gartenzaun, sein weißer Kittel strahlt hell im Sonnenlicht auf. Er ruft und winkt.

»Montyn ...«

Jetzt formt er die Hände vor dem Mund zu einem Trichter. Ich höre Sie! Ich komme! Ich werde Ihnen mein neues Rad zeigen! – Ich will mich aus dem Gras erheben, aber es geht nicht. Etwas ist mit meinen Händen, mit meinen Füßen. In meiner Brust stechen Messer, in meinem Kopf dröhnt es unerträglich ...

»Ein neues Fahrrad, Jan?«

»Ja, Doktor. Ein echtes *Raleigh*! Keiner der anderen Jungs hat so eins ...«

Ich öffne meine Augen und schaue auf eine zinnoberrote Schiffswand, auf der Rostkrusten wuchern. Dicke Kondenswassertropfen. Und eine kleine Eisendrahtlampe an der Decke. Aber dann auch ein Gesicht. Schneider hat sich über mich gebeugt. Eine Krankenschwester stützt meinen Kopf und gibt mir aus einem Becher Wasser.

Sie hatten sich ziemliche Sorgen um mich gemacht. Ich hatte fast vierundzwanzig Stunden lang regungslos dagelegen, ohne auf irgendetwas zu reagieren. Aber meine Augen waren geöffnet gewesen und meine Lippen hatten sich ständig bewegt.

»Es sah aus, als ob du gezählt hättest«, sagte Schneider.

Wir trieben auf offener See inmitten von Minen. Aber plötzlich ertönte im Maschinenraum eine Signalglocke, so durchdringend, als werde das Jüngste Gericht eingeläutet. Und so war es auch. Das Schiff erwachte wieder zum Leben. Alles begann zu zittern. Die Maschine stampfte, erst vorsichtig, als könne es selbst die Materie noch nicht glauben, dann regelmäßig. In meiner Vorstellung drehten sich ölschwarz glänzende Kurbelwellen. Die Schiffsschraube drehte durch das Wasser. Sehr langsam. Langsam. Halbe Kraft. Und schließlich volle Kraft voraus. – Alle horchten. Niemand sprach ein Wort. Auf die Angst, die so lange gedauert hatte, folgte nicht Erleichterung, sondern Leere.

Insgesamt sollte die Überfahrt vier Tage und drei Nächte dauern. Schließlich waren meine Sinne so geschärft, dass ich aus dem Seegang ableiten konnte, wenn wir den Kurs wechselten. Wir erreichten ruhigere Gewässer. Die Maschine schaltete auf halbe Kraft, und in meiner Fantasie hörte ich Möwen, sah eine Küste zu beiden Seiten einer breiten Flussmündung vorbeiziehen. Endlich ging die Schraube volle Kraft zurück. Danach etwas, das nur das Schlagen eines Schiffs gegen eine Kaimauer sein konnte. Die Maschine puffte noch etwas nach. *Kadung ... Kadung ...* – Und dann nichts mehr. Alles, was lag oder stand, hielt den Atem an. Augen glänzten. Die Zeit blieb stehen. Bis hoch über uns eine Luke aufgeworfen wurde. Stimmen. Rasselnde Ketten. Raum. Prickelnde frische Luft. – Und alles, was sich bewegen konnte, bewegte sich.

Einer nach dem Anderen wurde ins Freie getragen und auf Loren zu einem Eisenbahngelände gefahren. Es war dunkel. Im Schein einer schwachen Lampe fielen Schneeflocken zur Erde. Der Übergang war unfassbar. Menschen, die ruhig dahinschlenderten oder mit einer Zigarette zwischen den Fingern schwatzten. Kein Schreien mehr, kein Hetzen. Keine Explosionen, kein Donnern, nicht einmal in der Ferne.

»Wo bin ich?«

»Du bist in Stettin.«

»Wie spät ist es?«

»Fast zehn. Woher kommt ihr?«

»Aus Libau, Kurland.«

Und dann eine Frage, auf die es keine Antwort gab:

»Wie ist es dort jetzt?«

Auf dem Bahnsteig wurden wir von einer Gruppe Mädchen empfangen, nicht älter als vierzehn, fünfzehn. Es gab Suppe, und für jene, die ihn trinken durften, sogar Kaffee.

»Wie heißt du?«

»Jan.«

»Ich heiße Emma ...«

Sie half mir beim Trinken. Sie legte ihre kleine Hand auf meine glühende Stirn.

Es war ein Traum. Aber es war ein Traum, den niemand verarbeiten konnte. Die durchgestandene Anspannung forderte ihren Tribut. Auch von mir. Ich sah Schneider die Tragbahren absuchen. Ich wollte ihm zuwinken, doch ich konnte meinen Arm nicht heben. Unsere Blicke begegneten sich und meine Augen füllten sich mit Tränen. Ich begann am ganzen Körper zu beben. Er hockte sich neben mich.

»Wir haben es geschafft, Jan ...«

Ich wollte ihm danken, aber ich konnte nur nicken.

Ich weinte mit langen Schluchzern – und konnte mich nicht erinnern, wann ich das zum letzten Mal getan hatte.

»Du kommst nach Flensburg, ins Marinekrankenhaus. Wirst schon sehen, wie schnell sie dir da wieder auf die Beine helfen. Vielleicht sehen wir uns ja in besseren Zeiten wieder ...«

Kurz darauf fuhr ein langer Zug in den Bahnhof ein. Ein richtiger Krankenzug. Und auf ihm durften wir mit einem neuen Wunder Bekanntschaft machen: saubere Bettwäsche.

Der Rückweg

Doktor Schneiders Abschiedsprophezeiung ging in Erfüllung. Im Marinekrankenhaus von Flensburg nahe der dänischen Grenze genas ich erstaunlich schnell von meinen Verletzungen.

»Du musst einen Schädel aus Stahl haben«, meinte der Arzt, nachdem mein Kopf von dem massiven Papierklumpen befreit worden war. Abgesehen von der Gehirnerschütterung hatte ich mir mit dem Granatsplitter nicht mehr als eine äußere Wunde eingehandelt. Man verordnete mir zehn Tage Bettruhe. Das Fieber sank, die Ruhr nahm ab und meine größte Angst, dass mir wegen der Erfrierungen Finger und Zehen abgenommen werden müssten, erwies sich als unbegründet. Sie sahen zwar Ekel erregend aus, waren blau, stanken und die Hautfetzen hingen herab, aber der Arzt versicherte mir, es würden höchstens ein paar Narben zurückbleiben. Und nicht einmal das geschah. Schon bald kam heile, rosa Haut zum Vorschein. Nur mein Knie, aus dem ein Splitter operativ entfernt worden war, machte mir noch Probleme.

Und da lag ich dann in einem blitzsauberen Bett, in einem hellen, gut geheizten Krankensaal, war umringt von Ärzten und Krankenschwestern, von denen zwei zufällig aus Holland stammten – und wurde von frühmorgens bis spätabends versorgt. Drei Mahlzeiten pro Tag, Kaffee, Tee. Ich wurde gewaschen und es erschien sogar ein Frisör. Vor allem in den ersten Tagen kam mir der Übergang reichlich absurd vor.

Ich machte mir Sorgen um den möglichen Verlust einiger Zehen und Finger! Noch vor einer Woche war ich auf den Jungen neidisch gewesen, den man mit einem abgebundenen Armstumpf abtransportiert hatte …

»Schon wieder Kartoffelsalat«, wurde geklagt. Und schon bald klagte ich mit. Zwei Wochen zuvor wäre ich noch begeistert gewesen, wenn in meinem Essnapf mit Kohlsuppe ein paar Fettaugen geschwommen hätten.

Und doch beschäftigte mich auch weiterhin dieses unbegreifliche Phänomen der Gleichzeitigkeit. Denn in dem verdreckten Mannloch, in dem ich mehr als neun Wochen dahinvegetiert hatte, musste im gleichen Augenblick nun ein Anderer liegen. Vier Stunden Wache, zwei Stunden keine. Und während ich wieder auf den Beinen war und meinen Rücken an einem Heizkörper wärmte, durften anderswo zwei, drei Mann eine halbe Stunde lang ihre Hände an den Kanonenofen in Carstens' Kommandobunker strecken. Ich hatte Glück gehabt.

Ich übte mit Spazierstöcken. Erst mit zwei, dann mit einem. Mein linkes Bein zog ich immer noch nach, aber ich bekam es ganz gut hin. Eigentlich zu gut, denn ich hatte wenig Interesse daran, meinen Genesungsprozess voranzutreiben. Solange ich versehrt war oder zumindest als solches galt, würde man mich nicht an die Front zurückschicken können.

»Deutschland wird bis auf den letzten Mann und die letzte Patrone kämpfen ...« – lauteten die neuesten Propagandaparolen. In Flensburg wurden sie nicht gerade mit großer Begeisterung aufgenommen. Und auch die Ärzte versuchten, den Aufenthalt ihrer Patienten so lange wie möglich hinauszuzögern, denn dass sich der Krieg im Endstadium befand, war mittlerweile allen klar.

»Hände und Füße sehen gut aus. Noch Kopfschmerzen, Jan?«

»Ein bisschen, Doktor. Aber mein Knie ...«

»Tja, ein wenig Kopfschmerzen haben wir alle ab und zu. Und für das Knie ist es erst recht nicht gut, wenn du liegst.«

Das Problem war der Bettenmangel im Krankenhaus. Jeder Tag, an dem ich eines der Betten grundlos besetzte, verringerte die Überlebenschancen eines Anderen. Es gab keine andere Möglichkeit, ich musste dem Krankenhaus Lebewohl sagen.

Mitte Januar war es soweit. Ich wurde frühmorgens zum Chefarzt, Kapitän zur See Fichtmüller, beordert. Beim Eintreten stolperte ich, nicht ganz unabsichtlich, mit Stock und Bein über die Türschwelle, doch er nahm es nicht weiter wahr. Er blätterte in Papieren. So krumm es ging, nahm ich vor ihm Haltung an. Er schaute mich über die halben Gläser seiner Brille an.

»So, Montyn. Stell dich mal richtig hin!«

Und das tat ich dann.

Er erklärte mir, für eine Verlängerung meines Aufenthalts in Flensburg gebe es keine zwingenden medizinischen Gründe. Ich würde allerdings in einem Erholungsheim der Marine, in einem Kurort nicht weit von Heidelberg, zwei Wochen lang weiter zu Kräften kommen können. Obwohl das eine besondere Chance war, war ich alles andere als begeistert. Ich räusperte mich.

»Schieß los, Montyn.«

»Kapitän, ich bin schon ein Jahr lang nicht zu Hause gewesen. Dort hat man die ganze Zeit über nichts von mir gehört. Wenn ich nun doch Fronturlaub bekomme …«

»Du kommst aus Holland?«

Ich nickte.

»Das wird schwer werden. Die Niederlande sind offizielles Frontgebiet. Ich habe keine Befugnis, dir dafür einen Urlaubsschein auszustellen.«

Die Antwort traf mich aus heiterem Himmel. Die Niederlande Frontgebiet? Unwillkürlich musste ich an den Kai von Libau denken, die Wagen mit Hausrat, die vielen Gesichter, verstört, ratlos. Aber wie ich hörte, war die Lage dort anders. Der Arzt erzählte mir, die Alliierten hätten den Süden der Niederlande bis zu den großen Flüssen erobert und die Gegenoffensive der Deutschen sei in den Ardennen stecken geblieben. Er würde mich nicht davon abhalten, aber es bestünde die Gefahr, dass man mich ohne gültige Papiere für einen Deserteur halten könnte. Ich beschloss, dieses Risiko einzugehen. In den letzten Tagen hatte ich während meiner Spaziergänge außerhalb des Krankenhauses gemerkt, dass das lahmende Bein in Kombination mit meinem offensichtlich noch immer jugendlichen Aussehen sowie der Geschichte, ich sei in den Laufgräben von Kurland verletzt worden, überall Eindruck machte: Ich war in einem kleinen Lokal gewesen und es hatte mich alle Mühe gekostet, es aufrecht zu verlassen, ohne dass ich einen Pfennig bezahlt hätte. Ich würde es schon schaffen …

So stand ich eine Stunde später auf der Straße, mit Spazierstock und frischem Verband um Kopf und Knie sowie dem herzlichen Rat, ich möge gut auf mich aufpassen. Von den beiden holländischen Krankenschwestern hatte ich eine Margarinebüchse bekommen, gefüllt mit Butter, Wurst und Tabak, die sie höchstpersönlich zur Seite geschafft hatten. Bis Hannover durfte ich frei reisen, und ich war im Besitz einer Bescheinigung, auf der mein Urlaubsstatus aus medizinischen Gründen bestätigt wurde, zwei Wochen gültig; dann hatte ich mich im österreichischen Klagenfurt zu melden.

Die Reise bot das mittlerweile vertraute Bild: überfüllte Züge, Zivilisten, Soldaten. Ab Flensburg saß ich einem Wehrmachtssoldaten meines Alters gegenüber.

»Woher kommst du?«, fragte ich ihn.

»Kopenhagen.«

»Wie war es dort?«

»Langweilig ...«

Er liege dort schon seit zwei Jahren in Garnison. Und *langweilig* sei es da! Überall werde gekämpft, und ausgerechnet *er* müsse in Dänemark Däumchen drehen. Und mit den Frauen sei es dort auch nichts, erfuhr ich von ihm.

Ganz anders war der Junge hingegen, der in meinem Abteil saß, nachdem ich in Hamburg umgestiegen war. Er trug genau die gleiche Uniform wie der Erste. Der einzige Unterschied war der Blick ihrer Augen. – Und dabei spielte es keine Rolle, dass der eine Fronturlaub hatte und der Andere gerade von einem solchen zurückkehrte. Diesen Zweiten erkannte ich, ohne irgendetwas von ihm zu wissen: Er hatte die Front gesehen. Ich erzählte auf seine Nachfrage, dass ich in Kurland stationiert gewesen sei. Ostfront. Er hatte in Frankreich gelegen und an der Ardennenoffensive teilgenommen. Westfront.

»Wie war das?«

»Genau so«, antwortete er. »Krieg. Ein großer Dreck für nichts und wieder nichts.«

Woraufhin er sich erkundigte, ob ich gern Fußball spielte, und ich zugeben musste, das noch nie getan zu haben. Solle ich unbedingt mal probieren, sei klasse. Er selbst sei Mittelstürmer. Und er nannte einige Namen, die mir nichts sagten, auch Holländer, auch sie offensichtlich Mittelstürmer.

Derselbe Junge half mir bei einer Kontrolle der Feldgendarmerie aus der Bredouille.

Wo meine Waffe sei, schnauzte man mich an. – Ich wusste, dass auch im Fronturlaub jeder Soldat eine Waffe bei sich tragen musste, doch in Flensburg hatte ich mich mit aller Entschiedenheit dagegen gewehrt: Ich hatte genug von Gewehren. Ich zeigte meine Hände, deren Haut noch immer rosa Flecken aufwies, und murmelte etwas von Kurland. Er war es, der medizinische Gründe vorbrachte:

»Seine Augen! Er darf wegen seinen Augen gar keine Waffe tragen.«

»Kann er das nicht selbst sagen?«

»Holländer ...«

Es klang wie ein anderes Wort für verrückt, und als die beiden mit ihren schaurigen Abzeichen auf der Brust verschwunden waren, tippte er sich an die Stirn, doch nicht um den Vogel zu zeigen. Köpfchen muss man haben.

»Immer sagen, man habe etwas an den Augen. Das können sie nicht kontrollieren ...«

In Hannover war der Zug noch nicht richtig zum Stillstand gekommen, als schon Luftalarm ertönte. So schnell ich mit meinem lahmen Bein konnte, hinkte ich in die nächste Fußgängerunterführung unter dem Bahnsteig. Über uns wurde in aller Heftigkeit die Stadt bombardiert, und das wohl nicht zum ersten Mal, wie ich bereits vom Zug aus hatte feststellen können. Und da war wieder jene ohnmächtige Angst. Angst vor einem Volltreffer, Angst zu ersticken, begraben zu werden unter den Trümmern. Aber die Unterführung hielt. Eine halbe Stunde später war der Bahnhof zur Hälfte ausgebombt und ich bahnte mir einen Weg durch den Schutt in eine Stadt, deren Überreste lichterloh brannten. Es waren die Schrecken, die ich seit Mannheim kannte. Derselbe erstickende Rauch, derselbe penetrante Geruch nach Versengtem, dieselbe Erschütterung. Rennende Menschen, Verstümmelte, Tote. Das alles gehörte zu ein und derselben Hölle.

Mir fiel nichts Besseres ein, als den Rat zu befolgen, den mir der Junge in meinem Abteil gegeben hatte. Ich ging zu einer Post, in der Hoffnung, dort würde ein Postwagen Richtung Holland stehen. Das Postgebäude neben dem Bahnhof war nicht völlig zerstört, und tatsächlich, so absurd der Anblick auch war, dort stand eine Reihe unversehrter Lieferwagen und Kleintransporter. Ich humpelte hin, während ringsum die Hilfsaktionen anliefen. Eine Gruppe Offiziere stand herum und unterhielt sich. Postbeamte schoben Sackkarren, während die Stadt noch lichterloh brannte.

Auf dem Bahnsteig hinter mir ertönte ein Pfiff und ein Zug setzte sich in Bewegung. Alles ging weiter. Dieses Land war eine riesige, ziellos arbeitende Maschine. Während der eine voller Angst und Verzweiflung in einem unter Trümmern begrabenen Schutzbunker auf Hilfe wartete, stempelte ein Anderer einige hundert Meter weiter wie immer seine Briefmarken und ein Dritter lud Postsäcke aus einem gerade angekommenen Zug ab. Denn auch das galt es zu tun. Alles gehörte zusammen. *Ohne Rücksicht auf Verluste.* Solange nur die Maschinerie in Bewegung blieb. Menschenleben waren nichts als Zahlen auf Papier!

Krieg ist Krieg. Das hatte Carstens gesagt. – Wir hatten den Befehl erhalten, in einem Streifen des Niemandslands Minen und Stacheldrahtabsperrungen zu räumen. Stunde X war zwei Uhr nachts. Dann mussten die Kampfpatrouillen durch. Wir waren drei Gruppen. Auf dem Papier sechsunddreißig Mann, in Wirklichkeit waren wir zu elft. Wir mussten uns beeilen, doch beeilen konnten wir uns nicht. Drei flogen mit Mine und allem in die Luft. Auch eine Art, eine Mine zu entschärfen. *Krieg ist Krieg*. – Hannover brannte, und ich stand vor einem Postgebäude und wollte nur eines.

Aus einiger Entfernung überlegte ich, welchen Offizier der dort stehenden Gruppe ich ansprechen konnte. Je älter, desto besser, am liebsten hoch, aber wiederum auch nicht zu hoch im Rang. Das hatte mich die Erfahrung gelehrt.

Aber noch ehe ich mich entscheiden konnte, wurde ich meinerseits angesprochen:

»Was machst du hier?«

Ein Offizier, unrasiert und mit einer Mütze, die so flach und formlos war wie bei Carstens. Ein gutes Zeichen.

»Ich bin auf der Suche nach einem Postwagen nach Holland«, antwortete ich so beiläufig wie möglich – als sei es die normalste Sache der Welt, durch das brennende Hannover zu humpeln und einen Postwagen nach Holland zu suchen. Der Offizier schaute mich mit einem Blick an, als sei *er* derjenige, der überrascht sein musste:

»Wir fahren in ein paar Minuten ab, über Enschede nach Apeldoorn. Aber woher kommst du und was willst du in Holland?«

Mit wenigen Worten erzählte ich ihm meine Geschichte. Kurland. Zwei Monate Laufgraben. Verletzt. Familie ein Jahr lang nicht gesehen. Zwei Wochen Fronturlaub …

»Warte hier. Ich erkundige mich.«

Gespannt sah ich, wie er zu den Anderen ging, auf mich zeigte und etwas sagte. Die Männer nickten und kümmerten sich nicht weiter um mich.

»In Ordnung. Du kannst bis Apeldoorn mitfahren.«

Dann kam der schwierige Teil. Denn das war natürlich erst die halbe Geschichte gewesen. Ich erzählte, dass ich keinen Passierschein für die Grenze hatte. Den hätten sie mir im Krankenhaus nicht geben können, und wo ich ihn bekommen konnte, wusste ich nicht.

Der Offizier musterte mich eingehend.

»Du weißt, welches Risiko du eingehst?«

Ich zuckte mit den Schultern.

»Du weißt, welches Risiko *ich* eingehe?«

Ich nickte.

Er war vielleicht fünfunddreißig und Offizier. Ich war gerade erst zwanzig und Matrose, weniger als nichts. Sowohl hinsichtlich des Alters als auch des Rangs trennte uns ein unüberbrückbarer Graben. Aber wir trieben in ein und derselben Senkgrube, die Krieg hieß. Und nun war *er* es, der mit den Achseln zuckte. Er zeigte auf einen der Postwagen mit laufendem Motor:

»Leg dich hinten rein. Halt dich still. An der Grenze werden wir weitersehen.«

So lag ich wenig später auf einer federnden Matratze aus Postsäcken und versuchte mich an die Landkarte Deutschlands zu erinnern. Von Hannover bis zur Grenze. Zwei-, dreihundert Kilometer mussten es sein. Und dann Apeldoorn, wenn alles gut ging. Es war nicht zu glauben. Dort wohnten eine Tante und ein Onkel von mir – der Onkel, der mir einst zum Geburtstag ein Fahrrad geschenkt hatte. Ich hatte sie jahrelang nicht gesehen, aber sie würden mir bestimmt weiterhelfen können.

Es war weniger als einen halben Tag her, dass ich aus dem Krankenhaus entlassen worden war. Der Motor brummte monoton und schon bald war ich eingeschlafen.

Ich wachte auf, als wir anhielten. Der Motor ging aus. An den Geräuschen konnte ich erkennen, dass wir tankten. Wir fuhren weiter.

Ich wurde wieder wach. Diesmal lief der Motor im Stand. Stimmen. Schritte. Wir mussten an der Grenze sein. Ich versteckte mich hinter den Postsäcken – aber es passierte nichts. Weiter ging die Fahrt und ich schlief nicht mehr. Ich drückte die Nase an die Heckscheibe: Das waren *niederländische* Bäume, zu beiden Seiten der Straße. In Enschede hatten wir eine Stunde Aufenthalt, und als man mich am Bahnhof in Apeldoorn absetzte, begann es bereits zu dämmern. Ehe ich meine Verwandten aufsuchte, wollte ich mich erst nach einem Zug nach Utrecht erkundigen. Von dort würde ich einen Bus nehmen können. Der Bahnhof machte einen ausgestorbenen Eindruck, doch davor sah ich zwei Bahnarbeiter. Sie schauten mich argwöhnisch an, als ich auf sie zuging.

»Der Zug nach Utrecht?«

»Was?«

»Er fragt, wann der Zug nach Utrecht geht«, wiederholte der Erste, als machte ich einen Witz.

Wie sich herausstellte, fuhren schon seit Monaten überhaupt keine Züge mehr. Ich erzählte, dass ich fast ein Jahr weg gewesen und keinerlei Kontakt mehr zu meiner Familie gehabt hatte. Dass ich nach Oudewater musste. Mit diesem Bein konnte ich schlecht zu Fuß gehen. Und wieder hatte ich Glück. Ein Bruder des einen wohnte in Linschoten. Das war zwar nicht Oudewater, aber ganz in der Nähe, und genug für den Tipp, dass in derselben Nacht noch ein Munitionszug in westliche Richtung über Amersfoort nach Utrecht fuhr. Wenn ich gegen Mitternacht beim Stellwerk stünde, würde er mir vielleicht weiterhelfen können.

Eher schleppend als gehend machte ich mich auf zu Onkel und Tante. Als ich nach einer halben Stunde endlich vor ihrem Haus stand, befand ich mich fast wieder am Bahnhof. Offensichtlich hatte mich jemand in die falsche Richtung geschickt. Es dauerte eine Ewigkeit, ehe man mir öffnete. Ich fürchtete bereits, es sei niemand zu Hause, als die Tür doch einen Spalt geöffnet wurde. Ich sah ein Auge und nahm im Halbdunkel an, dass ich mich in diesem Auge nicht täuschte:

»Tante, ich bin es. Jan aus Oudewater …«

»Meine Güte, Jan! Wir dachten, da steht ein Deutscher …«

Ein paar Stunden später tastete ich mich zum Bahnhof zurück. Es war stockdunkel. Die Margarinebüchse war spürbar leichter geworden.

Man hatte mich hereingelassen. Onkel und Cousin, der im selben Alter wie ich war, waren aus dem Keller gekommen. Wie meine Tante waren sie stark abgemagert. Ich hörte, dass sich die Situation in den Niederlanden dramatisch verschlechtert hatte, vor allem im vergangenen Winter, der außergewöhnlich streng gewesen war. Nahrungsmittel oder Brennstoff waren nahezu nicht mehr erhältlich. In den Großstädten starben die Menschen sogar an Hunger. Von der Familie in Oudewater hatten sie schon lange nichts mehr gehört. Aber ich, wo ich gewesen sei? Sie hatten erfahren, dass ich mich freiwillig zur deutschen Marine gemeldet hatte, aber das war zugleich das Letzte, was sie von mir gehört hatten. Jeder, auch zu Hause, dachte dann, ich sei tot.

»Ich war in Kurland, nicht weit von der Ostsee, fast gegenüber von Finnland. Schließlich hat es keine Schiffe mehr gegeben.«

»Wie war es dort?«

»Fürchterlich kalt. Nachts hatte es manchmal mehr als dreißig Grad.«

»Dreißig Grad minus?«, hatte meine Tante überrascht ausgerufen. Und zu meinem Onkel:

»Nun, Vater, so schlimm war es hier nicht ...«

Darauf mein Cousin:

»Wie wurdest du verletzt?«

»Durch einen Granateneinschlag. Ich musste Essen holen, das machten wir zu Fuß, in der Abenddämmerung. Was genau passiert ist, weiß ich nicht.«

Und meine Tante:

»Was gab es dort denn zu essen?«

So hatte sich ein Gespräch entwickelt und schon bald war mir klar, dass es unmöglich war, auch nur etwas von dem deutlich zu machen, was mir wirklich passiert war. Ich konnte keine Worte finden. Es war ›sehr schlimm‹ gewesen und ›sehr kalt‹. Mir war es ›schlecht gegangen‹ und ›wir‹ hatten viele Verluste erlitten. Das *sagte* alles nichts aus, und außerdem galt das ›Wir‹ hier nicht ... Denn schon bald kam die unvermeidliche Frage, eine Frage, deren Antwort – wenn es eine solche überhaupt gab – in einer grauen Vergangenheit verborgen lag:

»Aber warum hast du dich zur Marine gemeldet?«

Ja, warum? Wie war das zugegangen? – Weil ich weg wollte, zur See. Nicht zum Arbeitseinsatz. *Hein* …

Jede Antwort, stichhaltig oder nicht, hätte nach all dem, was vorgefallen war, lächerlich geklungen, vor allem in meinen eigenen Ohren. Und so hatte ich etwas gemurmelt und dann hatte der Inhalt meiner Margarinebüchse für eine willkommene Zerstreuung gesorgt.

Tags darauf erreichte ich bei Tagesanbruch Utrecht. Die ganze Nacht hatte ich auf dem halbrunden Dach eines Gütertransports gelegen und mich an den Bügeln festgeklammert, die als Halterungen für Tarnnetze dienten. Meinen Gedärmen hatte die Fahrt nicht gut getan. Durchfall, höchst unangenehm für jemanden, der in der schneidenden Kälte auf dem Dach eines Waggons liegt.

Während sich meine Hände krampfhaft an die Haltebügel klammerten und der Zug mal im Schritttempo, dann etwas zügiger durch die düstere Landschaft fuhr, beschäftigte mich allerdings noch etwas anderes: der Gedanke an einen anderen Zug, einen Zug, den wir vor langer Zeit im fernen Österreich hatten entgleisen lassen. Und ich erinnerte mich an Heins Worte bei einem unserer kurzen Treffen im Laufgraben, kurz vor seinem Tod. Ich erinnerte mich sogar noch an den Tonfall, in dem er sie gesagt hatte:

»Warum hat sie uns verdammt noch mal nicht mitgenommen? Dann wären wir jetzt in Jugoslawien, bei den Partisanen …«

Ich hatte diesen Gedanken sofort verdrängt. Sie hatte uns eben nicht mitgenommen. Und Hein war eine Woche nach dem Gespräch tot gewesen.

Munitionszug. Sabotage. Und nun lag ich auf einem solchen.

Kurz vor Amersfoort ertönte ein gewaltiger Knall und mir stockte das Herz. Doch es blieb bei diesem einen Knall. Und als wir nach einem endlosen Aufenthalt weiterfuhren, sah ich an den Wrackteilen, dass wir im Dunkeln auf einen Lastwagen aufgefahren sein mussten. Ich war so steif vor Kälte, dass ich kaum von dem Waggon herunterklettern konnte, als wir endlich unseren Bestimmungsort erreicht hatten. Meine Margarinebüchse und mein Spazierstock lagen bereits unten neben den Schienen. Jetzt ich ...

Ich hatte mich von dem Sprung noch nicht richtig erholt, da war ich schon von Soldaten umringt. Papiere! Ich zeigte, was ich hatte, und als man mich dem Bahnhofskommandanten vorführte, erklärte ich, dass ich den Rest unterwegs verloren hätte: Hannover, Luftangriffe. Zum Glück hatte er nur wenig Interesse an mir. Er gab mir zu verstehen, ich könne froh sein, dass er mich nicht der Feldgendarmerie übergebe. Ich solle machen, dass ich verschwinde, ehe er es sich anders überlege.

Das war leichter gesagt als getan, denn nach Oudewater fuhr auch kein Bus mehr. Mir blieb nichts anderes übrig, als mich trotz meines Beines zu Fuß auf den mehr als zwanzig Kilometer langen Weg zu machen. Vor der Stadt bildete sich eine düstere Kolonne von Menschen, die mit Taschen, Kinderwagen und Schubkarren bei den Bauern auf der Suche nach Essbarem waren. Obwohl meine Margarinebüchse immer leichter wurde, fiel mir das Gehen zunehmend schwerer. Hinter mir tauchte ein Pferdewagen auf. Ich streckte meine Hand aus, der Bauer hielt sofort. Nicht aus Freundlichkeit, wie sich zeigte, denn als ich fragte, ob ich mitfahren dürfe, meinte er:

»Verdammt, du bist ja ein Holländer! Was machst du in diesem seltsamen Aufzug! Nun gut, steig auf.«

Er schnalzte mit der Zunge und weiter ging es, so schnell wie möglich. Er müsse, so meinte er, zu Hause sein, bevor die Wolken sich lichten würden. Bei klarer Sicht bestehe die Gefahr, von englischen Jägern von der Straße gefegt zu werden. Ich folgte seinem spähenden Blick nach oben, beunruhigter als noch einige Augenblicke zuvor, als ich mich neben ihn auf den Bock gesetzt hatte. Nach allem, was ich hinter mir hatte, sah ich mich schon tot auf einem Milchwagen, den Hafen in Sichtweite.

Ohne weitere Zwischenfälle erreichten wir den Ort, wo er hin wollte: Heeswijk. Noch sechs Kilometer. Bei meinem Tempo, das ich hinkend und auf meinen Stock gestützt nur mit Mühe halten konnte, hieß das mindestens noch drei Stunden Fußmarsch. Aber dann sah ich in der Ferne den stumpfen Turm der Großen Kirche, den spitzen der katholischen ... Zehn Minuten später stand ich am Ortsrand von Oudewater. Ich hatte nämlich ein Personenauto angehalten, in dem zu meinem Entsetzen lauter hochrangige Militärs saßen.

»Was machst du hier? Papiere!«

Ich kramte hervor, was ich hatte, und wies mit der Hand: »Dorthin muss ich. Nach Oudewater ...«

»Maul halten. Einsteigen.«

Da saß ich, auf dem Rücksitz eng an eine schwarze Uniform gedrückt. Und diese Mütze darüber, noch nie hatte ich eine so hohe, steife Mütze gesehen ... Und wir rauschten davon. Auf direktem Weg in die Zelle. Doch es geschah, was ich zuallerletzt erwartet hätte. Bei der IJsselbrücke trat der Fahrer kräftig auf die Bremse. Tür auf. Und da stand ich.

Noorderkerkstraat. Arminiusplein. Unser Haus. Nicht der vertraute Farbenduft, sondern der mittlerweile vergessene Geruch nach Tabakextrakt. Die Tür ist angelehnt. Ich steige die Treppen hinauf. In der Küche steht meine Mutter. Oder besser: *stand* meine Mutter, denn es hat sie in voller Länge hingestreckt. Die Wohnzimmertür schwingt auf. Mein Vater mit der Pfeife zwischen den Zähnen. Er sieht meine Mutter. Er sieht mich. Und er muss sich am Türpfosten festhalten, eine Hand aufs Herz gedrückt.

Ich war zurück.

Zwischen Kommen und Gehen

Ich kam und zwei Wochen später ging ich. Die Erste meiner Familie, die mich zu Gesicht bekam, war meine Mutter. Sie fiel in Ohnmacht. Und auch die Letzte, eine meiner Schwestern, kippte um. Doch in ihrem Fall war mehr vonnöten als ein wenig Riechsalz, um sie wieder auf die Beine zu bekommen, denn sie schlug mit dem Hinterkopf auf den Heizkörper auf. Zwischen diesen beiden Vorfällen, zwischen Oudewater und Amersfoort, wo eben jene Schwester als Krankenschwester arbeitete, lagen vierzehn verwirrte Tage. Meine alte Umgebung hatte sich verändert und war dieselbe geblieben, ich hatte mich verändert und war derselbe geblieben, und meine Rückkehr war ein einziges großes Missverständnis zwischen diesen beiden.

Es hatte bereits mit dem Anblick der Stadt begonnen. Keine Trümmer, kein Rauch. Alles stand noch – als sei anderswo nichts geschehen. Und dann, als ich die IJsselbrücke überquert hatte, die Leute:

»Hey, bist du nicht Jan Montyn?«

»Ja.«

»Fährst du zur See?«

»Nun, ich komme gerade zurück ...«

»Oh, tschüss dann mal.«

Und der Nächste:

»Hey, Jan! Wie geht's deinem Vater?«

»Weiß ich nicht. Bin noch nicht zu Hause gewesen.« »Oh. Also, wenn du ihn siehst, grüß ihn von mir.« Als wüsste ich noch von wem!

Und dann. Meine Mutter, wieder bei Sinnen, noch etwas bleich auf dem Stuhl sitzend:

»Jan, bist du zurück ...«

Mein Vater machte hinter dem Stuhl eine etwas ungelenke Figur, war abgemagert und hatte eingefallene Wangen. Seine Pfeife steckte wie immer zwischen den Zähnen – leer, denn Tabak gab es nicht mehr:

»So, Junge.«

Im Hintergrund hielten meine Schwestern und der kleine Bruder verlegen Maulaffen feil. Jan war zurück.

Ich hatte dann die Reste aus der Margarinebüchse auf dem Tisch präsentiert. Butter. Wurst. Kaffee. *Echter* Kaffee. Und schweres deutsches Brot. Tabak. – Nie hatte ich meinen Vater durch irdische Gelüste so in Versuchung gesehen. Kaum hatte er die Päckchen entdeckt, da hatte er schon eines aufgerissen. Kaum hatte er mit verzücktem Blick daran gerochen, hatte er schon seine Pfeife gestopft. – Doch bevor die Streichhölzer gezückt wurden, hatte ich das Zimmer bereits verlassen, nach oben.

In meiner Kammer war es eiskalt. Ich setzte mich auf das abgezogene Bett. Nichts war verändert worden. Da hingen der schmale und der breite Weg. Daneben Fotografien, einst aus illustrierten Zeitschriften ausgeschnitten, vergilbt, verwittert. Flottenparade in Den Helder. Die deutsche Invasion in Polen: *Moderne Panzerfahrzeuge gegen Lanzenreiter.* Das war vor sechs Jahren gewesen. Damals war ich vierzehn. Jetzt war ich zwanzig. Ich stand auf. Kratzte die Eisblumen von der Fensterscheibe. Dort lag der Garten, öde, trostlos, die Erde hart gefroren und voll Reif. Es war Januar, auch hier. Was hatte ich denn erwartet?

Auf der Treppe erklangen Schritte. Mutter erschien in der Tür, aber sie setzte keinen Fuß über die Schwelle.

»Bist du zurück, Junge ...«

»Ja, aber ich muss wieder weg. Ich bin nur auf Fronturlaub.«

»Oh, Junge. Ich mache schnell Kaffee.«

Woraufhin sie wieder ging. Und ich erkannte plötzlich: Sie hatten Angst vor mir. Sie mieden meinen Blick. Sie sahen in meinen Augen, was ich gesehen hatte, und wussten nicht, wie sie sich verhalten sollten.

Unten begann ein Kessel zu pfeifen. Ich hatte mich wieder aufs Bett gesetzt. War wieder aufgestanden, hatte die Schranktür geöffnet. Eine Kiste mit Zinnsoldaten. Ich hatte mit meinem Atem die Eisblumen angehaucht, mit dem Ärmel das Kondenswasser weggewischt. Der Garten, ein anderer Garten als der aus meiner Erinnerung. Meine Kammer, die Kammer eines Anderen, von jemandem, den ich nicht mehr kannte. Man kann nicht zurück in der Zeit. Nach Hause zurück. – Von dort, wo ich herkam, gab es kein Zurück.

Alles hatte sich verändert und war dasselbe geblieben. Ich hatte mich verändert und war derselbe geblieben.

Geblieben waren die Surrogatdeckblätter in der Werkstatt. Geblieben war der Schrank mit der erbaulichen Lektüre. Während meiner Abwesenheit hatte sich sogar eine Kirchenspaltung vollzogen. Die Pfarrer Schilder und Greidanus. Irgendwas wegen Artikel 31, etwas ganz Wichtiges wegen der *Taufe* – während die Welt in Flammen stand. Geblieben war das Bibellesen. Und das unvermeidliche Gebet, danach:

»... Und wir danken Gott, dass er unseren Sohn Jan bewahrt hat vor bekannten und unbekannten Gefahren und ihn in unsere Mitte zurückbrachte ...«

Verändert hatten sich die Kriegsverhältnisse. Dass es um mehr ging als nur um Nahrungsmittelknappheit und ein paar Unannehmlichkeiten, merkte ich gleich am ersten Tag, eine halbe Stunde nach dem Mittagessen:

»Ich gehe gleich kurz zu Doktor van Praag«, kündigte ich an. Mein Kopfverband musste dringend gewechselt werden. Aber das war nicht so selbstverständlich, wie ich dachte.

»Du wirst zu einem Anderen gehen müssen«, sagte mein Vater, während er seine Pfeife stopfte. »Doktor van Praag darf nicht mehr praktizieren.«

»Warum nicht?«

»Man hat allen jüdischen Ärzten Berufsverbot erteilt.«

»Warum?«

»Ja, Junge, das weiß ich auch nicht. Eine Verordnung der Deutschen. Sie ist schon sehr lange in Kraft.«

Das mochte zwar so sein, aber ich hörte zum ersten Mal davon, und ich hatte absolut nicht vor, mich davon zurückhalten zu lassen. Doktor van Praag war schließlich seit jeher unser Familienarzt gewesen, er hatte mich früher immer in Schutz genommen, wenn ich Probleme mit meinen Eltern hatte. Wie oft war ich zu ihm gegangen, einfach nur um zu reden? – Außerdem hatte ich überhaupt keine Lust, mich einem Fremden anzuvertrauen.

»Mach, was du willst. Du bist kaum zu Hause und schon gibt es Ärger!«

Das Doktorhaus am Markt sah aus wie immer, nur das Schild neben der Eingangstür fehlte. Ich klingelte. Der Doktor machte selbst auf, nur einen Spalt breit. Ich sagte zur Sicherheit schnell meinen Namen, denn sonst würde vielleicht wieder jemand umkippen. Doktor van Praag war bis zu seinem Spitzbart grau geworden. Aber da waren die vertrauten Augen, die mich durch die kleine Brille anschauten:

»Jan, du bist es ...«

»Kann ich kurz reinkommen, Doktor? Sie müssten mal kurz nach mir schauen.«

»Das geht nicht, Jan. Ich darf meinen Beruf nicht mehr ausüben. Es ist sogar verboten, dass du hier hereinkommst.«

Erst nach langem Drängen führte er mich ins Sprechzimmer. Dort war noch alles so, wie ich es beim letzten Mal angetroffen hatte. Ich fragte ihn, was eigentlich los sei. Warum durfte er nicht mehr arbeiten? Er setzte sich hinter seinen Schreibtisch und jetzt fiel mir auf, wie sehr er gealtert war seit dem letzten Mal, als ich bei ihm gewesen war. Es kostete ihn sichtlich Mühe, die richtigen Worte zu finden.

»Es ist viel passiert, Jan. Die Juden hatten es in den letzten Jahren sehr schwer. Vor allem in den Großstädten. Die Familie Vos wurde letzten Sommer als letzte von den Deutschen geholt. Nur wir und die Familie Meyer sind noch da. Aber du musst doch etwas davon mitbekommen haben!«

Ich schüttelte den Kopf. Ich konnte mich allerdings daran erinnern, wie in den Wehrsportlagern und später in Mannheim einige Fanatiker wie über Kapitalisten und Bolschewisten auch über die Juden hergezogen waren. Doch ich hatte dem wenig Beachtung geschenkt, geschweige denn es mit Doktor van Praag oder der Familie Vos aus Oudewater in Verbindung gebracht.

»Aber warum denn?«

»Gott, Jan, das ist so schwer zu erklären. Lass uns besser nicht davon sprechen ...«

Wir schwiegen. Und mich beschlich ein unangenehmes Gefühl, ein Gefühl, das mich in den folgenden Tagen nicht loslassen sollte. Ich war Jan, derselbe Jan, den Doktor van Praag auf die Welt gebracht hatte. Aber gleichzeitig war ich ein Anderer, denn ich war gebrandmarkt durch die grüne Uniform der deutschen Marine. Doktor van Praag hatte sich erhoben:

»Nun lass mich mal schauen, denn wie ich sehe, bist du auch nicht mit heiler Haut davongekommen.«

Eine halbe Stunde später standen wir zusammen vor der Tür. Er hatte mir, während er mir an Kopf und Knie einen neuen Verband anlegte, erzählt, dass er nicht mehr auf die Straße durfte. Das war ja wohl die Höhe! Also wenn ich schon diese Uniform trug ... So gingen wir im letzten Licht eines Januartages nebeneinander durch die vertrauten Gassen und wurden abwechselnd begrüßt:

»Guten Tag, Doktor ...«

»Hey, Jan, lebst du noch?«

In den fast fünf Kriegsjahren hatte sich viel verändert, aber für ein paar Augenblicke, zehn Minuten lang, sonnte ich mich in der Illusion, dass noch alles beim Alten war.

Meine Rückkehr bestand aus lauter Gegensätzen. Für den einen war ich Jan aus Oudewater, für den Anderen war ich Jan in der deutschen Uniform. Ich saß im Garten vor der Laube. Die Wintersonne war fahl. Die Kaninchenställe und der Taubenverschlag waren leer, kein Schwein grunzte mehr. Nur ein paar Hühner scharrten noch herum. – Doch in der Luft hing ein sehr bekannter Geruch. Der Geruch nach Mist. *Eigenem* Mist.

Plötzlich kamen ganz außer Atem zwei Jungs aus dem Weidengebüsch angerannt, die ich noch von der Schule kannte. Als sie den Jan in der Uniform sahen, fuhren sie zurück. Dann erkannten sie den Jan aus Oudewater.

»Jan! Die Landwache ist hinter uns her!« Daraufhin versteckte der Jan aus Oudewater sie im Geräteschuppen und kurz darauf schickte der Jan in Uniform zwei Landwächter in die falsche Richtung.

Mein Vater lud ein paar Tage später einen gewissen Groen zu uns nach Hause ein. Er hatte etwas mit der ›Untergrundbewegung‹ zu tun – für mich ein neues Wort. Ob er einmal zum Reden vorbeikommen wolle. Wie sollte es mit Jan nun weitergehen? Dort stand Groen, hier stand ich. Der Jan in Uniform wurde mit Ekel betrachtet, der Jan aus Oudewater, den er von Kindesbeinen an kannte, bekam die Hand.

»Nun, da bist du also wieder. Wurdest du verletzt? Du machst aber auch Sachen, Montyn, du machst aber auch Sachen …«

Viel klüger war ich nicht geworden, als er sich etwa zwanzig Minuten später wieder verabschiedete:

»Nun, Montyn, wir sehen uns noch. Mach's gut, Jan. Du machst aber auch Sachen …«

Es stand wohl fest, dass man mir nach der Befreiung den Prozess machen würde, daran führe kein Weg vorbei. Ob ich wieder zurück müsse, wenn mein Fronturlaub vorbei sei, hatte mein Vater gefragt. Tja, das müsse ich wohl. Aber ich solle versprechen, nicht gegen die Engländer oder Amerikaner zu kämpfen.

»Denen helfen wir hier etwas. Wenn ihr nur im Osten die Kommunisten aufhaltet.«

Denn Rote Gefahr blieb Rote Gefahr.

Am nächsten Tag stattete ich der Familie des Schuhmachers in der Breestraat einen Besuch ab. Dort hatten sie inzwischen einen Brief erhalten. Ich erkannte Carstens' Unterschrift. Ihr Sohn sei einen Heldentod gestorben, hieß es. Ich wäre der Letzte gewesen, der dem widersprochen hätte.

»Hat er gelitten?«, fragte sein Vater vorsichtig.

»Nein, es war eine verirrte Kugel. Er war auf der Stelle tot.«

Und seine Mutter:

»Er hat doch wohl gebetet?«

»Jeden Sonntag gab es einen Gottesdienst. Nach dem Essen wurde gebetet.«

»Wie wurde er begraben?«

Darauf blieb ich die Antwort besser schuldig.

Gegensätze. Alles bestand aus Gegensätzen. Da war die Reaktion von Knier zum Beispiel, dem NSB-Mitglied, der mir beide Beine gebrochen hätte, wäre ich sein Sohn gewesen.

Zurückgehen? Ob ich denn nun vollkommen verrückt geworden sei.

»Mach dich aus dem Staub!« Aus dem Staub machen, ja sicher, aber wie und wohin? Das konnte mir niemand sagen.

Dann waren da die Jungs in meinem Alter. In ihren Augen hatte ich einiges von der Welt gesehen. Ich konnte bestimmt spannende Geschichten erzählen. Wo war ich gewesen? Auf welchem Schiff? Wie war ich verletzt worden? Stimmte es, dass die Tataren mit krummen Säbeln kämpften, und ritten die Kosaken wirklich noch auf kleinen Pferden?

Aber ich hatte keine spannenden Geschichten zu erzählen. Ich wusste nur von Angstschreien, Verletzungen, Hunger, Tod. Und das konnte ich nicht über die Lippen bringen.

Es waren Extreme. Jener Junge, der nur wenige Jahre älter war als ich und neben dem ich als Kind in der Kirche gesessen hatte:

»Es war schlimm, was?«

»Ja ...«

»Bestimmt schwer, darüber zu reden ...«

Und jener Bauernsohn, der bedauerte, dass er sich nicht *getraut* habe. Er habe gewollt, sich aber nicht getraut. Und bald sei alles vorbei! Aber ich müsse ganz bestimmt mal bei ihm vorbeischauen ...

Dort auf seinem Zimmer fand ich einen ganzen Trödelladen mit Kriegsutensilien vor. Abzeichen, Waffen, Uniformteile. Karten an den Wänden. Frontlinien mit Fähnchen markiert.

»Wo genau warst du nun?«

»In Kurland.«

»Ja, das hast du schon gesagt. Aber wo in Kurland?« Er fegte mit der Hand über eine Halbinsel, die ich zum ersten Mal ganz auf einer Landkarte sah.

»An der Front kennt man nur seinen eigenen Sektor. Ansonsten weiß man nichts.«

»Wer war euer Befehlshaber?«

»Was weiß ich. Wir wurden ihm nicht vorgestellt.«

Er wusste es! Er hörte deutsche und englische Radiosender. Er verfolgte alles mit Fähnchen. Und kurz darauf musste ich ihm auf den Dachboden folgen. Dort, verborgen unter dem Heu, stand ein komplettes Schnellfeuergewehr, Teil für Teil aus einem abgeschossenen englischen Bombenwerfer demontiert, Teil für Teil wieder zusammengesetzt. Er hatte es liebevoll vom Heu gesäubert und sich dahinter gesetzt, mit vor Erregung hochrotem Kopf:

»Taktaktaktaktak!«

Ich war so entsetzt, dass ich nicht einmal lachen konnte.

Am selben Abend die Stimme meiner Mutter, die im Wohnzimmer beim schwachen Licht einer einzigen Karbidlampe ihren Korb mit Flickwäsche auf dem Schoß hatte:

»Wie geht es deinem Freund, diesem Hein?«

Wir hatten gegessen, aus der Bibel gelesen und gebetet, der Abwasch war getan, wir hatten unseren Kaffee getrunken und Neuigkeiten ausgetauscht. Der und der hatte ein Magengeschwür. Jan Hendriks war auch beim Arbeitseinsatz in Deutschland. Beim Bauer Soundso hatte man die Schweinepest festgestellt. Maartje Wieauchimmer war letzten Sonntag nicht in der Kirche gewesen – ob sie wohl krank ist? *Wie geht es deinem Freund?* – Ich hatte den Blick abgewendet und meine Stimme klang in meinen eigenen Ohren falsch:

»Ich weiß es nicht. Aus den Augen verloren. Er war bei einer anderen Einheit …«

Was hätte ich denn sagen sollen? Tot? Kein ›Schuss nach Hause‹. Doch ein Lungenschuss. Schluss. Aus.

Dort und hier – zwei Welten, zwischen denen kein Kontakt möglich war. Und ich, ich war weder dort noch hier. Nachts lag ich in der Dachkammer, wo alles noch wie früher war. Ich lag mit weit aufgerissenen Augen da. Bis zum Morgengrauen war ich in einen Kampf gegen etwas verwickelt, das ich am allerwenigsten ertragen konnte: Stille.

Mich packte wieder die alte Unruhe. Nirgends hielt ich es länger als zehn Minuten aus. Ich nahm das Fahrrad, streunte wieder herum.

»Warum kannst du nicht ein Mal zu Hause bleiben?« – Meine Mutter.

»Bewegung. Gut für mein Bein.«

Ich besuchte Bekannte in Woerden, Gouda, Utrecht, nur

um unterwegs zu sein, wohin, tat nichts zur Sache. Ich radelte nach Zeist, wo meine Schwester und ihr Mann ein Zimmer hatten. Ich lehnte mein Rad an den Zaun, lief hintenherum durch den Garten, wie immer. Die Vorhänge des Wintergartens waren bis auf einen Spalt zugezogen. Die Hintertür war offen. – Und der Jan in Uniform trat ohne Klopfen ein.

»Verdammt«, tönte es im Halbdunkel. Und etwas bewegte sich energisch, etwas Glänzendes. – Aber gleich darauf eine Stimme:

»Halt! Es ist Jan aus Oudewater!«

Der Gegenstand, der schnell unter einem Kissen verschwand, war ein leichtes Maschinengewehr.

Ich konnte ein Dutzend junger Männer ausmachen, in meinem Alter und etwas älter. Sie musterten mich argwöhnisch.

»Alles okay. Das ist mein Schwager Jan. Der wird uns nicht verpfeifen. Das kann ich euch garantieren.« Und zu mir: »Wo kommst *du* denn her? Wir dachten, du wärst tot …«

»Ich war bei der Marine, an der Ostsee. Danach in Kurland, in den Laufgräben. Ich wurde verletzt.«

»Wie ist die Lage dort?«

»Ein Gemetzel …«

Mir wurde ein Stuhl angeboten, ich setzte mich und fühlte mich äußerst unbehaglich.

»Ja, du weißt, dass wir gegen die Deutschen sind …«

Ich nickte. Von meinem Schwager erfuhr ich, dass das hier Studenten waren. Sie waren untergetaucht und bereiteten Sabotageaktionen vor. Soesterberg, der Flugplatz. Sprengsätze. Sie setzten ihr Leben aufs Spiel. – Und ich saß dazwischen, in meiner grünen Uniform.

»Wie wurdest du verletzt?«

»In einen Granatsplitter gerannt.«

»Und dein Bein?«

»Auch ein Splitter.«

»Und was jetzt?«

»Ich muss wieder zurück. Mein Fronturlaub ist zu Ende.«

Ich stand auf. Gab jedem die Hand. Stand wieder draußen, bei der Hintertür. Und erneut jene Frage:

»Warum hast du dich freiwillig gemeldet?«

Ich zuckte mit den Schultern.

»Ich weiß es nicht. Jede Antwort klingt im Nachhinein lächerlich. So ist's nun mal gelaufen.«

Und einen Augenblick lang hatte ich bei meinem Schwager ein Zögern gespürt. Zieh diese Uniform aus! Geh nicht zurück! Aber er hatte geschwiegen. Und ich auch. Ohne mich umzuschauen war ich in den Garten gegangen. Ich gehörte nicht ins ruhige Oudewater und auch nicht in den halbdüsteren Raum, aus dem ich gerade kam. Ich war keiner von ihnen. Ich musste zurück. Weil es so gelaufen war.

Ein paar Stunden später irrte ich durch die Straßen von Amersfoort, wo eine meiner älteren Schwestern als Krankenschwester arbeitete. Von ihr nahm ich als Letztes Abschied. Auch sie hatte gedacht, ich sei tot: Fünf Klammern in ihrem Kopf, nachdem sie, als sie mich sah, auf dem Heizkörper gelandet war. Mein Fahrrad ließ ich bei ihr stehen. Das würde ich irgendwann einmal holen kommen. Wenn ich zurückkam. *Falls* ich zurückkam.

Jetzt ging ich durch die Straßen. Ziellos. Es wurde drei Uhr. Vier Uhr. Um fünf erkundigte ich mich nach dem Weg zum Bahnhof. Ich zeigte meine Papiere.

»Ich muss nach Klagenfurt.«

Es war ein Offizier der Luftwaffe. Er warf einen Blick auf die Binde um meinen Kopf und den Stock in meiner Hand. Und schließlich sah er sich meine Papiere an.

»Ja, da hättest du gestern sein sollen ...«

Er nahm mich mit in ein kleines Büro, setzte sich hinter den Schreibtisch und spannte ein Formular in die Schreibmaschine ein.

»Hätte dich die Feldgendarmerie aufgegriffen, hättest du die Kugel bekommen.«

Er händigte mir eine Bescheinigung aus, dass mein Urlaub um eine Woche verlängert worden sei, weil ich aus medizinischen Gründen nicht reisefähig gewesen sei.

»Warte ...«

Er verließ den Raum und kam wenige Minuten später mit einem in graues Papier gewickelten Päckchen zurück. Ob ich das seiner Frau geben könnte. Ich schaute auf die Adresse. Klagenfurt.

Am selben Abend noch saß ich in einem Zug. Der soundsovielte Transport. Soldaten und Zivilisten durcheinander. Bei jedem Halt wurde er voller. Aber es tauchten auch Taschen und Kisten auf. Aus denen kam Brot zum Vorschein, Wurst, Bier in Flaschen. Man tauschte, teilte. Man sprach, starrte, schlief an die Schultern eines Anderen gelehnt.

Bei Tagesanbruch ein hohes Heulen, donnerndes Maschinengewehrfeuer. Flugzeuge. Der Zug kam mit einem ohrenbetäubenden Quietschen zum Stillstand. Alle raus. Sie kommen zurück! Angstschreie, Heulen, Drängen. Schnell! – Alte wurden gestützt, Kinder durch offene Fenster gereicht. Und in Deckung, flach im Gras eines Schienendamms irgendwo mitten in Deutschland.

Und die Jagdbomber kamen zurück. Es waren die ersten Schüsse, die ich seit Kurland hörte. Zwei Wochen der Gegensätze gingen mit dem größten Gegensatz zu Ende. Ich holte tief Luft. Eine eisige Stille war über mich gekommen.

An der Oder

Warum war ich gegangen? Warum war ich wieder gegangen? – Diese Frage ging mir unterwegs nicht mehr aus dem Sinn. Ich erinnerte mich wortwörtlich an das, was Hein gesagt hatte, als ich ihm von meiner Angst erzählte, nach Deutschland zum Arbeitseinsatz zu müssen:

»Untertauchen? Im Spülbeckenschränkchen oder wie? Und ganz krumm wieder hervorkriechen. Mann, das ist doch nichts für *uns!*« – Und mein Schwager? Der war untergetaucht und er führte gleichzeitig Sabotageakte aus. Ich hatte gegrübelt, bis die ersten Salven verklungen waren, dann war für Fragen kein Platz mehr. Es ging wieder um Leben und Tod. Ich musste handeln, wieder den Reflexen folgen – und ich *hatte* wieder Reflexe. Dem einen brüllte ich zu, er solle Deckung suchen, den Anderen, der vor Schreck erstarrt war, schleifte ich in den Graben. Sie kamen ein zweites Mal. Die Waggons wurden durchsiebt. Sie kamen wieder. Dann kroch ich hervor.

»Die kommen nicht mehr.«

»Woher willst du das wissen?«

Ich zuckte mit den Achseln. Ich wusste es, ohne eine Erklärung parat zu haben. Dreimal, nicht viermal. – Und sie kamen nicht zurück. Die Lokomotive war unbeschädigt geblieben und wir konnten aus eigener Kraft weiter. Tote hatte es nicht gegeben, doch einige Verletzte. Wir trugen sie in den Zug. Und weiter ging es. Aus den Brusttaschen kam wieder der Notverband zum Vorschein. Man beruhigte sich gegenseitig. Keine Fragen mehr.

Wir kamen in Klagenfurt an, dem Sammelpunkt, von dem aus neue Kampfeinheiten formiert wurden. Man brachte uns zu einer Kaserne außerhalb der Stadt, wo wir auf dem Innenhof exerzieren mussten. Dort bot sich ein erschütterndes Bild: sechzehn-, siebzehnjährige Jungs in kurzen schwarzen Hosen. Hausväter mittleren Alters mit Bauch und gänzlich untrainiert, und dazu ein Sammelsurium aus mehr oder weniger regulären Wehrmachtseinheiten, in unserem Fall hauptsächlich der Luftwaffe und Marine. Aber dem einen fehlte ein Auge, der Andere trug eine Armschlinge oder musste sich wie ich mit einem Stock behelfen.

Da zuckelten wir jeweils zu viert über den schlammigen Exerzierplatz. Zweihundertzwanzig Mann, eine Kompanie. Nichts stimmte, nur die Anzahl.

Inmitten dieses Tiegels unterschiedlicher Altersgruppen, Uniformen und diverser Verletzungen gab es einen Jungen, der herausragte. Er war einen halben Kopf größer als der Rest, hatte breite Schultern und wunderlich hellblaue, verträumte Augen. Er hieß Willy. Obwohl wir in unterschiedliche Pelotons eingeteilt waren, schliefen wir im gleichen Saal. Und während die Anderen abends von zu Hause redeten, über Verlobte, Frauen, Kinder oder Eltern, und ich ein paar Pritschen weiter damit beschäftigt war, einen hellgrauen Papierbogen mit Holzkohle zu bearbeiten, las er ein Buch.

»Was zeichnest du?«

Ohne dass ich es bemerkt hatte, war er zu mir herübergekommen und schaute mir über die Schulter zu. Bis zu diesem

Moment hatten wir nicht mehr als ein paar Worte gewechselt. Ich wusste, wie er hieß und dass er trotz seiner Luftwaffenuniform noch nie in einem Cockpit gesessen hatte – er hatte in einem Büro Dienst getan.

»Das sind Jagdbomber, die durch die Wolken brechen. Das ist ein Zug auf dem Schienendamm. Das sollen Menschen sein – Menschen kann ich nicht so gut ...« Ich blätterte. Er fragte.

»Das sind Laufgräben. Ein Leichentransport auf einem Schlitten. Stacheldrahtabsperrungen. Das hier sind auch Leichen. Gefroren. Es herrschten dort nachts manchmal minus dreißig Grad.«

»Das sind ja seltsame Themen zum Zeichnen.«

»Was sollte ich sonst zeichnen?«

Ich fragte ihn, was er lese. Rilke, antwortete er. Ich wollte wissen, wovon es handle, aber das war wohl eine dumme Frage, denn Rilke war ein Dichter. Und eigentlich las Willy nicht wirklich, sondern lernte die Gedichte auswendig.

»Gedichte lesen«, erklärte er, »ist so schön wie Musik hören. Aber Gedichte auswendig können, die Verszeilen auf der Zunge schmecken, ist fast so schön, wie Musik machen.«

Er schrieb selbst auch Gedichte. Er war auf dem Gymnasium gewesen und hatte an der Universität studiert, bis er eingezogen worden war. Germanische Philologie – das hatte nichts mit Politik, sondern mit Sprache zu tun. Und ich? Was machte ich?

Ich zuckte mit den Schultern.

»Nichts.«

»Gar nichts?«

»Soldat.«

Mitte Februar, eine Woche nach unserer Ankunft, wurden wir nach Berlin verlegt. Wieder ein Zug, wieder das endlose Warten.

»Krieg heißt Warten.« Aber diesmal hatte ich einen Gesprächspartner, auch wenn das Gespräch im Dunkeln recht einseitig und nur unter den Protesten unserer dösenden Abteilgenossen verlief. Willy zündete ein Streichholz an, las ein paar Zeilen laut vor und ich wiederholte sie:

»Gib mir noch eine kleine Weile Zeit:
ich will die Dinge so wie keiner lieben.«

Die Zeilen erschienen mir in Anbetracht unserer Lage alles andere als passend, aber Willy fand das nicht. Ihm zufolge handelte Poesie von der Sehnsucht und nicht von der Erfüllung.

»Wenn es keine Sehnsucht mehr gibt, kann man auch ebenso gut tot sein.«

»Überleben«, sagte ich, »ist meine einzige Sehnsucht.«

»Aber *warum* überleben?«

»Um nicht tot zu sein.«

Daraufhin wurde uns zugeraunt, wir mögen doch jetzt still sein.

Leben und Tod. In der folgenden Nacht sollten wir damit konfrontiert werden. Vor allem mit dem Tod.

Wir standen auf einem Rangierbahnhof bei Dresden. Luftalarm. Stöhnend und fluchend erhoben wir uns. *Schon wieder* Luftalarm. Das Gelände war nicht überdacht, es blieb uns nichts anderes übrig, als unter die Waggons zu kriechen. Wir lagen zwischen Bahnschwellen und Kieseln. Und warteten.

Noch lag da eine Stadt, eine Stadt mit der prächtigen Silhouette vieler Türme. Aber in der Ferne näherte sich ein Brummen, ein Brummen, das Unheil verkündend anschwoll. Sie kamen. Kaum hatte das eine Bombergeschwader ungehindert von irgendwelchen Luftabwehrgeschützen seine vernichtende Ladung fallen gelassen, da flog schon das nächste donnernd über uns hinweg. Erst eine Sturzflut schwerer Sprengbomben, Welle für Welle. Es wetterleuchtete. Trockene, alles zerreißende Explosionen, manchmal so kurz nacheinander, dass es schien, als vereinigten sie sich zu einem einzigen, von allen Seiten kommenden Beben. Die Erde wankte. Über uns schwankten die Waggons auf den Gleisen. Etwas weiter wurden ganze Häuserblocks in die Höhe gehoben, um einige Meter versetzt in einer riesigen Kalkwolke langsam in sich zusammenzustürzen.

Aber es war noch nicht vorbei. Neue Geschwader folgten mit neuer Ladung. Brandbomben. Fontänen brennenden Phosphors erhoben sich über den Ruinen in bizarren, christbaumartigen Formen. Die Stadt hatte sich vom einen Moment auf den anderen in eine flimmernde Hölle aus Rauch und Flammen verwandelt. Über Straßenlängen glühte und prasselte es hinter den Fenstern, deren Scheiben gesprungen waren.

Und noch immer war es nicht genug. Weitere Formationen kamen mit brüllenden Motoren, hoch pfeifend, wenn die Ladung abgeworfen war. Bombenteppich folgte auf Bombenteppich, noch ehe der vorige niedergegangen war, hell erleuchtet von den sanft fallenden Feuerbaken und den Flammen auf dem Grund. Das Feuer entzog der Luft allen Sauerstoff. Es erhob sich ein Sturm. Bäume knickten um, die Wipfel rollten dem Ofen entgegen.

Obwohl wir etwa einen halben Kilometer vom Stadtrand entfernt lagen, mussten wir ab und zu nach Luft ringen. Die Glut war so versengend, dass wir Augen und Haut bedecken mussten. Wir lagen da, so gelähmt durch den Anblick des alles vernichtenden Flammenmeeres, dass in unseren Gedanken nicht einmal Raum für die Tatsache blieb, dass wir uns ungeschützt auf einem offenen Rangierbahnhof, einem besonderen Angriffsziel, befanden. – Es schien Stunden zu dauern, und vielleicht stimmte das. Endlich blieb es in der Höhe still. Die Bomber hatten ihr Werk vollbracht. Entwarnungssirenen heulten. Dresden war vor unseren Augen zerstört worden.

Erst Stunden später konnte man sich dem Rand des Vulkans nähern. Befehle ertönten. Zögernd näherten wir uns.

Die Bürgerwehr dirigierte uns in Gruppen zu den unterschiedlichen Orten. Wieder kamen die Stadtpläne zum Vorschein, auf dem die Schutzbunker eingezeichnet waren. Wo aber war was? Der Schutt war an manchen Stellen zwei, drei Stockwerke hoch. – Und trotzdem machten wir uns Seite an Seite an die Arbeit, mit Schaufeln, Pickeln und bloßen Händen, die Gesichter mit nassen Tüchern geschützt. Die Turbulenzen waren so heftig, dass das Feuer manchmal wörtlich um die Ecke kam. Die Luft brannte. Steine brannten. Alles brannte. Und – unvorstellbar – da liefen Menschen herum, verstört, mit Brandwunden übersät, in einer Stadt, in der nichts mehr wiederzuerkennen war.

Wir wühlten uns durch eine Schuttschicht zur nächsten. Stunden zählten nicht, Ermüdung zählte nicht. Wir schufteten, um nur nicht sehen, nur nicht fühlen, nur nicht denken zu müssen.

Unter den Ruinen fanden wir kein Leben mehr. Die Schutzbunker waren zu Schmelzöfen geworden, denen aller Sauerstoff vom Flammenmeer entzogen worden war. Sie waren völlig überfüllt gewesen. Alte, Frauen, Kinder. Unermesslich viele Kinder. Wir konnten nichts anderes tun, als sie ins Freie zu tragen und in endlosen Reihen nebeneinander zu legen, damit man sie identifizieren konnte. Das war es, was wir mit Händen taten, aus denen jedes Gefühl gewichen war.

Aber erneut begannen die Alarmsirenen zu heulen. Erneut näherte sich von oben das Donnern. Und wieder kamen Bomben nieder. Detonationen. Weit weg und in der Nähe.

Wir machten weiter. Wir waren sogar zu zermürbt, um noch Deckung zu suchen.

Die Stadt mit den vielen Türmen hatte sich innerhalb eines Tages in ein Massengrab verwandelt. Der Tod war so allgegenwärtig, dass das Leben, jenes ratlose Tun der versengten Hilfstruppen inmitten von Rauch und Schutt, geisterhaft wirkte. Auf Plätzen, freien Stellen, die von Gebäudeskeletten umringt waren, errichtete man auf Gleisgittern Scheiterhaufen, damit keine Seuchen ausbrechen oder Ratten angezogen würden. Es war unmöglich, die Toten zu begraben, es waren zu viele. Wie viele – in einer Stadt, die von Flüchtlingen überschwemmt gewesen war –, würde niemand jemals auch nur annähernd in Erfahrung bringen. Niemand konnte sagen, wie viele in die Elbe gesprungen waren, um den Flammen zu entkommen, Menschen, die nicht schwimmen konnten, die zu verletzt waren, Mütter mit Kindern in den Armen, niemand konnte sagen, wie viele noch im Sterben lagen, entstellt, verbrannt vom schrecklichen Phosphor, der, immer wenn man meinte, ihn gelöscht zu haben, sofort wieder entflammte und sich durch alles hindurchfraß, wenn er mit Sauerstoff in Berührung kam. Niemand konnte sagen, wie viele noch unter den Trümmern verschüttet waren.

Es war Nacht. Es wurde hell. Es wurde Abend. Ein neuer Tag. Eine Nacht. Und noch ein Tag. – Dreimal vierundzwanzig Stunden. Dann kehrten wir zum Bahngelände zurück. Die Stadt, der wir den Rücken kehrten, brannte noch immer. Aber dort – welch unwirklicher Anblick! – stand unser Zug. Unbeschädigt. Wir krochen hinein. Da lagen unsere Sachen, genau an der Stelle, an der wir sie zurückgelassen hatten. Mein Rucksack, der von Willy. Darauf ein geöffnetes Bändchen mit Gedichten:

Gib mir noch eine kleine Weile Zeit …

Wir saßen, starrten entgeistert ins Leere, zu müde zum Schlafen. Signale klappten, Weichen quietschten, eine Dampfpfeife ertönte. Für uns ging alles weiter. Aber was auch passieren sollte, für niemanden würde das Leben wie früher sein.

Nördlich von Berlin wurden wir auf Lastwagen umgeladen und weiter nach Mecklenburg zu den Stellungen an der Oder geschafft. Dort rief eine vertraute Stimme meinen Namen. Es war Carstens. Wie sich herausstellte, war auch er kurz nach mir verwundet aus Kurland abtransportiert worden. Verwaltungstechnisch gehörten wir noch immer zur selben Einheit, auch wenn die ursprüngliche Kompanie auf drei Mann dezimiert worden war: Nur noch zwei Andere waren den Laufgräben entkommen. Carstens war immer noch mein Kompaniekommandant. Das Chaos konnte noch so groß sein, die Bürokratie funktionierte mit unverminderter Genauigkeit. Doch Carstens hatte sich verändert.

Zwar trug er noch stets jene wunderliche Zusammenstellung verschiedener Uniformteile, rauchte noch immer eine Zigarette nach der anderen – aber seine frühere Unerschütterlichkeit war verschwunden. Nachdem er den erbärmlichen Haufen, der ihm zugeteilt worden war, gemustert hatte, meinte er, ihm werde nun seit dem Rückzug aus Russland zum fünften Mal innerhalb von anderthalb Jahren der Befehl über eine nahezu vollkommen neue Einheit erteilt. Er musste also etwa tausend Mann überlebt haben – tausend Männer, für die er sich verantwortlich gefühlt hatte. Einige Tage später erwähnte er, er habe in Hamburg seine Eltern nicht mehr finden können. Die gesamte Straße war ausgebombt.

Er hatte sich verändert – wie auch ich. Er hatte etwas nicht mehr gefunden, weil es weggefegt worden war, ich hatte etwas nicht gefunden, weil es in keiner Hinsicht dem Bild entsprach, das ich mir davon gemacht hatte. Oudewater, der Garten, die Geborgenheit und Enge in der Familie: Ich war zurückgekehrt, Oudewater gehörte wieder der Vergangenheit an. Ich war wieder ganz und gar mir selbst überlassen. Aber ich klammerte mich mit noch größerer Verbissenheit ans Leben. Überleben um des Überlebens willen, ohne eine Vorstellung von der Zukunft zu haben. Auch an der Oder waren wir, eingegraben hinter dem Deich des stark angeschwollenen Flusses, an vorderster Front, doch das war auch schon alles, was an Kurland erinnerte. Die Stellungen, die man in einem früheren Kriegsstadium errichtet hatte, waren weniger primitiv. Das Gelände war offen und flach, der Fluss vor uns vielleicht einen Kilometer breit und voller Inseln. Die Weide war von einem grünen Flaum überzogen. Es wurde Frühling.

Die Russen lagen auf der anderen Uferseite. Obwohl sie über weite Strecken hinter einem dunstigen Schleier verborgen waren, gab es an ihrer Anwesenheit keinen Zweifel – ebenso wenig wie an der Tatsache, dass sie Vorkehrungen für die Überquerung des Flusses trafen.

Sie waren uns an Truppenstärke und Bewaffnung weit überlegen, und wären sie über unseren desolaten Zustand im

Bilde gewesen, hätten sie wahrscheinlich keine Minute gezögert, uns anzugreifen. Sie verfügten über Stalinorgeln, automatische Schnellfeuergeschütze mit außergewöhnlich hoher Vernichtungskraft. Wer in ihre Feuerlinie kam, war weg vom Fenster. Das Feuer traf einen mit der Geschwindigkeit einer Sturzflut, keinen Quadratmeter ließen sie aus. Daneben hatten sie besonders schwere Artillerie. Granaten vom Kaliber einer Bombe. Wenn eine davon donnernd wie ein Zug herüberkam, wusste man, dass stundenlanger Beschuss bevorstand. Sie wurden ziellos abgefeuert, dafür aber mit der tödlichen Regelmäßigkeit einer Uhr. Jede halbe Minute eine, auf die Sekunde genau. Ein tropfender Hahn, allerdings mit Wassertropfen, die Krater schlugen, so groß, dass man darin ein Haus bauen konnte. Hatte man einen solchen Angriff körperlich überlebt, waren jedenfalls die Nervenstränge zerschossen – und genau das war ihre Absicht. Alle dreißig Sekunden. Hundertzwanzig Einschläge pro Stunde auf einer Frontlinie von einigen Kilometern Breite. Man fühlte das erneute Nahen der Granate, aber wo sie einschlagen würde, ließ sich nicht vorhersagen, auch nicht anhand des betäubenden Lärms. Jede halbe Minute konnte der letzte Augenblick sein, jede halbe Minute von neuem. Wenn nach einigen Stunden das Donnern endlich verstummte, hallte es noch in den Ohren nach. Man hielt den Atem an, alle dreißig Sekunden, während das Herz raste. – Und am nächsten Tag wieder. Dann allerdings nicht alle dreißig, sondern alle fünfundzwanzig Sekunden … Vier Stunden da – zwei Stunden weg. Hier war es nicht die russische Kälte, hier war es die russische Feuerkraft. Die Verluste waren dadurch nicht geringer. Es war eine Frage des Wartens und Überlebens, jeden Tag, jede Stunde, jeden Augenblick, ob man nun gerade die Stellungen ausbesserte, die innerhalb weniger Tage doch wieder kaputtgeschossen wurden, ob man Wache schob oder angestrengt horchend in einer Kasematte lag.

Wie wir von Carstens hörten, der im Besitz eines Radios war, brach die Westfront zusammen. Eines Tages meldete er, die Amerikaner hätten den Rhein überquert. Sie seien in Koblenz, Worms, Darmstadt, seien bis Frankfurt vorgestoßen. Von diesem Augenblick an kämpften wir gegen die Zeit. Unser einziges Bestreben war, nicht in russische Kriegsgefangenschaft zu geraten. Es ging ausschließlich noch darum, sie aufzuhalten, bis die Engländer und Amerikaner auftauchten. Inoffiziell gab es keine andere Parole, und es kursierte sogar das Gerücht, dass wir uns nach einer einseitigen deutschen Kapitulation den Alliierten anschließen und dann gemeinsam gegen die Russen kämpfen würden. Aber die Zukunft zählt nicht, wenn einem der Tod auf den Fersen sitzt. Nur das Überleben zählt. Jeden Tag. Jede Stunde.

Der Fluss war hier das Niemandsland. Hier gab es keine Stacheldrahtabsperrungen und Minen, das Schachspiel zu beiden Seiten fand auf den Inseln statt. Sie wurden von beiden Seiten erobert und geräumt, manchmal schon nach einigen Stunden, manchmal am nächsten Tag.

Eines Nachts mussten wir mit zwei Pelotons zu fünfzig Mann eine solche Insel besetzen, ein paar hundert Meter von unserer Uferseite entfernt. Dort sollte am nächsten Tag ein Artilleriebeobachtungsposten errichtet werden.

In Schlauchbooten ruderten wir so leise wir konnten hinüber. Es war totenstill, stockdunkel, lediglich das Plätschern des Wassers war zu hören. Die Ruhe war erdrückend, aber nur von kurzer Dauer. Wir waren noch nicht richtig an Land, da brach schon die Hölle über uns herein. Lichtkugeln, die vom anderen Ufer abgefeuert wurden, ließen es taghell werden. Wir saßen in der Falle, die Insel war voller Russen. Sie hatten uns in aller Ruhe übersetzen lassen – es schien fast eine abgekartete Sache zu sein. Ein abscheuliches Gemetzel folgte. Gewaltiger Kugelregen, Handgranaten, Maschinengewehrhagel – wir liefen genau hinein und wurden niedergemäht. Das Gras färbte sich rot vom Blut.

Nur eine Hand voll konnte rennend und in wilder, deckungsloser Panik das andere Ende der Insel erreichen, wo wir im Alarmfall abgeholt werden sollten. Im Dunkel tauchte ein Schlauchboot auf. Wir ruderten wie besessen, das leck geschossene Boot verlor Luft, an allen Seiten schlugen Kugeln ins Wasser. Doch wir schafften es und konnten das Ufer erreichen. Wir wateten durch das Schilf. Und als wir am Fuß des Deichs angekommen waren, ging über uns noch Sperrfeuer nieder. Auf Händen und Füßen krochen wir unter dröhnenden und hell aufleuchtenden Explosionen hinauf. Schließlich saßen wir im Kommandobunker. Zu neunt, durchnässt, am ganzen Körper zitternd. Einige merkten erst jetzt, dass sie verletzt waren. Voller Entsetzen schauten sie auf das Blut, das an ihren Fingern klebte, auf die durchtränkten Flecken auf ihrer Uniform.

Es war unnötig, Bericht zu erstatten. Carstens hatte alles mit bloßem Auge verfolgt, ohne uns helfen oder unseren Rückzug decken zu können. Er machte der Führung Meldung, die viele Kilometer landeinwärts über eine Stabskarte gebeugt den Befehl zu diesem Manöver erteilt hatte. Er legte den Hörer des Feldtelefons auf die Gabel und meinte:

»Wahnsinn …«

Am nächsten Tag kehrten wir zurück. Die Russen hatten die kleine Insel mittlerweile geräumt. Ihre Artillerie schwieg. Wir fanden mehr als achtzig Tote. Es waren die Jungen der Hitlerjugend, die Hausväter. Das Entsetzen war ihnen ins erstarrte Gesicht geschrieben. Wir brachten sie an Land, sie sollten hinter der Front begraben werden. Ein Dutzend etwa wurde vermisst. Vielleicht waren sie von den Russen gefangen genommen worden, wahrscheinlich aber hatte sie der Fluss mit sich genommen. Einer von ihnen tauchte am selben Tag noch auf, viele Kilometer stromabwärts. Es war der Junge, der ›der Dichter‹ genannt wurde, doch Willy hieß. Er hatte schwimmend entkommen können, hatte sich eine halbe Nacht lang mit dem Strom treiben lassen und war bei Tagesanbruch nackt bis auf die Unterhose noch fast von den eigenen Leuten abgeknallt worden.

Aber in dieser Nacht fing Willy zu husten an. Am nächsten Tag hatte er hohes Fieber. Und zwei Tage später war er tot. Über Carstens erhielt ich ein zusammengefaltetes Stück Papier. Es handelte sich um eine aus einem Gedichtband gerissene Seite. Zwei Zeilen waren unterstrichen:

Und meine Hände, die blutig sind
vom Graben, heb ich offen in den Wind …

Und am Rand stand handschriftlich: ›Dresden, 13./14. Februar 1945‹, und unten auf der Seite: ›Von Willy, für Jan.‹ Ich wendete das Papier immer wieder. Ich war beschämt.

Wir hatten nach jenem Vorabend im Zug vor mehr als sechs Wochen kaum miteinander gesprochen. Ich war auf mich selbst angewiesen und hatte Willy gemieden. Meine Kumpel kannte ich kaum mit Namen. Keine Freundschaften mehr. Wer nichts hat, kann nichts verlieren.

Fast täglich gingen wir in rasend schnellen Booten auf dem Fluss auf Erkundungspatrouille. Manchmal zu mehreren, manchmal einer allein. Wir sollten dann auf einer Insel, die möglichst nah am anderen Ufer lag, an Land gehen und mit einem starken Fernglas die Truppenbewegungen auf der anderen Seite beobachten. Man wusste, dass die Russen Vorbereitungen zur Überquerung trafen, jedoch nicht, an welcher Stelle genau der Durchbruch erfolgen würde. Manchmal wurden wir auf dem Wasser mit Mörsern beschossen. Vermutlich schossen sie nur, um die Zeit totzuschlagen, denn es war fast unmöglich, diese überaus wendigen Boote zu treffen. Doch meistens blieb es bei einer solchen Erkundungsfahrt ruhig, auch wenn man sich sicher sein konnte, dass man von beiden Seiten scharf im Auge behalten wurde. Die Fahrten vermittelten ein seltsames Gefühl: allein inmitten des treibenden Grüns der Inseln, auf diesem breiten, träge strömenden Fluss. Die Sonne brach durch, Wasservögel schnatterten – für das bloße Auge wies nichts darauf hin, dass die Ufer die vorderste Linie und das Wasser die Front waren.

Wie oft hatte ich einen solchen Auftrag schon ausgeführt, ohne dass etwas passiert war?

Ich hatte das Boot mit Schilf und Gras getarnt, war an Land gegangen – auf der anderen Seite der Insel musste ein russischer Soldat in genau demselben Augenblick dasselbe getan haben. Ich war mit dem Gewehr auf dem Rücken und dem Feldstecher auf der Brust durch das hohe Gras hinaufgekrochen. So wie er auch. Ich schaute vorsichtig über den höchsten Punkt – er auch. Wir schauten einander direkt in die Augen, nicht mehr als zehn Meter voneinander entfernt. Er dort, ich hier. Er mit seiner Waffe, ich mit meiner. Und beide tauchten wir weg. Ich ließ mich den Abhang hinunterrollen, warf mich hinter einen Strauch. Er oder ich.

Ich drückte mich flach auf den Boden. Eine Kugel jagte haarscharf über mich hinweg. Er wusste, wo ich war. Aber er hatte nicht getroffen und jetzt wusste auch ich, wo er sich befand.

Wir krochen durch das Schilf, verschanzten uns hinter Büschen, warteten darauf, dass sich der Andere verraten würde, richteten uns vorsichtig auf, sahen den Anderen oder sahen etwas von ihm und schossen. Ich schoss und verfehlte ihn. Er schoss und verfehlte mich. Und wir nahmen wieder neue Positionen ein.

Es dauerte eine viertel, eine halbe Stunde. Ich hatte ihn mittlerweile sicherlich dreimal im Visier gehabt. Aber meine Hände hatten so gezittert, dass ich nicht richtig hatte zielen können.

Nach ungefähr einer Stunde begab ich mich in einem weiten Bogen ans andere Ende der Insel und kroch auf eine Anhöhe. Da erblickte ich ihn. Er vermutete mich auf der anderen Seite, ich sah ihn im Profil. Ich legte an – er sah mich. Auch er legte an, aber ich schoss zuerst, und diesmal durften meine Hände nicht zittern. Er zuckte zusammen. Dann sah ich ihn nicht mehr. Ich wartete. Es blieb still. Ich stand auf, näherte mich ihm. Er lag regungslos auf dem Bauch. Ich schleppte ihn zu seinem Boot, warum, wusste ich nicht. Ich kehrte zu meinem zurück. Der Motor sprang sofort an.

Die lange Flucht

Das Warten dauerte genau zwei Monate. Am frühen Morgen des zwanzigsten April überquerten die Russen nach einem kurzen, jedoch vernichtenden Bombardement die Oder. Wir konnten ihre Landungsfahrzeuge in einer Entfernung von etwa fünf Kilometern zu unserer Rechten und Linken mit bloßem Auge erkennen. Der Zug war endlos. Auf großen Widerstand schienen sie nicht zu stoßen, denn innerhalb weniger Stunden gelang es ihnen, Brückenköpfe zu errichten. Es konnte nicht mehr lange dauern und die Ufer würden durch Pontonbrücken verbunden sein. Und dann konnten die russischen Truppen ungehindert operieren. Unsere eigene Lage wurde mit jeder Stunde prekärer.

Es schien, als habe man uns vergessen. Carstens hing unablässig am Feldtelefon. Wenn wir auf derselben Position blieben, würden uns die Russen einschließen. Wie schon zuvor die Truppen neben uns erhielten wir jedoch schließlich die Genehmigung zum Rückzug. Wir sollten – so lautete der Befehl – in der zweiten Linie Position einnehmen. Was das genau hieß, war unklar. Jene zweite Linie bestand wahrscheinlich nur auf den Karten des Generalstabs. Wir zogen durch das offene Feld und fanden nichts als zerbombte Fahrzeuge, verlassene Bunker und Kasematten. Bei einem Dorf etwa zehn Kilometer vom Fluss entfernt machten wir Halt. Diese Entfernung sollte ich an diesem Tag dreimal zurücklegen, denn ich bekam von Carstens die Order, beim rechten Brückenkopf auf Erkundung zu gehen. Mein Knie bereitete mir nach zwei Monaten relativer Ruhe keine Probleme mehr und mit den Erfahrungen von zwei Wehrsportlagern musste es mir gelingen. Doch ich ging allein – und unbewaffnet sowie mit dem festen Vorsatz, mich beim geringsten Zwischenfall zu ergeben. Ich bekam fünf Stunden Zeit.

So rannte ich gebückt durch die Gräben, jagte durch Wälder, kroch auf dem Bauch durchs Gras. Ein paar Mal rauschten russische Kolonnen direkt an mir vorbei, doch sie bemerkten mich nicht. Es gelang mir schließlich, mich dem Brückenkopf bis auf einige hundert Meter zu nähern. Auf dem höchsten Punkt eines Abhangs machte ich verborgen durch einige Sträucher eine Lageskizze. Die Russen waren dabei, sich einzugraben und Zelte zu errichten, dort standen leichte Artillerie sowie Panzerwagen und über die Pontonbrücke ratterte ein endloser Zug Pferdewagen: ihre Nachschublinie. Ich überschlug die Truppenstärke und machte mich dann wieder so schnell wie möglich auf den Rückweg.

Als ich am späten Nachmittag ins Dorf zurückkam, war die Evakuierung bereits in vollem Gang. Feldküchen und das Lazarett wurden abgebrochen, Zivilisten luden ihre Habseligkeiten auf Karren. Alle rannten durcheinander. Ich erstattete Bericht, Carstens gab meine Beobachtungen per Telefon weiter. Ihm zufolge wiesen sie darauf hin, dass die Russen noch am selben Abend einen Gürtel zwischen die beiden Brückenköpfe legen würden. – Und wir waren noch immer mittendrin.

Gegen sechs Uhr wurden wir – geschützt von ein paar Sandsäcken und bewaffnet mit einem Maschinengewehr, drei Gewehren und einem Nachtfeldstecher – an der Einfallstraße des Dorfs postiert. Der Befehl lautete: Stellung bis neun Uhr halten, dann würde auf der anderen Seite des Dorfes ein Motorrad mit Seitenwagen erscheinen und uns abholen. Die Anderen bekämen in der Zwischenzeit Gelegenheit, sich so weit wie möglich zu entfernen. *Wir* waren zu dritt, ein etwa dreiundzwanzigjähriger Däne von der Marine, ein Junge von der Hitlerjugend, wahrscheinlich nicht älter als fünfzehn, und ich. Drei Mann, ein Maschinengewehr. Da standen wir in Todesangst und spähten über die Landschaft. Links offenes Feld. Dann der Weg, Schotter, eine Biegung zwischen den Hügeln. Rechts schräg abfallender Wald.

Anderthalb Stunden lang passierte nichts. – Dann kamen die Russen. Es schien eine ganze Armee zu sein, die da im Halbdunkel am Waldrand entlangmarschierte. Hunderte und Aberhunderte, doch still, schweigend. Nichts war zu hören als das tausendfache Rascheln und Peitschen von Blättern und Ästen sowie das Stampfen von Stiefeln. Wir warfen auf gut Glück Handgranaten, schossen ins Blaue hinein mit allem, was schießen konnte, um den Anschein zu erwecken, die Verteidigung des Dorfes bestünde aus mehr als einem leichten Maschinengewehr, zwei Matrosen und einem Schüler in kurzen Hosen. Es war eigentlich undenkbar, dass sich die Russen davon täuschen ließen, aber sie zogen sich sofort in den Wald zurück. Zu Gesicht bekamen wir sie nicht mehr, aber sie feuerten. Zuerst ein paar Mal daneben, dann ein Volltreffer. Ich wurde mit Feldstecher und allem zu Boden gerissen. Betäubt richtete ich mich auf. Ich war unverletzt. Die Granate musste genau zwischen meinen beiden Kumpanen eingeschlagen haben. Vom Maschinengewehr war nur noch ein Haufen Schrott übrig. Benommen blieb ich sitzen. Es war plötzlich ganz still. Und es begann dunkel zu werden.

Um halb neun hielt ich es nicht mehr aus. Ich rannte durch das verlassene Dorf zum vereinbarten Ort. Da stand der Motorradfahrer. Er stellte keine Fragen. Mit Vollgas stoben wir davon und in weniger als einer halben Stunde hatten wir die Anderen eingeholt. Und weiter ging es zu Fuß, die ganze Nacht hindurch.

So begann unser Rückzug in westliche Richtung. Zur Elbe. Zu den Amerikanern.

Es war höchst seltsam: Während wir gerade noch an der Frontlinie gelegen hatten, gehörten wir nun zur hintersten Linie. Wir flohen. ›Verzögerter Angriff‹ hieß das offiziell. Russische Panzer und Infanteristen waren uns Tag und Nacht auf den Fersen. Mal waren sie einige Kilometer entfernt, dann wieder nur einige hundert Meter. Uns war befohlen worden, ihren Vorstoß zu verlangsamen, indem wir ständig mit ihnen auf Tuchfühlung blieben. Doch das hätten wir sowieso getan, denn es war unsere einzige Chance, wollten wir ihnen nicht in die Hände fallen. Unserer Flucht waren außerdem gewisse Grenzen gesetzt: So schnell wie wir konnten, aber auch nicht zu schnell.

Wer zu große Eile hatte, lief Gefahr, auf eine Patrouille der Feldgendarmerie zu stoßen. Noch immer war jene verhängnisvolle Demarkationslinie in Kraft, und wer sie übertrat, galt als Deserteur. Und was dann mit einem passierte, konnten wir an den Erhängten in den Bäumen sehen. – Vor uns die Feldgendarmerie, hinter uns die Russen.

Manchmal kamen sie uns so nahe, dass wir sie sehen oder das Rattern ihrer Raupenketten hören konnten. Dann feuerten wir mit unseren leichten Mörsern etwas in die Luft oder warfen ein paar Handgranaten. Meistens kam ihre Kolonne dann für einen Augenblick zum Stillstand. Sie schickten Aufklärer los, und wenn diese zurückkehrten und Entwarnung gaben, war wieder eine halbe Stunde gewonnen – eine halbe Stunde, in der wir uns weiter von ihnen entfernen konnten. Nur in Ausnahmefällen gruben wir uns ein, doch zu einer direkten Konfrontation kam es nur selten. In diesen letzten Tagen wollte niemand mehr sein Leben riskieren. Und das galt für beide Seiten.

Trotzdem wurden wir in diesen letzten Zuckungen des Krieges noch einmal gnadenlos mit dem Grauen und dem Absurden der Gewalt konfrontiert.

Jeden Tag fielen auf unserer Seite Soldaten, wie geschickt Carstens uns auch durch das Schlachtgetümmel führte. Wir befanden uns in einem Hexenkessel aus Beschießungen und Bombardements, vor denen wir aus Angst, die Russen könnten uns einholen, nicht einmal in Deckung gingen. Unsere

Einheit wurde mit jedem Tag kleiner. Manche traten auf eine Mine, Andere konnten schlichtweg nicht mehr Schritt halten. Sechzigjährige übermannten Erschöpfung, Schlaf und Hunger. Es war gar keine Frage des Zurücklassens; wenn wir einen Augenblick Halt machten, um uns neu zu gruppieren oder wieder zu Atem zu kommen, waren sie einfach nicht mehr da. Wahrscheinlich liefen manche auch über. Wir konnten es ihnen nicht einmal verübeln. Es ging ums nackte Überleben, jeder für sich, ganz gleich wie …

Das Grauen und das Absurde. Auf Plünderung stand offiziell die Todesstrafe. Aber man kam nur an Essen, wenn man es sich nahm. Straßen und Wege wurden von der Feldgendarmerie kontrolliert. Dort wand sich ein unvorstellbarer Flüchtlingsstrom – es mussten Hunderttausende sein – auf Bauernkarren, Fahrrädern, zu Fuß mit riesigen Bündeln auf dem Rücken, mit schwer beladenen Kinderwagen, oder sie lagen ausgelaugt im Graben, mit leeren Augen, wartend auf das, was kommen sollte, umringt von Besitztümern, deren Transport ihnen die letzten Kräfte geraubt hatte. Wir zogen querfeldein. Die meisten Höfe, an denen wir vorbeikamen, waren verlassen. Manchmal so kurze Zeit zuvor, dass die Töpfe auf dem Herd noch warm waren. Dann mussten wir das Feuer nur schüren. Ein paar hastige Bissen – und weiter ging es.

Wir stießen auf einen großen Herrenhof. Einige von uns verschwanden im Vorratskeller, ich warf mit ein paar Anderen einen Blick ins Schlafzimmer. Wir waren völlig verdreckt und durchlaust. Der Gedanke an reine Unterwäsche, an einen einzigen Augenblick ohne Juckreiz war zu einer Zwangsvorstellung geworden, die stärker war als der Hunger. Im Schlafzimmer standen wahrhaftig zwei Himmelbetten. Und in einem Kleiderschrank lag seidene Unterwäsche. – Aber im selben Augenblick ratterten in der Ferne Panzer. Wir rafften irgendein Kleidungsstück aus dem Schrank, zerrten unsere Uniform darüber. Und nach draußen, so schnell uns die Füße tragen konnten. Die Füße ...

Erst bekommt man Blasen. Die Blasen platzen auf. Die Fußsohlen beginnen zu bluten und es fühlt sich an, als gehe man auf Scherben. Schließlich wird der Fuß zu einer einzigen glühend-rohen Masse. Dann wagt man nicht mehr, in den kurzen Ruhepausen die Schuhe abzustreifen, aus Angst, man könne sie nachher nicht mehr anziehen. Aber man geht weiter. Man spürt die Füße nicht mehr, denn alles schmerzt. Jeder Atemzug durchsticht die Brust. Man ist in Trance, bewegt sich mechanisch, Robotern gleich. Aber man geht.

Das Absurde. Überall stießen wir auf zurückgelassene Laster, Panzerwagen, Motorräder. Kein Benzin.

Wir kamen in ein Dorf, auf dem Dorfplatz tummelten sich Flüchtlinge. Dort stand auch die Feldgendarmerie mit ihren abschreckenden, glänzenden Abzeichen auf der Brust. Carstens erklärte, uns seien die Russen auf den Fersen und sie sollten machen, dass sie fortkämen. – War das am nächsten Tag? Zwei, drei Tage später? Uns war jedes Gefühl für Zeit verloren gegangen.

Vier Männer bekamen den Auftrag, Essen zu besorgen. Die Übrigen gruben sich in aller Eile am Straßenrand ein.

Waren wir damals noch vierzig Mann? Sechzig? Dreißig? Wir fanden eine Bäckerei. Die Öfen im Keller waren warm, der Teig stand noch in den Schüsseln.

»Wir backen Pfannkuchen!«

Woraufhin ich meine Uniform auszog und die Anderen zu lachen begannen. Das Absurde. – Denn da stand ich plötzlich in einem himmelblauen Nachthemd, das einst einer Bäuerin gehört hatte. Reine Seide mit Spitzen und Rüschen. Ich hatte keinen Moment mehr daran gedacht …

Und das Grauen. Während wir mit vor Erschöpfung zittrigen Beinen einen Berg Pfannkuchen backten, gellte draußen das ohrenbetäubende Heulen eines sich nähernden russischen Bombenwerfers. Gewaltige Explosionen auf Augenhöhe hinter den Kellerfenstern. Schreien, Stöhnen. Nirgendwo Deckung. Frauen, Kinder wurden niedergemäht. Ein grausames Blutbad.

Und das Absurde. Hier stand ich im Schutz eines Mauergewölbes – und backte Pfannkuchen.

Sechs Tage und Nächte. Sieben Tage und Nächte. Acht. Während der gesamten Zeit hatten wir keinen Funkkontakt mit dem Kommandoposten. Vielleicht gab es gar keinen Kommandoposten mehr. Auf unseren Stabskarten war das Gebiet, in dem wir uns befanden, nicht mehr eingezeichnet. Wir hatten keine Ahnung, wo wir waren. Wir gingen einfach drauflos, wie Gejagte.

Aber am neunten Tag hörten wir in der Abendstille das dumpfe Dröhnen fernen Artilleriefeuers. Und es war nicht hinter uns, sondern vor uns. Waren es die Russen? Hatten sie uns, wie wir immer befürchtet hatten, mit ihren Panzern umzingelt? War es amerikanische Artillerie, waren wir fast gerettet? Alles oder nichts – wir gingen weiter, liefen geradewegs darauf zu.

Am frühen Morgen erreichten wir einen Waldrand. Unter uns an einem Bauernhof sahen wir ein Fahrzeug, das wir noch nie zuvor gesehen hatten, mit einem weißen Stern auf der Motorhaube. Ein Jeep. In ihm saßen Soldaten mit seltsamen Helmen. Weder russische noch deutsche …

Das Absurde. Ostfront und Westfront waren zusammengefallen. Wir waren der allerletzte deutsche Posten gewesen.

Ehe die Alliierten zueinander Verbindung hatten aufnehmen können, lagen wir Seite an Seite mit drei amerikanischen Soldaten unter einem letzten russischen Beschuss.

Das Grauen. Während dieser letzten Beschießung wurde Carstens von einer Mörsergranate getroffen.

Zweihundertzwanzig waren wir gewesen, als wir Klagenfurt verlassen hatten. Wir waren siebzig, als wir die Oder hinter uns ließen. Zu sechst erreichten wir die amerikanische Linie. Und es waren fünf, die sich ergeben konnten.

Wir lieferten unsere Waffen ab. Auf den Rücken unserer Uniform wurden mit weißer Farbe die Buchstaben POW gepinselt. Kriegsgefangener. *Prisoner of War.*

Wir hatten es geschafft.

Wenige Tage später: Nieselregen fällt auf ein Heer von Kriegsgefangenen in einem offenen, schlammigen Feld irgendwo in Norddeutschland. Sie suchen Schutz unter primitiven Schutzdächern, unter ihren durchnässten Uniformjacken, die sie über den Kopf gezogen haben, oder sitzen einfach nur im Nassen herum. Hier und da kräuselt sich etwas Rauch über dem kleinen Feuer einiger Glücklicher, die etwas Brennmaterial beschaffen konnten. Ein graues, träge wogendes Menschenmeer. Sind es fünfzigtausend? Hunderttausend? Sie sind verdreckt, bärtig, in Lumpen gehüllt, Überreste von Uniformen, die einst auf dem Exerzierplatz von einem Kommandanten auf ihre Tadellosigkeit inspiziert worden waren. Grau, grün, braun, schwarz. Sie haben ihre Abzeichen herausgerissen. Ihre Blicke sind leer, apathisch vor Erschöpfung und Hunger.

Einer von ihnen bin ich.

Ich lag unter einer kleinen Plane in einem Loch, das ich gleich nach meiner Ankunft gegraben hatte. Es mochte zwar keine Bomben und Granaten mehr geben, aber offen und ungedeckt auf einem Feld fühlte ich mich ungeschützt – das Eingraben war mir zur zweiten Natur geworden.

In den ersten Tagen hatte ich nur geschlafen, ich hatte Wochen nachzuholen. Allmählich kam ich jedoch wieder zu mir und führte mir meine Lage vor Augen. Wie sollte es jetzt weitergehen? Wie lange würden wir hier gefangen gehalten werden? Nachrichten gab es nur in Form von Gerüchten. Und diese machten täglich die Runde. Dass sich vor allem Marineleute freiwillig zum noch andauernden Kampf gegen die Japaner melden konnten. Dass es zu einer militärischen Auseinandersetzung zwischen Amerikanern und Russen kommen würde und dass auch wir dabei eingesetzt würden. Warum sonst interessierten sich unsere Sieger so sehr für die russische Kriegsstrategie und Taktik?

Ganze Schlachtfelder wurden in zimmergroßen Sandkästen nachgestellt. Spielzeugpanzer, Kanonen, Zinnsoldaten, alles im richtigen Größenverhältnis. Wie legte die deutsche Wehrmacht, wie die russische Armee Minenfelder aus? Sie wollten alles wissen, nicht nur von den Offizieren, sondern auch von einfachen Soldaten, die bis zum Hals im Schlamm gesteckt und nicht mehr als ihren eigenen Frontsektor gesehen hatten. Da war die russische Frontlinie, dort stand ihre leichte Artillerie, hier lagen wir, in diesem Sektor war ich. Ein Stück Kurland aus der Vogelperspektive.

Je mehr ich jedoch zu Kräften kam, desto größer wurde meine Verwirrung. Beim Appell hatte man gefragt, ob es jemanden gebe, der zeichnen könne, und ich hatte mich gemeldet. Daraufhin malte ich in einem großen Zelt den ganzen Tag Zahlen und Buchstaben auf Munitionskisten, wofür ich mit einem extra Teller dünner Suppe und einigen *cakes* belohnt wurde. Wie sich herausstellte, stammte einer der Aufseher, ein Sergeant, der sich mit seinem kurz geschnittenen Haar in keiner Weise von den Anderen unterschied, ursprünglich aus den Niederlanden: Ich hörte ihn lautstark auf Niederländisch fluchen, als er sich den Finger an einem Nagel aufriss. Ich sprach ihn an.

»Bist du Niederländer?«, antwortete er überrascht. Er musterte mich neugierig. Obwohl er einige Jahre vor Kriegsausbruch nach Amerika emigriert war, war ihm nicht unbekannt, dass auch Landsleute auf deutscher Seite gekämpft hatten, aber ein solches Exemplar war ihm bisher noch nicht unter die Augen gekommen. Er wollte wissen, wie die Lage in Holland gewesen sei, vor allem in Harlingen, wo er herkam. Was mich dazu bewogen habe, an der Seite der Deutschen zu kämpfen. Über Holland konnte ich ihm nicht viel sagen, und über Harlingen schon gar nichts. Doch ich erzählte ihm in groben Zügen meine Geschichte. Flucht vor dem Arbeitseinsatz. Marine. Kurland. Danach nach Hause. Klagenfurt und die Oder. Letzteres konnte er überhaupt nicht verstehen:

»Und dann bist du wieder zurückgegangen?«

Ich nickte.

»Aber hättest du dich nicht verdrücken können?«

Ich konnte es ihm nicht klar machen. Wie mich die Gegensätze innerlich zerrissen hatten und ich diese zwei Wochen ratlos herumgestreunt war. Jeden Tag aufs Neue. Die Angst, als Deserteur zu gelten. Und das Gefühl der Entwurzelung, weil ich nicht mehr nach Hause gehörte, nach Oudewater, wo sich nichts verändert hatte, weil ich mich nicht an die Nächte der Stille und die Tage ohne Spannung gewöhnen konnte. Aber wovon ich nichts erzählte, war jener eine Augenblick an einer Küchentür in Zeist, als ich das

Zögern meines Schwagers verspürt hatte, dieser eine Augenblick, in dem ich das Gefühl hatte, ich stünde am Scheideweg meines Lebens. Es war nun mal so gelaufen …

»Da hast du dir ja was Schönes eingebrockt«, schloss er.

Von ihm erfuhr ich schließlich etwas, wodurch ich das letzte Stück festen Boden unter den Füßen verlor. Über Konzentrationslager, von denen er eines mit befreit hatte, über die Vernichtung der Juden. Ich konnte es nicht fassen. Er zeigte mir abscheuliche Fotos aus *Stars and Stripes*, dem Amerikanischen Armeeblatt. Schuhberge, so hoch wie Schutthaufen einer Kohlenmine, Brillenberge, Berge nackter Leichen, Verbrennungsöfen. Überlebende, nur noch Haut und Knochen, mit glänzenden Augen, die tief in den Höhlen lagen. Er hatte es mit eigenen Augen gesehen, er war Zeuge gewesen – und ich war vollkommen gelähmt und unfähig, ein einziges Wort herauszubringen. Ich erinnerte mich plötzlich daran, was Doktor van Praag beim letzten Mal in Oudewater gesagt hatte. Ich erinnerte mich an einen Brief meines Jugendfreunds Chiel. Er hatte mir geschrieben, kurz nachdem sie nach Amsterdam umgezogen waren. Sie gingen weg, schrieb er, sie gingen nach Polen – um dort zu arbeiten.

»Aber du musst von all dem doch etwas gewusst haben?«

Ich schüttelte den Kopf. Und meine eigene Stimme klang auch in meinen eigenen Ohren wenig überzeugend, als ich sagte:

»Ich höre das wirklich zum ersten Mal. Ich glaube, dass niemand von uns etwas davon gewusst hat.«

Ich grub verzweifelt in meiner Erinnerung. Wenn dies geschehen war, und es gab keinen einzigen Grund anzunehmen, dass es nicht stimmte, mussten wir doch *irgendetwas* davon gehört haben. Hatte jemand Andeutungen gemacht? Aber wo? Wann? Ich konnte mich nicht erinnern.

»Wie ist das möglich?«

Ich wurde rot. In seiner Stimme klang Zweifel. Ich *wusste* nicht, wie das möglich war. Ob Carstens es gewusst hatte? Er war Offizier. Aber nein, das konnte ich mir nicht vorstellen. Das alles musste sich hinter den Kulissen abgespielt haben. Und – so unleugbar es auch war – ich konnte mir keine Vorstellung davon machen. Millionen Menschen …

»Aber haben sie sich denn nicht gewehrt?«

Das verstand er auch nicht ganz:

»Sie gingen nicht gleichzeitig, natürlich …«

Es tat auch nichts zur Sache. Genauso wenig wie die Frage, ob wir es gewusst hatten oder nicht. Wir waren Handlanger von Henkern gewesen. Wir hatten ihre Taten, bewusst oder unbewusst, gedeckt. – Alles, was ich durchgemacht hatte, war mit einem Schlag durch diesen Gedanken vergiftet. Ich hatte es überlebt. *Aber mit welchem Recht?*

Wie durch einen Schleier hindurch betrachtete ich die Fotos. Dieses Wissen war so eingreifend, dass ich es nicht zu mir durchdringen lassen, geschweige denn in Worte fassen konnte.

»Und was jetzt?«

Ich zuckte die Achseln. Ich wusste es nicht.

Ein paar Tage später wurde dieser amerikanische Sergeant holländischer Abstammung versetzt, aber nicht ohne mir noch Lebewohl gesagt zu haben. Er gab mir seine Adresse. Ich solle unbedingt bei ihm vorbeischauen, wenn ich in der Nähe sei. Ich versprach es, auch wenn ich mir nicht vorstellen konnte, jemals ein Leben zu betreten, in dem dieses Versprechen nicht vollkommen absurd war.

V

Legionär

»*Beschwindelt* wurden wir. Beschwindelt. Wir haben uns vor deren Karren spannen lassen ...«

Er hieß Luc und hatte eine besondere Vorliebe für dieses Wort: Er fühlte sich von allen und allem betrogen.

Luc war lang und dürr wie eine Bohnenstange. Er hatte dunkle Locken und braune, wache Augen. Wenn er redete, hörte er so schnell nicht wieder auf. Er war Belgier, und obwohl er aus dem französischsprachigen Wallonien stammte, sprach er ordentlich Niederländisch. Ich konnte mich zwar mittlerweile ganz gut auf Deutsch verständigen, aber es war doch immer wieder eine Erleichterung, wenn ich mich in meiner Muttersprache unterhalten konnte.

Wie ich hatte Luc gleich nach der Ankunft im Kriegsgefangenenlager ein Deckungsloch gegraben, woran man den ehemaligen Frontsoldaten erkannte. Er war etwas älter als ich und hatte sich als Student zur Waffen-SS gemeldet: »Aus reinem Idealismus«, wie er spöttisch hinzufügte. Er war zwei Jahre an der Ostfront gewesen, aber davon sprach er kaum. Umso mehr jedoch von seinem Elternhaus. Er war politisch sehr bewandert und ihm hatte ich die Tatsache zu verdanken, dass Begriffe wie Kommunismus, Sozialismus, Nationalsozialismus für mich zum ersten Mal mit Inhalt gefüllt wurden. Er selbst stammte aus einem faschistischen Milieu, bei ihm zu Hause hatten Mussolini und später in geringerem Maße

Hitler das Denken bestimmt. Sein Vater war Mitglied der Partei gewesen und hatte es während der Besatzungszeit bis zum Bürgermeister gebracht. Wenn er von ihm sprach, schäumte er vor Wut:

»Ein Emporkömmling, ein Postenjäger, wie es im Buche steht. Wenn ich ihm noch einmal begegne, bringe ich ihn um.«

Voller Wut hegte er gegen sich und seine Vergangenheit einen Groll, gerade weil er selbst daran geglaubt hatte und sich aufgrund der vorherrschenden Ideologie, die ihm als selbstverständlich beigebracht worden war, zusammen mit einem jüngeren Bruder freiwillig gemeldet hatte. »Und wenn man den ersten Schritt getan hat, ist es zu spät. Man hat nichts mehr zu sagen, man ist nur noch ein Werkzeug.«

»Wann hast du dich gemeldet?«

»1942.«

»Und wenn Deutschland den Krieg gewonnen hätte?«

»Unsinn. Kriege werden nur in den Geschichtsbüchern gewonnen. In Wirklichkeit gibt es nur Verlierer: soundso viele auf der einen, soundso viele auf der anderen Seite. Frag meinen Bruder, der auf eine Mine getreten ist. Alles Andere ist Quatsch, leere Worte, Fahnen, Flaggen. Ich habe auch meinen Teil abgekriegt – und bin denen sogar noch hinterhergerannt.«

Umgeben von zehntausenden Kriegsgefangenen saßen Luc und ich nebeneinander unter einer schmalen Zeltplane. Mit einer Gabel aßen wir aus einer Dose Cornedbeef, das er beschafft hatte, und danach rauchte er eine Zigarette nach der anderen. Wie er das alles organisieren konnte – Fleisch, Zigaretten, manchmal sogar Bier oder Coca-Cola –, war mir ein Rätsel. Es war sicherlich mehr vonnöten als seine Sprachenkenntnis, so beeindruckend sie auch sein mochte. Er sprach nicht nur Französisch und Niederländisch, sondern auch fließend Deutsch und Englisch. Ihm imponierte niemand. Hemmungslos sprach er Offiziere an, als seien sie seinesgleichen. Mich betrachtete er als Hinterwäldler und die Tatsache, dass ich mich noch kein Jahr zuvor freiwillig zur Marine gemeldet hatte, bezeichnete er als den Gipfel der Dummheit. – Aber es gab eine Sehnsucht, die uns verband und zusammenhielt: der Wunsch zu fliehen.

Luc meinte, es gebe einige Millionen Kriegsgefangene. Für ihn war klar, dass wir vor Gericht kämen, und schon allein bis dahin würden Jahre ins Land gehen. Fliehen …

»Aber wie?«

»Kein Problem. Wir versuchen nach Straßburg zu kommen, in die französische Besatzungszone. Dort melden wir uns bei der Fremdenlegion. Die stellen keine Fragen, wollen nicht einmal den Namen wissen. Man verpflichtet sich für fünf Jahre.«

»Bist du dir sicher?«

»So sicher, wie nur was.«

Ich zögerte nicht einen Moment und ich hätte auch keine Bedenken gehabt, wenn er gesagt hätte, dass er sich *nicht* sicher sei. Nach zwei Wochen Ruhe waren meine Kräfte wiedergekehrt, doch damit auch eine Marter, mit der ich bereits während meines Fronturlaubs in Oudewater Bekanntschaft gemacht hatte. Ich war der Stille nicht gewachsen, ich konnte keinen Schlaf finden, wenn ich nicht körperlich völlig erschöpft war. In meinem Kopf verbarg sich eine Schlangengrube. Sobald ich meine Augen schloss und einnickte, wurde ich von Trommelfeuer und Angstbildern geschüttelt. Ich wurde verrückt in diesem Erdloch. Man würde uns verurteilen – aber ich war bereits zu einer Strafe verurteilt, die ich am wenigsten ertragen konnte: duldsames Abwarten, Passivität.

In der erstbesten mondlosen Nacht wagten wir es, wobei, wie sich hera usstellte, *wagen* ein großes Wort war. Das Lager wurde kaum bewacht und wir konnten mühelos unter den paar Rollen Stacheldraht hindurchkriechen. So ließen wir im Schutz von Dunkelheit und Bodennebel das Menschenmeer hinter uns, in dem wir – er drei, ich zwei Wochen lang – getrieben hatten. Es war eine Flucht, eine Flucht vor mir selbst, vor der Vergangenheit. Aber ich konnte wieder atmen. Ich war wieder in Bewegung.

Wir gingen die ganze Nacht querfeldein über Wiesen und Äcker. Gegen Morgen verbargen wir uns mit Aussicht auf einen kleinen, allein stehenden Bauernhof. Die Sonne ging auf und es dauerte nicht lange, bis das Leben erwachte. Ein etwa fünfzehnjähriges Mädchen kam aus dem Hof, das Gesicht noch verquollen vom Schlaf. Sie verschwand hinter dem Haus und kam kurz darauf mit einem Holzscheit auf den Armen zurück. Wenig später erschien eine Frau, das Haar zum üblichen Zopf geflochten und mit einem Eimer in der Hand. Die Brunnenkette ratterte.

»Ich glaube, hier gibt es weder einen Papa noch einen Wachhund«, meinte Luc. Und als aus dem Schornstein Rauch aufstieg:

»Jan, das Frühstück ist fertig ...«

Wir klopften an, Luc führte das Wort. Er beantwortete den misstrauischen Blick der Frau mit einer Verbeugung.

Ob sie vielleicht den Gefreiten Müller kenne oder, besser gesagt, dessen Familie, die hier irgendwo in der Gegend, wie hieß sie auch wieder – oh ja, genau –, wohnen musste, denn er hätte uns gebeten, seiner Familie einen Gruß zu überbringen und ihr mitzuteilen, er sei Gott sei Dank unversehrt und noch im Besitz all seiner Gliedmaßen – und so weiter. Nein, einen gewissen Müller kenne sie nicht, aber wir sollten es einmal ein Dorf weiter versuchen, dort wohnten mehrere Müllers. Ach ja, nun, so eine Eile habe es nun auch nicht. Wir hätten einen Fußmarsch von drei Tagen und drei Nächten hinter uns, nur um die frohe Botschaft zu überbringen, und da mache eine Stunde mehr oder weniger auch nichts mehr aus – vielleicht dürften wir kurz reinkommen?

Kurz darauf stand vor uns ein großer Teller Brei mit braunem Zucker. Ob die Frau die stets komplizierter werdende Geschichte meines Kumpanen glaubte, konnte ich nicht sagen, aber sie erlaubte uns ohne genaueres Nachfragen in der Scheune zu schlafen und gab uns sogar Zivilkleidung, als wir gegen Abend wieder hervorkamen.

Wir zogen weiter, ich mit einer glänzenden Weste über meinem himmelblauen Nachthemd und darüber einem alten Mantel, Luc im dunklen Sonntagsanzug, der zweifellos einst als Hochzeitsanzug des Hausherrn gute Dienste geleistet hatte und trotz der umgeschlagenen Beine und Ärmel an allen Enden schlotterte. Im Dunkeln konnte ich mich am Geruch nach Mottenkugeln orientieren. Von diesem Moment an waren wir zwei französische Flüchtlinge, die in Deutschland Zwangsarbeit hatten leisten müssen. Dass ich kein Wort Französisch sprach, war kein Problem – solange ich nur den Mund hielt.

Anfangs gingen wir abseits von Straßen und Wegen in südlicher Richtung und versteckten uns tagsüber mit knurrenden Mägen in Heuhaufen oder Scheunen. Doch so kamen wir nur langsam voran, und angesichts der vier-, fünfhundert Kilometer, die wir noch vor uns hatten, wurden wir immer verwegener. Schließlich fuhren wir am helllichten Tag per Anhalter auf Militärlastern mit und bettelten bei Feldküchen um Essen. Wir sahen wunderlich aus, ich in meinem Mantel, er in seinem schlotternden Anzug, doch in einem Land, das sich in völliger Auflösung befand und in dem in alle Himmelsrichtungen eine wahre Völkerwanderung von Flüchtlingen und Obdachlosen stattfand, fiel das nicht weiter auf. Wenn jemand eine Frage an mich richtete, antwortete Luc für mich. Ich sei nicht ganz in Ordnung, signalisierte er und tippte sich dabei an die Stirn:

»Un peu plemplem …«

Und so falsch war das gar nicht. Ich lief ihm hinterher wie ein Hund seinem Herrchen. Im einen Moment war ich guter Dinge, weil wir gerade etwas zu essen hatten beschaffen können, weil die Sonne, die immer stärker wurde, je südlicher wir kamen, durch die Wolkendecke brach oder weil wir auf die Ladefläche eines Lastwagens hatten steigen dürfen und uns immer weiter entfernten – doch wovon eigentlich? Im nächsten Moment schlug meine Stimmung in dumpfe Ratlosigkeit um. Dann musste ich gegen den Drang ankämpfen, mich einfach an den Straßenrand zu legen und alles seinen Lauf nehmen zu lassen. Formlose Erinnerungen wallten auf: Angst, Traurigkeit, Beklemmung, Panik – alles durcheinander. Es war gerade drei Wochen her, dass Carstens eine Mörsergranate vor die Füße bekommen hatte, einen Monat, dass wir zu dritt bei einem Dorf Stellung bezogen hatten und eine ganze Armee auf uns hatten zukommen sehen, es war zwei Monate her, dass ich auf einer kleinen Insel in der Oder einem russischen Soldaten begegnet war, drei Monate, dass wir in einer Hölle gewesen waren, die Dresden hieß. Und so weiter, alles ging durcheinander. Im tiefsten Inneren des Schiffsraums umgeben von Minen, ein altes Fährboot, das torpediert wurde, im Schnee: der letzte Schlag, Heins Tod … – Und so weiter. Alles ging durcheinander, weil *nichts* Zeit bekommen hatte.

»Wir hatten einen Kompaniekommandanten. Der bekam noch zum Schluss eine Mörsergranate aufs Dach.«

»Das nennt man Pech«, sagte Luc.

»Er war ein guter Kerl ...«

»Tja«, meinte Luc, »die erwischt's immer als Erstes ...«

Ich schaute ihn an. Er zog an seiner Kippe, bis er sich die Finger verbrannte.

Etwas an ihm war mir zuwider. Waren es seine Augenbrauen, die über der Nasenwurzel zusammenwuchsen? Waren es seine Lippen? *Wenn Carstens doch noch leben würde!* Oder Hein ...

»Carstens hieß er, und er fiel gerade als *Letzter* ...«

Überrascht über meine plötzlich erhobene Stimme warf mir Luc einen verstörten Blick zu. Doch gleich darauf sah er ein Schild am Straßenrand:

»Morgen sind wir da. Nur noch achtzig Kilometer. Das haben wir verdammt schnell geschafft.«

Es lag nun eine Woche zurück, dass wir der grauen Menschenmasse auf dem offenen Feld den Rücken gekehrt hatten. Die wenigen Male, die man uns kontrollierte, hatte man uns dank irgendeiner fantastischen Geschichte meines Weggefährten unbehelligt gelassen. Was auf Französisch gesprochen wurde, verstand ich nicht, aber Luc und sein jeweiliger Gesprächspartner gingen stets wie alte Bekannte auseinander. Das letzte Stück legten wir sogar in einem Jeep der französischen Militärpolizei zurück.

»Es ist ganz einfach«, erklärte er mir, »man lässt einen oft vorkommenden Namen fallen. Und es gibt immer jemanden in einem Geburtsort oder einer Armeeeinheit, der so heißt, und den kennt man ganz zufällig dann auch ...«

In Straßburg meldeten wir uns bei einem Rekrutierungsbüro und wie sich herausstellte, war zumindest eine von

Lucs Geschichten wahr. Die Fremdenlegion gab es wirklich. Man stellte uns tatsächlich keine weiteren Fragen, wir wurden sogar mit offenen Armen empfangen. Wir bekamen einen *permis* und freie Fahrt bis Marseille.

Dort kamen wir bereits am nächsten Tag mit etwa fünfzig Anderen an, hauptsächlich Deutsche und noch keine achtzehn Jahre alt. Wir wurden untersucht und für tauglich erklärt. Von diesem Moment an hieß ich Jean Montin, und das würde – sollte ich inzwischen nicht sterben – in den nächsten fünf Jahren so bleiben.

Legio patria nostra, die Legion ist unser Vaterland. Man ist ein Söldner. Kämpfen ist das Handwerk. Der Name tut nichts zur Sache, die Nationalität tut nichts zur Sache. Man ist eine Nummer.

Sidi-Bel-Abbès, Algerien. Wieder eine Kaserne. Kahle Flure, kahle Säle. Wieder eine andere Uniform, eine andere Fahne, die morgens auf dem Hof gehisst wird. Erneut eine Gruppe Unbekannter. Erneut unter militärischer Disziplin – und härter, als ich sie jemals erlebt hatte. Denn, so wurde uns gesagt, nun dienten wir in der einzigen *wirklichen* Armee, die es gab. Man sprach Deutsch, nur die Befehle wurden auf Französisch erteilt. Von der Vergangenheit wurde nicht gesprochen, wir hatten keine. Unsere Zukunft lag in Asien, in Indochina, das noch von den Japanern besetzt war – und dort würde sie für viele von uns zweifellos auch enden. Wir hatten den einen Krieg überlebt, um im nächsten draufzugehen.

In den ersten Wochen wurden wir erbarmungslos zu Infanteristen gedrillt. Tagesmärsche von achtzig Kilometern im glühenden Wüstensand mit nur wenig Verpflegung und Wasser. Manche kippten um, Andere bekamen einen Herzanfall. Als Rekruten durften wir das Lager nicht verlassen, doch abends waren wir so erschöpft, dass keiner von uns dies bedauerte. Manchmal waren wir sogar zum Essen zu müde und zu kaputt, uns auszuziehen.

Die Legion brauchte dringend Verstärkung und so wurde die Ausbildung im mörderischen Tempo durchgezogen. Es gab nicht einen ruhigen Moment, nicht einen Augenblick, in dem man nachdenken, die neue Umgebung aus weißen Häusern und Palmen wirklich zu sich durchdringen lassen oder auch nur an dem Geschäft zweifeln konnte, in das man sich gestürzt hatte. Alles ging im Laufschritt, von morgens sechs bis abends sieben.

Sogar Veteranen, die mit allen Wassern gewaschen waren, verfluchten den Moment, in dem sie sich freiwillig zur Legion gemeldet hatten. Aber es gab kein Zurück. Fahnenflucht wurde hart bestraft. Fahnenflucht bedeutete: in einer Zelle dahinvegetieren – oder noch Schlimmeres. Einer versuchte es. Er wurde aufgegriffen und in ein Loch geworfen. Zwei Nächte, in denen das Thermometer unter den Gefrierpunkt fiel, zwei Tage, in denen es über vierzig Grad stieg. Das Wrack, das übrig blieb, nahm man gnädig wieder auf.

Drei Wochen nach unserer Ankunft wurden wir offiziell eingeführt. Wir bekamen das weiße Käppi der Fremdenlegion. Wir bekamen unseren Sold: eine einzige Nacht bodenloser Trunkenheit, eine Nacht bei den Huren.

Die Wege von Luc und mir trennten sich. Er blieb bei der Infanterie, ich entschied mich für die Fallschirmjäger. Zehn Sprünge, zehn Mal die Angst vor der Tiefe, zehn Mal der Siegestaumel, wenn ich unversehrt auf die Erde zurückgekehrt war. – Dann war meine Ausbildung beendet. Ich konnte nach Indochina, ich war bereit für die nächste Flucht an eine weitere Front.

Doch kurz vor meiner Abreise in den Fernen Osten erhielt ich zusammen mit ein paar anderen Männern meiner Einheit den Befehl, einen Transport von etwa hundert Rekruten zu begleiten, die zur erneuten Musterung nach Marseille mussten. Und nachdem wir sie abgeliefert hatten, bekamen wir Abendausgang. An Land in die Stadt. Kneipentour in Ausgehuniform. Ein sensationelles Gefühl: Wir wurden als Befreier vom deutschen Joch gefeiert.

Und wir merkten plötzlich, dass die Legion ruhmreich an der Seite der Alliierten gekämpft hatte. So können sich die Dinge wandeln. Wir ließen die Leute im Glauben ...

Anfangs blieb ich noch bei meiner Gruppe, nicht gewöhnt an die plötzliche Bewegungsfreiheit. Später sonderte ich mich ab. Ich bog in eine Seitengasse ein, die Stimmen und Schritte der Anderen verhallten, ich war allein. Im Halbdunkel blieb ich stehen und lauschte dem fieberhaften Schlagen meines Herzens. Ich nahm mein Käppi in die Hand. Es war, als sehe ich es zum ersten Mal. Ich setzte es wieder auf, betrachtete mich in der Spiegelung eines Schaufensters. Ich war es, der da stand. Jan Montyn. Jan Montyn aus Oudewater. Aber zugleich sah ich einen Fremden, all seiner Eigenschaften beraubt, durchsichtig wie das Glas, in dem er sich spiegelte. Ich schaute nach oben. Sterne. Ich schaute nach vorn. Gassen, Straßen, Menschen, eine Stadt voller Leben.

Ich konnte mich nicht erinnern, wann ich zum letzten Mal allein gewesen war. Kein Schlafsaal, keine Gruppe, kein Drill, kein Kamerad. Ich konnte gehen und stehen, wo ich wollte, ohne dass ich auf jemanden Rücksicht nehmen oder Rechenschaft ablegen musste. Meine Zellentür war noch ein paar Stunden auf. Dann würde sie ins Schloss fallen, für immer.

»Was ist los, Soldat?«

Es dauerte einen Augenblick, ehe ich bemerkte, dass die Frage an mich gerichtet war, und einige weitere Augenblicke, ehe ich wusste, was mit mir los war.

Ich war in eine kleine, dunkle Kaschemme gegangen. Durch das Fenster hatte ich gesehen, dass es dort ruhig war. Ich wollte nachdenken. Monotone arabische Musik drang an mein Ohr. Im hinteren Teil spielten ein paar Männer Karten. Sie hatten bei meinem Eintreten nicht aufgeschaut. Ich hatte mich auf einen Hocker gesetzt, mein Käppi auf den Tresen gelegt. Der Schankwirt schaute mich fragend an und ich suchte in meinen Taschen. Und dann war da noch das Mädchen, klein, exotisch, mit strahlenden, braunen Augen. Sie hatte mir die Frage gestellt. – Während ich suchte und leise fluchte. Tasche für Tasche meines nagelneuen Ausgehanzugs war leer. Brusttaschen, Jackentaschen, Hosentaschen. Leer. Meine wundervollen Geldscheine! Wo hatte ich sie hingestopft? Noch mal alle Taschen. *Nichts*. – Wo war ich gewesen? Ich war durch diverse Kneipen gezogen. In der letzten hatte ich eine Runde ausgegeben. Dort musste es passiert sein. Und das Wechselgeld hatte ich Dummkopf großzügig auf dem Tisch liegen lassen.

»Ein Legionär, der sich ausnehmen lässt!« – Das war auch ohne Sprachkenntnisse zu verstehen. Ich begriff nicht, was daran witzig sein sollte. Sie schon. Sie lachte mit leuchtend weißen Zähnen. Auch die Kartenspieler fanden es amüsant. Nur der Wirt nicht. Und ich. Ich stand da mit hochrotem Kopf, ein Legionär mit hochrotem Kopf. Wie der letzte Hinterwäldler – Holland ja, Oudewater ja – hatte ich mir das Geld aus den Taschen ziehen lassen. Jetzt konnte ich meinen letzten Abend vergessen. Meine Kameraden fand ich in diesem Labyrinth aus Gassen und Sträßchen nie und nimmer. Ich sah mich schon zur Kaserne zurückkehren, wo ich aus dem Schlaf gerissen würde, wenn sie einer nach dem Anderen zurückkehrten und nicht aufhörten zu erzählen, wie viel sie getrunken hatten und wie mollig doch die Frauen gewesen waren.

»Was willst du trinken, Legionär?« Das Mädchen hatte sich neben mich gesetzt. Ich zeigte ein wenig verwirrt auf das Glas in ihren Händen und bekam zu meiner Überraschung Tee. Dann eben Tee. Ein Unglück kommt selten allein, heißt es. Aber ein anderes Sprichwort sagt, auch Unglück hat sein Gutes.

»Es ist ruhig heute Abend«, sagte das Mädchen, als suche sie selbst eine Erklärung dafür, warum sie ihre Zeit mit einem Legionärssoldaten vertat, der pleite war. Und ich, ich schaute sie an, von ganz nah, und beschloss, dass es das schönste Mädchen war, das ich je gesehen hatte. Es entwickelte sich ein Gespräch, bei dem mit sehr wenigen Worten – zehn französischen, zehn englischen und fünf deutschen – sehr viel gesagt wurde. Wie alt wir zum Beispiel waren. Ich also zwanzig. Sie zweiundzwanzig. Wo ich herkam. Holland. Sie aus Algier. Wie ich hieß. *Jean* ... Ihr Name war nicht zu verstehen:

»Aber hier nennt man mich Loulou ...«

Sie war verheiratet. Ihr Mann war sehr alt. Vierzig. Er hatte sie in Algier aufgelesen, als sie sechzehn war. Er war weg, auf See. Manchmal sogar ein halbes Jahr lang. Sie sparten. Wenn sie genug zusammenhätten, würden sie ein kleines Lokal kaufen. Das war ihr Traum. – So sprachen wir. Und währenddessen hatte ich Angst. Dass jemand hereinkommen würde. Jemand, der sehr wohl Geld hatte. Jemand, mit dem sie nach oben gehen würde, in ein winziges Zimmer, in dem nur ein Bett stand. Aber die Angst war unbegründet. Es kamen zwar wiederholt Männer herein, und vielleicht war auch jener Jemand darunter, aber sie blieb, wo sie war. Und das war neben mir.

Wir tranken viele Gläser Tee. Noch nie hatte ich so viel Tee getrunken. Und weit nach Mitternacht gingen wir in einer warmen Sommernacht durch die Straßen und Gassen. Ihre Bleibe am Ende einer stockdunklen Wendeltreppe wirkte auf mich wie vollendete Weiblichkeit. Überall grellbunte Stoffe, Kissen, Puffs. Sie kochte. Wir aßen Couscous. Währenddessen redete sie auf mich ein. Mit meinen wenigen Worten hatte ich ihr erzählt, dass ich ein halbes Jahr an der Front gewesen war, dass wir am nächsten Tag nach Algerien zurückgehen würden, um von dort an die nächste Front geschafft zu werden. Sie erklärte mich für verrückt – *complètement fou!* –, dass ich mich freiwillig zur Legion gemeldet hatte. Ich sei verrückt, dass ich mich nach Indochina schicken ließe. Damit löste ich nichts. Ich würde erschossen werden, da war sie sich ganz sicher, das fühlte sie.

»Nicht machen, Jean. Nicht gehen. Ich will nicht ...« – Immer wieder wiederholte sie diese Worte.

»Aber ich habe mich verpflichtet. Wenn ich nicht gehe, ist es Fahnenflucht. Sie werden mich suchen.«

Woraufhin sie aufstand, energisch die Vorhänge zuzog und meinte:

»Du bleibst hier!«

Sie würde mich verstecken, sie würde mir Kleidung beschaffen, Papiere zur Not. Bei ihr sei ich in Sicherheit, in der gesamten Gegend habe das *milieu* das Sagen, die Unterwelt. Die Polizei wage sich nicht hierher.

»Hier hast du Essen und Trinken und ein Dach über dem Kopf. Ich werde für dich arbeiten. Du kannst hier so lange bleiben, bis du weißt, was du tust.«

Ich stand wortlos auf, suchte mein Käppi. Sie erschrak. Ich schlug auf klassisch preußische Art die Hacken zusammen und salutierte:

»Oui, mon capitaine.«

Daraufhin entkleideten mich so, wie ich da stand, die weichsten Hände, die mich je berührt hatten. Das sandfarbene Jackett, das Hemd, die Hose. Schuhe, Socken. Erst die linke, dann die rechte. Etwas fiel aus der Socke. Es waren ein paar eng zusammengefaltete Geldscheine. Wir ließen uns auf das Bett fallen und lachten.

Um sechs Uhr morgens weckte mich meine innere Uhr. Es war der Zeitpunkt, an dem mein Abendausgang endete. Ich lag in einem Bett, einen kleinen weichen Körper in meinen Armen. – Zum ersten Mal in meinem Leben hatte ich die Nacht mit einer Frau verbracht.

Um zwölf Uhr wachte ich wieder auf. Ich war allein. Auch die Uniform auf dem Boden vor dem Bett war verschwunden. Um diese Zeit ging die Fähre nach Algier. Ohne mich. Denn ich lag hier. Und drehte mich noch einmal um.

Ich war in eine kleine, dunkle Kaschemme gegangen in der Absicht nachzudenken. Ich war auf jemanden gestoßen, und die Entscheidung war gefallen, noch ehe ich mir darüber im Klaren war. Zum soundsovielten Mal. Doch das war, so meinte ich, der beste Entschluss seit Jahren.

Ich blieb drei Wochen bei Loulou. Wir lebten nachts. Sie ging um fünf Uhr nachmittags in ihr Arbeitsrevier und kam erst nach zwei Uhr nachts wieder. Dann hatte sie Einkäufe dabei, Essen, eine Flasche Wein, ein paar Illustrierte für mich. Sie kochte, wir aßen, redeten etwas, schliefen ein, wenn es hell wurde. Gegen drei Uhr nachmittags standen wir auf. Und dann war es für sie schon wieder Zeit aufzubrechen und meine Stunden des Wartens hinter dem Fenster nahmen ihren Anfang. Gegen sechs belebte sich die schmale Gasse. Gegen acht schlossen die Geschäfte. Es wurde dunkel. Die Außenwelt bestand nur noch aus Geräuschfetzen, die aus den offenen Türen der Lokale hallten. Nach elf wurde es still. Noch drei Stunden, ehe ich ihre vertrauten Schritte hören würde ...

Wenn sie nachts nach Hause kam, ging sie zuerst zu dem ziselierten gelbkupfernen Krug, der auf ihrem Kaminsims stand und in dem sie ihr Erspartes aufbewahrte. Aus dem Betrag, den sie hineintat, konnte ich ableiten, wie viele Kunden sie an dem Abend ungefähr gehabt haben musste. Doch darüber dachte ich lieber nicht nach. Sie sprach nicht davon, nicht aus Scham, sondern weil es für sie die normalste Sache der Welt war. Jede Nacht zählte sie ihr Geld nach, jede Nacht erneut mit der Zungenspitze zwischen den Zähnen. Stapel französischer Francs, Dollarscheine, in Zehnerpäckchen mit einer Haarnadel zusammengehalten.

»Hast du Angst, dass ich mich damit aus dem Staub mache?«, fragte ich einmal.

»Nein, denn das machst du nicht.«

All diese Tage blieb ich in der Wohnung. Das einzige Sonnenlicht, das ich sah, war das von den Fenstern der gegenüberliegenden Häusern reflektierte. Ich konnte auf eine Katze neidisch sein, die sich dort auf der Fensterbank räkelte, auf die Kanarienvögel, die in den Käfigen neben den Fenstern zwitscherten. Meine Haut wurde jeden Tag heller, aber tagsüber wagte ich mich einfach nicht hinaus. Ein paar Mal machten wir mitten in der Nacht einen kleinen Spaziergang. Dann nahm sie mich mit zu Freundinnen, die wie sie ein Nachtleben führten. Das war meine einzige Abwechslung.

Ich hatte nachdenken wollen – dafür hatte ich jetzt Zeit zur Genüge. Es war klar, dass es nicht ewig so weitergehen konnte. Dass eines Tages ihr Mann auftauchen würde, stellte für sie kein Problem dar. Sie würde ihm einfach den Laufpass geben. Die eingerahmte Fotografie von einem bärtigen Vierziger, die in der ersten Nacht noch neben ihrem Bett gestanden hatte, war schon am nächsten Tag in der Schublade verschwunden. Aber ich konnte kaum den Rest meines Lebens im dritten Stock über einer Marseiller Gasse fristen. Ich musste zurück, ich musste klar Schiff machen. Ich hatte Fehler gemacht und würde dafür zweifellos büßen müssen. Dann erst würde ich wirklich neu anfangen können.

Ich sprach mit ihr darüber und sie nickte, auch wenn sie lieber geweint als gelacht hätte. Das war kein Leben, das verstand sie durchaus. Am nächsten Tag erschien sie mit einem zerknitterten Pass. Ein Bekannter machte ein Foto, während wir uns wegen des Lichts aus dem Fenster lehnten, und fälschte den Stempel. – Ich war plötzlich Seemann, neunundzwanzig Jahre alt. Und ich war Schwede. Holland oder Schweden: Das war alles ein und dasselbe.

Eines Nachts brachte sie mich durch die Außenbezirke der Stadt. Sie wies mit der Hand. Dort drüben verlief der große Verkehrsweg nach Norden. Wir umarmten uns in dem Bewusstsein, dass wir einander niemals wieder sehen würden. Ich schaute ihr nach, bis sie um eine Ecke verschwunden war. Sie drehte sich nicht um. Dann machte ich mich auf, langsam, in der angegebenen Richtung, während ich – ohne zu wissen, warum – meine Schritte zählte. In einem Graben wartete ich auf das Verblassen der Sterne. Der Verkehr wurde dichter. Ich stellte mich an den Straßenrand. Der erste Lastwagen hielt, ohne dass ich irgendein Zeichen gegeben hätte.

»Wohin willst du?«

»Nach Straßburg …«

Über Straßburg hatte ich versucht, der Vergangenheit zu entfliehen, über Straßburg würde ich versuchen, wieder eine Zukunft zu finden.

Zwischen zwei Kriegen

Mit vierzehn Mann warteten wir auf das Ende. Der Erste war mit einem Gewehrkolben nach draußen getrieben worden. Die Barackentür fiel ins Schloss. Es war wieder still. Wir standen regungslos nebeneinander, die Hände auf den Rücken gebunden. Ab und zu erklang ein Hüsteln, mehr nicht. Kein Wort. Keiner wagte es, den Anderen anzuschauen. Jeder hatte Angst, Schwäche zu zeigen. Es schien, als schämten wir uns, die letzten Augenblicke miteinander zu verbringen.

Draußen wurden Befehle gebellt. Dann für Momente Stille. Danach ein erstickter Schrei, unverständlich, aber von unzweifelhafter Bedeutung. Fast unmittelbar darauf eine Salve. Trocken, ohne jegliches Echo. Das war es dann. Einige Augenblicke vergingen, ehe die Tür erneut aufgerissen wurde. Der Nächste wurde abgeführt, mit zusammengepressten, blutleeren Lippen, halb rennend, halb unter den Schlägen stürzend. Wie lange dauerte es? Ich zählte. Einundzwanzig, zweiundzwanzig, dreiundzwanzig, vierundzwanzig …« – Nicht, dass es etwas geändert hätte.

Was ging in mir vor, während ich da stand? *Das war es gerade, was ich mich fragte.* Keine erhabenen Gedanken. Weder Hoffnung noch Verzweiflung. Die Angst, mich nicht beherrschen zu können. Eine gewisse Ungeduld. Lass es dann halt so schnell wie möglich vorbei sein. Oh ja, *das Datum*. Das kam mir plötzlich sehr wichtig vor. Hinter einem verschmutzten Kellerfenster sah ich einen Flecken blauen Himmels. Es war August und es musste ein Donnerstag sein. Das Letzte wusste ich sicher, wenn auch nicht warum. Aber das Datum ...« War es der zehnte August? Der elfte? Der neunte? – Nicht, dass es etwas geändert hätte.

Wieder eine Salve. Gebrochen diesmal, nicht so gleichmäßig wie die letzte.

Der Nächste verschwindet. Noch einer, dann ich. Weniger als eine Minute, wenn ich nicht zu schnell gezählt habe. Lass es dann halt der elfte sein. Elfter August. Und sie sollen sich beeilen.

Dann bin ich dran. Ich kann trotz der gefesselten Hände dem Gewehrkolben ausweichen, ohne das Gleichgewicht zu verlieren. Vom Sonnenlicht geblendet werde ich über den Innenhof gejagt. Dort ist die Mauer, der weißgetünchte Putz ist von Kugeleinschlägen durchsiebt. Die Löcher gleichen Bombenkratern im Schnee. Nicht, dass es etwas geändert hätte. Die Augenbinde. Die Befehle. Auch jetzt wieder jene kurze Stille nach dem vorletzten Befehl. Ich höre plötzlich das Zwitschern von Spatzen, ich sehe im Bruchteil einer Sekunde eine Polderlandschaft vor mir. Dann dieser eine scharfe Schrei. Es geht schnell, es geht von selbst. Ich mache mich bereit. Der Knall.

Vier Kugeln. Sie schlugen genau gleichzeitig ein. In meine Brust, in Herz, Lungen. Ich wurde durch den Schub gegen die Mauer geschleudert. Alles wurde schwarz. Doch dann rot. – Denn seltsam, meine Beine trugen mich noch. Oder bildete ich es mir ein? Ich fühlte nichts mehr. Keinen Schmerz, nichts. Als bestünde ich nicht mehr, als hätte ich meinen Körper verlassen. Und gleich darauf Stimmen, Lachen. Von fern, von nah …

Die Augenbinde wurde heruntergerissen, zusammen mit einem Büschel Haare. Das fühlte ich. Blendendes Sonnenlicht.

Ich bekam einen Stoß. Ich fiel. Ich erhob mich wieder. Fiel wieder.

Ich wurde zu einer Tür auf der anderen Seite des Innenhofs geschleppt. Meine Hose klebte mir an den Beinen. Im Halbdunkel erkannte ich die drei, die vor mir dran gewesen waren. Der eine saß auf einer niedrigen Bank, starrte ausdruckslos vor sich hin, der Andere beugte sich mit zitternden Schultern vornüber.

Der Dritte lag mit weggedrehten Augen auf dem Boden. Sein Mund war voller Blut. Er hatte sich die Zunge abgebissen.

Ich war ohne größere Schwierigkeiten in Straßburg angekommen. Den Pass, den Loulou für mich organisiert hatte, warf ich weg. Er hatte seine Aufgabe erfüllt: Ich war einige Male mit ihm durch die Kontrolle gekommen. Beim erstbesten Militärposten erstattete ich Selbstanzeige: »Ich bin Niederländer. Ich habe freiwillig bei der deutschen Marine gedient und bin aus einem Kriegsgefangenenlager ausgebrochen …«

Nach einer Nacht in einer Zelle wurde ich ins ehemalige Konzentrationslager Neuengamme transportiert, wo in Baracken und Zelten zehntausende Kriegsgefangene interniert waren, unter ihnen viele Nichtdeutsche. Die Aufsicht oblag den Engländern und die Behandlung war, wie ich sofort nach der Ankunft von meinen Mitgefangenen erfuhr, miserabel. Abgesehen von den endlosen Nachtappellen merkte ich davon nicht viel, denn gleich am ersten Morgen wurde ich von einem englischen Offizier als Hausknecht auserwählt. Frühmorgens verschwand ich in den Offiziersunterkünften, abends kehrte ich zurück. Ich putzte Schuhe, wischte den Boden, machte Tee. Essen im Überfluss. Und ich genoss heimlich etwas, was für jeden Soldaten, Kriegsgefangener oder nicht, ein ungeahnter Luxus war: Ich lag stundenlang in der Badewanne. Aber als mich mein Gönner eines Tages darin erwischte, fiel ich von einem Schrecken in den nächsten. Er war nicht aufgebracht. Im Gegenteil. Er war angenehm überrascht.

Am nächsten Morgen stolzierte er wieder mit unter die Achsel geklemmtem Stock musternd durch die Reihen – und ignorierte mich. Einem Anderen wurde die Ehre zuteil und ich marschierte kurz darauf zum ersten Mal mit meinen Barackenkumpanen aus dem Lager, um in einem Außenbezirk im nahe gelegenen Hamburg Schutt zu räumen. Unsere Bewacher schlugen dabei kräftig zu, denn jede deutsche Bombe, die über England abgeworfen worden war, musste vergolten werden. Es waren Altersgenossen, die einen grün und blau schlugen, und es waren Schläge, gegen die man sich nicht wehren konnte. Gegen ein solches Gefühl der Ohnmacht hat kein Schuldbewusstsein Bestand: Ich verfluchte den Moment, in dem ich beschlossen hatte, zurückzukehren.

Eines Tages wankte unser Stubenältester kreidebleich herein. Wir mussten in unserer Baracke bleiben. Mittags würden wir vor ein Exekutionskommando kommen, man würde uns standrechtlich erschießen. Und so geschah es. Mit Platzpatronen. Aber die Salven und das darauf folgende Hohngelächter sollten uns noch lange Zeit in den Ohren klingen.

Zu unserer großen Erleichterung erschien einige Tage später eine Einheit der niederländischen Militärpolizei. Alle Holländer antreten! Man lud uns in Viehwaggons und brachte uns ins Lager Vught, das wie Neuengamme von den Deutschen gebaut worden war. Man schor uns die Köpfe und pinselte einen orangefarbenen Strich auf unsere kahlen Schädel. Nachdem man uns gestreifte Sträflingskleider verpasst hatte, wurden wir in einem gesonderten Lager innerhalb des Lagers untergebracht.

Dorthin kamen die Waffenträger, diejenigen, die unter deutscher Flagge gekämpft hatten. Wir galten als die schwersten Fälle, und manche Aufseher, Mitglieder der niederländischen Streitkräfte, die im Krieg aus der Widerstandsbewegung hervorgegangen waren, ließen uns das mit offenkundigem Vergnügen spüren. Vor allem am Ankunftstag mussten wir dafür büßen – zu Dutzenden wurden wir bewusstlos geprügelt. Später bekamen wir mit, dass gerade Aufseher aus normalen Einheiten, wie der Prinses-Irene-Brigade, die Seite an Seite mit den Alliierten gekämpft hatten, oder die Kanadier, die im Lager Vught stationiert waren, Gefangene nicht misshandelten, sondern manchmal sogar versuchten, Exzesse zu verhindern.

Hatten Erstere als Bürger in den Besatzungsjahren mehr gelitten und reagierten sie sich nun an uns ab? Oder mussten manche – hieß es über die brutalsten Aufseher, dass sie erst zum Widerstand gegangen waren, als der Krieg im Grunde schon vorbei war – an uns beweisen, wie heldenhaft sie waren? – So heldenhaft zum Beispiel, dass sie ziellos in einer Baracke voller Gefangener ein ganzes Gewehrmagazin leer schossen. Vielleicht waren unsere Schlüsse falsch, aber wir blieben dabei. Das Warten auf unsere Strafverfolgung begann.

Im Oktober durften wir eine Postkarte nach Hause schreiben. Ich lebe. Ich bin in Vught interniert. Jan.

Es war mein erstes Lebenszeichen, seit ich im Februar nach Klagenfurt aufgebrochen war.

Ein paar Wochen später bekam ich Besuch. Meine Mutter und meine mittlere Schwester. Unter den wachsamen Augen und Ohren eines Aufsehers und unter Berücksichtigung eines Sicherheitsabstandes von einem Meter, damit mir nicht heimlich etwas zugesteckt werden konnte, durften wir zehn Minuten miteinander sprechen.

»Wir dachten alle, du bist tot …«

»Wie geht es Vater?«

»Gut. Wie geht es dir?«

»Auch gut.«

Stille. – Es ist bemerkenswert, wie wenig man in einer solchen Situation zu sagen weiß. Gerade wenn ein Aufseher ständig auf die Uhr schaut.

Mit der Zeit wurde das Regime im Lager etwas milder. Treu besuchte ich jeden Sonntag die heilige Messe. Nicht, weil ich plötzlich zum katholischen Glauben bekehrt worden wäre, sondern weil ich dann neben Pim sitzen konnte, meinem Schulfreund aus Oudewater, der später nach Bergen op Zoom umgezogen war. Ich hatte gehört, wie jemand seinen Namen rief. Anfangs hatte ich ihn gar nicht erkannt. Mager, mit Stoppelbart und Falten um die Augen. Kein Junge mehr, sondern ein Mann. Getrennt durch einen Zaun hatten wir ein paar Worte wechseln können. Er war auch Mitglied des Jugendsturms geworden, hatte sich dann aber zur Waffen-SS gemeldet.

»Wie bist du hier gelandet?«

»Ich war bei der Kriegsmarine. Erst auf See, dann in den Laufgräben von Kurland.«

»Dann brauchen wir uns nichts zu erzählen«, sagte Pim.

Der Gefängnispfarrer meinte, dass wir gar nicht so schlecht seien. Schließlich habe der Kampf gegen den Kommunismus auch sein Gutes gehabt. Aber das war es nicht, was wir dachten, als wir in einem amerikanischen Dokumentarfilm die Vernichtungslager sahen. Auschwitz, Bergen-Belsen, Majdanek. Einige wenige taten es als Kriegspropaganda ab. Andere behaupteten steif und fest, *so viele* sei einfach nicht möglich. Die meisten aber schwankten nach draußen, bleich, entsetzt. – Ein paar Mal wollte ich Pim fragen, ob er etwas davon gewusst habe. Ich traute mich nicht.

Januar 1946 – zwei Monate nach meinem einundzwanzigsten Geburtstag – wurde ich zum Verhör nach Gouda verlegt. Dann nach Den Haag in die Zellenbaracken. Mit fünf Mann in einem nur wenige Quadratmeter großen Verlies. Dort, auf dem Innenhof, drehten die Führungsleute der NSB ihre Runden. Mussert, Blokzijl und wie sie alle hießen. Die ersten Urteile wurden gefällt. Einige SS-Männer wurden zum Tod verurteilt. Andere bekamen fünfzehn Jahre. Wir hatten keinen Grund, etwas anderes zu erwarten.

»Aber du warst doch nicht bei der SS, und du warst ja noch so jung, als du dich freiwillig gemeldet hast ...«

»Ja, das sagst du.«

Schließlich landete ich im Scheveninger Lager Duindorp, einem mit Stacheldraht umzäunten Wohnviertel, wo hauptsächlich Jugendliche interniert waren. Da warteten wir, insgesamt fünfzehnhundert Mann, auf unsere Verfahren. Die Urteile waren inzwischen milder geworden. Die Todesstrafe würde ich nicht bekommen und auch keine fünfzehn Jahre Gefängnis. Gefangene, die während ihrer Kriegszeit minderjährig gewesen waren, kamen vor den Jugendrichter. Drei bis fünf Jahre Erziehungsheim war die Standardstrafe. Jeden Tag bekamen einige Dutzend das Strafmaß zu hören. Jeden Tag wurde Duindorp leerer. Es muss immer einen Letzten geben. Und dieser Letzte war zufälligerweise ich.

Man las die Anklage vor. Ob ich noch etwas zu sagen hätte, fragte die Richterin. Nein, ich hatte nichts mehr zu sagen. Genau so war es. Der Fall war klar, schien mir – deshalb hatte ich auch keinen Anwalt gewollt. Kurz zuvor hatte ich Besuch von einem Pfarrer aus Oudewater bekommen, nicht von ›unserer‹, sondern von der reformierten Kirche. Er versuchte die beiden Jungs, die ich ein Jahr zuvor vor der Landwacht versteckt hatte, dazu zu bewegen, für mich auszusagen. Aber auch das wollte ich nicht. Ich hatte getan, was ich getan hatte.

Ein Schlag mit dem Hammer. Drei Jahre, lautete das Urteil, unter Abzug der Zeit, die ich bereits inhaftiert gewesen war. Die mildeste Strafe.

Ich ging zum letzten Mal durch die ausgestorbenen Straßen von Duindorp, um vom alten van Weerlee Abschied zu nehmen.

Er war Gemälderestaurator und Mitglied der NSB gewesen, hatte ein Atelier in Duindorp bekommen, um weiterarbeiten zu können. Ein ausgezeichneter Fachmann – er hatte sogar Rembrandts *Nachtwache* restauriert – und ein höchst unangenehmer Mensch. Er war klein, launenhaft, unfähig, auch nur einen einzigen Satz ohne Fluchen hervorzubringen. Es war verdammt noch mal dies und verdammt noch mal jenes. Trotzdem war ich in jeder freien Minute in seiner Werkstatt gewesen. Er hatte gemerkt, dass ich etwas von Farben und Pigmenten verstand, und deshalb duldete er mich in seiner Nähe. Er war sogar so großzügig, mich frei mit seinem Material herumpinseln zu lassen, denn was das Lernen betraf, kannte er nur eine Devise:

»Selbst machen, verdammt noch mal!«

Ich half ihm auch beim Rentoilieren alter Gemälde. Davon hatte ich schon gehört, doch ich konnte mir nur schwer vorstellen, wie es möglich sein sollte, ein altes Gemälde auf eine neue Leinwand zu ziehen. Schon bald konnte ich es ganz gut. Die bemalte Leinwandseite wird vorsichtig mit hauchdünnem Papier beklebt, das in einem Leim aus Roggenbrei getränkt wird, Schicht für Schicht, bis eine zentimeterdicke, harte Lage entsteht. Die alte, nahezu brüchige Leinwand wird daraufhin mit einem Lösemittel aufgeweicht und mit einer kleinen Pinzette Fädchen für Fädchen entfernt.

Echte Fleißarbeit, die umso schwieriger ist, je dünner die Farbschicht ist. Schließlich befindet sich das Gemälde ohne Leinwand auf der dicken Papierlage, und man kann die ›Rückseite‹ der Farbschicht säubern. Die neue Leinwand wird zum Schluss mit einer Art Bügeleisen auf die Rückseite des Gemäldes gedrückt, das sich mit ihr verbindet, woraufhin das Papier Schicht für Schicht aufgeweicht werden kann.

Aber dabei blieb es nicht. Van Weerlee lehrte mich, wie man alte, braun gewordene Lackschichten entfernte, ohne die Farbschicht selbst anzugreifen. Ursprüngliche Farben blühten so wieder auf. Van Weerlee machte mich mit dem Pinselstrich alter Meister vertraut, Pieter de Hooch, Jan Steen, Ruysdael. Ich lernte, einen Lack herzustellen, der ein Craquelé erzeugt, als habe ein Gemälde den Jahrhunderten getrotzt. Ich lernte, kurzum, alte Gemälde zu restaurieren – und zu fälschen.

Ich saß über ein mittelalterliches Tafelbild gebeugt, an dem er seit kurzem arbeitete.

»Herr van Weerlee, ich gehe. Ich habe drei Jahre bekommen. Ich komme in ein Erziehungsheim in Katwijk.«

»Verdammt noch mal«, sagte van Weerlee.

Ich verbrachte anderthalb Jahre in dem Erziehungsheim in Katwijk, das sich in einem ehemaligen Kloster befand, und danach ein weiteres Jahr in einer ähnlichen Einrichtung in Nunspeet. Worin nun genau das Erziehungsmoment lag, blieb mir unklar, denn es handelte sich um offene Internate. Tagsüber arbeiteten wir außerhalb der Anstalt, ich als Malergeselle. Am Wochenende durften wir nach Hause, aber ich ging meistens nach Amsterdam, in den ›Sündenpfuhl‹, wie es früher zu Hause geheißen hatte. Ich trieb mich in Künstlerkneipen am Leidseplein herum.

Dort herrschte nach fünf Jahren Besatzungszeit noch immer der Befreiungstaumel. Jeden Samstag wurde irgendwo ein großes Fest gegeben, und obwohl ich niemanden kannte, war es ein Kinderspiel, sich den Gruppen anzuschließen, die dort hinzogen. Man ließ sich voll laufen, tanzte auf Musik, die ›Negerjazz‹ genannt wurde. Ich hielt mich stets etwas abseits, genoss jedoch die Offenheit, die dort herrschte. Und eines Abends kam ich mit einem Mann in Kontakt, dessen Worte mir noch monatelang im Gedächtnis bleiben sollten. Er stand in einer Ecke, redete mal mit diesem, mal mit jenem. Die natürliche Überlegenheit, die er ausstrahlte, hatte mich vom ersten Moment an beeindruckt, in dem ich ihn gesehen hatte. Aus den Gesprächsfetzen reimte ich mir zusammen, dass er im Widerstand eine wichtige Rolle gespielt haben musste.

Ich fragte jemanden, wer der Mann dort in der Ecke sei. Er war der Chefredakteur von *Vrij Nederland*, einer niederländischen Wochenzeitung, die im Widerstand gegründet worden war. Als er einen Moment allein war, ging ich auf ihn zu, verlegen und unsicher, was ich sagen sollte. »Sie kennen mich nicht«, begann ich, »aber Sie würden mir einen großen Dienst erweisen, wenn ich kurz mit Ihnen sprechen dürfte.«

Er nickte.

»Ich bin in einem Jugendheim in Nunspeet. Ich habe drei Jahre für den Dienst bei der deutschen Marine bekommen. In ein paar Monaten werde ich entlassen, aber wie soll es jetzt weitergehen, irgendwie muss ich doch weitermachen?«

Ich hatte mich selten so verletzlich und fehl am Platze gefühlt. Wenn er sich in diesem Moment umgedreht hätte, hätte er ein Urteil über mich gefällt, das kein richterlicher Spruch aufgewogen hätte. Aber er drehte sich nicht um. Sein Blick erstarrte kurz – dann zeigte er auf zwei Stühle, die etwas abseits standen. Wir setzten uns. Er fragte, woher ich komme, und ließ mich, ohne mich zu unterbrechen, erzählen, wie es genau gegangen war. Er fragte mich, ob ich gewusst hätte, was genau los gewesen sei. Ich meinte nein, wirklich nicht. Schließlich sagte er:

»Ich glaube dir. Du hast es nicht gewusst. Aber Andere haben es gewusst. Du musst möglichst genau untersuchen, was geschehen ist, damit du es beim nächsten Mal erkennst, und du musst mithelfen, eine Gesellschaft aufzubauen, in der solche Dinge nicht wieder passieren. Du bist noch jung, du musst weitermachen im Leben, aber du darfst es nicht vergessen ...«

Und er stand auf und mischte sich wieder unter die Leute.

In der darauf folgenden Zeit las ich alles, was ich über den Krieg finden konnte. Ich sprach mit Leuten vom Widerstand, mit Menschen, die in Konzentrationslagern gewesen waren. Ich ging ins nicht weit von Nunspeet gelegene Putten, das Dorf, das so schwer getroffen worden war. Niemand wies mir die Tür, obwohl ich ›falsch‹ gewesen war. Und ich lernte, dass gerade die Menschen, die am mutigsten gewesen waren oder am meisten gelitten hatten, als Erste bereit waren, mich zu akzeptieren und mir weiterzuhelfen.

Am fünften Mai 1948, drei Jahre nach der deutschen Kapitulation, wurde ich entlassen. Ich war dreiundzwanzig. Zurück nach Oudewater. Zurück in Vaters Geschäft. Sich ausheulen und neu anfangen. Rein in die Bürgergesellschaft.

So spachtelte ich also wieder, scheuerte, grundierte, lackierte, sechs Tage die Woche. Ich schlief wieder in der Dachkammer. Und in den Wintermonaten: auf nach Utrecht zur Meistermalerschule. Samstagabends in die Kneipen. Viel Bier trinken und mit einigen Altersgenossen die Gegend unsicher machen: junge Männer, die auch in Deutschland gewesen waren oder aber im Widerstand – junge Männer, die genauso wenig zurechtkamen wie ich. Denn auch wenn die Kriegserinnerungen in tiefen Schlummer versunken waren, meine Unruhe blieb. Ihr waren keine noch so guten Vorsätze gewachsen.

»Jan ist doch eine solche Stütze im Geschäft ...«

Ich arbeitete hart und das war auch nötig, denn der Betrieb war nach einem leichten Herzanfall meines Vaters ziemlich heruntergekommen. Er sehnte den Tag herbei, an dem er sich ganz daraus zurückziehen konnte. Haus- und Dekorationsmaler: meine Zukunft.

»Jan, du solltest einmal ans Heiraten denken ...«

Ich hatte ein Verhältnis mit einem Mädchen namens Marietje. Als aber ihr Vater davon erfuhr, bekam sie Hausarrest. Nicht, weil ich ›falsch‹ gewesen, sondern weil ich nicht katholisch war. Das war Oudewater: die Hauptstadt meiner Zukunft.

Von Zeit zu Zeit ging es gut, manchmal sogar monatelang. Aber dann war es plötzlich, als sei ein Schalter in mir umgelegt worden. Dann machte ich mich davon, vom einen Moment auf den anderen, manchmal ohne einen Cent in der

Tasche. Mit dem Fahrrad nach Amsterdam oder nach Antwerpen. Oder per Anhalter nach Paris, wo man in zwielichtigen Kellern dem Existentialismus huldigte. Und weiter weg, nach Griechenland. Auf der Winterschule hatten wir Kunstgeschichte, und der Schulmeister hatte von der griechischen Zivilisation erzählt, unserer kulturellen Wiege. Atemlos hatte ich zugehört. Diese Götterlehre – das war etwas anderes als dieser grausame Rachegott. Fantastische Tempel, fantastische Statuen. Apollo, Odysseus. Platon. Knabenliebe: der Gipfel des Freimuts. – Das musste ich sehen.

Per Anhalter zog ich durch Europa. Deutschland, Italien, Jugoslawien. Und schließlich zu Fuß durch eine strohtrockene Berglandschaft, Mazedonien, Griechenland. Ich war auf der Suche nach der Kultur der Hellenen – ich dachte, ich würde sie so vorfinden, wie sie der Schulmeister geschildert hatte – und ich stieß auf ein kleines, brennendes, halb niedergemetzeltes Dorf.

Was los war, verstand ich nicht. Ich sprach kein Wort Griechisch. »Banditen« hörte ich, aber das war mir auch so klar gewesen, denn sie hatten nicht nur Dutzenden Menschen den Kopf vom Rumpf getrennt, sondern auch alle Kinder verschleppt. – Erst später erfuhr ich, dass es um einen Bürgerkrieg zwischen kommunistischen Partisanen und einer anderen Gruppierung ging, die von den Alliierten unterstützt wurde. Aber welche der beiden Parteien hier so gewütet hatte, diesmal hier, ein paar Tage später dort, blieb mir vollkommen unklar, denn in der Praxis war das eine Gemetzel vom anderen nicht zu unterscheiden. Es war ein Kampf, der grausamer war als alles, was ich bisher erlebt hatte: ein Kampf von Zivilisten gegen Zivilisten, ohne Disziplin, ohne Hierarchie, in denen sogar ein Kind als Feind galt.

Ich ging durch das Dorf. Ich schaute. Ich verstand ein bisschen von erster Hilfe. Ich legte Notverbände an. – Ich befand mich wieder im Krieg. Drei Wochen lang und unbeabsichtigt. Aber wo liegt die Grenze zwischen beabsichtigt und unbeabsichtigt?

In der Zwischenzeit hatte der Name eines fernen Landes die Weltnachrichten erreicht: Korea. Im Süden war unter Syngman Rhee eine westlich orientierte Regierung an der Macht, im Norden war unter dem Einfluss Chinas eine kommunistische Volksrepublik errichtet worden. 1950 fielen die Nordkoreaner in Südkorea ein. Und zum ersten Mal in der Geschichte entschloss sich ein Völkerbund, die Vereinten Nationen, eine Truppenmacht zu entsenden, um zwischen beide Parteien zu treten. Fünfzehn Länder schickten Soldaten, die Operation stand unter amerikanischem Befehl. Eine Friedensarmee, so jedenfalls hieß es. Auch in den Niederlanden erschienen in den Zeitungen Appelle an Freiwillige.

Warum ging ich? Weil ich nach zwei Jahren in Oudewater nicht mehr richtig atmen konnte. Weil ich noch eine Schuld zu begleichen hatte. Weil mich die Unruhe nicht einen Moment verließ, die schwelenden Fronterfahrungen, tief verdrängt in meiner Erinnerung, Erfahrungen, über die ich mit niemandem sprechen konnte. Weil es ein neues Abenteuer war. Es waren alle diese Faktoren zusammen.

Am Morgen hatte ich während der Arbeit bei einem Kunden den Aufruf in der Morgenzeitung gelesen. Noch vor dem Mittagessen hatte ich meinen Vater von meinem Entschluss in Kenntnis gesetzt – er protestierte nicht. Und abends hatten wir den Malerbetrieb verkauft, denn ohne Nachfolger hatte es in seinen Augen keinen Sinn, das Geschäft weiterzuführen.

Am nächsten Tag saß ich in einem Büro in Den Haag, umgeben von etwa fünfzig Männern in meinem Alter. Wir hatten ganz unterschiedliche Vergangenheiten. Manche waren im Krieg im Widerstand gewesen, Andere, die auf diese Weise ihre niederländische Identität wiedergewinnen konnten, bei der Waffen-SS, wieder Andere waren bei der Prinses-Irene-Brigade gewesen oder hatten an den Polizeieinsätzen in Indonesien teilgenommen. Aber eines war uns allen gemein: das Gefühl der Entwurzelung, das wir mit einem einzigen Augenaufschlag beim Anderen erkannten.

Ich wurde angenommen. Mein Den Haager Onkel, Ministerialrat der Regierung, schüttelte mir höchstpersönlich die Hand.

»Jan, Glückwunsch zu diesem *kühnen* Schritt!«

Seine Worte.

Korea

Wir mussten uns zunächst einem militärischen Training, diesmal einer Kommandoausbildung im Brabanter Roosendaal unterziehen, wo ich zum soundsovielten Mal durch die Mangel gedreht wurde. Danach wurden wir mit einigem Zeremoniell an Bord eines aus dem Zweiten Weltkrieg stammenden, zu Truppentransporten umgebauten Libertydampfers eingeschifft. Die Seereise sollte über sechs Wochen dauern. Zuerst ging es nach Southampton, dann nach Frankreich und Griechenland. Immer neue Truppenabteilungen stießen hinzu und lieferten so einen Beitrag zur großen Sprachverwirrung. So bekam ich dann doch noch etwas vom Griechenland des ehemaligen Schulmeisters zu Gesicht. Die

Akropolis sah genau so aus wie auf der Abbildung, die er uns gezeigt hatte, aber das war auch schon alles. Athen war ein siedender Hexenkessel, wo es mehr Taschendiebe gab als Philosophen, geschweige denn Götter.

Danach kam die Türkei. Wir lagen drei Tage in einem hässlichen Hafenstädtchen vor Anker, dessen Gassen von den dicksten Huren eingenommen wurden, die ich je gesehen hatte. Beim Appell vor der Weiterreise fehlten fünfzehn Mann, was den Kommandanten der türkischen Einheit nicht weiter aus dem Konzept brachte. Er ließ einfach einen gesamten Straßenzug absperren und fünfzehn Männer im gewünschten Alter am Kragen packen. So stimmte die Anzahl wieder. Die Kriegskunst würde man ihnen unterwegs schon beibringen.

Und weiter ging es. Port Said, der Sueskanal, Wüste, die Pyramiden.

Als einer der Älteren war ich bei der MP eingeteilt, der Militärpolizei, die die Aufgabe hatte, an Bord und in den Hafenstädten, in denen wir vor Anker gingen, für Recht und Ordnung zu sorgen. So patrouillierten wir den ganzen Tag in Fünfergruppen, bewaffnet mit langen Holzknüppeln. Und das war nötig, denn auf dem Schiff, voll gestopft mit etwa zweitausend jungen Männern, die von Natur aus nicht gerade vom besonnensten Schlag waren und zudem nervös und angespannt angesichts dessen, was ihnen bevorstand, gehörten Keilereien zur Tagesordnung. Es schien, als würden in diesem Schmelztiegel der Völker – Friedensmacht genannt – alle internationalen Konflikte von heute und gestern mit der Faust oder gar dem blanken Bajonett ausgefochten.

Wir durchkreuzten den Indischen Ozean, gingen in Colombo und Singapur vor Anker. Und weiter ging es von Hafen zu Hafen.

Es war eine Reise voller Gegensätze. Abends trat ich in Kneipen mit dem Knüppel zwischen die Kampfhähne, morgens besuchte ich Buddhatempel. Ich wusste nichts vom Buddhismus, aber das war auch nicht notwendig, um etwas von der Heiterkeit zu verspüren, die dort herrschte. Hier gab es keine Schwermut, keine Angst vor einem zürnenden Gott. Hier gab es keine steifen, schwarzen Anzüge, keinen faden Geruch nach Eau de Cologne. Hier wurden keine erhobenen Finger in die Luft gestreckt, hier erklang keine geschwollene Stimme eines Predigers. In diesen Tempeln saßen meditierende Mönche in farbigen Gewändern, hier wurde Weihrauch verbrannt und überall lagen Blumen. Gleichmut und Ruhe statt innerlicher Zerrissenheit und Verdammnis ... Auch das war offensichtlich möglich.

Meine Bekanntschaft mit den Tropen glich der Begrüßung eines alten Bekannten. Ich saß auf einem einfachen Lattenrost hinter der offenen Vorderseite eines kleinen Straßenrestaurants. Ich ließ meinen Blick über die Menschenmenge auf einer Straße aus festgetretener Erde schweifen: zierliche, zart gebaute Frauen in Sarongs, weiten schwarzen Hosen, mit Spitzhüten aus Stroh; Männer in bunten, lose hängenden Hemden, die sich geschmeidig bewegten, ohne Eile, mit einem Lächeln auf den Lippen; Kinder, die sich voller Staunen über meine Uniform um mich drängten und keine Angst hatten, wenn ich sie auf den Schoß nahm. Ich hatte das Gefühl, schon früher einmal hier gewesen zu sein, genau an dieser Stelle, in einem einstigen Traum, in einem früheren Dasein. Tief sog ich die Luft ein, eine Mischung aus Verwesung, Essen, Blüten, Kräutern – und ich *erkannte* den Geruch. Ich lehnte mich zurück: So soll es bleiben. Keine Eile, keine Anspannung, keine Verbissenheit. Keine Erbsünde, keine *Schuld*.

Ich bekam eine Schale: eine Hand voll Reis, etwas Gemüse, ein Stück Fisch. Man fragte mich etwas in einer Sprache, die ich nicht verstand. Ich antwortete mit einem Lächeln.

»Lecker«, sagte ich. »Very nice ...«

Und ich wusste: Hierher werde ich zurückkehren. Das ist der natürliche Zustand. Das ist Frieden. Ich komme wieder – ich, der ich auf dem Weg in einen Krieg war.

In der südkoreanischen Hafenstadt Pusan schifften wir uns aus und man brachte uns in ein riesiges Truppenlager. Wir Holländer sollten amerikanische Marinesoldaten in einem Frontsektor ablösen. Ein paar Tage später begann der Transport. Eine endlose Lastwagenkolonne kroch durch eine makabere, schwarz versengte Landschaft. Überall waren Granattrichter, tote, geknickte Bäume, gekocht vom Napalm, ausgebranntes Material. Der Anblick aller Kriege. Wir saßen Seite an Seite und einander gegenüber, wurden hin- und hergeworfen, hatten unsere Gewehre zwischen den Knien. Man rauchte eine Zigarette nach der anderen. Man machte Bemerkungen, eine noch unpassender als die andere. Man kicherte. Wenn kurz eine Stille eintrat, meldete sich das Gewissen. Wir waren angespannt, aufgeregt wie Schulmädchen vor dem ersten Ball. Manche von uns sollten nicht zurückkehren, Andere würden verwundet oder verstümmelt werden. – Soldaten auf dem Weg zur Front. Unsere Stellung lag auf der Höhe des 38. Breitengrades, der ursprünglichen Demarkationslinie zwischen Nord- und Südkorea. Wir waren eingegraben auf einem Hügel, auf der gegenüberliegenden Anhöhe waren Nordkoreaner und Chinesen, das Tal war Niemandsland. ›Land der Morgenstille‹ bedeutet der Name Korea, und jetzt verstanden wir, warum.

Die Beschaffenheit des Bodens absorbiert Geräusche, die Luft glitzert, ist glashell. Ein anderes Phänomen: die Echos. Es war nahezu unmöglich, die Richtung der Geräusche zu bestimmen, und das machten sich unsere Feinde zu Nutze. Beim Angriff bliesen sie auf Kupfertrompeten einen einzigen hohen Ton. Durch die Wirkung des Echos vermuteten wir, sie kämen aus der anderen Richtung. Sie kannten das Gebiet, wir hatten die modernsten Waffen. Sie waren zahlenmäßig überlegen, wir hatten unerschöpfliche Arsenale. Sie beherrschten das Feld, wir bewachten die Wege. Kriegsführung, *American way*.

Vieles war gleich, vieles war neu. Gleich war der tödliche Gleichtakt von Wache und Ruhe, immer mit gespitzten Ohren, vier Stunden Wache und vier Stunden keine. Gleich war der Taumel, in den man durch Schlafmangel und Erschöpfung fiel, gleich waren der Schmutz, der Schlamm, die Kälte hoch oben in den Bergen. Und das Warten, das endlose, gedankenlose Warten. Ein Loch im Boden, ein Loch in der Zeit.

»Warum hast du dich gemeldet?« – Nicht, um nachzudenken. Vielleicht gerade, um *nicht* nachdenken zu müssen.

»Ich hielt es zu Hause nicht aus.« – Hast du Angst? Natürlich habe ich Angst. Alle haben Angst in einer Stille, die jeden Augenblick zerreißen kann. Aber gleichzeitig kann ich keine Ruhe finden, wenn es keine Angst gibt. Hier muss ich *direkt* reagieren. Das ist die Wirklichkeit in konzentrierter Form. Dieses Leben ist *Überleben*.

»Der eine flüchtet sich in Sicherheit, der Andere in Gefahr ...« – Ich hatte ein neues Wort gelernt. Eskapismus.

Vieles war gleich, vieles war neu. Neu war das moderne Kriegsgerät. Düsenjäger, Raketen. Der Tod näherte sich schneller als der Schall. Aber auch unter diesen Bedingungen entwickelte man Intuition. Man ließ sich auf den Boden fallen und erst eine Sekunde später kannte man den Grund. Neu war, dass ich mich in einer kompletten Freiwilligenarmee befand. Jeder von uns hatte dieses Los selbst gewählt. Neu war der Alkoholmissbrauch. Man hatte mehr Angst davor, dass der Whisky ausgehen könnte, als dass wir keine Munition mehr hatten. Das waren rohe Kerle. *Wir* waren rohe Kerle.

Unsere erste wirkliche Kampfhandlung war wenig erfolgreich. Nachdem man einen vernichtenden Luftangriff geflogen hatte, hatten wir den Befehl bekommen, die Ebene, die die beiden Anhöhen verband – ein Mörsernest, das viel Unheil anrichtete –, zu besetzen. Wir näherten uns dem Gebiet. Kein Schuss fiel. Nichts bewegte sich. Dort gibt es kein Leben mehr, dachten wir. Dachten wir. Denn als wir fast oben waren und unsere Deckung nur noch minimal, brach wieder die Hölle los.

Wie sie überlebt hatten, war uns ein Rätsel. Mit eigenen Augen hatten wir gesehen, wie es dort unter Raketen kochte und siedete, aber jetzt waren sie an der Reihe oder, aus einem anderen Blickwinkel, *wir*. Ein grausames Gemetzel.

Oberst Pieterse, unser Kompaniekommandant, war einer der Ersten, die es erwischte. Er wurde am Bein getroffen. Halb fallend, halb rutschend konnte ich ihn in Sicherheit bringen. Danach musste ich schnell wieder zurück, um seinem Stellvertreter zu melden, dass er jetzt das Kommando hatte. Dann war ich dran. Genau in dem Augenblick, in dem die Düsenjäger zurückkamen, um uns Deckung zu geben, schlug ein Granatsplitter ein Loch in meinen Helm. Und hinter diesem Loch musste ein weiteres Loch sein. In meinem Kopf.

Ich kam in einem improvisierten Feldlazarett zu mir, gleich hinter der Frontlinie. Ich hatte eine Kopfwunde, schon wieder. Und erneut eine Gehirnerschütterung. Dieses Mal war es ein amerikanischer Arzt, der an meiner Pritsche stand. Er hatte meinen Helm in der Hand und streckte zwei Finger durch das ausgefranste Loch. Er sagte etwas über die erstaunliche Schädelhärte mancher Menschen.

Nach drei Wochen Lazarett kehrte ich zu meiner Einheit zurück. Meine Kopfwunde war geheilt, aus meiner Brust waren einige Granatsplitter entfernt worden, doch von der Gehirnerschütterung hatte ich eine Gleichgewichtsstörung zurückbehalten. Ab und zu wurde mir schwarz vor Augen, und ich musste mich an etwas festhalten, wenn ich nicht umkippen wollte. Das würde wohl nachlassen, meinte man.

Schon bald darauf wurden wir von einem Bataillon türkischer Soldaten abgelöst. Wir gingen ›zur Erholung‹ weit hinter die Front im Süden des Landes. Dörfer aus Stroh, üppig bewachsene, wogende Hügel, Täler mit glitzernden Bächen: eine Landschaft wie auf einer chinesischen Malerei.

Wir wurden in einem anderen Frontsektor eingesetzt. Wochenlang blieb es ruhig. Wir schlugen die Zeit mit Kartenspielen und Trinken tot. Wir redeten – über die Zukunft. Manche dachten darüber nach, sich später als Berufssoldaten zu verpflichten, Andere spielten mit dem Gedanken, nach Australien oder Neuseeland zu emigrieren. Ich wusste es nicht. Ich war mittlerweile siebenundzwanzig: ein Veteran, voller Narben. Ich hatte nicht die geringste Idee, wo und wie ich noch Fuß fassen konnte.

Nach drei Monaten hatten wir ein Recht auf R *and* R, ›Rest and Recuperation‹. Fünf Tage Fronturlaub. Wir wurden nach Tokio geflogen und dort beim Roten Kreuz zunächst in eine Badewanne gesteckt, denn wie alle Frontsoldaten waren wir völlig verschmutzt. Dann, rein wie ein Baby, mit einem

Handtuch um die Hüften, essen und trinken, bis man nicht mehr konnte, und da hing dann auch für jeden eine nagelneue, perfekt sitzende Ausgehuniform. Wir bekamen Dollars, eine ganze Menge Dollars sogar, dank der Gefahrenzulage, die auf unsere normale Besoldung kam. Und rein in die Stadt. Manche verschwanden sofort in einem Bordell und mussten fünf Tage später von der MP wieder herausgeschleppt werden, stockbetrunken, mürbe vom Alkohol, jedoch für kurze Zeit von den Schrecken und Anspannungen des Krieges erlöst. Ich nahm mir vor, zumindest *etwas* von der Umgebung zu sehen: die Tempel, die berühmten Zen-Gärten, von denen ich gehört hatte.

Wir waren in einem nur für uns reservierten Hotel untergebracht. Dort wurde Tag und Nacht gefeiert. Ein ständiges Kommen und Gehen von Soldaten, leichten Mädchen und Krankenschwestern aller Nationalitäten sowie japanischen Studenten: Die jüngere Generation war im Bann des Amerikanismus und schwärmte für Jazzmusik, Jeans, Kaugummi und Coca-Cola. Und dort begegnete ich Yoshika. Es war Liebe auf den ersten Blick.

Yoshika war klein und zierlich. Sie hatte rabenschwarzes Haar und dunkle Augen, aus denen trotz ihrer siebzehn Jahre ein inneres Gleichgewicht strahlte, dem ich noch nie zuvor begegnet war. Sie studierte Englisch, wohnte noch bei ihren Eltern. Ihr Vater war Oberst in der kaiserlichen Armee gewesen, Spross eines alten militärischen Adelsgeschlechts, der Samurai. Wie jung sie auch war, durch sie lernte ich die asiatische Frau kennen: vollkommene Fügung, ohne den Stolz zu verlieren, distanziert, doch warm.

Eine Beziehung mit einem Mann aus dem Westen war in ihrer Schicht, die von alters her ein Bollwerk des Fremdenhasses war, tabu, aber Yoshika versuchte, sich von den alten

Traditionen zu lösen. Dennoch kostete es große Mühe, sie dazu zu überreden, auf der Straße neben und nicht hinter mir zu gehen. Ich meinerseits musste mich an ganz andere Dinge gewöhnen. Dass es das Wörtchen ›nein‹ im Japanischen nicht gab zum Beispiel. Wenn ich etwas rundweg abstritt oder ablehnte, war es, als hätte ich ihr eine Ohrfeige versetzt. Das konnte mich zur Verzweiflung bringen.

»Aber wie soll ich dir denn klarmachen, dass ich nicht deiner Meinung bin?«

»Du fängst damit an, mir Recht zu geben, und von da aus versuchst du, meinen Standpunkt zu untergraben, wodurch der Begriff ›nein‹ durch eine Begründung ersetzt wird.«

Yoshika zeigte mir die berühmten Zen-Tempel. Einer davon war von einem westlich aussehenden Neubau umgeben.

»Wie hässlich«, meinte ich.

Auch bei diesem Wort fuhr sie zusammen, als hätte ich einen furchtbaren Fluch ausgestoßen. Es musste heißen: »schmerzlich zu sehen«.

Und so musste ich, ein holländischer Rüpel, der noch vor wenigen Monaten im Pulk die Tanzveranstaltungen von Oudewater unsicher gemacht hatte, ein Frontsoldat, der noch wenige Tage zuvor in einem Schützenloch Wache geschoben hatte, versuchen, mich in eine andere Person hineinzuversetzen. Aber ich lernte dazu.

Es war undenkbar für sie, eine Nacht von zu Hause wegzubleiben. Doch was Eltern aller Länder und aller Zeiten zu vergessen scheinen: Der Liebe lässt sich auch tagsüber frönen. Und das machten wir, ausdauernd und voller Hingabe. Und es war eine andere Liebe als die, die ich bis dahin kennen gelernt hatte. Es war Liebeskunst, entspannt und bewusst. Alle Himmel öffneten sich. Frohlockend erschien ich tik, des ewigen Soldat-spielen-Wollens. Du bist immer wieder mit offenen Augen darauf hereingefallen! Du wirst es nie lernen! Freiwillige gesucht? – Und ja: du wieder! Abhängig vom Wettsaal des Alles oder Nichts, immer dem Schicksal spottend, es überlisten wollen, nun, alle Eskapaden waren umsonst, da hast du dein Alles oder Nichts! Ich fiel. Dann der letzte Schlag. *Es ist aus mit mir.* Ein Blitz. Dann lange Zeit nichts.

Aber es war nicht aus mit mir.

Ein eiskalter Nieselregen ging auf mich nieder. Und ich war nicht tot. Wieder einmal nicht tot. Noch nicht tot. Mein Fuß war eingeklemmt, mein Rücken gebrochen, meine Augen blutverschleiert, keine Rippe war mehr heil. Ich konnte keinen Finger rühren, ich konnte nichts sehen, meine Zunge war schwer. Aber ich lebte. Ich konnte hören. Aus der Höhe drang eine Stimme an mein Ohr.

»Jan! Wir kommen ...«

Ich lag rücklings auf dem Felsboden. Über mir erhob sich eine unermessliche Kathedrale. Dunkle Mauern, Säulen. Der Wind pfiff durch die verwitterten Fenster. Gebrochene Farben. Das Dach war weg, weit oben schimmerte schmutzigweißes Licht. Nieselregen fiel nieder. Der Boden war uneben, hart und kalt. Granitsärge mit Relief mussten es sein. Die Orgelpfeifen rauschten. Und es erklang eine Stimme, von oben. Nein, es war das Echo einer Stimme.

»Jan! Wir kommen ...«

Jetzt mehrere Stimmen. Nahe. Fern. Steinchen rieseln herunter. Keuchen. Jemand zieht die Nase hoch, spuckt.

»Wirf mal das Seil her!«

Und von oben:

»Ist er tot?«

»Nein. Beeil dich mit dem Seil!«

Vorsichtig!, will ich rufen. In Gottes Namen! Fasst mich nicht an! Aber meine Lippen glühen und meine Zunge ist schwer. Ich werde auf eine Trage gehoben, hochgezogen. Am Schaukeln fühle ich, dass sie gehen. Dann rieche ich Benzin. Eine Tür wird zugeschlagen.

Viel später beugte sich ein Arzt über mich. Grelles Licht schien in meine Augen. Er hatte eine dünne Nadel in der Hand. Damit, sah ich, stach er in meinen Schenkel.

»Und hier?«

Immer höher stach er. Schließlich in meinen Arm, in meine Schulter.

»Und hier?« – Seine Stimme, besorgt, dicht über mir. Erst in diesem Moment drang es zu mir durch, was es bedeutete, dass ich zwar gesehen, aber nicht *gefühlt* hatte, dass er mich mit der Nadel stach.

Nachdem ich mit dem Flugzeug ins Militärkrankenhaus von Tokio geflogen worden war, begann eine Zeit elender Untersuchungen und danach nicht weniger elender Behandlungen. Was nun genau die Ursache war – eine Gehirnerschütterung oder ein eingeklemmter Rückennerv –, ließ sich nicht mit Sicherheit sagen, aber meine rechte Körperhälfte blieb vollkommen gefühllos und gelähmt.

Ein holländischer Krankenhausseelsorger besuchte mich. Er warf einen Blick auf meine Medizinakte:

»So, Montyn ... Jaja, ich habe schon davon gehört. Es ist ein Wunder, dass du überhaupt noch lebst. Dafür müssen wir Gott danken.«

In seinen Augen mochte es ein Wunder sein, doch für mich war es nichts, wofür ich aus Dankbarkeit auf die Knie ging. Denn danach gab er mir indirekt zu verstehen, dass ich mich geistig besser darauf vorbereiten sollte, den Rest meines Lebens im Rollstuhl verbringen zu müssen. Das Leben einer Pflanze.

»Wenn das so ist, dann bringe ich mich um.«

»Aber Montyn! So etwas darfst du nicht sagen! Es gibt doch so viele andere schöne Dinge im Leben. Denk doch nur an das Geistliche.«

Ich wollte eine Handbewegung machen: Gehen Sie jetzt!
Aber gerade das konnte ich nicht!

Einige Tage später ging es mit einigen anderen an den Rollstuhl gefesselten Patienten per umgebautem Bus zu einer eigens für Behinderte eingerichteten Bar. Dort waren Mädchen, dort gab es in unbeschränkten Mengen alle erdenklichen Sorten Alkohol: die amerikanische Therapie zur Verarbeitung eines Schicksalsschlags. Hin und wieder ließ sich ein Psychiater blicken, um nach dem Rechten zu sehen oder mit jenen zu sprechen, die das wollten. Aber obwohl ich drei Tage und drei Nächte lang betrunken war, verließ mich die Anspannung nicht einen einzigen Moment. Ich wollte nicht mehr, und dieses Gefühl ließ sich auch nicht im Alkohol ertränken.

Der einzige Lichtpunkt meines Daseins war Yoshika. Sie besuchte mich jeden Tag. Ihre Liebe war ungetrübt und mir blieb nichts als das. Sie saß stundenlang neben mir, streichelte mich, sprach.

»Wenn du den Mut aufgibst, bist du verloren. Und du gibst den Mut nicht auf ...«

Wie oft sagte sie das in immer neuen Worten? Wohl tausend Mal, meine tote Hand in der ihren. Ihr war es zu verdanken, dass ich mit keiner anderen Waffe als meiner Willenskraft den Kampf aufnahm, das Gefecht gegen den geheimnisvollen, verborgenen Feind. Ich wurde täglich mit Elektroschocks behandelt, ich machte stundenlang Übungen, die anfangs aus nichts anderem bestanden, als mich mit äußerster Anspannung auf Muskeln zu konzentrieren, die mit keiner Reaktion zu erkennen gaben, dass sie überhaupt noch vorhanden waren.

Es dauerte Wochen. Erst machte ich Yoshika etwas vor, um zumindest ihre Hoffnung noch am Leben zu erhalten, und später hatte ich das Gefühl, ich machte mir selbst etwas vor.

Aber ein zweites Wunder geschah, auch wenn das Wort aus dem Mund des Seelsorgers eine andere Bedeutung hatte als bei mir. Quälend langsam, doch unverkennbar kehrte wieder Gefühl in meine rechte Hälfte zurück. Es war zuerst nicht mehr als ein Prickeln, ein leichtes, nur von mir wahrnehmbares Muskelziehen – aber es war ein Fortschritt. Und ein drittes Wunder folgte.

Yoshika wurde schwanger. Es war keine unbefleckte Empfängnis, denn diese Körperfunktion war mir erhalten geblieben. Wir heirateten in einem kleinen Krankenhaussaal. Kosten: zwölf Dollar. Meine linke Hand musste die rechte führen. Aber ich konnte bereits wieder unterschreiben. Obwohl ich noch immer an den Rollstuhl gefesselt war, galt ich nicht mehr als bettlägerig. Yoshika nahm mich mit nach draußen, stellte mich ihren Freunden vor.

Ich war häufig auch in ihrem Elternhaus, einem großen Anwesen mit einem wunderschönen Garten, still und friedlich, wie es nur japanische Gärten sein können. Ihre Mutter akzeptierte den seltsamen Eindringling, aber ihr Vater weigerte sich, das Wort direkt an mich zu richten. Obwohl er fließend Englisch sprach, wurde das Gespräch über einen Dolmetscher geführt: einen seiner Söhne, einen der Angestellten oder Yoshika selbst. Ich war zwar kein Amerikaner, aber ich trug die Uniform der Siegermacht, der einzige

Grund, warum er mich unter seinem Dach duldete, war, dass ich ein einfacher Soldat und kein Offizier war. Aber sprechen, das tat er nicht mit einem Angehörigen einer niedrigeren Kaste.

Langsam kehrte die Kraft in meine Glieder wieder. Ich bewegte mich nun mithilfe zweier Stöcke. Wir gingen oft zu dritt in die Stadt – den zukünftigen Nachkommen nicht mitgerechnet –, denn Yoshika war immer häufiger in Begleitung eines Kommilitonen, Imazu, eines netten jungen Mannes, mit dem sie sich hervorragend verstand. Und es entging mir nicht, dass zwischen den beiden etwas entstand.

Imazu stammte wie Yoshika aus gutem Haus. In beiden Familien war es von alters her Tradition, die Kinder bereits im Jugendalter zu verheiraten. Die Liebe würde später schon kommen. Und die beiden waren, ohne dass sie es anfangs wussten, seinerzeit tatsächlich einander versprochen worden. Die Liebe war mittlerweile erwacht, ich hatte es ohne Bitterkeit festgestellt. Je besser ich mich bewegen konnte, desto weniger lockte mich eine Zukunft in Japan. Ich gehörte nicht dorthin, ganz abgesehen von der Frage, wie ich meinen Lebensunterhalt bestreiten sollte. Es konnte nicht mehr lange dauern und ich würde aus dem Krankenhaus entlassen werden. Außerdem waren die neun Monate, für die ich mich verpflichtet hatte, beinahe um. Ich würde dann ausgemustert, hieß es. Ich verabredete mich mit Imazu, erzählte ihm von meiner Absicht, nach Europa zurückzukehren. Einige Wochen später verabschiedeten sie mich in Yokohama. Unsere Ehe war in aller Freundschaft gelöst worden. Kosten: acht Dollar. Ihre würde bald geschlossen werden. Imazu hatte versprochen, das Kind anzunehmen, als sei es sein eigenes.

»Passt gut aufeinander auf.« – Es folgten zwei Umarmungen.

»Yoshika, wenn du nicht gewesen wärst, würde ich hier nicht stehen. Und das meine ich wörtlich. Goodbye, ich werde dich niemals vergessen.«

Wieder eine sechswöchige Seereise. Dieses Mal nicht auf einem schmierigen, überfüllten Truppentransporter, sondern auf der *Edinburgh*, einem mit allem Komfort versehenen Krankenschiff. Es war nahezu eine Vergnügungsfahrt, für mich zumindest, denn vielen Anderen, die direkt von der Front kamen, ging es äußerst schlecht. An Bord machte mein Genesungsprozess weitere Fortschritte. Auf zwei Stöcke gestützt hatte ich das Schiff betreten, mit einem ging ich in Liverpool an Land. Dort holte eine niederländische Militärmaschine vom Typ Dakota sieben Mann von uns ab. Und nach neun Monaten, von denen ich mehr als sechs in Krankenhäusern verbracht hatte, betrat ich in Valkenburg wieder heimischen Boden. Die Zeiten können sich ändern. Denn dort erwartete uns ein Empfangskomitee. Man hielt Reden, verlieh Orden für nachweisliche und nicht nachgewiesene Heldentaten. Einen im Namen Ihrer Majestät der Königin, einen im Namen des Präsidenten der Vereinigten Staaten höchstpersönlich.

Und da erschien Jan wieder einmal in Oudewater. Zum zweiten Mal am Stock, doch nun in einer Tropenuniform. Nachdem ich meine Eltern begrüßt hatte, galt mein erster Besuch der Ortskneipe. Dort traf ich meine alten Freunde wieder. Sie wollten gern hören, wie es mir ergangen war. Dort schloss sich uns ein anderer Dorfbewohner an, der auch in Korea, allerdings bei einer anderen Einheit gewesen und direkt per Flugzeug zurückgeflogen worden war.

In selbiger Kneipe saßen wir am darauf folgenden Mittag noch immer, wieder betrunken oder immer noch betrunken.

Der andere Koreaveteran und ich waren morgens dort in einer Ecke erwacht. Man hatte uns in einen alten Teppich gerollt.

Plötzlich klingelte das Telefon. Der Wirt nahm ab.

»Jan, für dich, dein Vater.«

Es kostete mich etwas Mühe, mich daran zu erinnern, wie ein Telefon funktionierte. Nicht die Sprechmuschel ans Ohr also. Schließlich:

»Jan, bist du es? Du bist doch nicht etwa betrunken? Der Gesangsverein steht vor der Tür, der Bürgermeister ist hier, um euch zu ehren ...«

Berufssoldat

Es war in einer Nacht von Samstag auf Sonntag. Draußen wütete ein Sturm. Frühmorgens klingelte das Telefon. Es war noch stockdunkel. Meine Mutter rüttelte mich wach:

»Jan, du musst nach Rotterdam, die Deiche in Zeeland sind gebrochen.«

Mond- und Sonnenstand hatten für eine Springflut gesorgt, ein Sturm aus nordwestlicher Richtung in Orkanstärke hatte das Wasser der Nordsee in den engen Ärmelkanal getrieben. In Rotterdam, wo niedrig gelegene Außenbezirke überflutet wurden, waren Ratten aus Kellern und Kanälen gekrochen.

Niemand wusste, was genau los war. Zeeland, ein Teil der Provinz Brabant und die südholländischen Inseln standen unter Wasser. Fast alle Verbindungen waren unterbrochen. Die Lage war ernst, wäre wohl aber äußerst kritisch gewesen, wäre ein Deich bei Schiedam, der in jener Nacht in aller

Eile verstärkt worden war, gebrochen. Dann wäre die ganze Provinz Holland, ein Gebiet mit mehr als drei Millionen Einwohnern, überflutet worden.

Zusammen mit Marineangehörigen, die man wie uns zusammengetrommelt hatte, wurden wir auf die verfügbaren Schiffe und Boote verteilt. Ich kam mit drei Männern auf einen Lastkahn. Der Sturm hatte noch immer Windstärke zehn, mit Böen, bei denen man sich kaum aufrecht halten konnte. Es stellte sich heraus, dass wir an jenem Sonntag mit dem kleinen Kahn nicht gegen die offene See ankamen. Zwei Mal liefen wir aus, zwei Mal mussten wir umkehren – und dabei wie besessen Wasser schöpfen, um nicht zu sinken. Am nächsten Morgen gelang es uns, den Haringvliet zu überqueren.

Durch ein Loch im Deich erreichten wir das überströmte Land. Die Insel Flakkee hatte sich in ein Binnenmeer verwandelt.

Drei Tage lang waren wir von Sonnenaufgang bis Sonnenuntergang unentwegt damit beschäftigt, Menschen aus Bäumen, von Dachböden und Dächern zu befreien. Es war Krieg. Es herrschte wieder der Schockzustand der Front, bei dem keine Ermüdungsgrenze zählte. Es war ein einziger eiskalter, amorpher Albtraum. Bei Flut schoss das Wasser alles zerstörend durch und über die abgebröckelten Deiche, bei Ebbe floss es ebenso zerstörerisch wieder zurück. An manchen Stellen blieb das Wasser metertief stehen, an anderen wurde die See zu einem Schlammpfuhl, durchfurcht von Rinnen, übersät von Tümpeln, deren Tiefe schwer zu schätzen war. Ständig liefen wir mit unserem Kahn auf Zäunen auf, die dicht unter der Wasseroberfläche lagen. Und überall Menschen in der eisigen Kälte, Menschen, die zwei, drei, vier Nächte zuvor von einer meterhohen Wasserwand überfallen worden waren, Menschen, die sich auf Dächern von Häusern festklammerten, die jeden Augenblick unter dem Wellenschlag und der Kraft der Gezeiten einstürzen konnten. Schreie in den nahen Dörfern, wehende Laken auf dem Dachfirst der Höfe etwas weiter entfernt, Menschenpunkte in weiter Ferne, eingeschlossen auf einem Deichabschnitt, der über Wasser geblieben war, die mit Kleidungsstücken winkten.

Es war Abend. Ich lag auf dem Billardtisch in einem Lokal in Ouddorp, der äußersten Spitze der Insel, die dank der Dünen verschont geblieben war. Wir waren zum Essen zu müde gewesen, zu erschöpft zum Schlafen. Ich war durchgefroren bis auf die Knochen, trotz des Kognaks, den ich in mich hineingeschüttet, trotz der Decken, in die ich mich gewickelt hatte. Angestrengt starrte ich an die verrauchte Decke über mir. Ich wagte nicht, die Augen zu schließen, denn dann wären Bilder aufgetaucht, von denen ich nicht wusste, wie lange sie mich verfolgen würden.

Bilder der Verzweiflung und des Entsetzens.

Die endlosen Rückwege zu den einzigen beiden trocken gebliebenen Flecken auf der Insel mit einem quälend langsamen Lastkahn, den man am liebsten verflucht hätte. Dicht an dicht mit Menschen beladen, die vor ihren Augen Nachbarn oder Verwandte hatten ertrinken sehen, die ohnmächtig hatten zusehen müssen, wie Frau und Kinder der Kälte und den Entbehrungen erlagen – Menschen, für die es keine tröstenden Worte gab, für die man nicht mehr tun konnte, als wir im Moment taten.

Die völlige Verzweiflung, wenn man die Opfer irgendwo an einem Deich abgeliefert hatte – und wohin jetzt?

Das grausame Dilemma, wen man zurücklassen sollte, wenn das armselige Boot voll war, nicht wissend, ob man es in der hereinbrechenden Dunkelheit schaffen würde zurückzukommen, nicht wissend, wie lange die Häuser, die man zurückließ, noch standhalten würden.

Der Mann mit dem toten Kind in den Armen.

Der kleine Junge, nicht älter als sieben, den wir von einem provisorischen Floß auflasen. Einen Tag und eine Nacht hatte er darauf getrieben. Einen nach dem Anderen hatte er in die Tiefe sinken sehen. Ich wickelte ihn in eine Decke, und im nächsten Moment war er eingeschlafen. Er verschlief alles, bleischwer auf meinem Schoß. Und als ich ihn weiterreichte, wagte ich nicht zu fragen, ob er noch lebte.

Ich war auf dem Billardtisch eingeschlafen und schweißgebadet wieder aufgeschreckt. Ich hatte geträumt. Wann hatte ich zum letzten Mal geträumt? Nach drei Tagen alles durchdringender Kälte hatte ich von alles versengender Hitze geträumt. Von Händen, die rau waren von Abschürfungen, weiß vom Kalk. Hände, die vom einen Händepaar zum nächsten Schuttbrocken weitergaben. Bewegende Hände, die wie Maschinen zupackten.

Die Trümmer Dresdens. – Zum ersten Mal.

Ich lag zitternd auf einem Billardtisch in Ouddorp unter einer schweißklammen Decke.

Ich sah einen breitschultrigen Jungen vor mir mit wunderlich hellblauen Augen. Ich, der sich an *nichts* erinnerte, wusste sogar, wie er hieß. Willy. Willy las Gedichte im Zug. Ich wusste sogar, wie der Dichter hieß, den er las. Rilke.

Der Schutt lag bestimmt ein Stockwerk hoch, davor waren es sicher zwei gewesen. Wir waren stundenlang am Schuften, mit zwanzig, dreißig Mann. Eine lebende Kette. Um uns brannte es noch. Rauch, es stank nach Schwefel und Phosphor. – Aber das alles war vage, unmöglich, es sich vor Augen zu führen. Nur der eine Moment war klar. Ich reiche Willy einen Steinbrocken, den soundsovielten, den tausendsten. Und etwas fällt. Willy ist vor Schreck erstarrt, nein, vor Bestürzung – und ich sehe, was er sieht, im selben Augenblick. Es ist eine Katze. Ein Kätzchen noch. Aus den Trümmern hervorgekrochen. Mitgenommen, mit versengtem Fell. Doch *lebend*. Miauend. Es trippelt über den Schutt. – Das war alles. Nur diese Katze.

Ich lag auf einem Billardtisch in Ouddorp und draußen begann das Morgenlicht zu dämmern.

Nach drei Tagen gab es keine Hoffnung mehr, noch Überlebende zu finden. Trotzdem liefen wir aus auf der Suche nach denen, für die jede Hilfe zu spät kam.

Allein schon im Dorf Oude Tonge mussten dreihundert Leichen geborgen werden.

Überall trieben Kühe mit stramm erhobenen Hachsen und von Verwesungsgasen aufgeblähten Gedärmen. Zwei Wochen lang fuhren wir an und ab und hatten Kadaver, Kühe, Pferde, Schweine im Schlepptau. Sie wurden aufs Festland gebracht und dort in einer Tierkörperbeseitigungsanlage verbrannt. Wir lernten, wie schwer ein plumpes totes Tier ist.

Fast drei Wochen lang kämpften wir gegen das Wasser, ohne uns Ruhe zu gönnen, und als wir schließlich an Land zurückkehrten, nicht, weil wir den Auftrag dazu bekommen hatten, denn hier wurden keine Aufträge erteilt, sondern weil wir nicht mehr konnten, hatte unsere Haut durch den ständigen Kontakt mit dem Wasser am Leib begonnen zu verrotten.

Fünf Wochen später zog ich nach Weert um, wo ich beim Infanterieregiment zum Unteroffizier ausgebildet werden sollte. Seit meiner Rückkehr aus Korea waren Monate verstrichen, ehe man sich zu diesem Schritt entschlossen hatte. Offensichtlich wollte man mich nicht ausmustern, denn dann hätte ich eine Invalidenrente beziehen können. Und schließlich musste sich doch für jemanden mit meiner Fronterfahrung als Ausbilder eine Verwendung finden lassen.

Weert. Zehn Jahre zuvor hatte ich dort in Kriegszeiten als Arbeitsdienstpflichtiger die Heide kultiviert, nun war ich dort zusammen mit anderen Koreaveteranen und einigen Veteranen, die im ehemaligen Oost-Indië Dienst getan hatten, und der Älteste unter lauter Achtzehn- und Neunzehnjährigen. So können sich die Verhältnisse ändern: Vor noch nicht allzu langer Zeit war ich wegen Kriegsbeteiligung zu drei Jahren Erziehungsheim verurteilt worden, jetzt galt dieselbe in meinem Lebenslauf als Pluspunkt. Immerhin hatte ich gegen die Kommunisten gekämpft. Zwei Mal sogar. Ja, aber das erste Mal auf deutscher Seite, auf der Seite des momentanen Bundesgenossen also. Die Zeit des Kalten Krieges war angebrochen.

Viele Ausbildungen hatte ich hinter mir, aber immer waren sie im Eiltempo durchgezogen worden. Ich kannte die deutsche, französische und amerikanische Kriegstaktik, doch was ich nun lernte, war neu für mich: das Kasernenleben, vierundzwanzig Stunden am Tag, sieben Tage pro Woche. Wieder mit vierzig Mann in einem Saal, wieder um sechs Uhr raus zum Morgenappell – die Kaserne, zum x-ten Mal, nun aber nicht als Vorbereitung auf einen Einsatz, nun für immer und mit Aussicht auf eine wertbeständige Rente. Felddienst, Abenddienst, Nachtdienst, Exerzierübungen. Alles mit derselben Disziplin, alles gleich langweilig, alles außergewöhnlich mustergültig. Und vor allem Knöpfe polieren, vor allem messerscharfe Bügelfalten … Mussten wir nicht ein Vorbild sein, später, während unseres restlichen Lebens?

»Setz die Brille ab, Soldat! Wo ist verdammt noch mal dein Barett?!«

Worauf ich die Bescheinigung des Doktors vorzeigte, dass ich wegen der Frontverletzungen eine dunkle Brille tragen durfte und keine Kopfbedeckung ertragen konnte.

Die Kopfschmerzen waren geblieben, aber sonst war ich wieder in guter körperlicher Verfassung. Jeden freien Augenblick verbrachte ich im Trainingsanzug in der Weerter Umgebung, allein. Querfeldeinlauf durch die Wälder, am Moorgebiet entlang. Wahre Marathons lief ich, ich lotete die Grenzen meiner Kraft aus, ich entfloh der Enge der Kasernenmauern. Es waren die seltenen Momente, in denen ich mich glücklich fühlte.

Die Kopfschmerzen waren geblieben, und dazu kam noch etwas Neues, ein gespenstisches, nächtliches Leiden. Manchmal ging es wochenlang gut, aber dann erwachte ich morgens plötzlich mit aufgeschürften Fingerknöcheln, übersät von blauen Flecken und Blutergüssen. Ich war wieder Amok gelaufen in der Nacht. Sechs Zimmergenossen hatten mich mit Mühe in Schach halten können. Ich konnte mich kaum aufrichten. Überall Schmerzen.

»Herrgott noch mal. Was ist mit mir passiert?«

»Du hast heute Nacht wieder ganz schön gewütet, Jan.«

»Aber was war denn los?«

»Ach, vergiss es ...«

Ich wurde mit den Folgen eines Tobsuchtsanfalls konfrontiert, aber an den Anfall selbst konnte ich mich nicht erinnern. Meine Kumpel geizten mit Worten. Ich sei ein bisschen ›seltsam‹ gewesen. Sie machten davon keine Meldung, es würde meine Chancen schmälern. »Es ist ja vorbei ...«

Ich wurde wach und sah, dass die massiven Gitterstäbe meiner Pritsche auseinander gebogen waren, als seien sie aus Draht. Wer konnte das getan haben außer mir? Hatte ich geträumt? – Ich wusste es nicht. Ich ging zum Arzt und bekam Tabletten. Schlaftabletten. Aber am Schlaf lag es nicht. Es wurde schlimmer. Auch tagsüber bekam ich manchmal einen solchen mysteriösen Koller.

Ich lief durch den Wald und vor meinen Augen wurde alles irreal. Die Bäume gehen, ich stehe. Die Stämme erheben sich drohend in geschlossener Front, ich werde von allen Seiten eingeschlossen … Ich bleibe stehen, fasse mir an den Kopf. Hinter den Schläfen pocht es. – Ich komme wieder zu Bewusstsein, gekrümmt im Moos, am Fuß einer Buche. Schwindlig, betäubt. Wie lange ich dort lag, weiß ich nicht. Was passiert ist, weiß ich nicht. Der abscheuliche Druck im Innern meines Schädels ist zur schwachen Erinnerung verebbt. Aber meine Hände sind verschrammt und zerschlagen, zwei Finger gebrochen. Am Baumstamm klebt Blut. Bin ich der Buche zu Leibe gerückt?

In dieser Zeit fing ich wieder mit dem Zeichnen und Malen an. Zunächst in den seltenen freien Momenten: Frontsituationen, so genau ich es vermochte, aber auch malerische Ecken in Limburg, die zu meiner großen Überraschung für fünfundzwanzig Gulden reißenden Absatz fanden. Meine Aktivitäten in dieser Richtung blieben nicht unbemerkt. Schon bald wurde ich von einigen Fächern freigestellt. Ich bekam ein großes Zimmer und dort arbeitete ich stundenlang, ungestört, allein. Ein eigenes Zimmer war ein unbekanntes Privileg, das selbst Offizieren verwehrt war. Denn Privatsphäre untergrabe die Moral, meinte man. Nur der Kommandant hatte ein eigenes Zimmer.

Und ich. Ich fertigte Instruktionszeichnungen an, Unterrichtsmaterial für die Schule. Von Raketenwerfern bis

Minen, von Maschinengewehren bis Handgranaten, inklusive Skizzen für die praktische Handhabung. Dieses Zimmer wurde zu meiner Zuflucht. Mein letzter eigener Ort war meine Dachkammer in Oudewater gewesen. Dann hatte ich eine endlose Reihe von Kasernen, Krankenhaussälen, Baracken und Lagern durchlaufen, Orte, wo man höchstens eine Pritsche und ein nicht abschließbares Schränkchen sein Eigen nennen konnte. Ich war zehn Jahre lang nicht allein gewesen.

Die Zeit lief weiter. Ich wurde zum Soldaten erster Klasse befördert, zum Korporal, zum Korporal erster Klasse und schließlich zum Sergeanten: das Rückgrat einer jeden Armee.

Einst hatte ich das Elternhaus hinter mir gelassen, aus allerlei Gründen. Unter anderem wegen des Abenteuers. Und was ich letztendlich fand, war der Trott. Ich hasste das Kasernenleben, bei dem die Zeit für jede Handlung aufs Genauste festgeschrieben war, ich hasste den Gruppenverband, in dem alles, was man tat, mit Argusaugen verfolgt wurde, ich hasste die Beziehungen, die durch Rang und Alter bestimmt waren, ich hasste die Leute mit ihren Mützen und Orden, die mich umgaben. Ich war einer von ihnen. Ich hasste mich selbst an erster Stelle.

Sergeant-Ausbilder Montyn wurde die Ehre zuteil, beim Garderegiment der Grenadiere in Vught eingeteilt zu werden. Alle sechs Wochen erwartete man von mir, dass ich einer neuen Truppe die Grundprinzipien des Militärgeschäfts beibrachte:

»Im Gleichschritt marsch! Das Gewehr über! Abteilung halt!« – Der Klang meiner Stimme.

Zwei Rekrutenjahrgänge gingen durch meine Hände. Drei Monate zunehmender Ratlosigkeit. Mein Zimmer war ich los, und es konnte nicht lange dauern und ich würde mich selbst verlieren. Drei Monate, und viele Jahre vor mir.

Dann wurde ich zum Regimentskommandanten Tuyll van Serooskerken beordert, Baron und Oberst.

»Sag mal, Montyn«, meinte Tuyll, »du bist doch recht künstlerisch veranlagt, habe ich gehört. Ich will dir einen Vorschlag machen ...«

Er erzählte, vor dem Krieg habe es in Den Haag eine historische Sammlung der Grenadiere und ihres Schwesternkorps, der Jäger, gegeben. Mit alten Uniformen und Waffen bis hin zu Gemälden und Dokumenten. Um zu verhindern, dass sie in deutsche Hände falle, sei die Kollektion auf diverse ehemalige Offiziere verteilt worden. Die Frage lautete, ob ich Lust hätte, diese Objekte aufzuspüren, um damit – ergänzt durch das, was in meinem eigenen Ermessen stehe – auf dem Dachboden der Kaserne ein historisches Museum einzurichten. Ich würde dann vom regulären Dienst freigestellt werden. Ich bekäme ein Atelier. Mir stünde ein Dienstwagen samt Fahrer zur Verfügung. Ich müsse nur sagen, ob ich das wolle. Mir wurde abwechselnd warm und kalt. Ich nahm Haltung an.

»Oberst! Hier steht Ihr Mann!«

So wurde ich vom einen auf den anderen Tag Museumskonservator, ein Posten, den es innerhalb der Heereshierarchie eigentlich nicht gab und der mir genau deswegen auf den Leib geschnitten war. Ich konnte ihn nach Belieben mit Leben füllen.

Ich vertiefte mich ausgiebig in die Geschichte der Garderegimenter, der Grenadiere, Jäger und der ehemaligen Prinses-Irene-Brigade, jener niederländischen Militäreinheit, die sich im Zweiten Weltkrieg an der Invasion der Alliierten vor Gottes Angesicht – wenn auch auf andere Art und Weise, als ich es jemals in einem Kirchengebäude hatte propagieren hören.

Jene fünf Tage Urlaub waren schnell vorbei.

Yoshika und ich hatten mit dem gegenseitigen Versprechen Abschied genommen, uns nicht aus den Augen zu verlieren. Und wir sollten einander schneller wieder sehen als wir dachten, doch nicht unter den Vorzeichen, die wir uns gewünscht hatten.

Gleich nach der Rückkehr nach Korea wurde unsere Einheit bei einer kurzen Offensive eingesetzt. Wir patrouillierten. Ein schmaler, in Fels geschlagener Pfad. Neben uns klaffte ein Abgrund, tief unten war ein Fluss. Ich hatte schon davor Schwindelanfälle gehabt, aber mein Gleichgewicht vermochte ich stets zu halten. Plötzlich wurde geschossen. Waren es unsere Soldaten? War es ein Hinterhalt? – Was genau passierte, wusste ich nicht. Mir war schwarz vor Augen geworden. Nur ganz kurz. Ich war gestolpert und gefallen. Und wieder zu mir gekommen, gleich darauf, noch während des Falls.

Wie lange dauert ein zehn, zwanzig Meter tiefer Fall an einer fast senkrechten Felswand entlang? Unwahrscheinlich kurz und zugleich unbegreiflich lang. Wie lange dauert ein Augenblick? Ein Augenblick, in dem alles stillsteht, dauert eine Ewigkeit. Die Sinne geben ein einziges gellendes Signal ab, einen einzigen krächzenden Schrei der Angst. Der Magen dreht sich um. *Jetzt bin ich verloren.* Ein einziger Fluch. Selbst schuld. Eine Verwünschung wegen des unmöglichen Nacheinanders simpler Dummheiten, die in einen gleichförmigen beschleunigten Fall mündeten. Jene Folge kurzer Hosen, flatternder Fahnen, so genannter Seefahrerromanbeteiligt hatte und zum Ehrenkorps ernannt worden war. Ich studierte Kriegs- und Waffenkunde in alten Büchern. Ich besuchte den achtzigjährigen Jonkheer van Eeghen, der vor dem Krieg Kommandant der Grenadiere gewesen war, und erhielt von ihm einige Namen von pensionierten Offizieren, bei denen nach der Kapitulation Objekte aus der ursprünglichen Sammlung untergebracht worden waren, allesamt Herren, die gern davon erzählten, dass sie in jüngeren Jahren bei einem Gardekorps gedient hatten, und mit denen es sich auch hervorragend dinieren ließ.

Ich ließ Anzeigen und Aufrufe in Zeitungen und militärischen Organen veröffentlichen, woraufhin die Sammlung von Schenkungen überschwemmt wurde: alte Uniformen und Ausrüstungsmaterial, antiquarische Karten, Waffen, Abzeichen. Ich besuchte Antiquitätenhändler, die schon bald den roten Läufer ausrollten, wenn ich wie ein Fürst auf der Rückbank meines Dienstwagens-mit-Fahrer am Horizont erschien: Ich hatte ein unbegrenztes Budget. Ich katalogisierte, rubrizierte. Ich ließ Vitrinen bauen. Ich erwählte mir aus jeder neuen Rekrutenladung einen neuen Assistenten. Ich besuchte vergleichbare historische Sammlungen im Ausland – jeder Ausflug hieß plötzlich Dienstreise –, um mich mit deren Konzept vertraut zu machen. Ich tauschte einige alte Waffen, die es mehrfach in der Sammlung gab, gegen ein Motorrad, eine Harley, nicht für das Museum, sondern für mich – also doch für das Museum. Ich verwandelte die Dachkammern der Kaserne in Ausstellungsräume und Magazine plus – das allerwichtigste – ein großzügiges Atelier zum persönlichen Gebrauch. Kurzum: Ich führte ein Leben wie die Made im Speck.

Im Atelier besserte ich alte, halb zerfallene Uniformen aus, putzte und ölte antike Hinter- und Vorderlader, restaurierte Gemälde mit Feldschlachten bis hin zu Porträts von illustren Offizieren, die häufig in schlechtem Zustand erworben oder geschenkt worden waren. Das Wissen, das ich vom alten van Weerlee in meiner Scheveninger Haftzeit erworben hatte, konnte ich nun gut gebrauchen. Mein Stern als Gemälderestaurator stieg schnell auf, ich erhielt Aufträge von anderen Museen bis hin zur Sammlung des Königshauses. Und auch auf dem Gebiet der Kriegsgeschichte konnte man mir schon bald nichts mehr vormachen. Mit den ehrenwerten Herren Museumskonservatoren saß ich als Jüngster regelmäßig im Amsterdamer Amstelhotel zu Tisch. Und es fiel niemandem auf, dass es Jan, der Anstreicher war, der da saß …

Doch van Weerlee hatte mir mehr beigebracht als nur Gemälde restaurieren.

Auf der Staffelei im Atelier stand ein kleines Tafelbild in Öl. Zum eigenen Vergnügen angefertigt. Ein Grenadier in Bärenfellmütze, ruhend im Schatten einer alten Eiche, nach allen Regeln der Kunst im Stil des achtzehnten Jahrhunderts gemalt. Die Patina der Jahrhunderte komplett mit Craquelé war van-Weerlee-Stil. Erst ein paar Tage zuvor hatte ich daran letzte Hand angelegt.

»Wie alt ist denn das Ding da?«, fragte einer unserer Offiziere, ein Mann von Adel, nicht gerade mittellos, der einmal einen Blick auf meinen Dachboden werfen wollte.

»Ich würde sagen, etwa zweihundert Jahre, Major. Nach der Uniform zu urteilen eher 1750 als 1800.« – Und Letzteres stimmte sogar.

»Von wem ist es?«

Er hatte es voller Bewunderung hochgehoben.

»Von einem unbekannten Meister …«

Er räusperte sich. Es war die Art von Räuspern, die ich bald treffsicher erkennen lernen sollte. Die Gier hatte ihn gepackt.

»Wie viel würde so etwas kosten?«

»Das müsste ich den Besitzer fragen«, antwortete ich mit trockenem Mund, denn es gab keinen Weg mehr zurück.

»Vielleicht möchte er es verkaufen ...«

»Sag ihm, dass ich ihm tausend Gulden biete. Was meinst du, kommt das in etwa hin?«

»Das scheint mir ein durchaus angemessener Betrag zu sein, Major«, antwortete Sergeant Montyn, dessen Sold hundertzwanzig Gulden im Monat betrug.

So fing es an. So ging es weiter. Und das war auch nötig.

Denn bei dem Lebenswandel, den ich führte, kam ich mit hundertzwanzig Gulden im Monat nicht weit.

Doppelleben

Jan Montyn – es gab zwei Personen dieses Namens und die vertrugen sich zusehends schlechter.

Der eine arbeitete beständig am Aufbau einer historisch fundierten Sammlung, hielt als Waffenexperte Vorträge im ganzen Land, nippte Sherry mit dem militärischen Adel, wurde – obgleich er der Jüngste des erlauchten Kreises war – zum Vorsitzenden des Unteroffiziersklubs ernannt, machte sich einen Namen als Tischredner, schmückte sich an hohen Feiertagen mit der Paradeuniform samt Bärenfellmütze und führte das Kommando bei Ehrenwachen.

»Jan macht Karriere in der Armee«, hieß es zu Hause in Oudewater. War also doch noch alles gut ausgegangen. Ich hatte sogar eine Freundin. Cécile war blond und vierundzwanzig Jahre alt. Sie hatte das Haar hochgesteckt, trug hohe Absätze und knisternde Petticoats. Sie war Apothekenhelferin, Tochter eines Steuerberaters in Vught. Samstagabends gingen wir ins Kino und am Sonntagnachmittag spazieren.

Wir waren ein schönes Paar, wie wir da Arm in Arm im Widerschein des Schaufensters eines Möbelgeschäfts standen. Nach ihrem dritten Gläschen Port durfte ich sie bei Tanzfesten in der Unteroffiziersmesse auf den Schoß nehmen. Aber unter dem Cocktailkleid eine Hand auf ihr Knie zu legen, war nicht erlaubt:

»Jan, das ist für später ...«

Der eine Jan Montyn wurde ihren Eltern vorgestellt. Er saß einen ganzen Abend lang in einem Wohnzimmer, in dem Kruzifixe über den Türen hingen und es schwere Plüschsessel mit Häkeldeckchen gab, Standaschenbecher und Salontischchen mit geschwungenen Beinen und geschliffener Glasplatte, damit das gelaugte Eichenholz keine Ringe abbekam.

Klassisch-modern nannte man ein solches Interieur, das auch Cécile sehr gut gefiel. Ihre kleinen Brüder begafften meine Galauniform mit den Dekorationen, ihr Vater erzählte unablässig von seiner Militärzeit. Die schönsten Jahre seines Lebens, er habe es sehr bedauert, als es vorbei gewesen sei. Aber zur Sache. Woher ich käme? Was mein Vater von Beruf sei. Ob ich gläubig sei, und falls nicht, ob ich dann bereit wäre, einer anständigen katholischen Erziehung möglicher Kinder nicht im Wege zu stehen. Und ob ich den Tee mit Milch und Zucker trinken würde?

Der eine Montyn bekam zum Schluss im Hauseingang ein Küsschen zur Belohnung, weil er sich an diesem Abend von seiner besten Seite gezeigt hatte, der Andere desselben Namens stieg kurz darauf in normalen Kleidern auf seine geheime Harley und verschwand mit Vollgas im Dunkeln. Es war noch lange nicht alles in Ordnung mit diesem Anderen.

Die Aggressionsanfälle, die ich am Morgen an den Verwüstungen ablesen konnte, die ich in der Nacht angerichtet hatte, kehrten immer regelmäßiger wieder. Die Kopfschmerzen quälten mich unvermindert. Außerdem wurde ich von Angstträumen heimgesucht, die so heftig waren, dass ich oft nicht zu schlafen wagte. Dann arbeitete ich nächtelang durch, oft drei, vier Nächte hintereinander, bis ich schließlich, so, wie ich hinter der Staffelei oder am Tisch über ein Nachschlagewerk gebeugt saß, vor Erschöpfung zusammensank und morgens von der Putzhilfe gefunden wurde. Das ging noch. Doch ich suchte auch immer häufiger Zuflucht im Alkohol. Ich durchzechte ganze Nächte. Auch wenn ich ein guter Kunde war, so sah man mich in den Kneipen hinter der belgischen Grenze, die durchgängig geöffnet waren, nicht gern. Ein einziges falsches Wort reichte manchmal aus, um mich in Rage zu versetzen – und dann hatte nicht nur die Kneipeneinrichtung zu leiden. Manchmal konnten mich keine fünf Mann in Schach halten.

Es war, als werde in einem immer wiederkehrenden Zyklus von einigen Wochen die Stromspannung in meinem Kopf langsam hochgedreht, bis sie so unerträglich wurde, als würde er jeden Moment platzen. Dann zog ich los und suchte die Gefahr. Dann wollte ich Spannung, um gerade diese Spannung zu lindern. Abends fuhr ich auf dem Motorrad nach Amsterdam oder Antwerpen, schmiss in Kneipen und Bordellen mit Geld um mich, ohne das zu finden, was ich suchte. Mitten in der Nacht kehrte ich zurück und testete auf den verlassenen Straßen, wie lange man mit geschlossenen Augen Motorrad fahren konnte.

Immer etwas länger, als ich gemeint und vielleicht gehofft hatte … Danach lag ich einige Stunden im taufeuchten Gras eines Grabens, bis zum Morgen in einem Zustand zwischen Schlafen und Wachen: ein Fegefeuer der Ruhe. *Meiner* Ruhe. Die Angst im Jetzt hatte die Angst der Vergangenheit für Augenblicke verdrängt. So lange, wie es dauerte. Ich stellte das Motorrad in einer kleinen Scheune ab, die ich etwas außerhalb der Stadt gemietet hatte, denn niemand durfte von seiner Existenz wissen. Ein Sergeant besaß einfach keine funkelnagelneue Harley-Davidson. Ich nahm das Fahrrad zur Kaserne, wo gerade der Morgenappell stattfand, von dem ich befreit war. Sergeant Montyn zur Stelle. Da ging ich, mit einer dunklen Brille, die meine geröteten Säuferaugen verbergen sollte, so aufrecht, wie ich konnte, an der Truppe vorbei – mir nicht des Anblicks bewusst, den ich bot. Erst auf dem Dachboden entdeckte ich das weiße, entblößte Bein. Mein rechtes Hosenbein fehlte. Glatt abgerissen auf Schritthöhe. Ich hatte keine Ahnung, wo und wie ich es verloren hatte.

Das Spiel mit dem Schicksal wurde durch kurze Perioden der Entspannung belohnt, in denen ich mich ungehindert meiner Arbeit widmen konnte. Die Sammlung wurde immer umfangreicher. Eile hatte ich nicht, denn es war unklar, was mit mir geschehen würde, wenn ich meine Aufgabe vollbracht hatte. Ich erwarb einige Prunkstücke: den Picknickkoffer von König Willem I., den Stock aus Ebenholz mit massivem Goldgriff des Generals Chassé. Ich restaurierte Gemälde und fertigte immer mehr Fälschungen an, um meine Schulden begleichen zu können. Ich gab Offizieren Unterricht in Waffenkunde, von den antiken Reiterpistolen und Vorladern bis hin zu den modernsten Feuergeräten. Kurzum: Ich tat in vielerlei Hinsicht meine Pflicht.

Aber dann setzte jener verhängnisvolle Zyklus wieder ein, die Kopfschmerzen wurden mit jedem Tag unerträglicher, nachts wurde ich wieder von Angstträumen heimgesucht – und mein zerstörerisches Verhalten ging wieder los.

Zwei Mal Jan Montyn. Zwei Personen. Zwei Welten. In der einen war es nicht statthaft, sich im Schwimmbad einer Person des anderen Geschlechts auf weniger als anderthalb Meter zu nähern. Das galt als unsittlich. Dann wurde man verwarnt. – Und es gab eine andere Welt, Luftlinie nur wenige Kilometer von diesem Schwimmbad entfernt. In dieser Welt organisierte ich Gelage nach römischem Vorbild. Auch das ist, wie so vieles, eine Kunst. Und dass ich diese verstand, hatte sich wie ein Lauffeuer im Süden des Landes – der Heimat der Doppelmoral – herumgesprochen.

Mit stets zunehmender Regelmäßigkeit erhielt ich Telefonanrufe, die immer nach demselben Muster verliefen:

»Höre, Montyn, du kennst uns nicht, aber wir haben von dir gehört. Wir sind hier ein paar Herren und denken an ein besonderes Fest, und jemand meinte, du könntest uns dabei behilflich sein ...« Mir war gleich klar, um was es ging, und ich widersprach nicht. – Woraufhin die unbekannte Stimme fortfuhr:

»Wenn wir nun nächste Woche einmal miteinander eine Kleinigkeit essen gingen ...«

Und da erschien Sergeant Montyn in seinem mittlerweile auf Staatskosten angeschafften Citroën Traction Avant. Zuerst ließ ich mir die Räumlichkeiten zeigen, wo das Fest stattfinden sollte: große, abgelegene Landhäuser und Schlösser, umgeben von Hecken, verborgen im Wald. Ich prüfte die Zahl der Zimmer, inspizierte die Küche, begutachtete Garten und Ställe. Und dann gingen wir jene traditionelle Kleinigkeit essen, die Amtsleute, Anwälte, hohen Offiziere, betuchten Industriellen – und ich, ihr unbesoldeter Majordomus. Sie hatten das Geld, ich den Sachverstand. Ich heuerte den Koch und das zusätzliche Personal an, ich bestellte das kalte Buffet, kümmerte mich um den Wein. Und ich organisierte noch mehr. Denn ständig hieß es nach einer kurzen Pause:

»Nun, Jan, da kommen einige Herren ... sag du mal was! Es muss schon auch *lustig* werden, was ...«

»Selbstverständlich. An wie viele Mädchen hattet ihr denn gedacht?«

Und dann telefonierte ich in den folgenden Tagen mit den Madams in Antwerpen und Brüssel. Dort kannten sie mich bereits. Manchmal hing ich alle zwei Wochen am Telefon. Dreißig, vierzig Mädchen. Nicht zu alt, nicht allzu jung. Am liebsten auch nicht zu ordinär. Und das Wichtigste: gesund bitte ...

»Da kommen keine Herren von der Straße, sie sollen sich also etwas Schickes anziehen.«

Manchmal erwartete man Festgäste mit besonderen Wünschen:

»Nun, Jan, unser Freund Pierre ist auch von der Partie. Der ist, na du weißt schon ...«

Es folgte die gewisse Handbewegung. Und auch das ließ sich regeln:

»Tante Roos, schick auch ein paar Jungs. Bisschen weibliche Typen.«

Am vereinbarten Tag war ich bereits um die Mittagszeit in Smoking oder Frack anwesend, um die Bestellungen zu kontrollieren. So viele Kisten Champagner, so viele Flaschen Kognak, so viel Kaviar. Auf einen Gulden mehr oder weniger kam es nicht an: Ich hatte für meine Bestellungen freie Hand, die Rechnungen gingen direkt an meine Auftraggeber – so war es ausgemacht. Das angemietete Personal wurde mit einem Zeigefinger auf den Lippen instruiert. Die gebotene Diskretion wurde mit einem ordentlichen Trinkgeld belohnt. Zimmer und Sanitäranlagen inspizierte ich noch kurz auf Reinlichkeit. – Das Fest konnte beginnen.

Gegen fünf Uhr nachmittags fuhren die ersten Limousinen vor, Privatautos, aber auch Dienstwagen-mit-Fahrer aller Ränge und Stände. Es waren anständige Herren, manche noch jung mit graumelierten Schläfen, andere älter, kahlköpfig und mit Bauch, aber alle sehr soigniert, im Nadelstreifenanzug mit Weste und geröteten Wangen in entzückter Erwartung des Kommenden. Man begrüßte sich, man stieß an, man plauderte über geschäftliche und wirtschaftliche Dinge, über Angelegenheiten von Staats-, Länder- oder Gemeindeinteresse.

Die mit Buketts und Zimmerpalmen geschmückten Räume boten den Anblick eines Empfangs. Die Diener schoben das kalte Buffet auf Servierwagen herein, und man schmauste, entkorkte Flaschen mit altem Kognak, öffnete Zigarrenkisten und befreite die Spieltische von ihren Stoffhüllen. Und die Räume boten den Anblick eines kleinen Casinos. Gegen zehn Uhr abends betraten die Mädchen auf hohen Absätzen stöckelnd die Bühne. Blondinen und Brünette, Schwarze, Mischlinge, Inderinnen oder Chinesinnen – alle Maße und Sorten. Im langen, hoch geschlitzten Abendkleid, im kurzen Rock, mit tiefem Dekolleté und mollig oder schlank und zugeknöpft mit Perlenkette.

Anfangs zeigte man sich noch etwas verlegen, die Herren waren von den Mädchen tief beeindruckt – so viele Mädchen – und die Mädchen von den Herren – echte Herren. Man *redete*. Die Herren mit den Herren. Die Mädchen mit den Mädchen. Aber lange dauerte das nicht. Der Champagner floss in Strömen. Man flirtete nach links und rechts. Und auch Pierre hatte man nicht vergessen:

»Pierre, geh mal nach oben. Im Zimmer am Ende des Flurs erwartet dich eine Überraschung …«

Und Pierre, der zweifellos vor den Augen der Welt ordentlich verheiratet war und dessen geheime Wünsche nur seine besten Freunde kannten, ward an diesem Abend unten nicht mehr gesehen – unten, wo die Räume mittlerweile den Anblick eines Bordells in vollem Betrieb boten. Jacketts waren abgelegt worden, Westen geöffnet. Man hatte gemustert und gewählt, man lachte und trank, man tanzte und zog Mädchen auf den Schoß, und nach Belieben ging man in Paaren nach oben – und später tat man auch das nicht mehr. Welch überflüssige Müh', ganz nach oben! Welch überflüssige Müh', sich anziehen und dann wieder ausziehen! Wie umständlich, aus dem Glas zu trinken, es ging auch aus der Flasche! – Eine Orgie, das war der Anblick, den die Räume boten.

Drei Tage und drei Nächte ging es so. Am Freitag hatten wir angefangen. Die Beklagenswerten, die zu Hause ihren ehelichen Pflichten nachkommen mussten, verzogen sich bei Nacht und Nebel und kamen mittags wieder. Andere hatten für das Hochamt am Sonntag eine kleine Pause eingelegt. Und am Montag, es war schon hell, die Vögel zwitscherten, tauchte die Polizei auf. – Unzucht mit Minderjährigen, darauf stand fast die Todesstrafe. Und da saß ich im Garten, so betrunken, dass ich nicht einmal gemerkt hatte, wie es um mich herum blitzschnell still geworden war. Ich saß inmitten eines Teiches auf dem Sockel eines Standbilds und war nur in einen purpurnen Vorhang gehüllt, den ich wie einen Mantel um meine Schultern geschlagen hatte. Auf einem meiner Knie saß ein Mädchen, auf dem anderen ein

Junge. Beide deutlich minderjährig, beide nackt. Und hinter mir, auch im Teich, spielte in ebenso offenkundiger Pose die Blaskapelle eine fröhliche Begrüßungsmelodie. Aber die Ordnungshüter waren noch erschrockener als die *in flagranti* ertappten Würdenträger. Der Teppich, unter den man die Sache kehrte, war groß. Anklage wurde nicht erhoben.

Das Ganze geriet außer Kontrolle. Feste. Durchzechte Nächte in Kneipen jenseits der belgischen Grenze. Sonntagmorgens in der Gosse des Antwerpener Hafenviertels aufgewacht, ausgeraubt, voller blauer Flecken und geronnenem Blut. Stundenlange Suche nach meinem Motorrad – ein Motorrad, das ich schon bald zu Schrott fahren sollte, Totalschaden. Slalom durch den Wald. Vierzig Stundenkilometer. Fünfzig. Sechzig. – Wäre ich *gegen* den Baumstamm geknallt und nicht an ihm entlanggerast, wäre ich tot gewesen. Endlich tot. Meinen Smoking, glänzend, steif vom Schmutz, trug ich jetzt schon mehr als zwei Wochen, Tag und Nacht. Unter meine Achsel hatte ich den Generalstock von Chassé geklemmt, den echten, denn der Stock, der irgendwo in einer Vitrine lag, war eine Nachbildung. Dunkles Ebenholz mit massivem Goldgriff.

»Weißt du, was schwerer ist: ein Pfund Federn oder ein Pfund Gold?« Gleich schwer? Unsinn. – Wer es nicht glauben wollte, durfte gern den Griff meines Stocks in der Hand wiegen. So schwer also.

Wir saßen in der Bar des Hotels Brabant in Den Bosch. Mittelpunkt des illustren Grüppchens war der alte Baron van Voorst, eine Tunte, wie sie im Buche stand, und immer in Begleitung zweier Windhunde. Er hatte im Hotel sein festes Zimmer. Für den Fall, dass. Und es war oft der Fall, dass. Mit ihm hing ich nun schon einen Tag lang an rosafarbenem

Champagner. Denn der Baron war verrückt nach rosafarbenem Champagner. Aber jetzt war es drei Uhr, die Bar machte zu. Kein Problem. Jemand wusste von einem Fest in der Nähe Eindhovens. Auf nach Eindhoven.

Mein Citroën – verlängertes Modell – bot Platz für neun Mann. Der Motor war frisiert. Die Höchstgeschwindigkeit lag über hundertvierzig Stundenkilometern. Mehr wollte der Tachometer nicht anzeigen.

Mit Vollgas durch die Dunkelheit. Die Straße zwischen Den Bosch und Eindhoven war schnurgerade, das wusste ich. Und darauf verließ ich mich, mit vor Anspannung schweißnasser Stirn. Aber es gab da einige Kleinigkeiten, die mir während der Fahrt entgangen waren. Dass die Straße wegen Bauarbeiten gesperrt und teilweise aufgebrochen war, zum Beispiel. Auch meine Mitfahrer hatten es nicht bemerkt, ebenso wenig, dass wir von zwei Polizeiautos verfolgt wurden – aber wir waren schneller.

Die Straße zwischen Den Bosch und Eindhoven war gerade, wies aber auf der Höhe von Boxtel eine leichte Biegung auf. Und ich brauchte gerade all meine Aufmerksamkeit, um den Wagen gerade in der Spur zu halten. Es ging sehr schnell. Zwei Mal streiften wir einen Baum und knallten dann frontal auf eine Mauer. Ich wurde in einer Zelle wach, hatte viele blaue Flecken und den schlimmsten Kater meines Lebens. Was um Himmels willen war passiert? Obiges, wie ich erst Tage später erfuhr, denn in den ersten vierundzwanzig Stunden hielt man es zu Recht für vergeblich, mich einem Verhör zu unterziehen. Ich war nicht in der Lage, ein einziges einfaches Wort herauszubringen.

Sie hatten buchstäblich schreiend vor Angst noch versucht, uns zu warnen. Aber das war unmöglich gewesen, geschweige denn, dass es ihnen hätte gelingen können, uns zu überholen und anzuhalten. Es war ein Wunder, dass es unter den Straßenbauarbeitern keine Toten oder Verletzten gab. Sie hatten um ihr Leben rennen müssen, während ihnen die Bretter der Absperrungen und die roten Petroleumlampen um die Ohren flogen. Wir waren aus ihrer Sicht verschwunden.

Auf der Höhe von Boxtel hatten sie das Wrack entdeckt. Ein Schrotthaufen. Aus einiger Entfernung hatten sie ein wenig betreten geschaut. Was sich in diesem Wrack befand, tot oder lebendig, musste schrecklich aussehen ...

Aber dann hatten sich zu ihrem großen Erstaunen plötzlich die Überreste einer Tür geöffnet und jemand war herausgekrochen, jemand, der sich absolut nicht aufrecht halten konnte. Und daraufhin war noch jemand hervorgekrochen, auf Händen und Füßen, und noch jemand und noch jemand. Sie hatten sich verwirrt angeschaut: Bin ich jetzt verrückt geworden, oder siehst du etwa das Gleiche? Denn es waren neun Männer aus dem Wrack gekrochen, mit Beulen und Schrammen, aber ansonsten unversehrt. Und nach diesen neun zwei Windhunde.

Die zwei Personen Montyn: Es ging ihnen nicht gut. Sie wurden beide zu vier Wochen Gefängnis verurteilt. Aber der eine konnte in der Zelle wegen seiner Angstträume nicht schlafen, während der Andere dort tagsüber wie ein Besessener arbeitete. Das Museum musste endlich eröffnet werden.

Der eine Jan Montyn lud nicht lange danach zum Empfang. Großes Fest. Die feierliche Eröffnung der historischen Sammlung der Garderegimenter der Grenadiere und Jäger sowie der ehemaligen Prinses-Irene-Brigade wurde vom Generalinspekteur der niederländischen Armee, Seiner Königlichen Hoheit Prinz Bernhard, ausgerichtet. Sergeant Montyn empfing aus den Händen Seiner Majestät ein goldenes Feuerzeug mit Gravur. Reden wurden gehalten, es gab ein Bankett. Ein jeder war entzückt. Und später am Abend erklang die Stimme Kruls', General der Marine.

»Montyn«, sprach Kruls, »wir vom Marinekorps haben eine viel ältere Tradition als ihr verdammten Säcke ...« – Und das stimmte.

»So ein Museum wollen wir auch!«

Das ließ sich regeln. Ich wurde zum beratenden Konservator des Marinekorps ernannt. Und alles ging weiter. Die nächtlichen Ängste, der tägliche *fake*. Alkohol bis zum Delirium. Suchen nach dem Vergessen. Spiel mit dem Schicksal. – Der andere Montyn war dabei, wahnsinnig zu werden.

Ich schlich im Dunkeln durch die Felder. Immer wieder. Die Bahnlinie zwischen Den Bosch und Eindhoven war stark befahren und lag kaum eine halbe Stunde entfernt. Ich stieg zu den Schienen hoch, mir war speiübel vor Anspannung und ich wartete sehnsüchtig wie ein Frontsoldat auf den Augenblick des Anfalls.

In der Ferne erschien ein schwacher Lichtkranz. Mit klopfendem Herzen legte ich meine glühende Stirn auf die kalte, polierte Oberseite der Schiene. Zwei gelbe Scheinwerfer näherten sich, mit hundertzwanzig Stundenkilometern. Das Gleis begann zu singen. Ein einziger Ton, immer höher, immer lauter. Jeder Moment zersplitterte in eine unendliche Zahl kürzerer Momente. Alles zitterte. Eine einzige stampfende Lautmauer. – Und dann, im *allerletzten* Moment, aber niemand kann wissen, welcher Moment der letzte ist, zog ich meinen Kopf zurück.

Die Räder donnerten in ein Ohr hinein und aus dem anderen wieder heraus, Drehgestell nach Drehgestell, Rad nach Rad, Waggon nach Waggon, ein Sturmwind tobte durch meine Haare. Mit hundertzwanzig Sachen schoss der letzte Waggon handbreit an mir vorbei, die Rücklichter wurden kleiner, das Donnern erstarb, die Schiene sang, immer tiefer, bis zu einem vagen Brummen. Und es war still. Ich ließ mich vom Schienendeich rollen. Unten blieb ich liegen, schweißgebadet, zitternd in der Nacht. Aber die Spannung war gewichen.

Zweimal Jan Montyn. Der eine sollte sich mit einer gewissen Cécile verloben, einem anständigen Mädchen, das bereits für seine Aussteuer sparte. Der Andere verliebte sich in Ank.

Ank hatte rabenschwarzes Haar und dunkle, wilde Augen. Aber sie war erst sechzehn und die Tochter eines Sergeantenkollegen. Sie hatte zu Hause Streit gehabt. Sie war weggelaufen. Ich versteckte sie in der Scheune, wo noch das Wrack meines Motorrads stand. Tagelang, nächtelang. Ihr Foto erschien in den Zeitungen. Ihr Vater ging mit müden, geröteten Augen über den Innenhof.

Ich brachte ihr Essen. Schlief mit ihr. Und wenn ich wieder ging, verschloss ich das Tor. Versteckte ich sie oder sperrte ich sie ein? – Was war der Unterschied? Sie gehörte mir. Sie war mein Besitz. Wir lagen uns in den Armen. Bebend. Sie verstand meine Ängste. Ich liebte sie. In ihren Augen erkannte ich den Wahnsinn. Ihren Wahnsinn. Meinen Wahnsinn.

Irrenhaus Ihrer Majestät

Es geschah völlig unerwartet vom einen Moment auf den anderen, ohne irgendein Warnsignal, ohne, dass es einen direkten Auslöser gegeben hätte. Natürlich, es ging mit mir bergab, aber es ging schon sehr lange bergab mit mir. Und ich hatte Kopfschmerzen in besagtem Augenblick. Aber ich hatte fast immer Kopfschmerzen.

Ich stand auf dem Bahnhof von Den Haag, wo ich als Berater im Verteidigungsministerium inzwischen mein eigenes Zimmer hatte, und wartete auf den Zug nach Den Bosch. – Oder nein ... Es war sehr wohl noch etwas vorausgegangen, etwas ganz Unbedeutendes. Ich hatte auf die Uhr geschaut! Mein Zug fuhr um kurz nach halb sechs. Ich hatte geschaut, wie spät es war. Aber die Uhr war kaputt. Der Minutenzeiger stand fast auf der halben Stunde – der Stundenzeiger war verschwunden ... War es das? Nein, das konnte unmöglich der Grund sein. Aber was war es dann? Was genau war passiert?

Es war wie ein elektrischer Schock. Ein trockener, echoloser Knall, ohne dass ich eigentlich etwas gehört hatte. Etwas riss da oben und der Bahnsteig schwankte unter meinen Füßen. Panisch fasste ich mir an den Kopf, umklammerte ihn mit beiden Händen. *Das ist nicht möglich!* Diesen Schmerz kann ich nicht ertragen! Es war, als würden meine Augen von innen aus den Höhlen gedrückt, als würden die Adern in meiner Schläfe zerspringen, als zerplatzte mein Trommelfell ... – Mein Kopf wurde wie ein Luftballon aufgeblasen. Er wuchs, wurde immer größer, so sehr ich ihn, taumelnd vor Schmerz, auch umklammerte. Unerträglicher Schmerz. Und durch diesen Schmerz bohrte sich die blecherne Stimme eines Lautsprechers, dröhnte das Schlurfen und Scharren von Menschen, scheuerte das Quietschen von Bremsen. Es schwoll zu ohrenbetäubendem Lärm an und erstarb sofort wieder zum Flüstern. Alles erbrach sich in Wellen über mir und wurde wieder weggesogen. Alles drehte sich. Und ich stand da und umklammerte verzweifelt mit beiden Händen meinen verformten Kopf. Wie ich in den Zug kam, wusste ich nicht. Dass es der richtige war, musste Zufall sein.

»Ist Ihnen nicht wohl?«

»Mein Kopf ...«

Das war das Einzige, was ich hervorstoßen konnte mit einer Stimme, die von weit her kam, einer Stimme, die meiner nicht ähnelte. Mein Kopf. Fass mich nicht an! Mein Kopf wird wie eine Seifenblase zerplatzen!

»Aber was ist denn mit Ihrem Kopf?«

Ich prallte auf Menschen, fiel. Irgendwie gelang es mir, die Toilette zu erreichen. Im Spiegel ein leichenblasses Gesicht, unerkennbar, mit hervorquellenden, blutunterlaufenen Augen. Das Dröhnen der Räder auf den Schienen wurde lauter, verhallte. Eine Stimme, die von oben zu kommen schien, eine Stimme, so unbewegt wie die eines Nachrichtensprechers im Radio:

»Cassionskrankheit gleichermaßen gefürchtet ... Die Lungen zerplatzen, Blut sickert aus Nase und Ohren, der Schädel zerspringt wie eine Eierschale ...«

Ich zerrte panisch am Wasserhahn. Nichts passierte. Erst als ich mich auf die Kloschüssel setzte, entdeckte ich das Fußpedal. Das Wasser spritzte mir aus dem verbogenen Rohr direkt ins Gesicht. Ein einziger verzweifelter Gedanke.

Ich will nicht in einer Zugtoilette sterben ... – Ein Aufgebot aller Kräfte.

Wenn ich nur einmal diesen Zug verlassen habe ... Es gelang mir, aus dem Zug zu kommen. Und ich erkannte den Bahnsteig.

Wenn ich nur einmal in einem Taxi sitze ... Es gelang mir, aus eigener Kraft ein Taxi zu erreichen. Aber dann war es aus. Ich war nicht mehr in der Lage, eine Adresse zu nennen.

»Mein Kopf ...« – Das war das Einzige, was ich noch stammeln konnte.

»Mein Kopf ...«

Sie dachten, ich wüsste nichts mehr, aber ich wusste alles. Ich hatte in genügend Krankenhäusern gelegen, um genau zu wissen, wo ich mich befand. Das war die Kammer, die man nicht lebend zu verlassen hatte. Sie dachten, ich läge im Koma. Schon seit sechs Tagen. Aber ich hörte alles. Und ich kannte genug medizinische Ausdrücke, um zu verstehen, dass man mich aufgegeben hatte. Meine Mutter hatte geweint. Meine Schwester, die gute Seele, hatte nächtelang an meinem Bett Wache gehalten. Und ich war nicht tot. Noch immer nicht tot. Ich trieb im Wasser eines bodenlos tiefen Meeres. Unten herrschte Finsternis. Über mir war Licht. Ich lebte. Wie das möglich war, verstand ich nicht. Aber ich lebte. Ich konnte mich nicht bewegen. Ich wollte es auch nicht. Sagen konnte ich auch nichts. Es gab auch nichts zu sagen.

Nach sechs Tagen und sechs Nächten öffnete ich die Augen. Eine Krankenschwester beugte sich über mich, ein indonesisches Mädchen mit dem liebsten Gesicht, das ich je gesehen hatte.

»Sind Sie wach?«, flüsterte sie.

»Ja ...«

»Möchten Sie etwas?«

Ich nickte. Oder bildete ich mir das ein? Sie beugte sich tiefer herab.

»Steak ...«, flüsterte ich. »Kann ich ein Steak bekommen?«

»Die Küche ist geschlossen, aber ich werde schauen, was sich machen lässt«, antwortete sie mit ernstem Gesicht. Sie verließ das Zimmer. Ich schloss die Augen. Wie lange, wusste ich nicht.

Mit einem Teller in den Händen saß sie wieder neben meinem Bett. Ein ganz kleines Stück Steak nur. Es war das beste Steak, das ich je gegessen hatte.

»Ich werde jetzt schlafen ...« – Woraufhin sie aufstand und mit gedämpfter Stimme sagte:

»Ihre Familie steht draußen auf dem Flur. Wollen Sie noch Abschied von ihr nehmen?«

Ich schüttelte den Kopf.

Am nächsten Tag saß ich aufrecht im Bett. Ich bestand nur noch aus Haut und Knochen, aber ich hatte es überlebt. Die Spannung war aus meinem Kopf gewichen. Keine Kopfschmerzen mehr.

Was mir genau gefehlt hatte, konnten sie mir nicht sagen. Fast eine Woche im Koma, fast eine Woche über 41 Grad Fieber. Ebenso wenig hatten sie eine Erklärung dafür, dass die Spannung nun verschwunden war. Sie hatten gedacht, dass meine Bitte um ein Steak ein letztes Aufbäumen vor dem Tod gewesen sei. Meine Familie hatte ich nicht mehr sehen wollen. Auch jetzt nicht. Auch in der kommenden Zeit nicht. Wochenlang kämpfte ich in einem weißlackierten Krankenhausbett mit mir selbst. Besuch konnte ich nicht ertragen. Ich war in einen Kampf mit der Vergangenheit verwickelt, die ich mit niemandem teilen konnte. Der Film wurde zurückgespult.

Ich hing wieder auf dem Vordeck jenes U-Boot-Jägers. Auf und nieder auf den Wellen. Einen der Jungs hatte die Explosion verletzt. Er war knapp über der Wasserlinie eingeklemmt. Auf, nieder. Jede Welle, die über das Deck zurückfloss, färbte sich blutrot. Niemand bewegte sich. Er starb vor unseren Augen. Schwarzweiß. Die Laufgräben in Kurland. Der Schlamm und der Schnee. Das Brüllen in der Nacht. Abgerissene Beine. Augen, die um den Gnadenschuss flehen. Ein Kopf, der weggeblasen wird. Hein ... Hein, du entgleitest mir! Lass mich hier nicht allein! Ich greife nach seiner Hand. – Dann Explosionen, stundenlang, Schlammfontänen. *Aber ohne Ton.* Jede Minute ein Einschlag, jede Minute bringt den Tod. Ein Russe wird in die Höhe gerissen, sackt geräuschlos in sich zusammen. Das Echo eines Schusses. – Das Warten auf den letzten Schlag. Die absolute Verlassenheit, die absolute Einsamkeit des Wartens. Dresden. Glutroter Dunst. Dahinter menschliche Gestalten, Schatten. Stimmen. Schmerzschreie. Verzweifeltes Weinen.

Tagsüber lag ich in einem Krankenhausbett, nachts horchend in einem Schiffsraum, umgeben von Wasserwänden. Ein einziges trockenes Klicken reicht. Und ich zähle die Sekunden, die Minuten.

Dann plötzlich ein Bild, bei dem ich nicht verstehe, warum es mir so nachdrücklich im Gedächtnis hängen geblieben ist. Ein Fenster am Ende eines Flures. Draußen ist es dunkel. Nasser Schnee klebt an den Scheiben. Ich sitze auf einem Heizkörper und schaue auf die schmelzenden Flocken. Und ich erlebe ein Gefühl tiefster Zufriedenheit. Ich fühle keinen Schmerz. – Es ist der Flur im Flensburger Krankenhaus.

Tagsüber lag ich im Bett. Nachts entschärfte ich Minen. Endloses Wiederholen ein und derselben Handbewegung, mal langsam, dann wieder in fieberhafter Eile. Zum Beispiel das Abbinden einer blutenden Schlagader. Und immer wieder riss dieser verfluchte Ersatzverband. Und stets diese Stimme nahe an meinem Ohr:

»Beeil dich, Jan. Beeil dich verdammt noch mal!«

Im nächsten Moment stand ich wieder mit verbundenen Augen vor dem Erschießungskommando. Die Befehle, immer wieder die Befehle. Der Schuss, immer wieder der Schuss. Der Einschlag in Herz und Lungen. *Aber ich fühle nichts.* – Und dann wieder die Befehle.

Tagsüber lag ich. Nachts kroch ich auf dem Bauch durch Niemandsland, rannte von Mauer zu Mauer, tauchte in Gräben, rollte mich auf den Bauch, auf den Rücken, die Seite, sprang auf, fiel. – Ich fiel in einen Fluss und brach mir den Rücken. Oh ja, Korea.

Ich war nur noch Haut und Knochen. Tagsüber aß ich kolossale Steaks, bekam Rahm und Eier, eine überreichliche Portion, damit ich wieder zu Kräften kam. Sechs Wochen lang, jeden Tag. Und nach diesen sechs Wochen hatte ich genau ein Kilo zugenommen. Tagsüber aß ich, nachts wurde ich verzehrt.

Wie es möglich war, dass ich nach jenen sechs Wochen aus dem Krankenhaus entlassen wurde? Weil ich meinen nächtlichen Kampf mit keiner Silbe erwähnte.

Ich zog wieder um nach Vught. Das Museum. Führungen. Anweisungen. Berater bei der Marine. Mein Atelier. Restaurierungen. Und der Rest. Alles ging weiter. Die Bierkästen unter meinem Bett. Und jede Nacht Krieg.

Es dauerte monatelang. Monate, in denen ich mit jedem Tag verzweifelter wurde. Es ging immer schneller. Ich schlug jemandem fünf Zähne aus. Ich verbarrikadierte die Ateliertür, ließ mich tagelang nicht blicken. Ich zwang Rekruten dazu, mich als Vorgesetzten in ihrem Bett zu dulden. Wen warf ich damals von der Treppe? Ich wusste es nicht mehr. Ich kroch wie ein Tier auf Händen und Füßen über den Innenhof, hustete Erbrochenes und Schleim aus. Es wurde immer schlimmer. Es dauerte Monate. Und niemand sagte ein Wort. Ich musste reden. Aber mit wem? Ich musste zur Ruhe kommen. Aber wie?

Dann kam der Tag, an dem die Militärpolizei auftauchte. Endlich.

»So, Jan. Jetzt kommst du erst mal mit uns mit. Ich glaube, du hast uns das eine oder Andere zu erklären ...«

Jemand hatte mich angezeigt. Endlich. Mitten in der Nacht war ich wieder einmal betrunken zu einem Rekruten ins Bett gekrochen. Und diesmal zu einem, der sich sehr erschreckt hatte. Ich konnte mich nicht erinnern. Ich konnte mich an so vieles nicht erinnern. Es musste wohl stimmen. Ich verschloss die Türen und folgte ihnen. Ich war todmüde. Ich war wirklich am Ende. Ich folgte ihnen, fast erleichtert.

In der Kaserne der Militärpolizei schlief ich daraufhin eine Nacht, einen Tag und noch eine Nacht – an einem Stück. Ich konnte wieder schlafen. Ich fühlte mich von der Verantwortung entbunden. Schließlich erhielt ich Papier und Bleistift, denn reden ging nicht. Ich solle aufschreiben, was ich so auf dem Kerbholz hatte. Der alte Wachkommandant klopfte mir ermutigend auf die Schulter:

»Mach nur. Es wird halb so schlimm sein …«

»Ich schreibe alles auf, dessen ich mich meiner Meinung nach schuldig gemacht habe«, sagte ich. Und das waren keine Kleinigkeiten …

Ich begann mit allen Verkehrsverstößen, an die ich mich erinnern konnte. Falsch geparkt, zu schnell gefahren. Mehr Personen mitgenommen als für das Fahrzeug zugelassen. Über rote Ampeln gefahren. Stoppschilder ignoriert. Fahren unter Alkoholeinfluss. Motorradfahren mit geschlossenen Augen. Wenn möglich alles unter Angabe von Ort und Datum.

Ich füllte Seite um Seite. Trunkenheit in der Öffentlichkeit. Grußverweigerung gegenüber Vorgesetzten. Misshandlung. Gefährdung des Schienenverkehrs. Unsittliche Handlungen mit Minderjährigen beiderlei Geschlechts. Anstiftung zur Unzucht. Minderjährige der elterlichen Gewalt entzogen. Veruntreuung von Staatseigentum. Urkundenfälschung. Betrug. Fälschung von Gemälden. Gehorsamsverweigerung.

»Und was ich noch vergessen habe …«

»Jesus, Jan ...«, stammelte der Wachtmeister, als er die endlose Liste meiner Straftaten in den Händen hielt, »hast *du* Ank van Galen entführt?«

Das war ich gewesen. Ich hatte sie nach einer Woche freigelassen. Oder war sie geflohen? Völlig verwirrt war sie nach Hause zurückgekehrt. Aber weder ihren Eltern noch der Polizei hatte sie verraten, wo sie gewesen war.

»Ja, das war ich. Ihr müsst zu dem Mädchen. Sie braucht Hilfe, es geht ihr nicht gut.«

Nein, es war nicht halb so schlimm. Noch am selben Tag wurde ich ins Strafgefängnis von Den Bosch überführt. In der Zelle machte ich die Arbeit fertig, mit der ich gerade beschäftigt gewesen war. Die Restaurierung eines kleinen Gemäldes von van Ostade aus einer deutschen Sammlung. Nach zehn Tagen besessenen Arbeitens war es fertig. Ich ließ es abholen. Auch meine Sachen. Ich brauchte sie nicht mehr, ich konnte nicht mehr.

Die Zelle und die Aussicht, dass ich dort Jahre zubringen sollte, wurden mir zu viel. Ich wollte sterben.

Ich hätte die Aufnahme von Nahrung und Flüssigkeit verweigern können und dann wäre ich verhungert und verdurstet. Ich hätte meinen Atem anhalten können und dann wäre ich erstickt. Ich hätte noch stärker mit dem Kopf gegen die Wand schlagen können, als ich es sowieso schon tat. – Ich machte es mit der Ecke eines Rasiermessers, das ich morgens aus dem Waschraum hatte mitgehen lassen.

Aber diese Ecke schnitt nicht tief genug.

»Ich bin dein Psychiater«, sagte der Mann mit der krächzenden Stimme, während er seinen Kneifer polierte. Kurz darauf lag er in einer Zellenecke, und ich hatte sofort vier Krankenpfleger auf dem Hals. In einer Zwangsjacke kam ich zu mir.

Selten war ich so benommen gewesen. Die Zimmertür schwang auf und es kam ein Mann meines Alters herein, ohne weißen Kittel und ohne Kneifer.

»Ich heiße Mertens«, sagte der Mann, während er sich neben mich setzte. »Ich habe deine Personalakte gelesen und ich verspreche dir eines: Du musst nicht mehr in diese Zelle zurück. Dafür verbürge ich mich.«

Eine halbe Stunde später ging ich neben Doktor Mertens durch den Garten meiner neuen Unterkunft, der Psychiatrischen Anstalt Ihrer Majestät in Utrecht. Er selbst hatte mich von der Zwangsjacke befreit. Ich erzählte ihm von meinen nächtlichen Kollern und den Blackouts, die ich bereits Jahre zuvor während meiner Ausbildung in Weert gehabt hatte. Er konnte nicht verstehen, dass man mich all die Jahre ohne Hilfe hatte weitermachen lassen. Oh ja, ich hatte einmal Schlaftabletten bekommen.

»Aber ich habe auch nie mit jemandem darüber gesprochen …«

»Ich möchte dir einen Vorschlag machen«, sagte Mertens schließlich. »Du brauchst nicht mit mir zu reden, wenn du nicht willst, aber ich würde es sehr schätzen, wenn du deine Lebensgeschichte aufschreiben würdest.«

Am nächsten Tag saß ich an einem kleinen Tisch in einem sonnigen Zimmer mit Blick auf einen Garten. Alles, woran du dich erinnern kannst, hatte Mertens gesagt. Nimm dir so viel Zeit, wie du brauchst.

Und seltsam, ich, der Gedächtnislose, konnte mich nach und nach an alles erinnern. Die Vergangenheit war jahrelang ein schwarzes Loch für mich gewesen, eine dunkle Höhle, aus der im Schlaf Schlangen krochen, die sich durch meinen Schädel fraßen. Wenn ich mich umschaute, blickte ich auf totale Finsternis. In Oudewater war ich geboren. Hein war mein Freund gewesen, in Kurland war ich schwer verletzt worden. Das waren die Tatsachen. Ich kannte sie wie mein Geburtsdatum, aber die Angaben hätten auch von einem Anderen stammen können, von einem desselben Namens. Das *Ich* fehlte. Die Ängste, die mich jahrelang gequält hatten, waren die Ängste eines Menschen gewesen, der für mich zum Fremden geworden war. *Ihn* suchte ich wieder. Ich begann bei meinen frühesten Kindheitserinnerungen. Unwetter in der Nacht. Im Nachthemd in die Werkstatt. Das Prasseln des Regens gegen die Fensterscheiben. Blendende Blitze. Vater auf den Knien, laut betend, die kleinen Schwestern weinend. Der Garten. Der Duft von geharkter Erde, Mist und Stroh. Kaninchen. Tauben. Und meine Freunde. Pim und Chiel. Piet, der an Polio sterben sollte. Mein erstes Fahrrad, Symbol meines Verlangens nach Freiheit. Die Maitage 1940. Eine Bruchlinie. Nie würde es wieder werden, wie es war. Die Einsamkeit zu Hause: Ich, ein Verdammter. Die Verdächtigungen außer Haus: Moffenfreund. Der Arbeitsdienst. Zum ersten Mal von zu Hause weg. Eine Maschinenfabrik in Waddinxveen. Weglaufen. Ein Fußmarsch über die Veluwe. Wogendes, sonnendurchstäubtes Gras. Der Geruch von Turnschuhen. Hein. Ein Arm um meine Schulter. Die Wehrsportlager. Eine halbe Nacht taumelnd auf einem Vorsprung, tief unter mir ein Fluss. Eine Frau namens Monika, ein Zug entgleiste und Monika verschwand.

Ich folgte den Tagen, Stunde für Stunde, manchmal sogar Minute für Minute. *Alles war da.* Mannheim, Ludwigshafen. Bootsmann Heyne, mit hervorquellenden Augen zwischen den Trümmern, ein Baby in seinen Armen:

»Ich wusste es. Verdammt, ich wusste es …« – Seine Stimme. Die Bartstoppeln vom Kalk geweißt, der Ärmel zerrissen, die Wangen voller Ruß.

Ich schrieb. Seite für Seite. Wenn ich ein Bündel fertig hatte, legte ich den Stapel an eine vereinbarte Stelle. Dort holte Mertens ihn ab. Über das Geschriebene verloren wir kein Wort. Ich schrieb. Die Nachtübungen in Pommerns morastiger Erde. Das Himmelfahrtskommando. Kadavergehorsam, *ohne Rücksicht auf Verluste*. Die erste Landmine, die entschärft werden musste. Dann plötzlich, als breche die Sonne durch, eine Hafenstadt an der Ostsee. Danzig. An Land gehen. Aber auch ein Mädchen. Marika. Ihre nackten Beine, die Knie eines Kindes. Ihre kleinen Brüste, unendlich zart, ihr Bauch durchsichtig bleich im harten Schein einer kahlen elektrischen Lampe. Ihre Eltern waren umgekommen, ob ihr kleiner Bruder noch lebte, wusste sie nicht. Krieg. Graue Augen und eine Stimme, die sagt:

»Komm, Jan …«

Eine schmuddelige Matratze. Und die unermessliche Einsamkeit danach.

U-Boot-Alarm. Die Stunden hinter der wasserdichten Trennwand eines Minensuchboots unter Deck. *Lass es nicht an dich ran*. Gustav und Erich. Sie waren die Ersten gewesen. Das Wasser hatte sich über ihnen geschlossen. Und ich lag in meiner Hängematte. Ein Gedanke. Wie komme ich *hier* raus … Torpediert. Auf dem Vordeck eines U-Boot-Jägers. Auf und nieder auf den Wellen. Nieten springen. Und danach Kurland. Die Laufgräben, Wochen, Monate. Der erste Einschlag:

Jener erste Einschlag wird von nun an der Maßstab sein. Jeder folgende ist ferner oder näher. Außer dem letzten. Denn jenen letzten wird man nicht mehr hören. – Das schrieb ich.

Jeder Tag ist ein Tag, den man überlebt hat. Hein bekam einen Schuss nach Hause. Trotzdem starb er vor meinen Augen. Und in mir riss etwas.

Doch Kummer konnte man sich dort nicht leisten. Für Kummer war kein Platz. Der Kummer kann später kommen. Aber für mich gab es kein später. In all den Jahren gab es keinen Moment, in dem ich zu mir kommen konnte.

Dann der Schlag, der nicht der letzte war. Eine Nacht im Schnee. Und doch gefunden. Wie oft hatte ich nicht Glück gehabt? Oder gab es so etwas wie eine Intuition fürs Glück? Kann der Überlebensdrang so stark sein, dass das Schicksal weicht?

Doktor Schneider war Marinearzt in Libau. Er rief mich ins Leben zurück. Wir wurden torpediert, gleich vor dem Hafen. Wohl tausend Mann wurden in die Tiefe gerissen. Ich hatte zwischen ihnen gelegen, hilflos, Hände und Füße in dicken Verbänden. Schneider war es, der mich zum Rettungsboot trug. Warum mich?

Ich hatte mit Hein geschlafen. Wir befriedigten uns. Aber was bisexuell war, wusste ich nicht. Dieses Wort hatte ich noch nie gehört. Ich wusste so vieles nicht. Erst 1945 erklärte mir jemand, was der Unterschied zwischen Sozialismus und Nationalsozialismus war. Politik hatte mich nie interessiert. Aber ich hätte es wissen können. Deshalb ist Nichtwissen keine Entschuldigung.

Luc war es gewesen, der mich in die Politik eingeweiht hatte: der wallonische Junge, mit dem ich aus dem Kriegsgefangenenlager geflohen war. Aber so weit war es noch nicht. Ich war noch lange nicht in diesem Lager. Zuerst musste ich noch auf einer Trage in die Tiefen des Schiffsraums gehievt werden. Auf der Ostsee hilfloses Treiben auf einem schwerfälligen Schiff inmitten von Minen. – Jene Nacht dauerte ein Menschenleben. Zuerst musste ich noch zurück nach Oudewater, im Laderaum eines Postwagens, auf einem Munitionszug, am Stock zu Fuß, auf einem Milchwagen und das letzte Stück in einem Auto voller SS-Männer. Und nach Oudewater musste ich mich in Klagenfurt melden. Ein Zug. Dann Dresden. Ein Flammenmeer. Ich sah alles, hörte alles, roch alles. Zum ersten Mal. Damals hatte ich es mitgemacht, jetzt erlebte ich es. Während ich schrieb. Und danach lag ich schreiend im Bett unter einem Spannlaken. Bis ich eine Spritze bekam. Aber jede Seite, jede Zeile, jedes Wort verschaffte mir Erleichterung. Denn ich brauchte nicht noch einmal …

Ich beschrieb die Ereignisse an der Oder. Die Stellungen, die Kasematten. Welches Geschütz wo, welches Kaliber. Die Stalinorgeln. Die Einschläge, alle dreißig Sekunden einer, stundenlang. Zu hundert mussten wir eine kleine Insel besetzen, neun kehrten zurück. Und Willy, der schwimmend entkommen konnte. Aber er bekam eine Lungenentzündung. Der Brief. Ich hatte ihn immer noch. *Von Willy, für Jan.* Und zwei Verszeilen. – Diese konnte ich nicht aufschreiben.

Von einer anderen Insel zeichnete ich den Grundriss. Hier war ich an Land gegangen. Dort war ich hinaufgekrochen. Hier hatte ein anderes Boot gelegen, von einem russischen Soldaten. Ich hatte ihn neben seinem Boot zurückgelassen. Und ich schrieb:

Das war es, was mich am meisten schockiert hatte. Er oder ich. Es glich einem Duell. Aber er war bestimmt eingezogen worden. Ich nicht. Ich war auf eigene Verantwortung dort. Das ist mein Vergehen.

Der Rückzug an die Elbe. Ein Däne, ein Junge der Hitlerjugend, ein Maschinengewehr und ich. Blätterrascheln und sich bewegende Äste. Eine Armee im Anzug. Ich war kurz darauf hinten auf ein Motorrad gesprungen. Die Anderen beiden nicht. Warum ich? – Pfannkuchen backen in einem himmelblauen Nachthemd: der Wahnsinn. Luftangriffe, Beschießungen, Minen: das Grauen. Zu siebzig ließen wir die

Oder hinter uns, fünf konnten sich schließlich ergeben. Warum ich? Warum Carstens nicht? Und ich schrieb:

Außer Hein ist er der Einzige auf der ganzen Welt, den ich gern wieder sehen würde.

Danach konnte ich tagelang nicht schreiben. Ich begegnete Doktor Mertens auf dem Flur. Er blieb stehen. Er hatte schon seit einiger Zeit keine Seiten mehr an der vereinbarten Stelle vorgefunden. War ich fertig?

»Nein. Ich fange erst an.«

Daraufhin ging ich in mein Zimmer. Nahm ein Blatt Papier und schrieb:

Im Kriegsgefangenenlager erzählte mir ein amerikanischer Offizier niederländischer Abstammung, was mit den Juden passiert war.

Und ich schrieb weiter. Die Flucht mit Luc. Die Fremdenlegion. Fahnenflucht. Drei Wochen bei Loulou in einem kleinen Zimmer. Straßburg. Die Scheinhinrichtung in Neuengamme. Internierung. Jugendheim. Die wilden Jahre, wieder in Oudewater. Und dann Korea, der Sturz in den Fluss. Monate in einem Rollstuhl. Yoshika.

Schließlich beschrieb ich meine Karriere als Berufssoldat und den langsamen Prozess des Irrsinns. – Seltsam: Je näher die Ereignisse lagen, desto schwieriger wurde es, mich ihrer zu erinnern und sie zu beschreiben.

Ich schrieb fast ein Jahr lang. Die Angstträume nahmen ab, die nächtlichen Anfälle blieben immer länger aus. Das Spannlaken konnte im Schrank bleiben, keine Einschlafspritzen mehr. Ich hatte Blatt für Blatt beschrieben. Wie viele wusste ich nicht, denn ich hatte sie nicht nummeriert. Noch einmal lesen konnte ich sie nicht, denn ich hatte sie abgegeben. – Letztendlich kam ich zu meiner Verhaftung. Die endlose Liste strafbarer Handlungen. Mein Selbstmordversuch.

Verlegung ins Irrenhaus Ihrer Majestät in Utrecht. Mertens' Bitte, alles aufzuschreiben …

Das hatte ich getan. Ich war fertig. Und ich schrieb:

Das war mein Leben bis heute.

Darunter setzte ich meinen Namen: *Jan Montyn*. Und das Datum: 22. *März* 1957.

Und unter das alles zog ich einen dicken Schlussstrich.

VI

Die Zeit steht still

April 1975. Ich gehe durch die Abflughalle von Bangkok Airport. Zehn Uhr morgens. In ein paar Minuten geht der Flug nach Frankfurt. Dann weiter nach Amsterdam.

Eine Schultertasche aus derbem Stoff ist mein einziges Gepäckstück. Und auch das nicht mehr lange. Jeder Schritt ist endgültig. Denn ich weiß: Das ist das letzte Mal.

»In zwei Wochen bin ich zurück«, habe ich gesagt. »Und dann nie wieder. Es ist vorbei.«

Es gibt Entscheidungen, die man gründlich abwägt. Andere trifft man impulsiv. Abgerechnet wird später.

Vor langer Zeit habe ich in einer Gefängniszelle meinem Leben ein Ende machen wollen. Es war mir nicht gelungen, die abgebrochene Ecke des Rasiermessers schnitt nicht tief genug. Danach habe ich ein Jahr lang geschrieben und mir Rechenschaft abgelegt: tausend eng beschriebene Seiten. Sie fanden in einem Kanonenofen ihre letzte Ruhe, zusammen mit der Sergeantenuniform der Grenadiere. Damals war ich zweiunddreißig, jetzt bin ich fünfzig. Damals hatte ich den Krieg hinter mir gelassen und erneut ist es ein Krieg, der hinter mir liegt. Damals saß ich in einem Zimmer mit Aussicht auf einen ummauerten Garten, jetzt sitze ich bequem Erster Klasse in zehntausend Meter Höhe – und wieder lege ich Rechenschaft ab. Ein ganzes Jahr werde ich nicht brauchen und ich muss auch nicht alles aufschreiben. Mir reichen die

Erinnerungen. Achtzehn Stunden dauert dieser Flug. Es ist das letzte Mal. Erneut ein Abschied von dem, der ich war. Und dann nie wieder.

Der Jumbojet von Singapore Airlines hat Bangkok verlassen. Und ich – im Jumbo – habe die psychiatrische Einrichtung in Utrecht gegen ein Leben in Amsterdam eingetauscht. – Nein, ich vergesse etwas. Ehe es so weit war, musste noch etwas erledigt werden. Eine Kleinigkeit, eine Formalität, mehr nicht.

Ich hatte mir ein Jahr lang die Vergangenheit von der Seele geschrieben, doch die ganze Zeit über hatte eine Instanz geduldig gewartet, bis ich wieder ansprechbar war, eine Instanz, die einen gewissen Teil meiner Vergangenheit keineswegs für abgeschrieben hielt.

Eines Morgens erschienen zwei Männer der Militärpolizei. Sie händigten mir einen Umschlag mit einer Vorladung aus. Ich musste vor dem Militärgericht in Den Bosch erscheinen.

»Wenn sie mich einsperren, drehe ich durch. Ich gehe *nicht* in die Zelle!«

Mertens versuchte, mich zu beruhigen. Er meinte, ich hätte aufgrund meiner psychischen Labilität S-5 erhalten: »Du bist offiziell für dienstuntauglich und vermindert zurechnungsfähig erklärt worden. Das werden sie bei der Festsetzung des Strafmaßes berücksichtigen.«

Ich war weniger zuversichtlich.

»Soll ich dich begleiten?«, fragte Mertens an dem bewussten Tag. Nein, das war nicht nötig. Ich wollte auch keinen Krankenpfleger dabeihaben. Ich ging allein, in Zivil. Nach Vorschrift hatte ich in vollem Ornat mit Orden und allem Drum und Dran zu erscheinen. Aber ich weigerte mich. Ich ließ mir die Haare abrasieren, die mir bis auf die

Schultern reichten. Ich zog eine schwarze Hose und einen schwarzen Pullover an. – Sie mussten mich nehmen, wie ich war, in Schwarz und mit Glatze.

Immer lächeln, hatte mir Mertens geraten. Aber das Lachen verging mir, als ich im Wachlokal hörte, dass dasselbe Militärgericht noch kurz zuvor zwei Offiziere für weitaus geringere Vergehen zu Haftstrafen von vier und sechs Jahren verurteilt hatte. Dort in Den Bosch waren sie nicht gut auf Sittlichkeitsdelikte zu sprechen. Und an die Verdunklungen, Fälschungen oder die Entführung, die in der Vorladung erwähnt waren, wagte ich gar nicht erst zu denken.

»Hey, Jan ...«

Das war Tuyll, offiziell immer noch mein Kommandant.

»Mensch, ich habe ja Sachen von dir gehört! Warum bist du mit deinen Problemen nie zu mir gekommen? Dann hätten wir doch zusammen ein wenig *Sport* treiben können ...«

Der Fall Montyn wurde eröffnet. Aufgrund des unsittlichen Charakters bestimmter Vergehen hinter geschlossenen Türen. Das Gericht trat ein. Und meine Verwunderung kannte keine Grenzen: Unter jenen hohen Offizieren erkannte ich zwei Herren, die meine römischen Feste damals sehr ausgiebig genossen hatten ... Sie zogen die Köpfe ein, als die Anklage verlesen wurde, eine Litanei, die so lang war, dass es dem Wehrdisziplinaranwalt nicht die ganze Zeit über gelang, seine Haltung zu wahren. Ob ich mich schuldig bekennen würde.

»Ja.«

Ob ich noch etwas zu meiner Verteidigung zu sagen hätte?

»Ja.«

Es entging mir nicht, dass die beiden Herren mit ihren Ehrenabzeichen hinter dem grünen Tisch zusammenzuckten.

»Meine Herren. Ich will's kurz machen. Ich beschränke mich auf einen Punkt. Und das ist S-5. Ich danke Ihnen.«

Das Gericht zog sich zur Beratung zurück. Ich musste warten. Die längste Stunde meines Lebens. Wieder einmal. Denn in meinem irrsinnigen Leben waren schon viele Stunden die längsten gewesen. Dann durfte ich wieder hereinkommen und das Gericht verkündete das Urteil.

Man entließ mich aus dem Militärdienst. Nicht einmal unehrenhaft, wie ich verstand. Ich bekam eine dreiwöchige Gefängnisstrafe unter Abzug der U-Haft. Und ich hatte genau drei Wochen in U-Haft gesessen!

Ich wartete. Jetzt musste es kommen … Aber es kam nichts mehr.

Das war alles. Berufung galt es innerhalb von vierundzwanzig Stunden einzulegen. – Aber das hörte ich schon kaum mehr. Ich stand bereits draußen. Der Erste, der mir gratulierte, war der gute alte Tuyll.

»Und was jetzt, Jan?«

»Ein großes Bier trinken, Oberst. Ich bin frei!«

Wie es zu dieser absurd niedrigen Strafe gekommen war, sollte ich niemals erfahren. Aber in diesem Moment war mir das völlig egal.

Und dann doch: *Amsterdam.* – Während zehntausend Meter unter mir das wogende Grün der Regenwälder Birmas einem gelben, von ausgetrockneten Flussbetten durchfurchten Feldermosaik Platz gemacht hat. Indien.

»Wie verdienen Sie sich Ihren Lebensunterhalt?«, fragte eine potentielle Vermieterin. Ich war auf Zimmersuche. Eine Anzeige in der Zeitung hatte mich zur ihr geführt.

»Ich bin Kunstmaler«, war meine Antwort, was sicherlich eine gute Entscheidung war, doch das Zimmer konnte ich vergessen.

In der Anstalt hatte ich Doktor Mertens' Rat befolgt und wieder mit Zeichnen und Malen angefangen. Ich porträtierte Mitpatienten und Pfleger, malte den Garten, den Innenhof. Zeichnen und Malen – mit einigen Unterbrechungen hatte ich das eigentlich mein ganzes Leben lang getan, aber nun hatte ich zum ersten Mal das Gefühl, mein Tun stünde mit dem nicht fassbaren Begriff *Kunst* in Verbindung.

Einer anderen Person war es gleich, wie ich mein Geld verdiente. Das war Tante Aal. Zusammen mit ihrer Schwester Dirkje betrieb sie eine berühmt-berüchtigte Kneipe samt Bordell am Amsterdamer Zeedijk. Sie kannten mich noch aus meiner Zeit als Soldat. Auch wir bräuchten ein Dach über dem Kopf, meinte sie – wir, das waren Hans, den ich in Utrecht kennen gelernt hatte, Loek, die auch seit kurzem malte, und ich. Tante Aal wusste von einem riesigen Lagerhaus gleich um die Ecke am Oudezijds Kolk, das dem Bäcker gehörte, der daneben sein Geschäft hatte und das leer stand, solange sie sich erinnern konnte. Und das war lang, denn Tante Aal war schon weit über siebzig.

So hatten die Jahre am Kolk ihren Anfang genommen.

Das sechsstöckige Haus hatte insgesamt über tausend Quadratmeter. Wirklich leer konnte man es allerdings nicht nennen, denn überall lag mehr als ein halber Meter Schutt. Es gab keinen Strom, kein Wasser, die Treppen waren steil wie Leitern und es wimmelte von Ratten. Aber es war meine eigene Bleibe, zum ersten Mal. Hier würde ich arbeiten, leben. In jener ersten Nacht machte ich kein Auge zu.

Wochenlang waren wir damit beschäftigt, den Schutt per Müllboot abzutransportieren, denn das Lagerhaus, das über einen schmalen Löschkai zu erreichen war, stand mit der Vorderseite direkt an der Gracht. Wir schleppten alte Möbel von der Heilsarmee an, sammelten Sperrmüll, der nach sechs Uhr abends auf dem Flohmarkt liegen geblieben war. Denn wir hatten keinen Cent. Wir hämmerten und sägten, und als das Haus nach unseren Maßstäben bewohnbar war, gaben wir ein Fest. Das ganze Viertel fand sich ein: die Huren, Zuhälter, Madams und Wirte plus der Rest. Der eine hatte eine Flasche Genever unter dem Arm, der Andere war mit einem Kasten Bier beladen, ein Dritter mit einem dampfenden Topf Suppe. Und Tante Aal brachte Aale mit.

Sechzehn Jahre lang hatte ich in geschlossenen Gemeinschaften gelebt. Plötzlich war ich frei, aber auch ungeschützt. Ich lebte nun in einer Gesellschaft, die jedem feindlich gegenüberstand, der eine Jeans trug und sich nicht anpasste. Nur selten wagte ich mich über die Grenzen des uns wohlgesinnten Rotlichtviertels zwischen Zeedijk und Oudekerksplein hinaus, volle Einkaufsstraßen mied ich. An alles musste ich mich gewöhnen. Kein Vorgesetzter mehr, kein geregelter Tagesablauf. Ein Pfund Salz kostete acht Cent. So viel Salz für acht Cent! – Ich hatte noch nie zuvor Einkäufe für einen Haushalt getätigt.

Wir bewegten uns jenseits der offiziellen Kunstpfade, wir lebten am Rand der Gesellschaft. Hunger hatten wir eigentlich ständig, denn fast unser gesamtes Geld gaben wir für Zeichenmaterial aus. Wir lebten vom Viertel. Wenn bei einer Schlägerei ein Kneipenfenster zu Bruch ging, setzten wir ein neues ein. Und ich hatte Schriften setzen nicht verlernt. Fester Tarif: ein Gulden pro Buchstabe. Allein von einem Begriff wie *Vollständige Schankkonzession* konnten wir eine Woche lang leben. Und wir verkauften. Schwarze Hennie, Finnen-Jos, Apachen-Alie waren die ersten Sammler unserer Werke.

Tante Aals Bordellkunden hatten Lose zu kaufen, mit deren Erlös sie uns Bilder abnahmen. Auch wir mussten leben, fand Tante Aal. Und wir waren viele.

Das Haus am Kolk, das nur hundert Meter von der Polizeidienststelle in der Warmoesstraat entfernt war, wurde zur Zuflucht für alles, was nicht erlaubt war. Es hieß, am Kolk würden Jungs und Mädchen versteckt, die aus Erziehungsheimen weggelaufen waren – und so war es: hinter einer doppelten Wand, die wir gemauert hatten. Es hieß, am Kolk würde Unzucht mit Minderjährigen getrieben – und so war es. Drei Schläge auf den Fußboden hießen: Die Sitte steht vor der Tür ...

Das Haus am Kolk – ich brauchte nur die Augen zu schließen und fünfzehn, sechzehn Jahre alte Bilder und Gerüche stiegen wieder in mir auf: der beißende Geruch von Lack, Terpentin und Lampenpetroleum, der modrige Geruch von der Gracht und knisterndes Anmachholz im Kamin. Ich sehe eine niedrige Decke mit schweren Balken, unbehandelte Holzböden, kleine, schmale Fenster in meterdicken Mauern. In der Sonne sitzt eine Katze, *meine* Katze. Links steht die hohe Staffelei, rechts die Presse für die Radierungen, denn in dieser Zeit hatte ich begonnen, Radierungen anzufertigen. Und dabei sollte es bleiben. Fünfzehn Jahre lang Radierungen. Zehntausend Drucke.

Genug gearbeitet, genug radiert, die Quelle ist versiegt. Ich habe nichts mehr zu sagen, ich stelle es ohne Wehmut fest.

Ob ich Champagner möchte, fragt die Stewardess. Lieber Kaffee zu dieser Stunde. Oder nein, geben Sie mir doch ein Glas Champagner. Denn am Kolk lernte ich Thom kennen ...

Und dann ist sie doch da, die Wehmut.

Aber erst noch die Zwischenlandung in Delhi, der Flughafen voller großer schwarzer Krähen, dünner langer Männer mit Schnurrbart. Und dann bis zum nächsten Stopp in Teheran: Thom.

Zum Jahreswechsel 1960/61 gaben wir am Kolk traditionsgemäß ein großes Fest mit einigen hundert Leuten. Unter den Gästen war ein Junge, nicht älter als achtzehn und in Begleitung zweier Männer, die ich nicht kannte. Er faszinierte mich und ich beobachtete ihn aus einiger Entfernung. Er war ausgelassen, ein Charmeur, der jede und jeden für sich einnahm. Doch gleichzeitig spürte ich, dass er am Rand eines Abgrunds balancierte. Ich hörte ihn lachen, wobei er den Kopf in den Nacken warf, und ich wusste, dass dieses Lachen jeden Moment in bodenlose Trauer umschlagen konnte. – Ich erfuhr, dass er aus einem Erziehungsheim weggelaufen war und sich schon seit geraumer Zeit bei den beiden Männern versteckte. Er sprach mich an. Thom. Worte, die mir nie aus dem Sinn gehen sollten:

»Sind das deine Bilder?«

»Ja, ich wohne hier.«

»Sie gefallen mir. So würde ich auch gern arbeiten ...«

»Dann musst du es machen. Wenn du möchtest, kann ich dir dabei helfen.«

»Kannst du Schach spielen?« – Ich nickte.

Und daraufhin spielten wir Schach, eine Partie nach der anderen, ohne noch weiter zu reden, inmitten der wogenden Menschenmenge, die immer kleiner wurde, denn das Fest neigte sich dem Ende zu. Schließlich war der Raum leer. Bis auf die zwei mir unbekannten Männer. Und Thom. Und mich.

»Hör mal, Thom, wir wollen auch gehen. Kommst du mit?«

Woraufhin Thom aufstand, zu seiner Jacke ging, einen Schlüssel aus der Tasche kramte und meinte:

»Hier ist der Schlüssel. Ich bleibe hier. Ist das in Ordnung, Jan? Kann ich bei dir bleiben?«

»Das geht in Ordnung«, sagte ich im vollen Bewusstsein der Konsequenzen. Und auf ihr Zögern:

»Ihr habt es gehört. Er bleibt hier.«

Woraufhin die beiden Männer gingen. Und Thom blieb.

Es geschah, was ich erwartet hatte. Kaum war unten die Tür ins Schloss gefallen, brach der Junge in Tränen aus. Graues Morgenlicht fiel ins Zimmer und nun sah ich, wie schlecht es ihm auch körperlich ging: Er war spindeldürr, leichenblass und zitterte. Wir kannten uns erst wenige Stunden und hatten kaum ein Wort gewechselt, doch er drückte sich an mich, als wäre ich sein letzter Halt. Wir redeten. Es wurde Morgen, Mittag, es wurde Abend. Thom war Jude. Seine Eltern waren in den dreißiger Jahren aus Deutschland in die Niederlande geflüchtet. Er war 1942 geboren und als Säugling bei seinem späteren Vormund, einem Anwalt in Den Haag, untergebracht worden. Als seine Eltern aus dem Konzentrationslager wiederkehrten, waren sie physisch und psychisch gebrochen, und es hatte Jahre gedauert, ehe sie sich in der Lage sahen, die Erziehung ihres Sohnes selbst zu übernehmen. Erst dann erfuhr er von seiner tatsächlichen Herkunft. Seine Abstammung, der Krieg, das Schicksal der Juden – das alles hatte ihn seitdem in zunehmendem Maße verfolgt. Mit der Zeit war er immer widerspenstiger geworden, man warf ihn von der Schule, stellte ihn nach ein paar Ladendiebstählen unter Vormundschaft und brachte ihn in ein Erziehungsheim. Er war mehrfach weggelaufen, zum letzten Mal zwei Wochen zuvor.

Und diesmal war er fest entschlossen, nicht mehr zurückzugehen:

»Wenn sie mich finden, bringe ich mich um …«

So jung er auch war, es wäre nicht sein erster Selbstmordversuch gewesen: Er fühlte sich im Leben fehl am Platze, von der Gesellschaft ausgestoßen.

Thom erzählte mir seine Geschichte und ich ihm die meine. Ich *redete*. Zum ersten Mal … – Seltsam: Er, der auf des Messers Schneide von Leben und Tod zur Welt gekommen war, akzeptierte mich und meine Geschichte als Selbstverständlichkeit.

In jener Nacht schlief Thom im Bett hinter der doppelten Wand und am nächsten Tag schlief er immer noch. Er schlief so tief, dass ich immer wieder nachschaute, ob er noch lebte.

Aber er wachte auf und sah die Welt mit anderen Augen: eine nächtliche Welt, denn solange er auf der Fahndungsliste der Polizei stand, wagte ich mich bei Tageslicht nicht mit ihm nach draußen.

Drei Wochen lang versteckte sich Thom am Kolk. Er arbeitete.

Ich hatte ihm gezeigt, wie man Radierungen anfertigt, und seine Fortschritte waren verblüffend. Schon nach wenigen Tagen machte er seine ersten Drucke, treffsicher in der Linie, ergreifend schön.

»Das war's, was ich gesucht habe, damit will ich weitermachen.«

Zum ersten Mal in seinem Leben machte er etwas, was ihm Befriedigung verschaffte, weil er dabei ein Ziel in sich selbst fand. Und ich – ich verstrickte mich in sein Schicksal. Ich freute mich mit ihm, ich fürchtete mich mit ihm: Die Freude über das, was er gefunden hatte, die Furcht, es würde ihm wieder genommen werden. Denn die drei Jahre bis zu seiner Volljährigkeit konnte er doch nicht in einem dunklen Lagerhaus biwakieren.

Ich beschloss, seinen Vormund anzurufen, anonym von Tante Aals Etablissement aus:

»Sie kennen mich nicht. Ich will über Thom sprechen ...«

»Wer sind Sie?«

»Sie wissen, dass ich das nicht sagen kann. Ich verstecke ihn, ich mache mich strafbar. Aber so kann es nicht ewig weitergehen.«

»Aber was wollen Sie dann?«

»Thom muss freikommen. Er arbeitet und das muss er weitermachen können.«

Das war offensichtlich etwas ganz Neues. Thom arbeitete! Er, der nie etwas gekonnt, nie etwas gewollt hatte ...

»Was schlagen Sie vor?«

»Wir treffen uns an einem neutralen Ort. Sie als sein Vormund, der Psychiater des Heimes, aus dem er weggelaufen ist, und ich. Dann werde ich Ihnen erklären, warum ich finde, dass man Thom eine Chance geben muss.«

Einige Tage später betrat ich die Bahnhofsgaststätte in Utrecht. Da saßen die beiden Herren in Anzug und Weste. Hier kam ich in meiner frisch gewaschenen Jeans und meinem eigens für diese Gelegenheit gekauften Holzfällerhemd.

»Mein Name ist Montyn. Ich wohne am Oudezijds Kolk in Amsterdam. Thom ist bei mir ...«

Ich wartete. Jetzt wussten sie, wo er war. Wenn das Treffen ein abgekartetes Spiel war, wäre das der geeignete Moment gewesen, mich am Kragen packen zu lassen. Aber es geschah nichts. Ich setzte mich, erzählte, was Thom machte und wie er durch die Arbeit die Zukunft mit anderen Augen zu sehen gelernt hatte.

»Es ist geradezu unglaublich, was er in den paar Wochen alles gelernt hat, er ist wirklich begabt. Ich weiß, dass ich ihn als Alleinstehender nicht offiziell adoptieren kann, trotzdem muss er bei mir bleiben ...«

Wir verabschiedeten uns. Sie wollten sich für Thoms Sache einsetzen und sich unsere Lebensumstände anschauen. Die Vermisstenanzeige wollten sie vorläufig zurückziehen. Sie kamen, sie bewunderten Thoms Arbeiten, die ersten, zarten Versuche. Und nach einer Woche voller Spannung kam ein offizielles Schreiben in einem braunen Umschlag. Thom durfte bleiben.

Er war achtzehn, ich war sechsunddreißig: alt genug, um Lehrer, jung genug, um Freund zu sein. Seine Anwesenheit stellte mein Leben auf den Kopf. Jene ersten Jahre am Kolk hatte ich das Dasein eines Skorpions unter einem Stein geführt: zurückgezogen und misstrauisch. Er war es, der mich ins Sonnenlicht zog. Die Vergangenheit lag plötzlich hinter mir, ich war von ihr erlöst, das Heute wurde zum Jetzt. Ich legte meine Habt-Acht!-Stellung ab und zum ersten Mal wagte ich es, mich hinzugeben. Über ihn fand ich die Unbefangenheit des achtzehnjährigen Jungen wieder, zu dem ich in ebenso vielen Kriegsjahren, Nachspiel und Schuld jeglichen Kontakt verloren hatte. Es war ein neuer Beginn.

Ich hörte auf, Gemälde zu malen. Das Weiche von Pinsel auf Leinwand reichte mir nicht mehr. Mit nahezu automatischen Handbewegungen vertraute ich plötzlich der Abstraktion. Was Darstellung war, wurde Aussage. In dieser Zeit entstanden große Radierungen. Hart auf Hart. Eine Radiernadel, die ins Metall kratzt, unverdünnte Salzsäure auf Zink. Ein einziger Versuch – alles oder nichts: Das war Thoms Anwesenheit. Denn wie nahe er in seinen Ängsten und Depressionen auch dem Freitod sein mochte, er hatte die Gabe, das Leben als Fest zu feiern. Wir waren Tag und Nacht zusammen, arbeiteten viel, gingen aus, zeigten uns. Er, herausfordernd und brillant, ich, sein Schatten – im quälenden Wissen, welcher Abgrund der Verzweiflung neben ihm klaffte. Denn so wie er, ganz gleich wo, die Welt provozieren konnte, bis er eine Grenze überschritt und abgewiesen wurde, so forderte er auch das Leben heraus. – Und er, Thom, schaffte es nicht.

Ich sitze in einem Flugzeug und die Zeit steht still. Mit neunhundert Stundenkilometern geht es nach Westen. Der Stand der Sonne ändert sich nicht. Unter mir, kahl und unwirklich, liegt Afghanistan, körnig, rostbraun. Einst legte ich diese Strecke auf dem Landweg in umgekehrter Richtung zurück. Maulesel, Lehmhütten – und zweitausend Jahre darüber am durchsichtig blauen Himmel: ein Kondensstreifen, ein silberweißer Strich. Und ich stellte mir vor, dass ich auch dort war hoch in den Lüften und im selben Augenblick nach unten schaute – genau so, wie ich es jetzt tue. Nie waren Ort und Zeit so relativ gewesen ...

Ich steige wieder die Stufen des Kolks hinauf und muss mich zügeln, nicht zwei auf einmal zu nehmen. Stufen, so steil wie Leitersprossen und statt eines Geländers ein glänzendes, armdickes Seil. Immer wieder besteige ich diese Treppe und all die Jahre mit derselben Angst. Erster Stock, zweiter Stock, dritter Stock. Und dann die Tür. Dahinter ist der in tiefes Zwielicht getauchte Raum. – Und Thom erscheint. *Er ist da und er lebt.* Er klettert an mir hoch, schlingt seine Arme um mein Genick. »Hey Thom ...«

Ich trage ihn hinein, er ist federleicht. Ich drücke ihn eng an mich.

»Schau, was ich gemacht habe, Jan!«

Auf dem Tisch liegt eine Radierung, die Farbe ist noch feucht. Links eine gedrängte Gruppe, unkontrolliert, drohend. In der Leere rechts zwei zarte Figuren. Doch auf der Fläche herrscht Gleichgewicht. Die Gruppe weicht, schreckt zurück. Er zeigt auf die Figuren:

»Das sind wir …«

Ja, das sind wir: bedroht. Die Anmache, die Aggression auf der Straße. Das Unverständnis über *dieses unheimliche schwule Kerlchen*. In die Enge getrieben. *Dich kriegen wir noch!* Und die Angst, schleichend, zersetzend, weil alles davon durchdrungen war, dass es zeitlich ist, ein Aufschub des Unvermeidlichen.

»Ist es gut, Jan?«

Es war gut, und es ging gut. Genau anderthalb Jahre lang. Stürmische Zeiten. Thoms Talent wurde in rasend schnellem Tempo erkannt. Wir machten Ausstellungen, wir verkauften. Wir zogen nach Paris, knüpften Kontakte zu Galerien, kehrten mit großen Plänen heim.

Dann ging es schief. Ich wurde krank. Akute Vergiftungssymptome, Notaufnahme. Tage- und nächtelang kämpfte ich gegen das Fieber, mein Körper reagierte nicht auf Medizin oder Gegengift. Die Art meiner Infektion blieb unklar. Es konnten die Ratten sein, von denen es am Kolk viele gab. Es konnten die Dämpfe der unverdünnten Salzsäure sein, die beim Radieren frei wurden. Vielleicht war es eine verspätete Folgeerscheinung meiner Kriegsverletzungen. – Vielleicht war es alles zusammen. Es dauerte eine Woche, es dauerte zehn Tage: zehn Tage, in denen mich Thom nur einmal besuchte. Er war an der Tür stehen geblieben, kreideweiß, hatte einen Moment geschaut und schweigend wieder kehrtgemacht. Und am elften Tag bekam ich die Nachricht, Thom sei weg, schon seit einigen Tagen. Nach seinem

Besuch im Krankenhaus hatte er ein paar Sachen zusammengepackt. Am Kolk hatte man ihn nicht mehr gesehen. Von da an hatte ich keine ruhige Minute mehr, so krank ich auch war.

»Ich muss weg«, sagte ich dem Arzt. »Ich muss Thom suchen.«

»Dann stirbst du.«

»Dann sterbe ich eben.«

Ich war fest entschlossen. Er oder ich, oder wir beide. Zur Not eben wir beide. – Ich bekam einen einzigen Rat: »Geh nicht zurück in dieses abscheuliche Lagerhaus. Schau zu, dass du einige Zeit in einem warmen Land verbringst!«

Drei Tage lang stolperte ich verzweifelt durch die Stadt. Ich musste gestützt werden. Ich schlief nicht, aß nicht, lebte vom Kognak. Wo war Thom? Niemand hatte ihn gesehen. Ich telefonierte nach Paris. Auch dort war er nicht. Er war wie vom Erdboden verschluckt – und das genau war meine Angst, die Angst, die mich anderthalb Jahre lang gequält hatte, jedes Mal, wenn ich ihn aus den Augen verlor, jedes Mal, wenn ich nach Hause kam. – Es war geschehen. Ich hatte im Leben eine Niederlage erlitten.

Aber am vierten Tag kam ein Telegramm. Aus Malaga, Spanien. Von Thom.

Von allen Seiten lieh ich mir Geld und ein paar Stunden später saß ich im erstbesten Flugzeug Richtung Süden. Der Flug war eine Marter. Ich flog und gleichzeitig hatte ich Halluzinationen, dass ich flog. – Endlich verloren wir an Höhe. Palmen, die Wärme der Sonne. Und dort, unendlich klein, unendlich jung und zitternd wie Espenlaub, stand Thom. Wir umarmten uns und es war, als beginne mein Blut wieder zu strömen.

»Was bedeuten wir einander, Thom?«

»Es soll wieder werden, wie es war, Jan. Bist du böse auf mich?«

Nein, ich war nicht böse. Nicht böse, weil er mich im Stich gelassen hatte, nicht böse, weil er gemeint hatte, ich sei es gewesen, der ihn im Stich gelassen habe: denn ich war krank geworden, ich hatte im Sterben gelegen. Und dann wäre er wieder allein gewesen. – Ich war nicht böse, aber es würde auch nie wieder werden können, wie es gewesen war, denn plötzlich wusste ich: Diese Niederlage würde ich erleiden. Von jetzt an ist jeder Tag ein Tag mehr. Wehmütig werde ich einmal auf diese Zeit zurückblicken. Weil sie dann vorbei ist.

Bangkok liegt zehn Stunden hinter mir, doch noch immer ist es hell und das wird bis weit nach Westeuropa so bleiben. Wir sind schon längst in Teheran gelandet, ein Rollfeld inmitten von Straßen, der Flughafen des Taxfree-Kaviars. Wir sind wieder aufgestiegen, überfliegen die endlose Wüste, das Grenzgebiet zwischen Irak und Syrien. Gleich das Grün der Zedern des Libanons. Und ich bin noch lange nicht mit Thom fertig. Es gibt zu viele Fragen, auf die es nie eine Antwort geben wird.

Von Malaga setzten Thom und ich nach Marokko über. Dort blieben wir fast ein Jahr – das glücklichste meines Lebens. Hätten wir in Marokko bleiben sollen – *war es das?* Doch wir gingen zurück. Und in Amsterdam kam der Zerfall. Du bist mir entglitten. Hätte ich dich damals festhalten müssen – *war es das?* Als Achtzehnjähriger warst du gekommen, als du gingst, warst du einundzwanzig. Volljährig. Der Vogel wird flügge. Du machtest mit einem Anderen weiter und es ging schief, ich verliebte mich in Sonja und es ging nicht schief – *war es das?*

Auf einer Silvesterparty war Thom in mein Leben gekommen, bei einer Silvesterparty drei Jahre später sollte ich ihn zum letzten Mal sehen. Und er war genauso ausgelassen wie beim ersten Mal, so ausgelassen, dass ich aufs Neue das Schlimmste befürchtete. Er stürmte auf mich zu, als sich unsere Blicke begegneten, er kroch an mir hoch …

»Wir haben es geschafft, Jan!«

Ich hatte gerade meine erste große Einzelausstellung hinter mir, er hatte ein staatliches Stipendium für ein Jahr in Paris und New York bekommen. In wenigen Tagen sollte er abreisen.

Sein Kuss war mit unheimlich. Ich schaute ihm nach.

»Das geht nicht gut …«

»Aber er ist so fröhlich!«

»Ja, zu fröhlich …«

Zwei Tage später rief mich frühmorgens die Polizei an. Sie hatten ihn auf dem Küchenboden gefunden. Das Gas aufgedreht. Thom war tot.

Vielleicht war der Schock so groß, weil ich eine Vorahnung gehabt hatte. Dieselbe Vorahnung wie damals. Aber was hätte ich tun sollen? Der Thom von heute war nicht der Thom von früher gewesen, Thommie, der aus dem Heim davongelaufen war. Und ich war nicht mehr der Jan von damals.

Die Fragen aber blieben bis zum heutigen Tag, weil es keine Antwort auf sie gibt. Und später sollte die quälende Ahnung folgen, dass er es hätte schaffen können, wenn er ein paar Jahre länger durchgehalten hätte. Dann wäre er, der besessen dafür gekämpft hatte, dass man ihn so akzeptierte, wie er war, jedoch immer wieder von einer intoleranten Welt niedergedrückt wurde, von der Zeit eingeholt worden. *Du warst zu früh, Thom.* Hektische Tage brachen an. Trauerkarten, Organisatorisches, Telefonanrufe. Dann die unvergessliche Einäscherung, die ganz in Thoms Sinne völlig außer Kontrolle geriet. Dann das große schwarze Loch.

Und danach eine sehr lange Stille …

Das Haus am Kolk wurde aufgelöst. Weg aus Amsterdam, das plötzlich von einer düsteren Selbstmordwelle überspült wurde, weg von Thom, der nicht mehr lebte. Von einem Tag auf den nächsten tauschten wir die Lebendigkeit der Stadt, das aufregende Nachtleben der Kneipen, Dancings, Klubs gegen die Abgeschiedenheit der Provence. Sonja und ich zogen nach Frankreich und bauten dort ein Haus.

Sie war zwanzig, ich fast vierzig. Sie wohnte noch bei ihren Eltern, ich hatte fast drei Jahre mit Thom hinter mir und war noch lange nicht darüber hinweg. Ich hatte sie bei der Eröffnung einer Ausstellung kennen gelernt. Sie war hereingekommen, schlank, dunkel, jung, und ich wusste: sie oder keine. Sie war es geworden, trotz aller Hürden. In meinem Bekanntenkreis stieß der Wechsel von Mann zu Frau nicht bei allen auf Verständnis, und ihr Vater war alles andere als begeistert, als er hörte, seine Tochter habe eine Beziehung zu einem Mann seines Alters. Er setzte sogar einen Privatdetektiv auf mich an:

»Überwachungsobjekt Montyn malt Bilder, die die meisten Menschen als Farbschmierereien betrachten, die auf eine Leinwand geworfen werden …« – so der Bericht, den Sonja im Tresor ihres Vaters fand. Dass ich etwas mit jemandem vom gleichen Geschlecht gehabt hatte, war der Spürnase entgangen. Aber es war so schon schlimm genug. Sonja bekam Hausarrest. Aber kein Verbot ist so stimulierend wie das elterliche Liebesverbot: Zwei Wochen später stand sie mit ihrem kleinen Koffer vor meiner Tür. Aus dem Haus geworfen. Und nicht lange danach saßen wir in Südfrankreich, umgeben von Grillen auf einem Stein und mussten feststellen, dass wir einander eigentlich kaum kannten. Aber wir schafften es.

Wir fingen mit einem etwa zwölf Quadratmeter großen Zimmer an, eingefasst von den einzigen vier intakten Mauern einer Ruine in völliger Einöde auf sechshundert Meter Höhe, die uns ein Bekannter kostenlos überlassen hatte. Es gab keinen Strom, kein fließendes Wasser, der nächste Bauernhof lag zu Fuß eine Stunde entfernt, aber wir waren von überwältigender Natur umgeben, rein und unberührt. Wir bauten ein Haus und gleichzeitig bauten wir aneinander und uns selbst. Erneut ein Beginn.

Thom war die Ruhelosigkeit und das Getöse der Stadt gewesen, die Kultur – von Kunst bis Dekadenz. Sonja wurde die Natur, die Stille und das innere Gleichgewicht, das Leben auf dem Land, in Einsamkeit, besitzlos.

Erde, Wasser, Feuer: Die Elemente bekamen wieder Bedeutung. Aufstehen bei Sonnenaufgang. Wasserschöpfen am Brunnen. Feuer machen. Und dann Steine suchen, in der richtigen Form und Größe. Bauen, mit nichts als einem Eimer und einer Kelle. Meterdicke Mauern, errichtet für die Ewigkeit. Die Hände machen die Arbeit, stundenlang, bis einem der Schweiß in die Augen rinnt und die Gedanken zu reinstem Gold erstarren. Denn der Bau eines eigenen Hauses ist wie Alchemie …

Mein Gürtel war der Zollstock, das Senklot war mein Auge. Nichts war gerade oder waagerecht, aber das Dach, auf das in jenem ersten Herbst der Regen prasselte, war unser Dach.

Das Haus, das wir bauten … – Es ist frühmorgens. Eine schmale, lang gestreckte Sonnenbahn fällt durch das kleine Fenster über dem Bett. Die Stelle neben mir ist noch warm.

Draußen rattert die Brunnenkette über die Rolle. Der Eimer kommt quietschend in die Höhe. Zink klopft auf Stein. Sonja kommt barfüßig und mit offenen Haaren herein. Sie legt die Holzscheite auf das Feuer. Der Schornstein zieht. Der große, schwarz berußte Kessel füllt sich plätschernd. Zwei Tonteller landen mit einem trockenen Ticken auf dem massiven Eichentisch. Dann das rasche Schneiden des Brotes. Der Kessel pfeift ... – Und ich stehe auf.

Vier Jahre lang bauten wir: Vier betörende Frühlinge, vier Sommer versengender provenzalischer Hitze, viermal ein launischer Herbst, viermal ein Winter mit Schnee und Decken, die frühmorgens frosterstarrt klirrten. Dann war unser fremdartiger, von Blumen und Zypressen umgebener Palast fertig. Links vorne hatte der Maurer begonnen, rechts hinten hatte er aufgehört. Nichts war im Lot, aber die Stürme konnten ihm nichts anhaben. Schlafzimmer, ein elf Meter langes Wohnzimmer. Und ein Atelier, auch das. Denn ich hatte endlich wieder angefangen zu zeichnen und zu radieren. Eine neue Periode mit betonteren Farben: Die Töpfe mit den natürlichen Pigmenten, die ich einst in einer grauen Vergangenheit in Vaters Werkstatt gemahlen hatte, taten noch immer gute Dienste. Die erste große Serie entstand. Ausstellungen folgten.

Eine Zeit des Reisens und Umherziehens begann. Die Sommer verbrachten wir in Südfrankreich, die Winter in Paris oder Amsterdam, wo noch immer meine Presse für die Radierungen stand und Sonja als Fotomodell anfing. Und ferner: eine Reise nach Marokko, wo wir am Rande der Sahara bei einem Berberstamm ein paar Monate lang wie im Mittelalter lebten. Und noch weiter, als der befreundete Flughafenmitarbeiter fragte, ob wir nicht Lust hätten, hin und wieder einen Transport mit Adoptionskindern zu begleiten. Es brachte ein kostenloses Ticket ein und die Möglichkeit, einige Zeit in Südostasien zu verbringen. – UNICEF, Holt Adoption oder Terre des Hommes waren die Organisationen, Japan Airlines, Air France oder KLM die Fluggesellschaften, und die Kinder waren die Wegwerfkinder aus Seoul, Säuglinge, die oft nur wenige Stunden alt morgens auf den Schutthalden gefunden wurden, die Kinder aus Vietnam, deren Eltern tot oder vermisst waren, die Kinder aus Bangladesh. Das eine Mal mit sechs Kindern nach Stockholm oder Kopenhagen, das andere Mal mit zwanzig Kindern nach Oslo oder Paris, mit zweihundert nach New York oder Rio de Janeiro.

So begann es. So endete es mit Sonja und mir. Und so endet es nun mit mir selbst.

Einst hatte ich auf dem Weg in einen Krieg in Korea in einem Straßenrestaurant gesessen und das untrügliche Gefühl gehabt, schon früher an diesem Ort gewesen zu sein. Und ich hatte mir vorgenommen: Hierher werde ich zurückkehren, das wird mein Zuhause. Nun erneuerte ich diese Bekanntschaft und tatsächlich war es wie eine Heimkehr nach vielen Jahren in der Fremde. Ich atmete wieder die Luft der Tropen, jene Mischung aus Verwesung, Holzkohlefeuern, Früchten, Kräutern, Blüten. Und dieses Mal wusste ich: Hier bleibe ich. So wurde das Dreieck Thailand, Laos und Kambodscha, das ich zuerst gemeinsam mit Sonja bereisen sollte und das ich nach der Entfremdung von ihr – sie zog es mehr und mehr nach Amsterdam, das zum ›magischen Zentrum‹ der Welt ausgerufen worden war – als Arbeitsterrain erforschte, zu meinem zweiten Vaterland, oder nein, eigentlich war es das unbewusst immer schon gewesen.

Sechs Jahre. Das schien unendlich weit zurückzuliegen und zugleich ganz nah, weil es Jahre ohne jegliche Zeitordnung gewesen waren. Jahre ohne Kalender, in denen die Zeit mal fieberhaft dahineilte und dann wieder nahezu stillstand.

Monatelange Touren durch eine märchenhafte Landschaft, oft zu Fuß, wobei nicht die Zeit, sondern der Abstand maßgeblich ist. Ein Kampong, in dem die Zeit so regelmäßig und träge verläuft, dass die Erinnerungen zu einem einzigen Tag verschmelzen, von Sonnenaufgang bis Sonnenuntergang, und Nächte, in denen man nur durch ein Dach aus Palmenblättern vom Tropenhimmel getrennt ist. Danach Bangkok mit seinem unbegrenzten Nachtleben.

Dann wieder nach Frankreich, im Gepäck ein Bündel Skizzen und Tagebucheinträge. Fieberhafte Arbeit an Radierungen, um das Erlebte festzuhalten und zu vervielfältigen: nicht die Zeit zählt, sondern das Ergebnis. Dann ins mondäne Paris oder ins Amsterdam der vielen Freunde. Ausstellungen, Diners, Sitzungen. Ein voller Terminkalender und eine Uhr am Handgelenk. Zurück nach Thailand, von dort nach Kambodscha, Laos oder Vietnam: die Regenwälder, Savannen, Hügel und Berge, das Sumpfgebiet mit den gelben, sich träge windenden Flüssen – wo keine Zeit, sondern ein Kreislauf herrscht.

Wochenlanger Rückzug in buddhistische Klöster, wo die Zeit nur nach dem Wechsel von Tag und Nacht gemessen wird. Die Kindertransporte mit Waisen nach Skandinavien oder Paris, mit verletzten Kindern nach Tokio oder Singapur, manchmal alle drei Monate, dann wieder fast jede Woche. Achtundvierzig Stunden auf den Beinen. Siebzig Stunden auf den Beinen. Aber mit einem verzweifelt weinenden Kind in den Armen währt eine einzige Minute eine Ewigkeit.

Und schließlich: die kürzeste Zeiteinheit, die *split second* zwischen Leben und Tod, der Bruchteil einer Sekunde, in dem man sich vor dem Einschlag einer Granate auf den Boden fallen lässt. Und das zeitlose Warten unter einem Hügel in einem Maulwurfsgang, der so eng ist, dass man nicht einmal den Kopf heben kann und in dem man um Sauerstoff ringt, der draußen von einem Feuermeer aus Napalm weggezogen wird, warten, drei Stunden lang, sechs Stunden, sechzehn Stunden: Stunden, die nur im Rückblick existieren ... Denn die Welt, in der ich, schwebend durch unberührte Wälder, aufgenommen in Dorfgemeinschaften, in denen sich seit Jahrhunderten nichts verändert hat, in Klöstern, in denen mein Denken endlich eine Richtung fand, eine Welt, in der ich einem noch nie erlebten Frieden begegnete – diese Welt wurde zum Kriegsschauplatz.

Sechs Jahre. 1969 war ich hierher gekommen. Es scheint unendlich lange her zu sein, weil sich so vieles verändert hat: die Siedlung, in der ich einige Wochen verbracht hatte, war zwei Jahre später ein Guerillaposten und nach zwei weiteren Jahren ein Ort verbrannter Erde; die Freunde, die ich in einem Kampong gewonnen hatte, trugen ein Jahr später zum ersten Mal in ihrem Leben ein Gewehr, und ein weiteres Jahr später fand ich sie nicht wieder; die Reisfelder, auf denen ich einst bei der Ernte geholfen hatte, waren nun vertrocknete Wüsten; die Teakwälder, deren Silhouetten ich in Radierungen festzuhalten versucht hatte, waren von Streubomben zerstört, die bewaldeten Hügel, die mir einst Schatten gespendet hatten, unter den Chemikalien gekocht worden.

Sechs Jahre. Ich muss mich auf die Jahreszahl besinnen. Es scheint eine Ewigkeit her zu sein, und gleichzeitig ist es, als sei es gestern gewesen. So viel ist in einer rasend schnellen Abfolge geschehen, dass jede Erinnerung sofort von der nächsten verdrängt wird.

Wieder herrschte Krieg, zum x-ten Mal in meinem Leben. Aber diesmal trug ich keine Waffe, ich konnte mich frei bewegen, war nicht an eine Armeeeinheit gebunden. Zum ersten Mal konnte ich mich fern halten – oder aber etwas tun.

Sechs Uhr Ortszeit. Wir sind in Beirut gelandet, auf dem Flughafen im Meer. Nach vielen Stunden brauner und gelber Wüste endlich das Grün des Libanons. Es ist der letzte Zwischenstopp. Achtzehn Stunden dauert dieser Flug und achtzehn Jahre sind vergangen, seit ich von der Anstalt in Utrecht nach Amsterdam umgezogen bin. Jede Stunde ein Jahr. Noch sechs Stunden wird es dauern, ehe wir in Frankfurt landen: sechs Jahre in Südostasien. Aber dieser Rückblick ist bereits erfolgt.

Vor vier Wochen war das nun. Ich lief über einen Markt in Vientiane. Und ich traf Ted. Ted, den ehemaligen Oberst der amerikanischen Luftwaffe, der früher mittels Knopfdruck seine Bomben abgeworfen hatte, hoch über dem Ort, von dem er nichts außer den Koordinaten kannte, die ihm von der Flugbasis durchgegeben worden waren. Ted, der seine Oberstuniform gegen eine Schürze eingetauscht hat und nun ein kleines Restaurant am Ufer des Mekong betreibt.

Wir waren einander noch nie zuvor begegnet, aber wir waren, nachdem wir einen einvernehmlichen Blick gewechselt hatten, weiter nebeneinanderher gegangen. Wir hatten geredet, einen Mittag und einen Abend lang. Ich hatte ihm von meiner Arbeit als Graphiker und von den Kindertransporten erzählt. Er hatte mich angeschaut und genickt, ein halbes Nicken, das die Waage zwischen Zustimmung und Ablehnung hielt …

»Aber das ist nicht alles«, hatte er diesem Kopfnicken hinzugefügt.

Und er hatte Recht. Da war mehr.

Ted hatte seine Geschichte erzählt: wie er abgeschossen worden war und dank seines Schleudersitzes überlebt hatte. Von den Wochen der Kriegsgefangenschaft, in denen er zum ersten Mal dem Gegner begegnete, den er bekämpft hatte. Seine Verwirrung, als er merkte, dass dieser Gegner hauptsächlich aus Zivilisten bestand, die von einer Befreiungsfront mobilisiert worden waren, und mehr Ideale hatte als politische Doktrinen, die er nicht teilte. Und sein Erstaunen über die unbeugsame Willenskraft, trotz der Millionen Bombenkrater, der hunderttausenden Toten, der unzählbaren Verwundeten und Entwurzelten. Wie er geflogen war und in Saigon dem Militärgeschäft auf Nimmerwiedersehen gesagt hatte. Nie wieder dieser Druck auf den Knopf. *Durchgeknallt* hieß das. Aber als er erzählte, was er gesehen hatte, ließen sie ihn gerne ziehen, je weiter weg, desto besser. Denn reden untergrub die Moral. Und er war gegangen. Nicht nach Hause, nicht in die Staaten, wo eine Frau und drei Kinder auf ihn warteten, sondern nach Laos, um dort gemeinsam mit zwei Jungs, mit denen er zusammenlebte, ein Straßenrestaurant zu eröffnen.

Ted hat seine Geschichte erzählt und ich meine. Wie es mit einer Fahrt über die Ebene der Tonkrüge begonnen hatte. Ich konnte nicht einmal mehr sagen, wann es genau gewesen war, vor vier, fünf Jahren: das Wiedersehen mit dem Krieg. Ich hatte an jenem Tag nichts Besonderes gehört oder gesehen. Die Landschaft lag friedlich und unberührt da, und an der Siedlung, der ich mich gegen Einbruch der Dunkelheit näherte, fiel mir nichts Ungewöhnliches auf. Man lud mich ein, auf eine Veranda zu kommen, und bot mir etwas zu trinken an. Das gewöhnlich zurückhaltende Erstaunen über die Ankunft eines Mannes aus dem Westen. Woher ich kommen würde, fragte man mich. Wohin ich ginge. – Alles war dem Anschein nach normal. Aber ich spürte etwas.

Die Atmosphäre war gespannt, ich fragte, was los sei, aber ich bekam keine Antwort. Die Bewohner brachten mich zu einer Bambushütte. Im flackernden Licht einer Ölfunzel lagen zwei Jungs, grausam verstümmelt. Der eine, nicht älter als sechzehn, bewegte sich nicht mehr. Der Andere musste ein paar Jahre älter gewesen sein. Sein linkes Bein war abgerissen. Obwohl die Wunde noch frisch war, glänzten seine Augen bereits vom Fieber. Die Leute drängten sich hinter mir, schauten mich fragend an. Sie hatten die beiden hineingetragen, eine Öllampe entzündet und nicht gewusst, was sie weiter tun sollten. – Womöglich hatten sie noch nie zuvor ein Flugzeug gesehen, geschweige denn einen tief fliegenden Düsenjäger, der schneller war als der Schall und Raketen abwarf.

Krankheit kannten sie. Ebenso wie Alter und Tod. Man konnte von einer Schlange gebissen werden und man konnte im Fluss ertrinken. Aber das hier kannten sie nicht: ein Flugzeug, das über die Baumwipfel jagt und noch vor der Explosion außer Sicht ist. Das darauf folgende Ächzen hat man noch nie gehört und man wird es niemals vergessen. Und plötzlich ist der eine Sohn tot und dem Anderen fehlt ein Bein und er wird innerhalb weniger Stunden ebenfalls sterben. Einfach so. Vielleicht, weil ein unbekannter Soldat einen Spaten für eine Waffe gehalten hat und einen Strohhut für einen Helm. Vielleicht aber nicht einmal das.

Vielleicht nur, weil Krieg war im fernen Vietnam, einem Land, in dem sie nie gewesen waren, ein Krieg, von dem sie kaum etwas wussten.

Sie schauten mich fragend an. *Sie* wussten nicht, was sie tun sollten. Und ich, ich wusste es. Aber ich wusste nicht, ob ich es noch konnte, ob ich noch den Mut dazu hatte. Wenn man einen Schritt tut, übernimmt man die Verantwortung ... Ich wagte nicht, ihn zu berühren, und dennoch fasste ich ihn an. Schon stand ich neben ihm und hatte sein Handgelenk in der Hand. Ich gab den Leuten ein Zeichen, die Lampe höher zu halten, ich zog ihn vorsichtig aus, sprach ihm ermutigende Worte zu in einer Sprache, die er nicht verstand. Ich tupfte ihm den Schweiß von der Stirn, benetzte seine Lippen, reinigte seine Wunde und mein Herz blieb stehen, als er vor Schmerzen ins Koma fiel.

Ich fühlte ihm erneut den Puls. Sein Herz schlug noch. Dann riss ich ein Hemd in Streifen und band sein Bein ab – und während ich das tat, bemühte ich mich, meine Hände nicht aus den Augen zu verlieren, die blutüberströmt in besessenem Tempo Handlungen ausführten, die ich noch konnte, solange ich dabei nicht nachdachte. – Eine Kluft von fast dreißig Jahren schloss sich vom einen Moment auf den anderen.

Meine Hände waren noch dieselben Hände. Hier waren keine Laufgräben in Schlamm und Schnee, hier befand ich mich in einer von einer flackernden Funzel erleuchteten Bambushütte in einer Tropennacht. Aber es waren dieselben Handlungen, ich führte sie in derselben Trance wie damals aus, einem gedankenlosen Dämmerzustand. Und als ich fertig war, musste ich nach draußen, mit zittrigen Beinen und schweißdurchnässt. Das Erbrechen danach – das hatte ich vergessen. Schließlich wusch ich die Hände, holte einige Male tief Luft und nahm mir hoch und heilig vor, mich von nun an besser ausgerüstet auf den Weg zu machen.

Ein paar Wochen später war ich in Huê, das die Amerikaner und Südvietnamesen kurz zuvor zurückerobert hatten. Man suchte freiwillige Helfer. Ein nahe gelegenes Dorf war bombardiert worden. Offensichtlich gab es Dutzende von Verletzten. Zivilisten, die herausgeholt werden mussten, damit man sie versorgen konnte.

Wir fuhren mit drei Lastwagen los: drei Ärzte, fünfzehn freiwillige Helfer. Aber nach ein paar Stunden Fahrt wurden wir von Mörsern unter Beschuss genommen, von welcher Seite, wussten wir nicht. Ein senkrecht auf uns niederkommendes Sperrfeuer. So schnell wir konnten, verließen wir die Wagen. In den Straßengräben in Deckung. Links und rechts Explosionen, Pfeifen, hochwirbelnde Schlammfontänen. Und alles war vertraut. Sechsundzwanzig Jahre nach dem Rückzug von der Oder an die Elbe, zwanzig Jahre nach Korea: der erste Einschlag einer Granate. – Jener erste Einschlag wird von nun an der Maßstab sein. Jeder folgende ist ferner oder näher. Außer dem letzten. Denn jenen letzten wird man nicht mehr hören ...

Einige Wochen später zurück in Europa: jener französische Arzt, der Transporte mit Adoptionskindern koordinierte. Er fragte, ob ich beim nächsten Mal ein paar Pakete mit Medikamenten mitnehmen könne. Dorthin, wo man es brauchte. Und beim darauf folgenden Mal kam er mit Geld. Einer ordentlichen Summe Dollars. Von Privatleuten. Dorthin, wo man es brauchte. Und man brauchte es überall in den Grenzgebieten von Vietnam, Laos und Kambodscha, wo der Ho-Chi-Minh-Pfad verlief, der Nachschubweg im Kampf gegen die Großmacht mit dem unerschöpflichen Arsenal. Aber da lagen auch die Minenfelder und die versteckten Sprengladungen, dort waren unter den Wegen Fallgruben verborgen, dort befand sich der Brandherd der Angriffe und die Erde bebte unter den Explosionen, während ich im Innern eines Hügels lag, zusammen mit Menschen, die noch eine Stunde zuvor ihren Acker bearbeitet hatten, einen Acker, den sie nun über Jahre nicht mehr bestellen konnten.

So begann es, und so dehnte es sich aus, in dem Maße, wie der Vietnamkrieg eskalierte und sich wie ein Ölfleck über Südostasien ausbreitete.

Hin und zurück. Hin mit Kindern, Verwundeten, zurück mit Medikamenten und Geld, die eine wachsende Zahl anonymer Spender zur Verfügung stellte. Aber dazwischen arbeitete ich auch. Seltsam, in den Zeiten, in denen ich mit unermesslicher und grausamster Gewalt konfrontiert wurde, entstanden die friedlichsten Radierungen. Harmonie, keine innere Zerrissenheit mehr. Alle Linien meines Lebens liefen in jenen sechs Jahren zusammen: Krieg und Frieden hielten sich die Waage.

Ted und ich hatten einen Mittag und einen Abend lang geredet, während wir auf dem Bretterboden seines Straßenrestaurants saßen und auf den Mekong und – verborgen im Dunst der gegenüberliegenden Seite – die Hügel Thailands schauten. Ted hatte seine Geschichte erzählt und ich die meine: mein Tun in Südostasien. *Zum ersten Mal.* Denn in all den Jahren hatte ich nie mehr als ein paar Worte darüber verloren. Wir hatten Tee getrunken, danach Bier, schließlich Whisky. Er hatte mich ab und zu etwas gefragt, aber nie nach einem *Warum* ...

»Ich bin nicht zum ersten Mal mitten im Krieg«, schloss ich, »doch wenn man älter ist, kann man besser damit umgehen.«

»Das war mir sofort klar. Korea?«

»Auch Korea. Aber davor im Zweiten Weltkrieg bei der deutschen Marine. Ostfront.«

Er schaute mich an. Und ich spürte, dass es für ihn die Antwort auf die nicht gestellte Frage war. Vielleicht stimmte das. Doch es war eine Frage, die ich mir schon seit Jahren nicht mehr stellte.

Wir nahmen Abschied voneinander. Das ist vor vier Wochen gewesen. Ich versprach ihm, in seinem Restaurant vorbeizuschauen, wenn ich wieder in Vientiane war.

»Pass gut auf dich auf«, rief er mir hinterher – und genau diesen Rat sollte ich in den Wind schlagen, oder nein, ich hatte es bereits getan, ohne es zu wissen.

Dort, vier Wochen zuvor auf dem Bretterboden eines Straßenrestaurants am Mekong, begann das Ende. Jetzt weiß ich es, während ich mich, immer noch am Leben, immer noch im Besitz all meiner Gliedmaßen, in einem Flugzeug hoch über dem Mittelmeer befinde – und zurückblicke. Denn ich hatte meine Geschichte erzählt, zum ersten Mal. Und ich hatte sie erzählt, als sei sie *Vergangenheit* ...

Vier Wochen. Die letzten vier Wochen von sechs Jahren. Vier Wochen, in denen es schien, als hätte ich mit dem Schild des jahrelangen Schweigens zugleich meinen Schutzschild abgelegt. Vier Wochen, in denen ich zweimal zu weit ging.

Einmal hinsichtlich des Schicksals. Einmal hinsichtlich meiner eigenen Person. – Alles liegt so kurze Zeit zurück, dass nur die nackten Tatsachen und nicht die Gefühle in meiner Erinnerung ihren Ort gefunden haben. Denn die Gefühle gehören noch nicht der Vergangenheit an.

Wir fuhren den Mekong stromabwärts: eine Patrouille aus drei langen, flachen Booten. Dreißig Personen, Jungs und Mädchen eigentlich noch. Der Älteste war vielleicht zwanzig, die Jüngste etwa fünfzehn, aber die Maschinengewehre chinesischer Bauart bargen für sie kein Geheimnis. Ein politischer Ausbilder Anfang dreißig führte sie an.

Mein Kontaktmann in Vientiane hatte heftig mit ihm debattieren müssen, um ihn davon zu überzeugen, dass man mir vertrauen konnte. Er brachte die Pakete vor, die ich abgeliefert hatte, die Pakete aus Paris. Warum ich mitfahren wolle? Weil ich in Laos nichts mehr zu suchen hatte, weil ich sowieso nach Vietnam wollte. Und weil ich so etwas noch nie gemacht hatte, weil ich wissen wollte, wie das ging – aber das sagte er nicht. Ob ich wisse, dass es gefährlich sei? Ja, das wisse ich. Aber ich sei ein paar Mal auf dem Landweg gegangen, und das sei mindestens genauso gefährlich. – Wir vereinbarten Ort und Zeit.

Wir fuhren nachts, paddelten, lavierten durch Stromschnellen und wichen treibenden Bäumen aus. Alles so leise wie möglich, denn sogar das Schnattern eines aufgeschreckten Vogels konnte unsere Anwesenheit auf dem Fluss verraten. Und das war aufgrund der bleischweren Kanister, die mit Tauen auf dem Boden festgezurrt waren, nicht leicht. Im Morgengrauen zogen wir die Boote an Land und tarnten sie mit Blättern. Den Rest des Tages verbargen wir uns im Dschungel. Man teilte die Reisrationen aus, und wer keine Wache schieben musste, versuchte ein wenig zu schlafen. Der Ausbilder gab flüsternd seinen mir unverständlichen Unterricht, in dem er zweifellos eine selig machende Zukunft verhieß. Ich schrieb oder zeichnete in mein Tagebuch. Und wenn die Dunkelheit hereinbrach, ging es wieder weiter.

Vier Tage und vier Nächte verlief alles ohne Zwischenfälle. Keine Flugzeuge oder Hubschrauber, keine Patrouillenboote. Wir bekamen keinen einzigen Menschen zu Gesicht.

Aber in der fünften Nacht, der letzten, ehe wir den Fluss hinter uns lassen wollten, ging es schief. Und danach ging gleich *alles* schief. Ich spürte es, aber es gab keinen Weg zurück. Plötzlich wurden wir vom Ufer aus beschossen. Knatternde Salven im Dunkel, wer es war, sollten wir niemals erfahren. Das Gewehrfeuer ließen wir unbeantwortet, wir paddelten um unser Leben, so tief wie möglich über die Wasseroberfläche gebeugt. Als wir uns außerhalb des Schussbereichs befanden, merkten wir, dass eines der drei Boote fehlte. Zwei fuhren weiter. Am Morgen begruben wir drei Tote. Zwei Verletzte mussten zu einem nahe gelegenen Kampong gebracht werden. Dann trennten sich unsere Wege. Sie gingen landeinwärts in südliche Richtung, ich musste nach Osten, in die bewohnte Welt.

Ich sah ihnen nach, als sie sich mit den geschulterten Kanistern entfernten. Das Rascheln erstarb – und ich war allein, allein im gefilterten Halbdunkel des Waldes, allein mit den Lauten von Vögeln und Affen und Geräuschen, die ich nicht kannte, in einer Hitze, die mich wie ein lauer Lappen umwand, ausgerüstet mit einem kleinen Rucksack, in dem sich lediglich Pass und Skizzenbuch, ein Rasierapparat mit schwachen Batterien, eine Zahnbürste und eine Hand voll Salztabletten gegen Flüssigkeitsverlust befanden. Da stand ich. *Und ich geriet in Panik.* Zum ersten Mal.

Mit angehaltenem Atem und weit aufgerissenen Augen spähte ich minutenlang um mich und suchte nach einer Gefahrenquelle, die sich in diesem Moment nicht außerhalb, sondern in mir selbst verbarg. Ich kannte die Gefahr: Ich hatte mein Selbstvertrauen verloren. Vergeblich führte ich mir vergleichbare Situationen vor Augen, in denen ich *nicht* in Panik geraten war, tröstete mich damit, dass der Pfad, der sich vor mir erstreckte, wie jeder Pfad ein Ziel haben musste. Das beklemmende Gefühl verließ mich nicht. Etwas stand mir bevor, und ich wusste nicht, was es war.

Mechanisch setzte ich mich in Bewegung, aber schon nach wenigen Schritten erstarrte ich bei dem Gedanken an Fallgruben: die Gruben mit den nadelspitzen Bambusstäben, die alles durchbohren, sogar eine lederne Schuhsohle ... Ich beschloss, neben dem Pfad zu gehen, aber wieder blieb ich nach einigen Schritten stocksteif stehen: Wenn nun Giftschlangen ... – Und auch das hatte ich noch nie erlebt.

Aber ich musste weiter. Ich war drei volle Tage unterwegs. Drei Nächte verbrachte ich in Bäumen.

Erst dann geschah es. Es war keine Fallgrube und auch kein versteckter Sprengsatz, es waren vier Jungs mit Maschinenpistolen auf den Hüften. Weiße Helme mit einem roten Band: südvietnamesische Militärpolizei. Die Gefährlichsten, die Gleichgültigsten. In einem Krieg, der schon längst verloren war, hatten sie nichts mehr zu gewinnen. – Ich sah sie, sie sahen mich. Sie näherten sich. Ich ging mit angstschlaffen Beinen auf sie zu.

Was ich hier suchen würde. Ich hätte mich verirrt. Ob ich nicht wisse, dass ich mich im Frontgebiet befinde. Nein, ich wisse nicht, wo ich sei. Woher ich käme. Da Nang. Ob sie meinen Pass sehen dürften. Ich gab ihn her – und im selben Moment war mir klar, dass ich einen Fehler gemacht hatte. Es war so einfältig, dass ich nur mit Mühe ein nervöses Lachen unterdrücken konnte. Und ja. Warum in meinem Pass kein Stempel stehe. Ein Stempel vom Grenzzoll in Da Nang. Wie ich nach Vietnam gekommen sei. Fünf Nächte in einem Boot, drei Nächte in einem Baum. Ich war erschöpft.

Meine Widerstandskraft war aufgezehrt. Es fehlte nicht viel und ich hätte erklärt: über den Mekong, mit einer Patrouille von Pathet Lao. Stellt mich doch an diesen Baum, schießt nur. Wenn das alles nur endlich ein Ende hat …

Aber ich riss mich zusammen. Noch ein einziges Mal. Das letzte Mal.

Wenn ich hier lebend rauskomme, dann ist es *vorbei*. Und ich sagte auf gut Glück:

»Als wir in Da Nang landeten, wurde das Flugzeug beschossen. Es gab keine Passkontrolle, das Chaos war groß. Ich habe mich zu Fuß aufgemacht und bin vom Weg abgekommen, ich bin Kriegskorrespondent …«

Übereifrig zeigte ich mein Skizzenbuch. Ein weiterer fataler Fehler. Zwar datierte ich aus Vorsorge nie die Seiten und die Skizzen der letzten Tage waren so abstrakt, dass sie überall entstanden sein konnten, aber kein Stempel im Pass und Zeichnungen mit Notizen in einer Sprache, deren sie nicht mächtig waren, das konnte nur eines bedeuten. Der Blick, den sie austauschten, ließ keinen Zweifel offen. Ich war ein Spion.

Nachdem sie sich davon überzeugt hatten, dass ich unbewaffnet war, fesselten sie mich und führten mich mit. Ich musste eine fette Beute sein, wenn sie sich solche Umstände machten.

Stunden später erreichten wir ein größeres Dorf. Man sperrte mich in eine Hütte und erklärte mir, ich würde in der kommenden Nacht zum weiteren Verhör abtransportiert. Da saß ich, im Halbdunkel, und wusste, dass es bald aus sein würde mit mir. Auf dem Boden fügten sich meine Exkremente zu den Exkrementen derer, die vor mir dort eingesperrt gewesen waren. Die Verhörmethoden der südvietnamesischen MP waren mir nicht unbekannt.

Bei Einbruch der Dunkelheit holten sie mich ab. Sie verbanden mir und fünf Vietnamesen, von denen zwei aus dem Norden stammten, die Augen. Sie warfen uns auf die offene Ladefläche eines Lastwagens, die Hände auf den Rücken gefesselt, und los ging es, auf und ab, hin und her, die ganze Nacht. Und danach noch einen Tag. Dann nahm man uns die Augenbinden ab. In den letzten Sonnenstrahlen sah ich eine MP-Kaserne aus weißen Backsteinen. Und davor einen baumlosen Platz mit Gruben, abgedeckt mit Gittern aus Bambusstäben. Sie stießen uns in Richtung einer solchen Grube. Das Gitter öffnete sich. Und ich stieg an einer Leiter hinab. Der Gestank, der mir entgegenschlug, ließ mich würgen. Ich sah Augen, drei Meter unter der Erde, Menschen, die bis zu den Knöcheln in Urin und Kot standen. Dort verbrachten wir die ganze Nacht, ohne auch nur ein einziges Wort zu sprechen. Es wurde hell, es wurde heißer – und damit der Gestank noch unerträglicher. Der Lärm über uns nahm zu: Der Tag hatte begonnen. Brüllen. Verklingende Schreie. Das Rattern eines Maschinengewehrs. Ab und zu ein einzelner Pistolenschuss.

In regelmäßigen Abständen wurden Gefangene geholt. Grußlos kletterten sie die Leiter hinauf. Wir sahen sie nicht wieder. Neulinge nahmen die leeren Plätze ein. Ab und zu wurde in Bananenblätter eingewickelter Reis heruntergeworfen. Wer eine Ration erwischte, teilte sie nicht mit Anderen. Auch ich nicht. Ab und zu tauchte oben am Rand ein Bewacher auf. Er knöpfte seinen Hosenlatz auf und pisste. Wer darunter stand, wich dem Strahl nicht aus. Auch ich nicht.

Es dauerte eine Nacht, einen Tag, erneut eine Nacht und noch einen halben Tag. Dann war ich an der Reihe.

Man führte mich in einen Warteraum der Kaserne. Dort saß ein amerikanischer Offizier vom Nachrichtendienst hinter einem Tisch. Er musterte mich.

»Man hat dich verpfiffen«, sagte er. Ich wusste, dass jetzt alles auf meine Haltung ankam. Haltung – und Glück.

»Unsinn«, meinte ich. »Ich habe keine Ahnung, was los ist!«

»Du bist heimlich nach Vietnam gekommen.«

»Stimmt nicht. Als wir in Da Nang landeten, wurde der Flugplatz beschossen. Es gab keine Kontrolle, ich konnte einfach so durch den Zoll. Das ist doch nicht meine Schuld!«

»Wann war das?« – Diese Frage hatte ich erwartet und ich hatte zwei Tage Zeit gehabt, darüber nachzudenken.

»Vor gut einer Woche. Es war ein Montag. Ich weiß nicht genau, welches Datum wir heute haben.«

»Letzte Woche Montag also?«

»Ja, muss es wohl gewesen sein.«

Er stand auf und verließ wortlos den Raum. Telefonierte er mit Da Nang oder tat er nur so? Er kam zurück:

»Du hast Glück. Montag kann hinkommen.« – Ich spürte, dass er auf meine Reaktion achtete. Glück gehabt, meinte er.

»Warum Glück? Ich stecke seit zwei Tagen und zwei Nächten im vietnamesischen *shit*! Was wird man mit mir machen?«

»Das habe ich nicht zu bestimmen. Das hängt ganz von den Südvietnamesen ab. Wenn sie weiterhin sagen, du seiest ein Spion, wirst du an die Wand gestellt.«

Ich wurde zurückgebracht. Es dauerte einen halben Tag, eine Nacht, erneut einen halben Tag. Zwei MPs holten mich. Zusammen mit diesem amerikanischen Offizier. Entweder – oder.

»Man wird dich nach Saigon fliegen«, meinte er. »Auf dem Flughafen bekommst du deine Papiere zurück und du wirst in ein Flugzeug nach Thailand gesetzt ... «

Und wieder war ich mir sicher, dass er meine Reaktion testete.

»Schade«, sagte ich. »Ich wäre für meine Arbeit gern noch eine Weile in Vietnam geblieben ... «

Ich wurde auf den Rücksitz eines Jeeps verfrachtet und noch immer konnte ich es nicht glauben. Erst als das Flugzeug voller Südvietnamesen, die mit Sack und Pack beladen waren und sich davonmachen wollten, ehe es zu spät war, vom Boden abhob, begriff ich es.

Es *stimmte*. Ich hatte es geschafft ... – Und ich wiederholte mein Versprechen: Jetzt ist es vorbei.

Einige Stunden später bekam ich einen Spiegel: eine lebendige Leiche mit blau umrandeten, blutunterlaufenen Augen. Und in diesen Augen ein vollkommen entleerter Blick.

Fünf Nächte in einem kleinen Boot, drei Nächte in Bäumen, eine Nacht auf einer offenen Ladefläche eines Lasters, drei Nächte in einer Grube unter der Erde. Zwölf Nächte. Aber es sollte noch zwei Nächte dauern, ehe ich schlafen konnte.

Zwei Wochen sind seitdem verstrichen. Tage der Apathie. Nächte voller Träume. Ich hatte mich verloren.

Und dann noch einmal. Erneut ein letztes Mal: die Kinder von Phnom Penh.

Hunter, ein amerikanischer Zivilpilot, hatte davon gehört. In der Nähe des Flughafens von Phnom Penh in Kambodscha sollten an die hundert verletzte Kinder in einer Schule liegen. Sie konnten nicht behandelt werden, das Chaos war groß, man musste die Kinder rausholen. Andrews, ein englischer Kriegsberichterstatter, rief mich an. Ob ich nicht von einem leeren Flugzeug wisse. Das war um neun Uhr morgens. Ich rief Lindsay an, der in der australischen Botschaft arbeitete. Eine halbe Stunde später saß ich neben ihm am Telex. Eine weitere halbe Stunde danach hatten wir eine leere Chartermaschine, die in Saigon stand, nach Bangkok musste und in Phnom Penh zwischenlanden konnte. Hunter organisierte unseren Transport dorthin. Andrews sorgte dafür, dass in Bangkok auf dem Flughafen medizinische Hilfe bereitstand. Lindsay sollte in der Zwischenzeit versuchen, für die Kinder einen Bestimmungsort zu finden.

Noch vor Mittag saßen wir, mittlerweile zu acht, in einem amerikanischen Transportflugzeug, das dazu diente, Fallschirmspringer abzuwerfen. Eingeschnürt in Gurte sahen wir durch die Öffnung im Flugzeugboden knapp unter uns die Baumwipfel vorbeijagen. Phnom Penh war von allen Seiten umzingelt, aber wir wurden nicht beschossen. Wir landeten und fanden problemlos die kleine Schule, einen halben Kilometer vom Flugplatz entfernt. Dort lagen fast neunzig Kinder zwischen fünf und zehn Jahren. Manche noch mit offenen Wunden.

Wie sie dorthin gekommen waren, war unklar. Es waren ein paar Frauen dabei, völlig hysterisch oder unter Schock stehend. Es gab keine Tragen und so mussten wir die Kinder auf umgekehrten Tischen zur Rollbahn schleppen – und bei tropischer Hitze ist ein halber Kilometer sehr weit. Gegen zwei landete die Chartermaschine aus Saigon. Um drei hatten wir die Kinder eingeladen und konnten starten. Erst dann hatten wir Gelegenheit, uns um sie zu kümmern. Viel mehr, als ihnen ein wenig Wasser zu geben, konnten wir nicht für sie tun.

Um fünf landeten wir in Bangkok. Dort stand ein anderes Flugzeug bereit. Zwei Ärzte und einige Krankenschwestern waren da. Lindsay hatte erreicht, dass Australien die Kinder aufnahm. In Perth traf ein Krankenhaus Vorbereitungen. Hunter ging mit, ich ging mit. Innerhalb einer Stunde befanden wir uns schon wieder in der Luft.

Während des Fluges hatten wir alle Hände voll zu tun. Die Ärzte kümmerten sich um die ernsten Fälle und erteilten Anweisungen. Wir desinfizierten Wunden, legten Verbände an, gaben Injektionsspritzen. Aber es war nicht möglich, an Bord Notoperationen durchzuführen. Es gab keinen Sauerstoff, keine Bluttransfusionen.

Zehn Kinder starben noch während des Fluges. Wir trugen sie zu den hinteren Sitzen. Erst einen. Einen etwa sechsjährigen Jungen. Dann ein Mädchen. Letzten Endes waren es zehn. Zehn kleine Körper. – Und es war unverzeihlich. Wir würden es uns nie vergeben können, wie ohnmächtig wir auch gewesen sein mochten, wir würden es der Zeit nicht vergeben können, die niemals Aufschub duldete, wir würden es der Welt nicht vergeben, weil sie das zuließ …

Abends übergaben wir den Transport einem medizinischen Team in Perth. Unsere Ärzte und Krankenschwestern begleiteten ihn zum Krankenhaus. Hunter ging in ein Hotel. Ich wollte zurück.

Mit großer Mühe bekam ich einen Platz in einer Chartermaschine nach Bali voller ausgelassener Touristen. Auf Bali hatte ich gerade noch Anschluss nach Jakarta. Weiter kam ich in jener Nacht nicht mehr. Und ohne Visum durfte ich den Flughafen nicht verlassen. Stundenlang saß ich in einer ausgestorbenen Abflughalle auf einer Sitzbank. Am Ende. Ich wusste nicht mehr, was ich mit mir anfangen sollte.

Vom Fieber getrübte Kinderaugen. Ein halb geöffneter Mund. Wimmern. Und das Wissen: *Der schafft es nicht.* Ein regungsloser Körper in den Armen. Nach hinten. Der Bruchteil einer Sekunde: hier gehe ich mit *mir selbst* ... – Wie lange schon? All diese Jahre ... Jahre, in denen ich eine unverarbeitete Erfahrung mit der nächsten kompensierte, in denen ich wie irre weiterjagte, um dem Schicksal zu entfliehen, dem ich in Wirklichkeit auf den Fersen saß. Während die Schuld blieb.

Und ich sagte: Ich kann nicht mehr. Vorbei. Ich höre auf.

In Bangkok kaufte ich noch am selben Tag ein Ticket für den erstbesten Flug nach Amsterdam.

Das war gestern.

Heute Morgen um zehn bin ich losgeflogen. Vor achtzehn Stunden. Achtzehn Jahre in achtzehn Stunden. *Fasten your seatbelts.* Wir landen in Frankfurt. In einer Stunde bin ich in Amsterdam. Zum letzten Mal. Ich bin erleichtert. Denn ich bin fertig.

Open End

Ich wollte nach Europa, um einen Schlusspunkt zu setzen. Endgültig. Die Wohnung, die während all der Jahre in Amsterdam meine feste Bleibe gewesen war, wollte ich auflösen. Ebenso das Haus in Frankreich. Meine Sachen konnten weg. Ich brauchte nichts mehr. Auch keine Kunst. Was ich zu sagen hatte, hatte ich gesagt. Die Kindertransporte brauchte ich nicht mehr. Was ich hatte tun können, hatte ich getan. Ich war am Ende – wie die Sache, in die ich verstrickt war: Da Nang stand kurz vor dem Fall, Saigon war umzingelt. Der Vietnamkrieg würde bald vorbei sein. – Und ich würde in ein Kloster gehen, ein buddhistisches Kloster in Laos oder Thailand, und diesmal nicht für ein paar Wochen oder Monate, diesmal für immer. Ich hatte genug. Nie wieder Krieg.

Spätabends kam ich in Amsterdam an. Am nächsten Morgen ging ich zu meinem Galeristen, um ihn über meinen Beschluss in Kenntnis zu setzen. Aber er war nicht da, nur eine Assistentin, eine junge Frau indonesisch-chinesischer Abstammung. Ich kannte sie nicht. Eine halbe Stunde lang schaute ich ihr aus einer Ecke zu, wie sie einen Besucher betreute. Es waren meine Radierungen, die sie zeigte: meine Zeichen, einst in Zink geritzt. Und ich sah, dass sie *las*. Sie verstand die Sprache …

Und ich ging wieder, ohne ein Wort mit ihr gewechselt zu haben, ohne auch nur ihren Namen zu kennen.

Am selben Mittag machte ich mich nach Frankreich auf. Aber ich ging nicht mehr dorthin, um das Haus aufzulösen. Ich machte es sauber. Dort lag ein Ticket nach Seoul. Ich ging. Ich kehrte über den Pol zurück. In Kopenhagen lieferte ich sechs koreanische Babys ab. Ich flog nach Amsterdam.

Erneut die Galerie. Sie war da. Und diesmal sprach ich sie an. Sie hieß Hi-en, sie war siebenundzwanzig und studierte Spanisch.

Jenen Sommer sollten wir in Frankreich verbringen, im Herbst sollte sie ihr Examen machen, im Dezember sollten wir heiraten, Hochzeitsreise nach Südostasien, Indonesien, ihr Geburtsland, wir sollten zusammen Kindertransporte begleiten, von Tokio nach Stockholm, von Korea nach Paris, aber schon bald danach sollte es Zeit werden, eine größere Wohnung zu suchen, ein Haus, das mehr Komfort bieten würde als der selbst erbaute Palast ... Aber das alles wussten wir zu diesem Zeitpunkt noch nicht.

Und an einem strahlenden Mittag im August, in einem Krankenhaus mit Aussicht auf die Wellen des Mittelmeeres, solltest du geboren werden, Carolynne.

Eine Tochter. Man reichte dich mir, ich hielt dich im Arm. Deine Augen waren so hell und blau wie der Himmel und die See, die sie spiegelten.

Dies ist die Welt, Carolynne.

Wir werden unser Bestes tun, damit du es gut haben wirst.

Nachwort

Dirk Ayelt Kooiman wurde 1946 als jüngstes Kind des Theologen und Kirchenhistorikers Willem Jan Kooiman (1903–1968) in Amsterdam geboren, besuchte dort das evangelisch-reformierte Gymnasium und studierte einige Semester Philosophie und Geschichte an der damals noch städtischen Universität, an der auch sein Vater einen Lehrstuhl innegehabt hatte. In einem Interview erklärte er einmal, dass ihm die hochgespannten Erwartungen der Eltern ziemlich zu schaffen gemacht hätten und dass er bis zum 18. Lebensjahr eigentlich nur damit beschäftigt gewesen sei, die Eltern diesbezüglich zu enttäuschen und sich vom Druck seiner Herkunft zu befreien. Darauf gründet sich auch die Faszination, die nichtbürgerliche Typen auf ihn ausübten. Er machte Bekanntschaft mit dem Künstler Wim de Haan (1913–1967), der bis zu dessen Tod eine Art Mentor für ihn war und der ihn auch zum Schreiben anregte. De Haan selbst war gegen Ende der vierziger Jahre aus Indonesien in die Niederlande zurückgekehrt. Die Jahre der japanischen Besatzung hatte de Haan in einem Internierungslager als Zwangsarbeiter an der berüchtigten Birma-Eisenbahnlinie verbringen müssen, was er nur knapp überlebte. Nach seiner Repatriierung baute er sich, nachdem er eine schwere psychische Krise bewältigt hatte, als reiner Autodidakt nach und nach eine Karriere als Künstler auf und wurde vor allem durch seine Assemblagen bekannt, in denen er auf sehr subjektiv geprägte Art und Weise nichtwestliches Gedankengut mit europäischen Montagetechniken konfrontierte. Die Ähnlichkeit mit Jan Montyns Lebenslauf ist unverkennbar.

Nachdem einzelne Erzählungen schon Mitte und Ende der sechziger Jahre in Zeitschriften erschienen waren, debütierte Kooiman 1971 mit dem Erzählungsband *Manipulaties* [Manipulationen]; es folgten rasch weitere Bände mit Erzählungen und Romanen, von denen der Roman *De grote stilte* [1975, Die große Stille] 1977 mit einem angesehenen Literaturpreis ausgezeichnet wurde. Kooiman war Mitgründer und Redaktionsmitglied der von 1968 bis 1972 erschienenen literarischen Zeitschrift *Soma*, die noch ganz im Sinn der sechziger Jahre mit kurzen Texten und viel Bildmaterial den herkömmlichen Charakter der literarischen Zeitschriften durchbrechen, die literarische Landschaft auflockern und in dieser Art und Weise die Demokratisierung der Literatur befördern sollte. Das Projekt konnte sich allerdings nicht behaupten, und die Zeitschrift wurde bald eingestellt. Ein Jahr später, im Januar 1974, trat Kooiman wieder als Mitgründer einer literarischen Zeitschrift in Erscheinung. Dieses Blatt, *De revisor*, sollte sich als wichtigstes Organ für die junge niederländische Literatur der späten siebziger und achtziger Jahre profilieren. Ihm standen, um nur einige Namen zu nennen, die dem deutschsprachigen Lesepublikum inzwischen auch vertraut sind, nicht nur Autoren der damals jungen Generation nahe wie A. F. Th. van der Heijden, Leon de Winter, Thomas Roosenboom, sondern auch ältere wie Cees Nooteboom, F. Springer oder Harry Mulisch, dessen 1985 erschienener Roman *Hoogste tijd* [dt. *Höchste Zeit*, 1987] vom niederländischen Literaturhistoriker Ton Anbeek in seiner 1990 erschienenen Literaturgeschichte (*Geschiedenis van de Nederlandse literatuur tussen 1885 en 1985*) als exemplarisch für diese Richtung genannt wird. Die Ablehnung von Aktionismus- und Bekenntnisliteratur, die in den beiden Jahrzehnten davor den Charakter der niederländischen Literatur dominiert hatte, bildete den Kern der Literaturauffassung der neuen Zeitschrift. An die Stelle von Unmittelbarkeit und Heftigkeit traten eine häufig durch Ironie geprägte Relativierung und Reflexion. Die Ereignisse standen nicht mehr im Mittelpunkt, es wurde vor allem das *Wie* und *Weshalb* dargestellt. Das Artifizielle dominierte, und Schreiben wurde oft selbst zum Thema. Man könnte diese sich ständig um Distanz bemühende literarische Richtung, die allerdings vielschichtiger war, als die Bezeichnungen suggerieren, auch als eine niederländische Variante der Postmoderne betrachten. Ein wesentliches Charakteristikum dieser Prosa war die Stagnation, nach der Dynamik und der Bewegung der sechziger Jahre suchte man den Stillstand. Mehrere Titel von Kooimans Werken sprechen allein schon diesbezüglich eine unmissverständliche Sprache: 1975 beziehungsweise 1979 erschienen die Erzählungsbände *De schrijver droomt* [Der Schriftsteller träumt] und *Niets gebeurt* [Nichts geschieht]. 1975, 1980 und 1990 wurden die Romane *De grote stilte* [Die große Stille], *De vertellingen van een verloren dag* [Die Erzählungen eines verlorenen Tages] und *De afwezige* [Der Abwesende] veröffentlicht.

Von den genannten Werken ist in unserem Zusammenhang vor allem der 1980 erschienene Roman *De vertellingen van een verloren dag* von Bedeutung, weil in diesem Werk zum einen für das Selbstverständnis Kooimans wichtige Statements enthalten sind, zum anderen weil hier der Montyn-Stoff erstmals auftaucht. Es handelt sich dabei um einen Roman, dessen Rahmenhandlung ausgeprägt autobiographische Züge aufweist. Die Ichfigur, die sich einer inneren, sie zur Passivität zwingenden Unruhe ausgeliefert sieht, umgibt sich mit Gestalten, deren Unruhe ebenfalls unverkennbar ist, denen es aber gelingt, diese in Aktivitäten umzusetzen, anders als der Ichfigur, die immer in zögernder Distanz verbleibt. Auf einer Reise mit dem Freund Kompaan nach Torello lernt diese Ichfigur seinen Gastgeber Merkuur kennen. Dieser ist als Jude der einzige Überlebende seiner Familie und hat, um sich von dieser Bürde der Vergangenheit zu befreien, nach einem gescheiterten Selbstmordversuch in einem Hotel in Nizza ein völlig neues und anderes Leben begonnen. Merkuur spielt eine Schlüsselrolle in *De vertellingen van een verloren dag,* denn er erzählt während eines nächtlichen Gesprächs der Ichfigur nicht nur seine eigene Lebensgeschichte, sondern auch die eines Niederländers, der ebenfalls in diesem Hotel gewohnt hat und der wiederum unschwer als Jan Montyn, obwohl dessen Namen nicht genannt wird, zu erkennen ist.

Kooiman schreibt in *De vertellingen van een verloren dag,* dass der Zweite Weltkrieg auf ihn als Kind der Nachkriegsgeburtenwelle einen Schatten geworfen habe, der nicht fassbar sei, da diese Generation den Krieg ja selbst gar nicht miterlebt habe:

»Wenigstens ich erfahre das so. Wir sind aufgewachsen, zunächst in der Atmosphäre eines forcierten Nachkriegsoptimismus, als Reaktion auf eine Wirklichkeit, die wir nicht miterlebt haben, später unter der für uns ungreifbaren Bedrohung, die vom Kalten Krieg ausging. Bei uns zu Hause wurde selten über den Krieg gesprochen. Als ich etwa zehn Jahre alt war, und allmählich in Erfahrung brachte, was alles geschehen war, ließ es mich nicht mehr los. Alles, was ich in die Hände bekommen konnte, wurde Wort für Wort gelesen, kein Photo, wie grausam auch, nicht unerbittlich und genauestens betrachtet. Es ist Zufall, dass du davongekommen bist: *du* hättest da stehen können ... – Angstträume von heulenden Sirenen, von blendenden Explosionen in der

Nacht, von Menschenmassen, die von Kugeln übersät in alle Richtungen fliehen, in blinder Panik, weg von jenem Platz, der gar keinen Fluchtweg mehr bietet. Die Obsession dauerte monatelang, und es sollte nie mehr so werden, wie es war. Die Idylle war zerbrochen. Das hatten sie nicht dazu gesagt, als sie einen in die Welt setzten. ›Herr Gott, auch heute Nacht halt' mir treue Wacht ...‹ – Das war jedenfalls eine schwere Enttäuschung! Es gibt gar keine Grenzen, alles ist möglich. Jedes Gefühl von Geborgenheit ist eine Illusion. Es tickt eine Zeitbombe unter dieser meiner Existenz.«

Diesem Abschnitt gehen Zeilen voran, in denen Kooiman seine Ansichten über die eigene Beziehung zur Wirklichkeit und deren Bewältigung zu definieren sucht:

»Es ist nichts dagegen zu sagen, eine Handlung, eine Entscheidung oder eine Haltung als Symbol einer dahinter liegenden Bedeutung aufzufassen, solange man realisiert, dass deren Bedeutung nicht für sich steht, sondern auch nur von ihrem Hintergrund lebt. Die Tatsache steht vor der Bedeutung. Das menschliche Verhalten ist zwar nicht willkürlich, aber vorhersagbar ist es genauso wenig. Ich glaube, dass das Mühsame des Weges zum Gleichgewicht nicht im Erschaffen von neuen Bedeutungen steckt, sondern im Loslassen des Alten und Überholten. Das gilt für das Individuum, das gilt meiner Meinung nach nicht weniger für das Denken überhaupt.«

Diese Worte bilden im Roman *De vertellingen van een verloren dag* die Antwort auf die Bitte seines Reisegefährten, Merkuur, etwas über sich selbst zu erzählen. Die zitierten Passagen sind Teil der Rahmenhandlung für die im vorangegangenen elften Kapitel des Romans von Montyn für Merkuur erzählte Lebensgeschichte. Opfer und Täter verschmelzen gleichsam miteinander, und Kooiman greift damit die innere Verbundenheit der Outcasts auf, die gleich am Anfang in *Montyn* am Beispiel der Begegnung mit Ted gezeigt wird.

Kooiman analysiert den Unterschied zwischen Merkuur und sich selbst: Für ihn als Exponenten der Nachkriegsgeneration gibt es ein hohes Maß an Beliebigkeit in den eigenen Entscheidungen und Handlungen, bei seinem Gegenüber war es hingegen bittere Notwendigkeit, sich entscheiden zu müssen, um überleben zu können und zu wollen. So ist es auch nicht mehr erstaunlich, dass Merkuur, als Opfer, den vermeintlichen Täter Montyn hat anhören wollen, sondern ihm sogar noch Verständnis entgegenbringen konnte. Die Faszination für beide liegt bei Kooiman in der Tatsache, dass sie, ähnlich wie dies bei seinem Mentor Wim de Haan der Fall gewesen war, das Gleichgewicht nicht im Vergessen, sondern im Loslassen gefunden haben.

Kooiman berichtet, dass die Entstehung von *Montyn* einem Kampf geglichen habe. Im Herbst 1979 hatte er Jan Montyn, dessen Radierungen er kannte, in Paris kennengelernt. Während dieser Begegnung hatte Montyn ihm kurz zusammengefasst seine Lebensgeschichte erzählt, auch dass er als ehemaliger Kollaborateur anonyme Drohbriefe erhielt und dass die Galeristen, die Werke von ihm ausstellten, mit anonymen Anrufen belästigt wurden, weil es sich um das Werk eines vermeintlichen Kriegsverbrechers handeln würde. Kooiman riet ihm, seine Lebensgeschichte der Öffentlichkeit bekannt zu machen, dann könne es keine Missverständnisse mehr geben, und erbot sich, ihn zu interviewen.

Die Kollaborationsthematik ist bis zum heutigen Tag noch immer ein heißes Eisen in der niederländischen öffentlichen Diskussion.

Unmittelbar nach Ende des Zweiten Weltkrieges gab es in der niederländischen Gesellschaft eine Polarisierung zwischen denen, die im Widerstand aktiv gewesen waren, und denen, die mit den deutschen Besatzern kollaboriert hatten. Es galten die Begriffe ›goed‹ für die erstere und ›fout‹ für die andere Gruppe. Letztere setzte sich zusammen aus all denjenigen, die sich sichtbar, oft weniger aus Überzeugung als vielmehr aus Opportunismus für die deutsche Seite entschieden hatten. Es handelte sich etwa um die 20 000 (!) Freiwilligen, die sich für die SS gemeldet hatten, um, wie es hieß, gegen den Bolschewismus zu kämpfen, was von nicht wenigen im Land durchaus gern gesehen wurde. Bei einer anderen Gruppe etwa handelte es sich um Frauen, die Beziehungen mit deutschen Soldaten unterhielten beziehungsweise Kinder von ihnen hatten, wie dies Nelleke Noordervliet 1993 in ihrem Roman *De naam van de vader* [dt., *Der Name des Vaters*, 1995] sehr authentisch beschrieben hat. Ihnen gegenüber standen die Vertreter des Widerstandes, deren politische Rolle allerdings rasch zu Ende war. Als Kollaborateure galten auch diejenigen, die sich freiwillig zum Arbeitseinsatz nach Deutschland gemeldet hatten, um Razzien und Verhaftungen zu entgehen. Die Strafen, zu denen diese Kollaborateure nach Kriegsende verurteilt wurden, waren streng, Kinder und Jugendliche wurden in Erziehungsanstalten oder Jugendvollzugsanstalten verbracht. Die Verhaftungs- und Verurteilungskriterien waren oft sehr willkürlich. Zwischentöne gab es nicht. Falls jemand, wie zum Beispiel der Autor Willem Frederik Hermans (1921–1995) in seinem ursprünglich 1958 erschienenen Roman *Die Dunkelkammer des Damokles* (dt. 2001), die fließenden Grenzen zwischen Kollaboration und Widerstand kritisch aufzeigte, löste dies einen Sturm der Empörung aus. Erst im Lauf der sechziger und siebziger Jahre fing man an, dieses Schwarz-Weiß-Bild zu hinterfragen, und es rückten die anderen, weniger sichtbaren Formen der Kollaboration, etwa die des allzu autoritätsgläubigen Behördenapparates, jene der niederländischen Eisenbahnen bei der Deportation der jüdischen Mitbürger oder die der Industrie und des Baugewerbes langsam in den Vordergrund und wurden auch wissenschaftlich erforscht. Der Aufbau und das Funktionieren des Staates standen unmittelbar nach dem Zweiten Weltkrieg im Vordergrund, der einsetzende Kalte Krieg schien diese Notwendigkeit zu bestätigen. Es unterblieb zunächst ein Hinterfragen, etwa wie es möglich gewesen war, dass aus den Niederlanden 75 % der jüdischen Bevölkerung deportiert werden konnten – nur in Polen war der Prozentsatz noch höher. Es gab sogar ein Kopfgeld: HFl. 7,50 für jeden angezeigten Juden. Für das Tagebuch der Anne Frank, die mit ihrer Familie aus diesem Grund verraten wurde, ließ sich zunächst kein niederländischer Verleger finden. Auch die Vertreter des Widerstandes sahen sich übrigens schon bald mit einer aus dem Ordnungsdenken der restaurativen Kräfte resultierenden Ablehnung konfrontiert. Umso mehr wurde an dem Widerstandsmythos, der auch von möglichen eigenen Schwächen ablenkte, festgehalten. Erst in jüngster Zeit wagt man das Wort ›Selbstbetrug‹ in den Mund zu nehmen. Die Autoritätsgläubigkeit von Montyns Vater, wie Kooiman sie im Roman beschreibt, ist durchaus authentisch. Montyns Entscheidungen für die Wehrsportlager und neun Monate vor Kriegsende für die deutsche Kriegsmarine sind aus Unruhe und Abenteuerlust resultierende Dummheiten, die zwar nicht zu entschuldigen sind, aber keinen bewussten politischen Hintergrund haben.

Zunächst veröffentlichte Kooiman das erste Zufallsinterview mit Montyn in der niederländischen Wochenzeitung *Vrij Nederland* im Januar 1980, auf das ein englischer Verleger aufmerksam wurde. Dieser regte Kooiman an, ein Buch daraus zu machen. Montyn war mit weiteren Gesprächen einverstanden. Das Ergebnis waren 120 Stunden Tonbandaufnahmen, die transkribiert 3600 Seiten Text ergaben, aus dem Kooiman die erste Fassung des Romans erstellte. Diese hatte, wie der Autor berichtet, einen stark dokumentarischen Charakter. Allerdings war Kooiman nicht zufrieden mit dem Ergebnis, weil der dokumentarische Ansatz der Wirklichkeit, etwa der Zerstörung Dresdens, die Montyn als Augenzeuge miterlebt hatte, nicht gerecht zu werden vermochte. Im Juni 1982 folgten weitere Sitzungen in Paris. Am letzten Tag vertauschte Kooiman die Rollen: »Ich wollte ausprobieren, inwiefern ich meinem Vorstellungsvermögen trauen konnte. Ich versuchte drei Momente aus seinem Leben zum Leben zu erwecken. Der erste ging zurück zum Anfang der siebziger Jahre. Im Vietnamkrieg. Montyn liegt in einem Tunnel [...] Aus meiner Phantasie versuchte ich ein Bild der Situation zu skizzieren. Nach wenigen Minuten geschah etwas Seltsames. Montyn geriet in Trance. Ich hatte ihn hypnotisiert und wirklich zurückgeführt in den Zustand von damals. Ich konnte ihn bis in die kleinsten Details fragen, was er sah, roch, hörte und spürte.« Ähnlich habe es sich mit dem Aufenthalt im Raum des Schiffes voller Verletzter oder den Episoden aus Montyns Jugend in Oudewater verhalten. Auch wenn es sich bei dieser Darstellung um eine gewisse Stilisierung im Nachhinein handeln mag, ist in diesen Aussagen ein wesentliches Element der Biographie Montyns enthalten. Das Werk wurde bei Erscheinen in den Niederlanden als literarische Neuheit in der Nachfolge von Truman

Capote und Norman Mailer, als *faction*, angekündigt: »Es handelt sich um eine auf historischen Tatsachen beruhende Geschichte, deren Darstellung sich fiktionaler und literarischer Mittel bedient.«

Damit bestätigt sich, dass es sich bei *Montyn* nicht um ein reines Bekenntnisbuch handelt. Allein schon der Verzicht auf starre Chronologie weist auf die bewusste Komposition des Werkes hin, und auch in den inhaltlichen Akzenten, die gesetzt werden, wird der Autor Dirk Ayelt Kooiman erkennbar. Obwohl Montyn, der am 13. November 1924 geboren wurde, sich erst spät als Freiwilliger für die deutsche Kriegsmarine meldete, um dem drohenden Arbeitseinsatz zu entgehen, nehmen die dem Kriegsthema zeitlich vorausgehenden Passagen ebenso wie die Jugendgeschichte, die qua Milieu und Werdegang große Parallelen mit etwa den Darstellungen in den Romanen des fast gleichaltrigen Jan Wolkers (*1925) oder des um zwanzig Jahre jüngeren Maarten 't Hart (*1944) aufweist, einen breiten Platz im Buch ein. Die Gemeinsamkeit zwischen Montyn und Kooiman im Hinblick auf die gleiche konfessionelle Herkunft und die Faszination des Zweiten Weltkriegs weisen ebenfalls deutlich auf den Autor hin. Auch das Bild des strengen und unzugänglichen Vaters, wie Kooiman es schildert und das eher an das Vaterbild Jan Wolkers' erinnert, steht im Gegensatz zu späteren Aussagen Montyns, der seinem Vater entgegen dessen streng orthodoxen Ansichten durchaus eine gewisse Offenheit bescheinigt. Trotz des hohen Reflexionsgehalts wirkt der Text sehr unmittelbar, erinnert sprachlich manchmal fast an eine Reportage und scheint damit in einem gewissen Gegensatz zur übrigen Prosa Kooimans zu stehen, da *Montyn*, wie Ton Anbeek in seiner bereits erwähnten Literaturgeschichte schreibt, »eher eine unmittelbar erzählte

Lebensgeschichte als eine schichtenreiche Erzählung sein will«. Der Gegensatz ist freilich nur scheinbar, denn das angebliche Anknüpfen an die Tradition der Sechziger und frühen Siebziger ist nichts anderes als das Realisieren der nach Kooimans Auffassungen adäquaten Form für den von ihm gewählten Stoff. Kooimans Absicht, durch die Veröffentlichung der Biographie die Vorwürfe zu entkräften, hatte übrigens Erfolg. Die Kollaborationsproblematik spielt seit dem Erscheinen des Buches im Herbst 1982 im Hinblick auf die Person Montyn keine Rolle mehr.

Kooimans Darstellung, die seinen literarischen Durchbruch bedeutete und von deren Hardcoverausgabe inzwischen neun Auflagen erschienen sind, konzentriert sich in erster Linie auf den aktiven Lebenslauf Montyns, dessen künstlerische Entwicklung spielt eine relativ bescheidene Rolle.

Obwohl der Umgang mit Farben, das Malen und Zeichnen immer eine gewisse Rolle in seinem Leben gespielt hatten, fangen Jan Montyns Entwicklung und Anerkennung als Künstler faktisch erst 1957 nach seiner Entlassung aus der psychiatrischen Anstalt in Utrecht an. Er lässt sich zunächst in Amsterdam nieder und bezieht dort mit einigen Freunden ein altes Lagerhaus im Rotlichtviertel. Die Stadt war besonders in den sechziger Jahren ein Unruheherd und ein Paradies für die alternative Szene, was auf junge Leute aus der ganzen Welt eine magische Anziehungskraft ausübte. Im stark gerafften sechsten Kapitel wird dies nur – und dann noch aus der Retrospektive – angedeutet, es geht in erster Linie um Montyns eigenen Werdegang, von irgendeiner politischen oder gesellschaftlichen Brisanz ist kaum die Rede, beziehungsweise sie wird heruntergespielt. Dabei handelte es sich beim Lagerhaus, in dem Montyn mit anderen Künstlern wie Reinier Lucassen (*1939), der die Niederlande 1986 auf der Biennale in Venedig vertreten sollte, lebte, schon in den sechziger Jahren um einen legendären Ort, der genau in die damalige bewegte Zeit passte.

In diesen Anfangsjahren malte Montyn zunächst noch im traditionellen figurativen Stil. Gleichzeitig war er regelmäßiger Besucher der vom experimentierfreudigen Direktor des Amsterdamer Städtischen Museums Willem Sandberg (1897–1984) veranstalteten Ausstellungen zeitgenössischer Künstler, die oft äußerst kontrovers diskutiert wurden. Dort lernte Montyn 1958 das Werk des gleichaltrigen niederländischen Malers und Radierers Anton Heijboer (1924–2005) kennen. Es kam zum persönlichen Kontakt, und es stellte sich eine Geistesverwandtschaft heraus, die sich auch im gemeinsamen Interesse für Zen (der Exzentriker Heijboer wurde sogar Zenmeister) manifestieren sollte. Dieser regte Montyn an, sich auf die Kunst der Radierung zu konzentrieren, da sie ihm als die geeignete Form für ihn schien. Montyn folgte dem Rat Heijboers und sah dessen Auffassung bestätigt. In einem Interview erklärte er: »Ich möchte erzählen, was ich erzählen will, spontan und unmittelbar. Mit der Radiernadel auf festem Metall, und jede Linie, die ich setze, ist unauslöschlich. Auch die falschen. Das kommt mir mehr entgegen als der weiche Pinselstrich. Die Widerborstigkeit des Metalls und das Sichtbarwerden des verkehrt Gedachten, der Spiegeleffekt, faszinieren mich ungeheuer.« Die frühen Radierungen weisen zunächst eine Nähe zum Werk von Anton Heijboer auf, bald aber findet Montyn seinen eigenen Weg. Die Amsterdamer Zeit wird ebenfalls geprägt von der intensiven Beziehung zu dem begabten Radierer Thom Gerrard (1942–1965), mit dem er auch ein Jahr in Marokko verbrachte. Gleichzeitig stellen sich erste künstlerische

Erfolge ein, 1961 stellt er in einer angesehenen Galerie in Den Haag aus, 1964 bereits in Deutschland, Dänemark, den Vereinigten Staaten und Frankreich, wo die bekannte Pariser Galerie Berggruen Werke von ihm in die Kollektion aufnimmt. Es war auch Heinz Berggruen, der Montyn Pablo Picasso (1881–1973) vorstellte und ihn mit den Malern Max Ernst (1891–1976) und Karel Appel (1921–2006) bekannt machte. 1965 nach dem Selbstmord von Thom Gerrard zieht er mit Elja Julien nach Südfrankreich und fängt erst allmählich wieder an, sich künstlerisch zu betätigen. Er beschäftigt sich in dieser Zeit mit dem Hinduismus, den er in Ostasien, wo er auch regelmäßig längere Zeit in Klöstern verbringt, kennen gelernt hat. Bis 1969 hält er sich allerdings vom Kunstbetrieb fern. Ausdruck seiner inneren Unruhe und seines Bedürfnisses nach Freiheit und Freisein sind die Reisen, die er unternimmt (Vögel und Flugzeuge sind als Motive ständig auf seinen Bildern vorhanden). Die Reisen nach Fernost bildeten fast immer gleichzeitig Konfrontationen mit dem dortigen Kriegsgeschehen, was auch in seinem Werk sichtbar wird, wenn er die Ruhe und Schönheit der dortigen Landschaft den zerstörerischen Wirkungen des Krieges gegenüberstellt.

Kooimans Darstellung von Montyns Biographie hört mitten in dieser für Montyn wichtigen Lebensphase auf. Seit 1980 verfügt Montyn faktisch über drei Aufenthaltsorte, jeweils mit einem eigenen Atelier, und zwar in Amsterdam, Salernes und Bangkok, wo er fast die Hälfte des Jahres verbringt. Die Landschaft, besonders die ostasiatische, bildet weiterhin ein wichtiges Thema in seinem Werk, aber nicht ausschließlich. 1983 machte er mit Cees Nooteboom den Band *Paesagi Narrati*, zwei Jahre später erschien von ihm ein Portfolio über die niederländische Landschaft, in dem er auch als Dichter auftritt. Es sind nur einige Beispiele aus dem Œuvre eines originellen, eigenwilligen und zutiefst humanen Künstlers, der kontinuierlich seinen Weg gegangen ist und der inzwischen international bekannt ist. Er ist äußerst produktiv und hat mittlerweile auf der ganzen Welt ausgestellt, seine Werke wurden von zahlreichen niederländischen und internationalen Museen angekauft. Anlässlich seines 80. Geburtstages am 13. November 2004 wurde von seinem Freund Robert van Geyn (*1964) eine ausführliche Website in englischer Sprache eingerichtet, in der Biographie, Person und Werk Montyns umfassend und mit zahlreichen Bildern dokumentiert werden (www.janmontyn.com).

Inhalt